6

삼보태감三寶太監
서양기西洋記 통속연의通俗演義

(명) 나무등 저

홍상훈 역

明文堂

1. 이 번역은 [明] 羅懋登 著, 陸樹崙·竺少華 校點,《三寶太監西洋記通俗演義》(上·下), 上海 : 上海古籍出版社, 1985 제1쇄의 소설 본문을 저본으로 했다.

2. 원작에 인용된 시문(詩文)과 본문 중의 오류는 역자가 각종 자료를 참조해 교감하여 번역했으며, 소설 작자의 창작된 문장이 많이 들어간 상소문이나 서신 등을 제외한 나머지 인용문들은 한문 독해 능력이 있는 독자들의 이해를 돕기 위해 최대한 원문을 함께 수록했다.

3. 본 번역의 주석에서는 작품에 인용된 서양 풍물에 대한 묘사들은 대부분 마환(馬歡)의《영애승람(瀛涯勝覽)》과 비신(費信)의《성사승람(星槎勝覽)》, 공진(鞏珍)의《서양번국지(西洋蕃國志)》,《명사(明史)》〈외국열전(外國列傳)〉 등의 전적에 담긴 내용을 변용한 것이지만, 본 번역에서는 특별한 경우가 아니면 원래 기록과 일일이 비교하여 설명하지 않았다. 이에 관한 좀 더 전문적인 비교 분석은 본 번역의 저본 말미에 〈부록〉으로 수록된 샹다[向達]와 자오징선[趙景深]의 논문을 참조하기 바란다.

4. 본 번역의 역주는 필자의 역량으로 접근할 수 있는 범위에 한정해서 수록했기 때문에, 일부 미흡하거나 오류가 있을 수도 있다.

5. 본서의 번역 과정에서 중국어로 표기된 외국 지명을 확인하는 데에는 인터넷 학술 사이트인 남명망(南溟網, http://www.world10k.com/)으로부터 많은 도움을 받았다.

6. 본 번역에서는 서양의 인명을 가능한 한 실제 역사서에 등장하는 인물의 이름을 찾아 표기했고, 가상 인물일 경우에는 중국어 발음을 고려하여 서양인의 이름에 가깝게 번역했다. 예) 쟝 홀츠[姜忽剌], 쟝 지니어[姜盡牙], 쟝 다이어[姜代牙]……

7. 본 번역에서 전집류나 단행본, 장편소설 등은《 》로, 그 외의 단편소설이나 시사(詩詞), 악곡(樂曲) 등의 제목은 〈 〉로 표기했다.

차례

5

삼보태감三寶太監
서양기西洋記 통속연의通俗演義

시그라 왕국은 부유하면서 예의 있고
모가디슈 왕국은 험난하여 굴복시키기 힘들다
吸葛剌富而有禮　木骨都險而難服

紛紛狐鼠渭翻涇	수많은 악당이 강물 뒤집어 흐리나니
甲士從今徹底淸	이제부터 무장한 군대가 철저히 맑게 하리라.
義纛高懸山鬼哭	의로운 깃발 높이 걸리니 산속 귀신들 통곡하고
天威直奮島夷驚	하늘의 위세 곧게 떨치니 섬나라 오랑캐들 놀라는구나.
風行海外稱神武	해외에 교화를 퍼뜨리니 천자의 군대 칭송하고
日照山中仰大明	산속에 햇빛 비추니 위대한 명나라 우러른다.
若論征西功第一	서양 정벌에서 제일의 공을 따진다면
封侯端不讓班生	혁혁한 공적 결코 반초(班超)에게 뒤지지 않으리라!

그러니까 삼보태감이 출항을 명령하여 한나절쯤 갔을 때 호위병이 보고했다.

　"앞쪽에 나라가 하나 있는데, 해안에서 상당히 멀리 떨어져 있어서 어떤 나라인지 아직 모르겠습니다."

　왕 상서가 말했다.

　"저번에 그 세 도사가 무슨 시그라 왕국의 경계에 산다고 했으니, 틀림없이 이곳이 바로 그 나라이겠군요."

　삼보태감이 분부했다.

　"속히 정찰병을 보내 동정을 탐문하도록 하라!"

　명령을 받고 떠난 정찰병들은 하루 남짓 지나서 돌아왔다.

　"그래, 어떤 나라라고 하더냐?"

　"서인도에 있는 시그라 왕국인데, 석가모니 부처님께서 도를 깨달은 곳이라고 합니다."

　"지역 상황은 어떠하더냐?"

　"영토가 아주 넓어서 물산은 풍족한데 인구는 많지 않습니다. 성과 저자가 발달해 있고, 성안에는 크고 작은 관청도 있습니다. 관청에는 품계에 따라 벼슬아치들이 있고, 신분을 증명하는 도장을 차고 있습니다."

　"인물들은 어떠하더냐?"

　"남자는 대부분 흑인이고, 백인은 백 명에 한둘에 지나지 않습니다. 아낙들은 모두 차림새가 단정한데, 화장하지 않아 자연스럽고 아름답습니다. 남자들은 모두 머리를 깎고 머리에 하얀 천을 둘렀으며, 윗몸에는 하얀 천으로 만든 장삼을 머리부터 걸쳐 입는데 옷깃이 둥근 외투도 모두 이와 마찬가지입니다. 아래에는 여러 가지 색깔의 넓은 수건을 둘렀고, 금실로 꿰맨 양가죽 신을 신고 있습니다. 아낙들은 머리를 뒤쪽으로 묶어 쪽을 지었고, 팔목과 발목에 모두 금으로 된 팔찌와 발찌를 차고 있으며, 손가락과 발가락에 모두 금으로 만든 가락지를 끼고 있습니다.

이와는 별도로 인도(印度)라고 불리는 곳의 사람들이 있는데, 이 사람들도 훌륭한 구석이 있습니다. 남녀가 한자리에서 음식을 먹지 않고, 남편이 죽으면 부인은 재가하지 않으며, 아내가 죽으면 남편도 재혼하지 않습니다. 고아나 과부, 의지할 곳이 없는 사람은 고향 사람들이 차례로 돌아가며 보살펴주어서 다른 지역으로 구걸하러 다니지 못하게 합니다. 이 또한 훌륭한 사람들이라 하겠습니다."

"풍속은 어떠하더냐?"

"아주 순박하고 돈독합니다. 성인식이나 혼례, 장례, 제사는 모두 회교의 율법을 따릅니다."

"여기서 얼마나 멀리 떨어져 있느냐?"

"사오십 리쯤 떨어져 있습니다."

"그렇게 멀리 떨어져 있다면 사초부도독에게 해상 영채를 세우고 단단히 방어 태세를 갖추도록 해야겠구나."

삼보태감은 곧 유격대장군 뇌응춘에게 정예병 서른 명을 이끌고 시그라 왕국으로 가서 호두패를 전하게 했다. 또 유격대장군 황표에게 정예병 오백 명을 이끌고 뒤에서 지원하게 하고, 유격대장군 유천작에게 정예병 이백 명을 이끌고 불의의 사태에 대비하여 순찰하도록 했다.

뇌응춘이 항구에서 십여 리 남짓 갔을 때 성과 저사가 갖추어진 어느 지역에 도착했다. 그곳에서는 서양 상인들이 물건을 쌓아 놓고 장사를 하고 있었다. 이에 그가 원주민들에게 물었다.

"왕궁은 어디 있소?"

"여기는 그냥 소나르가온[鎖納兒江, Sonārgāon][1]라는 도시일 뿐입니다."

"그럼 왕궁은 어디에 있소?"

"앞쪽으로 더 가셔야 합니다."

이에 뇌응춘은 다시 병사를 이끌고 앞으로 나아갔다. 그렇게 이십 리 남짓 가자 또 성과 저자가 갖추어진 번화한 곳에 도착했다.

'여기인가 보구먼.'

그가 성문 아래로 가자 문지기가 들여보내지 않고 물었다.

"어디서 온 사람이오?"

"나는 중국 명나라 황제 폐하께서 파견하신 사신이오."

"여긴 뭐하러 오셨소?"

"귀국의 국왕을 뵈려고 왔소."

"중국 명나라라는 게 우리 서양에 있소?"

---

1 지금의 벵갈 공화국의 다카(Dacca) 동남쪽에 있는 도시이다. 중국의 문헌에서는 쇄납아항(鎖納兒港) 또는 쇄납아강(瑣納兒江)이라고도 쓴다.

"우리 명나라는 천자의 나라인데 어찌 당신네 서양과 같이 있을 수 있겠소?"

"어떻게 우리 서양 밖에 중국 명나라니 하는 곳이 있을 수 있단 말이오?"

"하늘에 해가 있는 줄은 아시겠지요?"

"그야 알지요."

"그렇다면 세상에 우리 중국 명나라가 있다는 것도 아셔야지요."

"우리 서양에만 해도 백여 개의 나라가 있는데, 어떻게 당신네 명나라만 내세우는 거요?"

"하늘에 해가 몇 개요?"

"해라면 하나밖에 없지, 어디 몇 개가 있을 수 있겠소?"

"그렇다면 세상에서 오직 우리 명나라가 가장 위대하다는 것을 아셔야지요."

"하나밖에 없다고는 해도 그렇게 말하기는 어려운 게 아니오?"

"허허, '하늘에 두 개의 해가 없듯이 백성에게도 두 명의 왕이 없다.[天無二日, 民無二王]²라는 말도 들어보지 못했소?"

"그렇다면 우리 시그라 왕국의 국왕은 뭐란 말이오?"

"이런 멍청한 작자 같으니! 어찌 이리 무식하단 말인가! 예를 들어서 한 집안을 생각해 보시오. 거기에는 한 명의 가장과 몇 명의 자식이 있지 않소? 그러니까 우리 명나라는 가장에 해당하고, 당신

---

2 이것은 《맹자》〈만장상(萬章上)〉에 인용된 공자의 말이다.

네 서양에 있는 백여 개의 나라는 자식에 해당한다 이거요.”

“어떻게 당신네 나라가 우리 국왕의 아버지가 된다는 것이오?”

“어떻게가 아니라 그렇다는 거요!”

원래 시기라 왕국 사람들은 공부는 하지 않았어도 예의가 발랐기 때문에, 자기네 국왕의 부친이라는 말을 듣자 그에 일종의 비유라는 것을 생각하지 못하고 그대로 믿었다. 그는 더 이상 얘기하지 않고 황급히 성루(城樓)로 달려가서 대장에게 보고했다.

“우리 국왕에게 부친이 있는 모양인데, 무슨 중국 명나라 황제랍니다. 지금 거기서 보낸 장수 하나가 찾아와 국왕을 뵙겠다고 합니다.”

그 말을 듣자 허치리[何其禮]라는 그 대장도 오해를 했다.

“다들 우리 국왕이 어려서 부친을 잃었다고 하더니, 알고 보니 중국 명나라에 계셨구먼? 하늘의 인연이 교묘히 들어맞아서, 오늘 그쪽에서 보낸 사람이 찾아온 게야!”

그는 무척 기뻐하며 곧장 궁궐로 달려가 국왕에게 보고했다.

“대왕마마, 밖에 대왕마마의 부친이신 명나라 황제가 보냈다는 장수가 찾아왔사옵니다. 대왕마마를 뵙겠다고 하는데, 제가 마음대로 처리할 수 없어서 먼저 이렇게 보고하옵니다.”

국왕이 한참 동안 생각에 잠겨 있다가 말했다.

“어떻게 중국 명나라 황제가 짐의 부친이라는 게냐? 똑똑히 알아보고 보고하도록 하라!”

그 말이 끝나기도 전에 오른쪽에서 후리마[虎里麻]라고 하는 간

관(諫官)이 나서서 아뢰었다.

"대장이 제대로 알아보지도 않고 아뢰어서 군주를 기만하는 죄를 저질렀으니, 법률에 따라 참수형에 처해야 마땅하옵니다!"

"사형은 잠시 면하여 옥에 가둬 두고, 따로 영민한 자를 보내서 소상히 알아보게 하라."

그 말이 끝나기도 전에 왼쪽에서 커즈리[柯之利]라는 좌승상이 나서서 아뢰었다.

"대장이 그렇게 아뢴 것은 까닭이 있사오니, 너무 엄히 처벌하시면 아니 되옵니다."

"그게 무슨 말씀이시오?"

"반고(盤古) 이래 지금까지 중국이 있고 오랑캐가 있었사옵니다. 중국은 안쪽, 오랑캐는 바깥에 해당하고, 중국은 군주이자 부친이요 오랑캐는 신하이자 자식에 해당하옵니다. 저 명나라라고 하는 것은 틀림없이 중국을 가리키는 것일 테고, 황제라는 것은 틀림없이 중국의 군주를 가리키는 말일 것이옵니다. 중국이 군주이자 부친과 같은 존엄한 나라이기 때문에 그렇게 얘기한 것인데, 대장이 급하게 보고하면서 잠시 헷갈려서 대왕마마의 부친이라고 한 것이옵니다."

"옳은 말씀이오."

국왕은 즉시 좌승상에게 대장을 조정 밖으로 데려가 자세히 물어본 다음에 다시 보고하라고 분부했다. 좌승상이 대장과 함께 뇌응춘을 찾아가자, 뇌응춘이 이렇게 말했다.

"우리는 중국 명나라 황제 폐하의 명에 따라 오랑캐를 위무하고 보물을 찾으러 왔을 뿐, 다른 용무는 없소이다. 여기 이 패를 보시면 아실 것입니다."

"우리나라에는 귀국이 그 보물이 없습니다."

"그렇다면 우리 천자께 바치는 상소문과 항서, 그리고 통관문서만 하나 교부해 주시면 됩니다."

"다른 건 없습니까?"

"이 외에 다른 일은 없소이다. 여기 패에 적힌 글을 보시구려."

좌승상은 그 글을 보고 곧 일의 전말을 파악했다.

"여기 잠깐 계시구려. 우리 대왕마마께 아뢰고 나서 다시 모시러 오겠소이다."

좌승상은 조정으로 들어가서 국왕에게 호두패를 바치면서, 거기에 적힌 글을 자세히 설명했다. 그러자 국왕이 말했다.

"작은 나라가 큰 나라를 섬기는 것은 이치상 당연하지. 어서 대장 하나를 보내서 그 장수와 함께 가서 보고하도록 하시오. 우리 국왕이 정중하게 인사 올리는데, 하루만 여유를 주시면 상소문과 항서, 그리고 통관문서를 작성하고 또 진상품을 마련하겠다고 하시오."

이에 뇌응춘이 그 대장과 함께 함대로 돌아와 보고하자, 삼보태감은 무척 기뻐했다.

이튿날 국왕은 좌승상 커즈리를 보내서 먼저 상소문을 바쳤다. 삼보태감이 중군의 관리에게 받아 간수하라고 분부하자, 좌승상은 또 항서 한 통을 바쳤다. 삼보태감이 받아 펼쳐 보니, 거기에는 이렇게 적혀 있었다.

시그라 왕국의 국왕 모한스반타리[謨罕失般陀里]가 삼가 재배하며 위대한 명나라 황제께서 파견하신 정서통병초로대원수께 올립니다.

듣자 하니 하늘이 태평성대를 열고자 성스럽고 현명한 천자를 태어나게 하였고, 신들이 형통한 운수를 열어 요사한 기운을 없애려고 맹세했다고 하옵니다. 이렇게 하늘이 토벌하는 때 이르러 못된 귀신들을 처벌할 수 있게 되었습니다. 저희는 미약한 힘으로 감히 그 위세를 감당할 수 없나니, 강력한 쇠뇌 앞의 얇은 천이나 커다란 황소 밑에 깔린 비루한 돼지처럼 미약하여, 저희를 공격하여 점령하는 것은 땅에 떨어진 겨자씨를 줍는 것이나 마른 나뭇가지를 꺾는 것보다 쉬운 일입니다. 벌의 허리처럼 하찮은 몸으로 어찌 제(齊)나라의 도끼를 감당할 수 있겠습니까? 보잘것없는 생쥐의 머리로 외람되게 천자의 군대에 의지하고자 하옵니다. 이렇듯 주제를 알고 있으니 어찌 투항하지 않겠습니까? 마음을 씻고 순종하며 머리 조아려 귀의하고자 하옵니다.

부디 너그러이 받아 주시기를 바라며, 두려움에 떨리는 손으로 써서 바치옵나이다.

삼보태감이 항서를 읽고 나자 좌승상이 진상품을 바쳤다. 삼보태감은 내저의 관리에게 받아 간수하라고 분부했는데, 그 목록을 보니 다음과 같았다.

　사각형의 옥 하나(직경이 다섯 치이고 머리카락까지 비칠 정도로 광
채가 남. 물에서 나는 것으로서 용이 보물로 여김. 물속에 던지면 무지개
가 나타나며, '용옥[龍玉]'이라고 부름), 둥근 옥 하나(직경이 다섯 치이고
머리카락까지 비칠 정도로 광채가 남. 바위 계곡에서 나는 것으로서 호랑
이가 보물로 여김. 호랑이 털로 문지르면 즉시 자줏빛 광채가 나며, 이를
보고 모든 짐승들이 굴복하기 때문에 '호옥[虎玉]'이라고 부름), 바라바(波
羅婆) 보장(步障)[3] 하나(바라바는 비단처럼 생겼고 오색 문양이 들어 있
는데 대단히 깔끔하고 섬세함. 보장은 수십 리 밖에서도 볼 수 있음), 유
리병 한 쌍(아주 맑고 깨끗하며 천금의 값어치가 있음), 산호수(珊瑚樹)
스무 개(윤기 나는 분홍색임), 마노(瑪瑙) 열 덩어리(속에 인물과 새,
들짐승의 형상이 들어 있으며, 대단히 값비싼 물건임), 진주 한 말[斗]
(둥글고 하얀색인데, 중간에 둥근 구멍이 있음. 큰 것은 대단히 비싼 값
에 거래됨.), 보석 한 꾸러미(여러 가지 색이 있음), 수정(水晶) 백 개
(속칭 '수옥[水玉]'이라고 하며, 칼로 잘라도 흠집조차 나지 않을 정도로 견
고함. 색깔은 하얀 물처럼 맑고 영롱하며, 아주 작은 흠집도 없어서 대단
히 아름다움), 붉은 비단 백 필, 꽃무늬가 들어간 비단 백 필, 양탄
자 백 개, 비백(卑伯) 백 필(서양의 천으로서 '필포[畢布]'라고도 함. 폭은
두 자 남짓이고 길이는 예닐곱 길이며, 분전지[粉箋紙]처럼 섬세하고 하얀
색임), 만자제(滿者提) 백 필(천의 일종. 연노랑 색이고 폭은 네 자 남짓,

---

3 보장(步障)은 바람과 먼지를 막거나, 외부의 시선을 가리기 위해 설치하는
일종의 병풍 같은 가림막이다.

길이는 다섯 길 남짓이며, 대단히 촘촘하고 튼튼하게 짜여 있음), 사납파 (沙納巴) 백 필(천의 일종으로서 '포라[布羅]'라고도 함. 폭은 다섯 자 남짓 이고 길이는 세 길 남짓인데, 염색하지 않은 비단과 비슷함), 흔백륵탑려 (忻白勒搭黎) 백 필(천의 일종으로서 '포락[布絡]'과 같음. 폭은 세 길 남짓 이고 길이는 여섯 길 남짓인데, 실을 얽은 틈이 아주 고르게 드러나 있어 무척 아름다우며, 이 지역에서는 이것으로 머리를 싸는 두건을 만듦), 사 탑아(紗塌兒) 백 필(천의 일종으로서 면직물인 '두라[兜羅]'의 일종임. 폭 은 다섯 자 여섯 치, 길이는 두 길 남짓이며 양면에 모두 융단처럼 털이 나 있음. 두께는 네다섯 푼[分]쯤 됨), 명마 열 필(천금의 값어치가 있음), 낙타 열 마리, 얼룩말 열 마리

삼보태감이 보고 나서 말했다.

"예물이 너무 많아서 감당하기 어렵구려!"

"보잘것없는 예물이지만 황제 폐하게 전해 주십시오. 그리고 길 일을 택해 사령관께서 우리나라에 왕림해 주시기 바랍니다. 감사 하는 뜻으로 조촐한 자리를 마련할까 합니다."

"곧 출항해야 합니다. 국왕께 감사 인사를 전해 주십시오."

"대왕마마께서 사령관님께 잘 말씀드려서 반드시 승낙을 얻어 오라고 하셨습니다. 택일하실 때까지 제가 여기서 기다리겠습니 다."

"우리도 별건 아니지만 답례품을 마련했으니, 번거로우시더라도 돌아가실 때 가져가시기 바랍니다."

"아닙니다. 사령관께서 왕림하실 때 저희 대왕마마께 직접 전해

주십시오.”

이튿날 국왕은 또 우승상 위쟈칭[兪加淸]⁴에게 수천 명의 인마를 거느리고 의복 등의 예물을 보내면서 두 사령관을 초빙하러 왔다. 이에 두 사령관은 좌우 호위 상교와 친위병 이백 명을 거느리고 왕궁으로 향했다. 소나르가온에 이르렀을 때 국왕은 또 대장에게 수천 명의 인마를 거느리고 비단과 코끼리, 말 등의 예물을 보내면서 두 사령관을 영접하게 했다. 왕궁에 도착하자 대문 앞에 수천 명의 기마병이 양쪽으로 늘어서 있었는데, 다들 체격이 크고 반짝이는 투구와 갑옷, 칼, 창, 활 등으로 무장한 채 대단히 질서정연한 모습이었다. 또 국왕은 몸소 왕궁 대문 밖까지 나와 다섯 번 큰절을 올리고 세 번 머리를 조아리며 두 사령관을 맞이했다.

왕궁으로 들어가니 좌우 양쪽에 긴 회랑이 있었는데, 거기에는 또 몸집이 똑같은 수백 마리의 코끼리가 늘어서 있었다. 조련사들은 모두 똑같이 생긴 강철 채찍과 쇠로 만든 피리를 지닌 채 코끼리에 타고 있었는데, 대단히 위압적인 모습이었다. 중문을 들어서자 좌우 섬돌에 공작 깃털로 만든 부채와 양산이 각기 수백 개씩 늘어서 있는데, 대단히 정교하고 아름다운 모습이었다. 대전 앞에 이르러서 보니 아홉 칸의 기다란 궁전은 지붕이 평평하고, 구리로 만든 기둥들이 받치고 있었다. 양쪽을 장식한 화초와 짐승의 상은 모두 금물을 입힌 것들이었고, 바닥에는 용과 봉황, 꽃무늬를 장식한 벽

---

4 위쟈칭[兪加淸]이라는 이름은 중국어 발음의 유사성을 이용하여 유가친(兪加親, yù jiā qīn) 즉 더욱 친근함을 보여주는 인물임을 암시한다.

돌이 깔려 있었다. 대전 위쪽에는 좌측으로 황금 지팡이를 짚은 수백 명의 병사가 나열해 있었고, 우측에는 은 지팡이를 짚은 수백 명의 병사가 나열해 있었다.

잠시 후 쇠로 만든 피리가 울리자 은 지팡이를 짚은 병사 스무명이 무릎을 꿇은 채 앞쪽에서 길을 인도하면서, 다섯 걸음을 옮길 때마다 한 번씩 함성을 질렀다. 대전 중앙에 이르자 다시 쇠로 만든 피리가 울리더니 다시 금 지팡이를 짚은 병사 스무 명이 무릎을 꿇은 채 앞쪽에서 길을 인도하면서, 다섯 걸음을 옮길 때마다 한 번씩 함성을 질렀다. 이렇게 해서 대전에 올라 보니, 그곳에는 색깔도 선명하고 아름다운 붉은색 양탄자가 깔려 있었다.

정식으로 인사를 나눌 때 국왕은 무릎을 꿇고 정중하게 절을 올렸다. 그런 다음 팔보(八寶)를 박아 장식한 의자를 놓고, 두 사령관에게 자리를 권했다. 삼보태감이 국왕에게 자리를 함께하자고 정중하게 권하자, 국왕은 무척 기뻐하며 성대한 잔치를 열어 두 사령관을 접대했다. 소와 양을 잡고 온갖 해산물이 두루 갖춰졌으며, 아주 맛좋은 서양의 술들도 나왔다. 국왕은 술김에 실수하지 않기 위해 장미즙과 꿀만 마시면서도 직접 술을 골라 두 사령관에게 권했다.

사흘 동안 연이어진 잔치에서 두 사령관은 부유하면서도 예의를 잃지 않은 시그라 국왕에 대해 마음속으로 무척 탄복했다. 연회가 끝나자 국왕은 삼보태감에게 황금으로 만든 투구와 끈, 갑옷, 병, 항아리, 쟁반, 술잔을 각기 다섯 개씩 바치고 또 역시 황금으로 만든 칼과 칼집, 활, 화살, 탄궁(彈弓), 패(牌), 어린아이의 인형을 각기 다섯 개씩 바쳤다. 또 왕 상서에게는 은으로 만든 투구와 끈, 갑옷, 병, 항아리, 쟁반, 술잔을 각기 열 개씩 바치고 또 역시 은으로 만든 칼과 칼집, 활, 화살, 탄궁(彈弓), 패(牌), 어린아이의 인형을 각기 열 개씩 바쳤다.

두 사령관이 선물을 받고 나자 다시 좌우 승상이 시중을 들어 잔치를 열었다. 잔치가 끝나고 나자 장수들과 벼슬아치들이 각기 금방울과 은방울, 모시로 만든 실, 비단, 외투 등의 예물을 바쳤고, 이어서 대장이 잔치의 시중을 들었다. 잔치가 끝나자 수행한 명나라 병사들에게도 각기 은화 백 개와 은실을 박아 장식한 수건 열 장씩을 선물로 주었다. 두 사령관은 그들이 매사에 순종적이고 후한 예물로 공대하자 더욱 기뻐하며, 중국에서 가져온 예물들로 국왕과 장수, 관리들에게 일일이 답례했다.

이윽고 두 사령관이 함대로 돌아갈 때가 되자, 국왕은 직접 배까지 와서 전송했다. 가는 도중에는 코끼리와 말을 탄 무수한 병사가 앞뒤에서 호위했다. 그리고 배에 도착하자 국왕은 또 찐 쌀 백 가마와 생강, 파, 오이, 과일 등을 각기 이삼십 꾸러미씩 전하고, 그 외에도 야자로 빚은 술과 쌀로 빚은 술, 과일주, 능장주(菱葦酒), 맥주를 각기 쉰 단지씩 보냈으며, 닭과 거위, 오리, 돼지, 양 따위의 가축들도 크기에 따라 적당한 마릿수를 챙겨서 바쳤다. 또 됫박 열 개를 합쳐 놓은 것처럼 크고 달콤한 바라밀과 향긋하고 맛좋은 아말라(amala), 그리고 새하얀 설탕을 입힌 꿀떡 등을 각기 수백 꾸러미나 보냈으며, 기타 채소나 과일 등은 그 수를 헤아릴 수 없을 정도로 보내왔다.

이에 삼보태감이 국왕에게 말했다.

"이건 너무 과한 예물이라 받을 수 없소이다."

"그다지 귀한 것도 아니고 그저 이곳 토산품이니, 병사들에게 베푸시기 바랍니다."

이렇게 정중하게 권하자 삼보태감도 일일이 받아 간수하게 하고, 다시 성대한 잔치를 열어 역시 사흘 동안 국왕 일행을 접대했다.

국왕이 돌아가자 출항을 명령한 후 삼보태감이 왕 상서에게 말했다.

"서양에 와 보니 이 시그라 왕국이 제일 부유하고 예의 바르군요."

"앞으로 나타날 나라도 모두 이러면 좋을 텐데요."

"모든 것은 하늘의 뜻에 맡기고 가보는 수밖에 없겠지요."

어느새 출항한 지 수십 일이 지났는데, 그때 호위병이 보고했다.

"앞쪽에 나라가 하나 있습니다."

"그걸 어찌 아느냐?"

"멀리 바닷가에 돌을 쌓아 만든 성이 있는데, 그 안쪽으로 희미하게 돌을 쌓아 만든 건물들이 보입니다."

"그렇다면 정찰병을 보내 탐문하게 하고, 배를 정박하도록 하라.

사영대도독은 뭍으로 병사를 이동시켜 영채를 구축하고, 사초부도독들은 해상 영채를 구축하라. 좌우 선봉은 뭍의 영채를 지원하고, 유격장군은 뭍의 영채를 순시하며 불의의 사태에 대비하라. 수군도독 역시 해상을 순시하며 불의의 사태에 대비하라."

이렇게 모든 준비가 끝났을 때 정찰병들이 돌아와 보고했다.

"앞쪽에 있는 나라는 모가디슈[木骨都束][5] 왕국이라고 합니다. 거기서 남쪽으로 오십 리 떨어진 곳에는 지움보[竹步][6] 왕국이 있고, 북쪽으로 오십 리 떨어진 곳에도 브라바[卜剌哇][7] 왕국이 있습니다. 세 왕국이 연이어 있는데, 개중에 모가디슈가 조금 크고, 나머지 두 왕국은 규모가 조금 작습니다."

"지역 상황은 어떠하더냐?"

"세 나라 모두 돌을 쌓아 성을 만들고, 역시 돌을 쌓아 건물을 지었습니다. 토지는 모두 황적색의 거친 흙과 바위로 덮여 있어서 초목이 자라지 못합니다. 여러 해 동안 비가 한 번도 내리지 않아서 우물도 아주 깊이 팠는데, 수레에 밧줄을 매달아 두레박으로 물을 길어 양가죽으로 만든 자루에 담아서 가져갑니다. 브라바에는 염전이 있어서 백성들이 그걸로 생계를 꾸리고 있습니다."

"인물들은 어떠하더냐?"

---

5 제9회의 각주 46)을 참조할 것.

6 지금의 소말리아(Somalia) 남부 주바(Juba) 강 입구의 지움보(Giumbo)에 있던 왕국이다.

7 지금의 소말리아 동남쪽 해안의 브라바(Brava)에 있던 왕국이다.

"남자들은 꼬불꼬불한 머리카락을 늘어뜨리고 허리에 작은 천을 두르고 있고, 아낙들은 머리카락을 뒤통수에 묶고 정수리에 황토를 발랐습니다. 아낙들은 또 양쪽 귀에는 길쭉하게 늘어진 줄을 몇 개씩 꿰어 걸고, 목에는 은으로 만든 고리를 차고 있는데, 거기에 단 수실을 가슴까지 늘어뜨리고 있습니다. 외출할 때는 천으로 몸을 싸고, 푸른 망사로 얼굴을 가린 채 가죽신을 신고 다닙니다."

"풍속은 어떠하더냐?"

"지움보 왕국과 브라바 왕국의 풍속은 순박합니다만, 모가디슈 왕국은 무식하고 간사한 데다가 군대를 조련해 호전적입니다."

"풍속이 다르다 해도 일단 패를 보내 봐야겠구나."

삼보태감은 유격장군 유천작은 모가디슈 왕국에, 도사(都司) 오성(吳成)은 지움보 왕국에, 참장(參將) 주원태(周元泰)는 브라바 왕국에 각기 호두패를 전하게 했다. 군령이 떨어지자 장수들은 각자 담당한 나라에 다녀와서 보고했다. 먼저 주원태가 보고했다.

"브라바 왕국에 호두패를 전하자 국왕과 좌우 두목들 모두 '작고 가난한 이 나라에 무슨 보물이 있겠습니까? 상소문과 항서라면 모가디슈 왕국의 것을 바칠 때 저희도 거기에 포함돼서 바치겠습니다.' 하고 말했습니다."

"정황에 맞는 얘기로구먼. 역시 그곳 풍속은 순박하구먼."

그 말이 끝나기도 전에 오성이 보고했다.

"지움보 왕국에 호두패를 전하자 국왕과 좌우 두목들 모두 '작고 가난한 이 나라에 무슨 보물이 있겠습니까? 상소문과 항서라면 모가디슈 왕국의 것을 바칠 때 저희도 거기에 포함돼서 바치겠습니다.' 하고 말했습니다."

"이 역시 정황에 맞는 얘기로구먼. 그곳 풍속도 순박하구먼."

그 말이 끝나기도 전에 유천작이 보고했다.

"모가디슈 왕국에 호두패를 전하자 국왕과 좌우 두목들 모두 '작고 가난한 이 나라에 중국의 보물이 있을 리 있겠습니까? 상소문과 항서라면 지금 대왕마마께서 연일 몸이 좋지 않으시니 사나흘만 말미를 주십시오. 대왕마마의 병세가 좀 나아지면 즉시 바치겠습니다.' 하고 말했습니다."

"그건 핑계로구먼. 병을 핑계로 내세우다니, 그곳 풍속은 어리석고 간사하구먼."

그러자 유천작이 말했다.

"국왕이 병을 핑계로 거부하는 것은 자기네 힘을 믿고 복종하지 않는 것이니 용서할 수 없습니다! 정예병 사만 명에게 그 나라 사대문을 단단히 포위하고 사다리와 양양대포를 동원해 밤낮으로 공격하면, 제아무리 무쇠로 만든 성이라 해도 함락할 수 있지 않겠습니까? 다른 장수들이 나서지 않겠다면 제가 선봉에 서서 미흡하나마 최선을 다하겠습니다."

"일리 있는 말씀이긴 하지만, 그건 아니오. 우리가 서양에 온 이래 이런 나라들을 공격해서 쉽게 굴복시키기도 했고 어렵게 취하기도 했지만, 어쨌든 모두 마음으로 기꺼이 굴복하게 했지 조금이라고 강제하지는 않았소. 그런데 지금 어떻게 무력으로 저들을 핍

박할 수 있겠소? 제갈공명도 칠종칠금의 유화책을 썼으니, 우리도 무력에만 의존할 수는 없소. 어쨌든 사나흘 말미를 달라고 했으니, 두고 봅시다. 그래야 나중에 그자가 죽어도 원망하지 않을 게 아니 겠소?"

왕 상서가 말했다.

"사령관께서 덕으로 감복시키시겠다니 훌륭하십니다. 다만 지 피지기면 백전백승이라고 했는데, 지금 모가디슈 왕국에는 어떤 장수와 요사한 사술 같은 게 있는지 모르는 실정이니, 정탐을 해봐 야 하지 않겠습니까?"

"지당하신 말씀이십니다. 여봐라, 속히 정찰병을 보내 최대한 신 속하게 정찰해서 보고하도록 하라!"

한참 후 정찰병들이 돌아와서 보고했다.

"지움보 왕국과 브라바 왕국에는 장수도 없고 요사한 술법 같은 것도 없습니다. 하지만 모가디슈 왕국에는 백 걸음 밖에서 버들잎 도 꿰뚫는 활 솜씨를 가진 윈무처[雲幕嘩]라는 장수가 있습니다. 또 비룡사(飛龍寺)의 주지인 다라존자(佗羅尊者)는 요괴나 귀신으로 변신하는 재주가 있다고 합니다. 그래서 국왕은 무슨 일이 생기면 전적으로 이 두 사람에게 의존하기 때문에, 저번에 국왕이 병을 핑 계로 호두패의 제안을 거부했던 것입니다."

"아주 자세히 정탐했구나."

삼보태감은 그 정찰병에게 상을 내렸다. 그리고 사영과 사초의 장수들에게 순찰을 더욱 강화하라고 분부하면서, 실수를 저지르면 엄벌에 처하겠다고 강조했다.

한편 모가디슈 국왕은 병을 핑계로 호두패의 제안을 거부하고 유천작을 보낸 후, 즉시 온 나라의 두목과 파총(把總), 순작(巡綽)을 비롯한 벼슬아치들을 소집해 적군을 물리칠 계책을 논의했다. 그러자 신하들 가운데 나이가 지긋하고 덕망이 높은 몇몇이 간언했다.

"기껏 상소문하고 항서만 써주면 될 것을, 무엇 하러 굳이 전쟁을 벌이려 하시옵니까?"

또 사리를 아는 일부 신하들도 간언했다.

"명나라 함대에는 정예병 백만 명과 장수 천 명이 있어서, 서양에 온 이후 여러 나라를 정복했습니다. 하물며 우리나라처럼 약소한 나라가 어찌 감히 그들과 싸울 수 있겠습니까?"

이들의 말은 명백히 조리에 맞는 것이었으나, 대장 원무처가 술을 한 잔 들이키더니 고함을 질렀다.

"그대들 말은 모두 틀렸소! 그것은 나라를 망치고 군주를 기만하는 언사이니 죽어 마땅한 죄를 지은 것이오!"

국왕이 그에게 물었다.

"그게 무슨 말씀이오?"

"중국과 우리나라는 몇십만 리나 떨어져 있는데, 이제 아무 이유 없이 우리나라에 군대를 파견한 것은 명백히 우리나라가 유약하다고 무시하는 처사이옵니다. 우리나라가 비록 약하기는 하지만 궁

수(弓手)가 천 명이 넘습니다. 게다가 저들은 먼 길을 오느라 피곤한 상태이고 우리는 편히 지내고 있었으니, 그저 성을 단단히 지키기만 해도 필승을 거둘 것입니다. 어찌 속수무책으로 죽음을 기다릴 수 있겠사옵니까? 제 말이 믿기지 않으시다면 국사님께 여쭤보시옵소서."

모가디슈 왕국에도 국사가 있었던가? 알고 보니 비룡사의 주지 다라존자가 구름을 타고 신출귀몰한 변신술을 부릴 줄 알아서 국왕이 그를 호국진인(護國眞人)에 임명했기 때문에 '국사'라고 불리고 있었다. 국왕은 국사에게 물어보라는 말을 듣고 자기 나름대로 생각을 정하고, 즉시 비룡사로 조서를 보내서 국사를 모셔왔다. 인사를 마치고 나서 국왕이 호두패에 관한 일을 자세히 설명하자 다라존자가 말했다.

"이게 무슨 큰일이라고 이렇게 부산을 떨고 그러십니까? 활 솜씨 뛰어난 대장이 있으니 단번에 승리할 것입니다."

이에 국왕이 원무처에게 말했다.

"그렇다면 대장이 그대로 시행하도록 하시오."

원무처는 "예!" 하고 궁궐 밖으로 나갔다.

'예로부터 전쟁에서는 속임수를 마다하지 않는다고 했지. 내가 활을 잘 쏘기는 하지만 명나라 군대의 솜씨를 알 수 없으니, 일단 변장하고 가서 정탐을 한번 해봐야겠구나.'

그가 느릿느릿 걸어 명나라 중군 막사 앞에 이르자, 호위병이 물었다.

"그대는 누구인가?"

"저는 모가디슈 왕국의 병졸인데, 대왕마마의 분부를 받들어 귀국 사령관께 문안 인사를 올리러 왔습니다."

호위병의 보고를 들은 삼보태감이 말했다.

"틀림없이 무슨 속셈이 있는 게로군!"

삼보태감은 그를 들여보내라 하고, 사영과 사초에 명령을 내려서 완전무장을 한 채 만약의 사태에 대비하라고 했다. 잠시 후 원무처가 들어와 인사를 하자 삼보태감이 물었다.

"너는 누구냐?"

"저는 모가디슈 왕국의 병졸인데, 대왕마마께서 며칠 동안 병석에 누워 계시는 바람에 투항하지 못하고 계십니다. 그래서 저를 보내서 빈손이나마 문안 인사를 올리라고 하셨습니다."

"네 이름은 무엇이냐?"

"원무처라고 하옵니다."

"너희 나라에서는 무슨 무예를 익히느냐?"

"우리나라 사람들은 어려서부터 활쏘기를 익히고 있습니다."

"어느 정도로 쏘느냐?"

"백 걸음 밖에서 버들잎을 꿰뚫을 정도로 제법 잘 쏩니다."

"너도 그 정도로 잘 쏘느냐?"

"같이 어울리다 보니 저도 조금 쏠 줄 압니다."

"그래? 그렇다면 우리 군영에서 한번 겨루어보는 게 어떠냐?"

"감히 겨루다니요! 그저 이 기회에 나리 군대의 위용을 구경하고 싶을 뿐입니다."

'정찰병에게 이미 얘기를 들었거늘, 감히 여기로 와서 수작을 피우다니! 오냐, 네놈 계책을 역이용해서 우리가 누구인지 확실히 알게 해주마!'

삼보태감은 즉시 기패관에게 윈무처를 데리고 군영 안을 구경시켜 주라고 했다. 그들이 후영(後營)에 이르렀을 때 보니 각종 무기를 걸어놓은 틀이 보였는데, 거기에 활도 있었다. 윈무처는 활에 마음이 끌려서 하나를 들고 당겨 보았다. 그리고 별로 어렵지 않다고 생각한 그가 물었다.

"명나라에서는 모두 이런 활을 씁니까?"

그러자 당영이 그의 속내를 눈치채고 대답했다.

"그렇네."

"이런 활은 너무 약하지 않나요?"

"무슨 소리! 병사들은 너무 세다고 불만이 많다네."

"에이! 이보다 더 약하면 어떻게 쏠 수 있겠습니까?"

"우리는 주변보다는 한가운데를 맞히는 것을 중시하고, 가죽을 뚫지 못하는 정도가 되도록 애쓴다네. 사람을 다치게 할 수도 있기 때문이지."

그 말에 윈무처는 의아한 생각이 들었다. 세상의 모든 활은 어떻게 하면 적중시킬까 걱정하지 어떻게 사람이 다칠까 걱정한다는 것인지 알 수 없었기 때문이다.

"사람이 다칠까 걱정스러우면 차라리 안 쏘는 게 낫겠군요."

당영은 다시 허풍을 쳤다.

"그건 그대가 잘 모르고 하는 말이다. 우리는 군대를 움직일 때는 상대가 마음으로 굴복하게 만드는 데에 주력한다. 화살을 쏘아 맞히더라도 상처가 나지 않게 해서, 상대가 기꺼운 마음으로 굴복하게 만들지."

"거 참 희한한 일이군요!"

"여기서는 어떻게 쏘느냐?"

"저희는 한 발에 한 명씩 적을 꿰뚫습니다."

"그저 사람을 관통하도록 쏘는 거야 어려울 게 뭐 있겠나!"

"사람이 다치지 않게 쏘는 것도 별로 어려울 것 같지 않은데요?"

"그럼 우리 시합을 한번 해보세."

원무처는 자기 계책이 들어맞았다고 생각하고 속으로 무척 기뻐했다. 그는 활을 당겨 화살을 재며 버들잎을 꿰뚫는 재주를 보여주려고 했다. 하지만 당영이 일부러 속아주는 척하며 부하들에게 지시했다.

"여봐라, 과녁을 세워라!"

수하들이 과녁을 세우자 당영이 말했다.

"먼저 쏘아보게."

"각자 한 번씩만 쏘면 되겠지요?"

"그거야 괜찮지만, 사람이 다치면 안 되네."

"그건 좀 어렵겠는데요. 뭐 일단 쏘아보도록 하지요."

"그러세. 아무튼 먼저 쏘게."

원무처는 연달아 아홉 대의 화살을 날렸으나 과녁을 맞히지 못했다. 그러자 당영이 말했다.

"이제 내가 쏘아보겠네. 잘 보게!"

그 역시 연달아 아홉 대의 화살을 날렸는데, 화살들은 모두 과녁에 적중했으나 과녁을 뚫고 들어가지 않고도 그대로 붙어 있었다. 이야말로 귀신조차 혀를 내두를 솜씨였다. 원무처는 의아한 생각이 들었지만, 다시 창을 가리키며 물었다.

"저 창이라면 사람을 다치게 할 수 있습니까?"

"전부 마찬가지일세. 창도 사람을 다치게 하지 않네."

대체 어떻게 창도 사람을 다치게 하지 않는지는 다음 회를 보시라.

다라존자가 먼저 술법을 펼치자
벽봉장로가 느긋하게 능력을 보여주다
佗羅尊者先試法　碧峰長老慢逞能

報國精忠衆所知　나라에 보답하려 충정 바쳐야 함은 누구나 알지만

傳家韜略最稀奇　집안 대대로 전해지는 병법은 대단히 신기하다네.

穰苴奮武能威敵　사마양저(司馬穰苴)는 무예를 떨쳐 적을 위협할 수 있었고

充國移師竟懾夷　나라의 군대 움직여 오랑캐를 두려워하게 만들었지.

兵出有名應折首　출전하여 명성 날리려면 적의 머리를 베어야 하나니

凱旋無處不開頤　개선할 때 어딘들 환한 표정 짓지 않겠는가?

上功幕府承天寵　큰 공 세운 장수들은 천자의 은혜 입어

肘後黃金斗可期　헤아릴 수 없이 많은 황금을 지니고 다니게 되겠지.

그러니까 원무처가 당영에게 이렇게 물었다.

"저 창이라면 사람을 다치게 할 수 있습니까?"

"전부 마찬가지일세. 창도 사람을 다치게 하지 않네."

"어떻게 하는지 한번 보여주실 수 있습니까?"

"일어서보게. 내가 자네 몸에 상처를 내지 않고 창으로 찔러 보겠네."

"언제 찌르는지 어떻게 압니까?"

"내가 알아서 신호를 해주겠네."

"이 기회를 이용해서 저를 죽여 버릴 수도 있지 않습니까?"

"하하! 우리 중국인들은 신의를 중시해서, 말 한마디도 천 냥의 황금보다 귀중하게 여기네. 손바닥 뒤집듯이 말을 번복하는 것은 오랑캐나 마찬가지 행실인데, 어떻게 중국인이라고 할 수 있겠는가?"

이 몇 마디는 원무처를 자극하여 자괴감이 들게 했다.

"다치게 하지만 않는다면 일어서겠소이다. 어디 한번 공격해 보십시오."

그러자 당영이 수하들에게 분부했다.

"여봐라, 산 사람의 심장을 하나 가져오너라."

당영은 창날 끝에 그 심장을 꽂고 원무처를 향해 상하좌우, 전후, 팔방으로 여러 차례 창을 돌리고 찌르며 무예를 펼쳐 보이고 나서 물었다.

"공격한 게 맞는가?"

"예."

"몸에 상처를 입혔는가?"

"아닙니다."

"자네는 상처를 입지 않았다는 것만 알지, 자네가 몇 번이나 창에 맞았는지 모르는구먼. 옷을 벗어서 몇 번이나 내 창에 맞았는지 살펴보게."

원무처가 장삼을 벗어 살펴보니 창이 닿은 곳마다 붉은 점이 찍혀 있었다. 이게 어찌 된 일일까? 알고 보니 창날 끝에 꽂힌 심장은 다름 아니라 핏물 주머니였기 때문에 창이 닿는 곳마다 붉은 점이 찍혔던 것이다. 그가 붉은 점들을 세어 보니 모두 칠칠 사십구, 마흔아홉 개가 찍혀 있었다. 이에 당영이 말했다.

"자네가 보기에 내 창술이 어떠한가?"

"창술은 훌륭합니다만, 피를 보지 않고 음험한 수단으로 사람을 죽이는 것은 신의를 바탕으로 하는 사람이 할 바가 아닌 것 같습니다."

"이건 그저 시험 삼아 한 것뿐이라네. 정말 피를 보지 않고 음험한 수단으로 사람을 죽이는 것은 우리 같은 사대부로서 할 일이 아니지!"

자신의 활 솜씨가 천하제일이라고 여기고 있던 원무처는 당영이 사람에게 상처를 입히지 않고 활을 쏘는 기술을 보자 자신보다 뛰어나다고 생각했다. 하지만 그건 그렇다 치더라도 창을 휘둘러도 사람을 다치지 않게 하는 것은 누구도 흉내 내기 어려운 일이었기 때문에 속으로 무척 놀랐다. 이에 그는 서둘러 작별인사를 하고 떠나려 했다.

당영은 그를 더욱 놀려주려고 전영(前營)의 왕량을 불러서 상처를 입히지 않고 공격하는 수법을 보여주라고 청했다. 왕량은 머리를 묶고 모자를 쓴 채, 소매를 동여매고, 사자머리가 장식된 허리띠를 차고, 각반을 매더니, 한 길 여덟 자의 창을 휘둘러 마치 살아 있는 뱀처럼 영활하게 윈무처의 전신 곳곳을 공격했다. 그 순간 "쌩!" 하는 소리와 함께 창의 모습은 보이지 않고 사방에는 빗방울 같은 빛이 난무했다. 잠시 후 그가 창을 거두자 당영이 윈무처에게 물었다.

"공격한 게 맞는가?"

"예."

"몸에 상처를 입혔는가?"

"아닙니다."

"솜씨가 어떠한가?"

"대단합니다! 정말 대단해요!"

당영은 다시 좌영대도독 황동량을 불러서 상처를 입히지 않고 공격하는 수법을 보여주라고 청했다. 신장이 한 길 두 자나 되고 어깨가 떡 벌어진 황동량은 세 길 여덟 자 길이의 질뢰추(疾雷錘)를 마치 공놀이하듯이 휘두르며 얽힌 고목의 뿌리처럼 어지러이 원을 그리면서 달을 쫓는 유성처럼 재빠르게 윈무처의 전신을 공격하였다. 이렇듯 황동량이 한바탕 무예를 선보이고 질뢰추를 거두자 당영이 또 윈무처에게 물었다.

"공격한 게 맞는가?"

“예.”

“몸에 상처를 입혔는가?”

“전혀 아닙니다.”

“솜씨가 어떠한가?”

“대단합니다! 정말 대단해요!”

당영은 다시 우영대도독 김천뢰를 불러서 상처를 입히지 않고 공격하는 수법을 보여주라고 청했다. 키는 석 자밖에 안 되지만 어깨너비가 두 자 다섯 치나 되고, 투구도 쓰지 않고 갑옷도 입지 않은 채 무게가 백오십 근이나 나가는 임군당을 든 김천뢰는 작은 쇳조각을 놀리듯이 원무처를 공격하여, 풀을 쓰러뜨릴 듯한 바람 소리와 까치가 울어 대고 까마귀가 날아가는 듯한 살벌한 장면을 연출했다. 김천뢰가 한바탕 무예를 선보이고 임군당을 거두자 당영이 또 원무처에게 물었다.

“공격한 게 맞는가?”

“예.”

“몸에 상처를 입혔는가?”

“전혀 아닙니다.”

“솜씨가 어떠한가?”

“대단합니다! 정말 대단해요!”

당영은 또 사초부도독을 불러서 차례로 무예를 선보이게 했다. 원무처는 이 장수들의 엄청난 무예를 보고 안절부절 몸 둘 바를 모르며 한사코 떠나려 했다. 이에 당영은 어쩔 수 없이 그를 보내주며 당부했다.

"돌아가거든 국왕에게 전해라. 상소문 한 장과 항서 하나 쓰는 것은 별일도 아니니, 다른 사달이 일어나지 않도록 얼른 써서 바치라고 해라. 괜히 나중에 진퇴양난이 되면 후회해도 이미 늦게 되니, 그런 일이 일어나지 않도록 하라고 말이다. 알겠느냐?"

"예! 예! 알겠습니다!"

이 일은 비록 삼보태감의 지시로 행해진 것이었지만 당영이 더욱 효과적으로 수행해 냈으니, 이야말로 상대의 사기를 꺾는 적절한 방법이었다.

한편 왕궁으로 돌아가는 원무처는 심사가 너무 복잡했다. 왜냐? 국왕에게 명나라 장수들의 무예가 엄청나다는 사실을 보고하자니, 자신이 나서기 전에 큰소리를 쳐 놓은 게 있어서 곤란했다. 그렇다고 이 일을 숨기자니, 상처도 내지 않고 공격하는 명나라 장수들의 능력이 너무 무시무시했다. 그는 어쩔 수 없이 비룡사의 다라존자를 찾아갔다.

"그래, 명나라 함대에 다녀와 보니 어떻던가?"

"얘기하기가 더 곤란해졌습니다."

"아니, 왜?"

원무처가 겪은 일을 자세히 들려주자, 다라존자가 말했다.

"그래서 어쩔 셈인가?"

"저는 적수가 되지 않으니 감히 저들에게 덤비지 못하겠습니다."

"왜 그리 생각하는 것인가?"

"다른 사람들은 젖혀두고 키가 석 자도 안 되는 난쟁이가 무게 백오십 근이나 나가는 쇠망치를 휘두르는데, 어찌나 빠른지 머리 위로 눈송이들이 한꺼번에 쏟아지는 것 같았습니다. 게다가 그렇게 제 몸을 두들겨 댔는데도 긁힌 자국 하나도 남기지 않았습니다. 이런 실력을 가진 자들한테 제가 어찌 상대가 되겠습니까!"

"자네야 나무토막처럼 뻣뻣이 당하고만 있었으니 저들을 어쩌지 못하겠지. 하지만 내가 하늘을 날며 변신술을 쓰면 저들도 나를 어쩌지 못할 걸세!"

"조금 전에 그 함대에서 이상하게 생긴 두 척의 배를 보았습니다. 거기에는 서너 개씩의 하얀 패가 세워져 있었는데, 그 가운데 한 척은 중앙에 세워진 패에 '국사행대(國師行臺)'라고 커다랗게 적혀 있고, 좌우에 각기 '나무아미타불'과 '뇌성보화천존(雷聲普化天尊)'이라고 적혀 있었습니다. 그것뿐이라면 그래도 괜찮지요. 또 한 척의 배에 세워진 패는 중앙에 '천사행대(天師行臺)'라고 커다랗게 적혀 있고, 좌우에 각기 '천하제신면현(天下諸神免見)'과 '사해용왕면조(四海龍王免朝)'라고 적혀 있었습니다. 그 아래에는 또 '치일신장조 원수단전청령(值日神將趙元帥壇前聽令)'이라고 적힌 작은 패가 세워져 있었습니다. 국사님 생각에 이 둘은 어떤 사람들인 것 같습니까? 틀림없이 하나는 승려이고 하나는 도사가 아니겠습니까? 그러니 국사께서도 그들을 경시하시면 안 될 것입니다."

"승려라면 나하고 길이 같고, 도사라면 나도 직분이 그와 대등하지. 그런데 왜 내가 그자들한테 겁을 먹어야 하겠는가!"

"그런 말씀이 아니라, 혹시 만에 하나라도 일이 잘못되면 나라의 체면을 구기게 되지 않겠습니까?"

"그게 무슨 소리인가?"

"이 나라가 오로지 태산처럼 튼실하게 국사님께 의지하고 있지 않습니까? 그런데 지금 일이 닥쳤는데, 국사님께서 상대의 내력도 알아보지 않고 경솔하게 수를 쓰려고 하시면 되겠습니까? 물론 승리하신다면 서로 영광스러운 일이지만, 혹시라도 문제가 생긴다면 대왕마마의 처지가 어찌 되겠습니까?"

"내가 나선다면 어찌 일이 잘못될 수 있겠는가?"

"그건 장담하기 어렵습니다. 세상에 하늘만큼 큰 것이 없는데, 저자가 천사라고 자칭하니 그 능력이 얼마나 크겠습니까? 그리고 세상에 높은 신이 얼마나 많습니까? 그런데도 그자는 '제신면현'이라고 해서 다른 신들을 모두 아래에 두고 있지요. 또 사해용왕이 얼마나 멀리 있습니까? 그런데도 그자는 '용왕면조'라고 해서 용왕보다 높은 지위를 과시하고 있지요. 마 원수와 조 원수, 온 원수, 관 원수를 비롯한 열두 명의 신도 오로지 옥황상제만이 부릴 수 있는 신분인데도 그자는 '단전청령'이라 하여 자기 마음대로 부립니다. 그러니 그자가 곧 옥황상제와 맞먹는 지위라는 게 아니겠습니까? 이런 자를 어떻게 가볍게 보실 수 있습니까?"

이 일장 연설은 비록 무심히 한 말이지만 다라존자로서는 심사숙고하지 않을 수 없게 했다. 처음 윈무처를 만났을 때만 하더라도 아주 기세등등하던 그도 이 말을 듣고 나자 기세가 확 꺾일 수밖에 없었던 것이다. 한참 동안 심사숙고하던 그가 말했다.

"대장의 말도 일리가 있네. 나도 어쩔 수 없이 가장하고 가서 정탐해 봐야겠네."

"가시거든 그 장수들은 찾아가실 필요 없이 그 하얀 패를 내 건 두 척의 배만 보고 오시면 됩니다."

"나도 그럴 생각이었네."

"그런데 어떤 모습으로 변장하실 생각입니까? 미리 연습이라도 해보고 가시는 게 좋을 것 같아서 드리는 말씀입니다."

"맨손으로 호랑이와 싸우는 놀이꾼을 가장해서 살펴볼 생각일세."

"좋은 계책입니다. 변신술을 쓰기도 편하니 남들이 전혀 눈치채지 못할 겁니다. 아주 훌륭한 계책이십니다!"

다라존자는 곧 호랑이 한 마리를 끌고 명나라 함대로 향했다.

'선한 자를 기만하고 악인을 두려워하는 것은 대장부로서 할 일이 아니지. 곧바로 그 도사를 찾아가 봐야겠구나.'

그렇게 생각을 정한 그는 곧바로 '천사행대'라는 패가 세워진 배로 향했다. 대청에서 대기하고 있던 관리는 웬 승려가 호랑이를 끌고 오자 깜짝 놀라서 다급히 호통을 쳤다.

"이놈! 너는 누구인데 감히 호랑이를 끌고 우리 배에 왔느냐?"

"나리, 놀라지 마시구려. 저는 이 지역 사람인데, 호랑이를 데리고 다니면서 동냥을 하는 중입니다."

"말도 안 되는 소리! 동냥 다니는 사람이 어째서 호랑이를 끌고 다니는 것이냐?"

"호랑이는 제가 동냥하는 데에 필요한 수단입니다."

"닥쳐라! 네놈은 말린 생선을 사다가 방생하는 것처럼, 죽고 사는 것이 무엇인지도 모르는 작자로구나! 우리 나리의 배가 네놈이 동냥이나 하는 곳인 줄 아느냐?"

"세상에는 군자와 소인이 있고, 모든 군자는 소인을 봉양해 주는 법이거늘, 어찌 이곳이 제가 동냥할 곳이 아니라는 말씀입니까?"

"당장 꺼져라! 뭉그적거리면 네놈의 정강이를 부러뜨려 놓겠다!"

"아이고! 동냥도 하지 못하고 다리뼈만 부러지게 생겼구먼!"

이렇게 옥신각신 다투는 소리에 조원각에 있는 장 천사가 눈썹을 세 번이나 꿈틀했다.

'아무래도 세작이 찾아온 모양이로구나.'

그가 어찌할까 생각하고 있던 차에 뱃머리에서 시끌벅적 싸우는 소리가 들려왔다. 장 천사는 즉시 도동을 내보내 물었다.

"누가 이리 소란을 피우느냐?"

관리는 자기에게 불똥이 튈까 무서워서 황급히 조원각으로 달려가 보고했다.

"저희가 소란을 피운 게 아닙니다. 뱃머리에 어떤 중이 호랑이를 끌고 와서 동냥하기에, 저희가 아무래도 세작인 것 같아서 쫓아 보내려고 했는데, 도무지 갈 생각을 하지 않고 계속 수작을 피워서 양쪽에서 언성이 높아졌습니다. 용서하시옵소서!"

장 천사는 곧 그자가 왔다는 것을 알아차렸다.

'어쩔 수 없이 저자의 계책을 역이용해서 주제를 알게 해 줘야겠구나. 그러면 나중에 싸우는 수고를 덜 수 있을 테지.'

이렇게 작정하고 그 관리에게 물었다.

"그자는 지금 어디 있느냐?"

"뱃머리에 있습니다."

"가서 이리 데려오너라. 마침 내가 기분이 좀 울적하니 그자와 담소라도 나눠야겠구나. 이 또한 '대나무 우거진 정원 거닐다 승려 만나 얘기 나누니, 덧없는 삶에 한나절 소일거리가 생겼구나.[因過竹院逢僧話, 又得浮生半日閑]'[1] 하는 경우가 아니겠느냐?"

하지만 그 관리는 도무지 영문을 알 수 없었다.

'그 개자식을 용서해 주실 모양인데, 어쨌든 가서 알려주는 수밖에 없겠구나.'

게다가 장 천사의 분부이니 그 관리는 감히 어기지 못하고 밖으로 나가 그를 데려왔다. 다라존자도 장 천사의 속내를 모르고 속으로 좋아했다.

'이번에는 내 계책이 먹혀들었구나.'

---

1 이것은 당나라 때의 시인 이섭(李涉: ?~?, 호는 청계자[淸溪子])의 시 〈학림사 승방에서[題鶴林寺僧舍]〉의 후반부 두 구절이다. 앞쪽 두 구절은 다음과 같다: "종일토록 취한 듯 꿈인 듯 몽롱하게 지내다가, 갑자기 봄이 다 간다는 소리 듣고 억지로 산에 올랐다.[終日昏昏醉夢間, 忽聞春盡强登山.]"

그는 한 손에 호랑이를 끌고 조원각으로 따라왔다. 장 천사가 그를 보고 물었다.

"어디서 온 사람인가?"

"이 지역에 살고 있습니다."

"무슨 일을 하는가?"

"호랑이 부리는 재주로 동냥을 해서 먹고삽니다."

"동냥하는데 호랑이는 왜 끌고 다니는가?"

"이곳에서는 호랑이 싸움을 시키는 풍속이 있습니다."

"그 호랑이는 어디서 온 것인가?"

"제가 새끼 때부터 기른 것입니다."

장 천사는 일부러 관리에게 분부했다.

"상으로 내릴 것들을 준비하도록 해라. 호랑이를 어떻게 부리는지 감상해 보겠다."

보라. 다라존자는 호랑이를 풀어주며 호통을 쳤다.

"저기 마룻바닥에 앉아라!"

그러자 호랑이가 느긋하게 마룻바닥에 앉았다. 그러자 다라존자는 상의를 벗고 팔뚝을 드러내더니, "받아라!" 하면서 호랑이 주둥이를 향해 주먹을 내질렀다. 하지만 호랑이는 그런 상황에 익숙한 듯 앞발을 들어 반격했다. 다라존자가 왼손 주먹을 휘두르면 호랑이는 오른발로 반격하고, 오른손 주먹을 휘두르면 왼발로 맞받았다. 또 다라존자가 왼발을 내지르면 호랑이는 오른발로 반격하고, 오른발을 내지르면 왼발로 반격했다. 이렇게 둘이 승부를 가리지 못하다가 잠시 후 다라존자가 사납게 호통을 쳤다.

"이놈! 어딜 도망치느냐!"

그러면서 두 주먹을 빗발이 치듯 휘두르고, 두 다리를 북을 두드리듯 휘눌렀다. 그 바람에 연달아 몇 대를 얻어맞은 호랑이는 비틀비틀 버티다가 곧 쓰러져서 한참 동안 일어나지 못했다. 그러자 다라존자가 또 호통을 쳤다.

"이놈! 더 덤빌 재간이 있느냐?"

그 소리가 끝나기 무섭게 호랑이가 발딱 일어나더니 고개를 몇 번 내젓고, 꼬리를 추켜세우고, 엉덩이를 몇 번 씰룩거리며 사납게 포효했다. 그러더니 다라존자의 머리 위로 풀쩍 뛰어올라 앞쪽으로 왔다가, 다시 포효를 지르며 다라존자의 머리를 뛰어넘어 등 뒤로 가고, 또 포효를 지르며 다라존자의 머리를 뛰어넘어 왼쪽으로, 다시 오른쪽으로 넘어갔다. 이렇게 몇 번을 뛰어넘고 포효를 지르다가 다라존자의 까까머리를 향해 앞발을 휘두르자, 다라존자도 땅바닥에 털썩 쓰러져서 한참 동안 일어나지 못했다. 호랑이는 그에게 다가가 코를 들이대고 킁킁 냄새를 맡아보고, 앞발로 툭툭 쳐보고, 꼬리로 슬쩍 건드려 보기도 했다. 잠시 후 다라존자도 정신을 차리고 벌떡 일어섰다. 이렇게 서로 한 번씩 이기고 지는 것이 이 공연의 본론이었다.

그런데 다라존자가 일어나서 화가 치민 듯 "어딜 도망치려고!" 하면서 다시 주먹을 내지르자, 호랑이도 맞받아서 포효를 지르며 달려들어 그의 머리를 치려고 했다. 하지만 다라존자가 펄쩍 뛰며 두 발을 모아 내지르자 호랑이가 벌렁 자빠져 버렸다. 하지만 호랑이도 이내 다시 일어나서 앞발을 세차게 후려치니, 이번에는 다라존자가 쓰러져 버렸다. 이렇게 서로 치고받고 쓰러졌다 일어나기를 일이십 번쯤 해서 약간 지루해진다고 느낄 무렵에, 다라존자가 손을 뻗어 호랑이 입 안에 찔러넣었다. 손이 목젖까지 닿아서 꼼짝할 수 없게 된 호랑이가 그제야 패배를 인정하고 다시 마룻바닥에 앉자, 다라존자도 손을 빼냈다. 이렇게 서로 승패를 주고받는 것이 또 이 공연의 한 마당이었다.

장 천사가 속는 척하며 감탄사를 연발했다.

"아주 대단한 공연이로구먼!"

그리고 관리를 불러 호랑이에게 돼지고기 앞다리를 상으로 내리라고 했다. 호랑이는 앞발로 그것을 받아 들더니 한입에 덥석 물고 꿀꺽 삼켜 버렸다. 또 술상을 차려서 다라존자에게 상으로 내리라고 하자, 다라존자는 허겁지겁 술과 안주를 먹어치워서 순식간에 상을 말끔히 비워버렸다.

그 모습을 보면서 장 천사가 속으로 생각했다.

'이번에는 저자에게 몇 가지 수작을 걸어서 어쩌는지 봐야겠군.'

이렇게 작정하고 그가 짐짓 이렇게 말했다.

"이 공연은 아주 훌륭했네. 어디, 한 번 더 해보게. 내 아주 후한 상을 내리겠네."

장 천사의 의중을 전혀 알 리 없는 다라존자는 정말이라고 생각하고, 공연하는 척하다가 장 천사를 암습하기로 작정했다. 그는

"예! 예!" 하면서 한 손으로 호랑이를 끌어내더니 또 "받아라!" 하면서 주먹을 내질렀다. 이에 호랑이도 포효하면서 앞발을 휘둘러 맞섰다. 이렇게 해서 다시 공연이 시작되었는데, 다라존자는 다시 사납게 기세를 일으키며 "이놈! 어딜 도망치느냐!" 하면서 빗방울이 쏟아지듯이 손발을 휘둘렀다. 그들의 공연이 한창 무르익었을 때 장 천사가 슬그머니 손가락으로 결을 맺었다. 그 순간 호랑이가 안색을 바꾸더니, 다라존자를 사정없이 내리쳐 쓰러뜨려 버렸다. 백여 근의 힘이 실린 이 한 방에 다라존자의 까까머리는 완전히 피범벅이 되어서 정말 죽은 것처럼 보였지만, 장 천사는 모르는 척했다. 한참 후에야 정신을 차린 다라존자가 속으로 생각했다.

'이 빌어먹을 놈이 진짜로 이렇게 세게 치다니! 이상하다? 어째서 내 술법이 제대로 먹혀들지 않지?'

다시 한참이 지나자 그가 벌떡 일어나 분풀이를 하듯이 제대로 손을 뻗어 호랑이의 입 안에 찔러넣었다. 그런데 막 찔러넣은 그 손이 호랑이의 목젖에 닿기도 전에 장 천사가 또 슬그머니 손가락으로 결을 맺었다. 그 순간 호랑이가 덥석 입을 다물어 버리는 바람에 다라존자의 손은 피로 범벅이 되었고, 그는 너무 아파서 황급히 손을 빼냈다. 그때 장 천사가 또 슬그머니 손가락으로 결을 맺었다. 그러자 이제껏 온순하던 호랑이가 갑자기 사납게 날뛰고 포효를 지르고, 천지를 뒤집을 듯 조원각 위를 뛰어다니며 날카로운 이빨과 무시무시한 앞발로 공격을 해 댔다. 그러니 그 위세를 누가 감당할 수 있었겠는가? 다라존자도 어찌 된 영문인지 모르고 당황

해서, 그저 이놈의 짐승이 왜 이렇게 변했는지 모르겠다고 생각했다. 심지어 장 천사 주위의 도사와 도동들도 모두 장 천사가 손을 썼다는 것을 눈치채지 못하고, 그저 장 천사가 오늘 운수가 조금 나빠서 이런 고약한 무리를 건드리는 바람에 이런 불상사가 생기고 말았다고 생각했다.

하지만 장 천사는 여전히 아무것도 모르는 척 느긋하게 다라존자에게 물었다.

"그 호랑이를 새끼 때부터 키웠다는 게 정말이냐?"

"그렇습니다."

"평소에는 어땠는데?"

"벌써 제 반평생 동안 저놈을 데리고 동냥하러 다녔습니다."

"그런데 오늘은 왜 갑자기 저리 사납게 변한 것이냐?"

"저도 영문을 모르겠습니다. 어쩌면 배에서 뛰는 바람에 마룻바닥의 판자가 흔들리는 바람에 놀라서 저럴 수도 있겠습니다."

"정말 그럴 수도 있겠구먼. 그런데 내 배에서 저렇게 날뛰면 내게 해를 끼칠 수도 있지 않겠느냐?"

"괜찮습니다. 조금 있으면 제가 알아서 내려올 겁니다."

말은 그렇게 했지만 다라존자는 제발 호랑이가 장 천사를 해쳐주면 속이 시원하겠다고 생각했다. 그때 장 천사도 속으로 다른 생각을 했다.

'이렇게 암수(暗手)만 쓰면 저자가 깨닫지 못할 테지. 차라리 드러내 놓고 나의 진정한 능력을 보여줘야겠어.'

이렇게 생각을 굳히고 그가 다라존자를 불렀다.

"저 호랑이를 내려오게 하고 싶은가?"

"예. 당연합지요."

"내가 대신 내려오게 헤 줄끼 히는데, 이띠냐?"

"그렇게 해주시면 감사할 따름입지요."

이에 장 천사는 도동에게 종이를 한 장 가져오라고 분부했다. 도동이 종이를 가져오자 장 천사는 붓에 묽은 주사(朱砂)를 적셔서 부적을 써서 도동에게 그것을 향로 안에 태우라고 했다. 그러자 연기가 사라지기도 전에 호랑이가 그 부적을 입에 물고 뛰어 내려와 조원각 밖에 무릎을 꿇었다. 이에 장 천사가 호랑이를 꾸짖었다.

"못된 짐승 같으니라고! 또 이렇게 무례한 짓을 할 테냐?"

그러자 호랑이가 말을 알아듣는 듯이 마룻바닥에 연신 머리를 조아렸다. 다라존자는 예전과 똑같으려니 생각하며 호랑이를 끌고 가려고 손을 뻗었다. 그러자 호랑이가 다시 으르렁거리더니 또 펄쩍 뛰어 조원각 위로 올라가 버렸다. 그걸 보고 장 천사가 호통을 쳤다.

"못된 짐승! 당장 내려와라!"

이에 호랑이는 다시 조원각 아래로 내려왔는데, 다라존자가 손을 뻗자 또 으르렁거리더니 펄쩍 뛰어 조원각 위로 올라가 버렸다. 장 천사는 다라존자를 더 놀려주려고 짐짓 이렇게 말했다.

"여보게, 승려, 자네의 호랑이는 알고 보니 좀 문제가 있구먼. 내 자네를 위해 이 해로운 짐승을 없애 줄까 하는데, 어떤가?"

사태가 심상치 않게 돌아간다고 생각한 다라존자는 더 이상 무슨 꼼수를 부리지 못하고 사실대로 말할 수밖에 없었다.

"여기 몇몇 나라에서는 모두 이렇게 호랑이를 부려서 공연하여 동냥합니다. 호랑이는 모두 시장에서 산 것이지요. 나리께서 저놈에게 문제가 있다는 걸 알아내셨으니, 저를 위해 저놈을 없애 주십시오."

"역시 자네가 새끼 때부터 키운 것이 아니었구먼."

그런 다음 장 천사가 호랑이에게 호통을 쳤다.

"못된 짐승, 당장 내려와라!"

그러자 호랑이는 다시 조원각 아래로 내려와 무릎을 꿇었다. 장 천사가 느긋하게 칠성검을 꺼내 부적을 날리자 칼끝에서 "팟!" 하고 불꽃이 일며 부적을 태웠다. 그 순간 서북쪽에서 구름이 피어나고 동남쪽에 안개가 자욱해지더니, 벼락 치는 소리가 울리면서 천지를 떠받치듯 거대한 하늘 신이 나타났다.

"그대는 어떤 신인가?"

"오늘 당직을 맡은 용호현단의 조 원수입니다. 천사님, 무슨 일로 부르셨습니까?"

"어느 승려가 호랑이 한 마리를 데리고 다니면서 공연해서 동냥하는데, 지금 저 호랑이가 사납게 굴면서 주인에게 행패를 부리고 있소. 이건 도저히 용서할 수 없는 죄이니, 저놈을 없애 버리시오!"

"굳이 제가 손을 쓸 필요 없이, 제가 데리고 다니는 신령한 호랑이를 시키면 되지 않을까 싶습니다."

"그것도 괜찮소."

그 말이 끝나기도 전에 조 원수의 아래쪽에서 거대한 호랑이 한 마리가 뛰어나왔다. 이야말로 하늘에만 있고 땅에는 없는 진정한 호랑이었다. 그 호랑이가 나라손자의 호랑이를 향해 포효를 한 번 내지르자, 그놈은 즉시 본색을 드러내고 벌벌 떨며 땅바닥에 자빠져 뒹굴었다. 찍소리도 내지 못하고 오줌까지 질질 싸는 그놈은 알고 보니, 노란 털에 노란 꼬리, 하얀 주둥이와 네 개의 하얀 발톱을 가진 발바리였다.

장 천사는 조 원수에게 감사하고 돌려보낸 후 다라존자를 불렀다.

"보게나. 자네가 데리고 다니던 호랑이라는 게 바로 저런 놈이었네."

"그런 줄도 모르고 저는 저놈이 진짜 호랑이라고 생각했습니다."

"자네가 호랑이를 데리고 동냥하러 다녔는데, 이제 그게 개로 변해 버렸구먼. 이야말로 '호랑이로 변신시키려다 오히려 개처럼 만들어 버린[化虎不成反類狗]² 격이 아닌가?"

다라존자는 그저 머리만 조아리는 수밖에 없었다. 하지만 장 천사는 여전히 모르는 체하며, 관리를 불러 다라존자에게 후한 선물

---

2 이것은 '호랑이를 그리려다 오히려 개처럼 만들어 버렸다.[畫虎不成反類狗]'는 속담에서 '화(畫)'와 '화(化)'의 발음이 모두 [huà]라는 점을 이용해 만들어 낸 말장난이다. 이를 통해 장 천사는 다라존자의 변신술이 형편없다는 것을 풍자한 것이다.

을 주어 돌려보내라고 분부했다. 그걸 받은 다라존자는 너무도 놀란 가슴을 진정시키며 비룡사로 돌아갔다.

'이 말코도사가 진짜 대단한 재주를 갖고 있구나. 그런데 그 중은 어떨까? 오늘 밤은 일단 절에 돌아가 있다가, 내일 아침에 그 중을 찾아가 탐문해 봐야겠다. 만약 그 중도 이처럼 엄청나다면 일찌감치 이 일에서 몸을 빼는 게 상책일 테고, 그게 아니라면 나서서 몇 가지 수단을 보여줘야겠지.'

이튿날 그는 공연을 가장할 호랑이도 거느리지 않고 홀몸으로 명나라 함대에 와서, 장 천사에게 들키지 않도록 곧장 '국사행대'라는 패가 세워진 배를 찾아갔다. 그런데 찾아가 살펴보니 그것이 배는 분명히 배인데 산문과 금강전, 대웅전, 심지어 천엽연화대까지 갖춰져 있고, 사방에 그려지거나 조각된 불상들도 모두 장엄하기 그지없었다.

'나도 국사이고 이 자도 그냥 국사에 지나지 않는데, 배에서도 이렇게 대단하게 차려놓고 있으니 자기 나라에서는 얼마나 엄청날까? 아미타불! 그래도 이런 걸 구경했으니, 이번 생이 헛되지 않았구나.'

그런 생각이 끝나기도 전에 산문 아래에 승려 하나가 걸어 나왔다. 다라존자는 얼른 다가가 인사를 건넸다.

"스님, 안녕하십니까?"

그 승려도 얼른 답례하며 물었다.

"어디서 오신 스님이신지요?"

"이 나라의 승려입니다."

"법명이 어찌 되시는지요?"

"미욱하지만 다라존자라고 합니다."

"여기는 무슨 일로 오셨는지요?"

"잿밥 공양이라도 보시받을까 하고 찾아왔습니다. 그런데 스님께서는 법명이 어찌 되시는지요?"

"저는 운곡이라고 합니다."

"어느 분이 국사님이신지요?"

"제 사조님이십니다. 그런데 그분을 어찌 아십니까?"

"조금 전에 '국사행대'라고 적힌 패를 보았거든요."

"그런데 왜 당신네 나라가 아니라 우리 배에 와서 동냥하시는 겁니까?"

"이 지역은 날씨도 무덥고 사람들도 무지해서 동냥해도 별로 얻을 게 없습니다. 그런데 이 배는 중국에서 왔으니 틀림없이 적선을 잘 베풀 것 같아서 감히 용기를 냈습니다."

"그렇다면 일단 사조님께 말씀드리겠소이다. 아마도 즉시 승낙해 주실 것입니다."

운곡은 곧장 천엽연화대로 가서 보고했다.

"사부님, 산문 밖에 다라존자라고 하는 이 지역의 승려가 동냥하러 왔습니다."

벽봉장로는 이 지역의 승려가 동냥을 한다는 말을 듣고 약간 의아한 생각이 들었지만 이렇게 분부했다.

"가서 데리고 들어오너라. 내 알아서 보시를 베풀 것이니라."

운곡은 즉시 산문 밖으로 달려나가 다라존자를 데리고 들어왔다.

'그렇지 않아도 만나 보려 했는데 마침 저쪽에서 나를 청하는구먼. 이야말로 묵은 인연이 있다는 것인가?'

다라존자가 그런 생각을 하는 사이 어느새 천엽연화대에 도착했다. 서로 인사를 나눌 때 벽봉장로는 지혜의 눈으로 살펴보고, 이내 다라존자가 불순한 의도로 찾아왔다는 것을 눈치챘다.

"그대가 다라존자라고 하는 이 나라의 승려이시오?"

"그렇습니다."

"동냥하려고 이 배를 찾아오셨다고요?"

"예."

벽봉장로도 이미 정찰병들의 보고를 통해 다라존자가 신통력이 제법 있다는 사실을 알고 있었다. 이제 그를 만나 보니 표정도 불량할 뿐만 아니라 말투도 바르지 않은지라 더욱 분명하게 그를 파악하고, 그에게 뭔가 묘용이 있는 것을 주려고 일부러 이렇게 말했다.

"아미타불! 우리 배를 찾아와 주셨으니 넉넉하게 보시해 드려야 마땅하지만, 오랜 시간 동안 먼 길을 왔는지라 마땅히 드릴 만한 것이 없군요. 마침 저번에 시그라 국왕께서 보시하신 은화가 몇 개 있으니, 개중에 하나를 그대에게 드리겠소이다."

그러면서 한 손으로 은화 하나를 꺼내서 다라존자에게 건네주었다.

이 은화에 어떤 묘용이 있는지는 다음 회를 보시라.

다라존자는 사부에게 도움을 청하고
요발장로기 운산에서 내려오다

佗羅尊者求師父　鏡鈸長老下雲山

樓船金鼓宿鳥蠻	누선의 징 소리 북소리에 둥지에 자던 새 화를 내고[1]
魚麗群舟夜上灘	어려진(魚麗陣) 이룬 채 함대가 밤중에 여 울을 거슬러 올라간다.
月繞旌旗千障靜	달빛이 깃발 감쌀 때 산봉우리들 모두 고 요한데

---

1 인용된 시는 명나라 때 왕수인(王守仁)의 〈복파장군의 사당을 참배하며(謁 伏波廟)〉라는 두 수의 연작시 가운데 제2수이다. 제2구의 어려진(魚麗陣)은 고대의 전쟁에서 사용하던 진법(陣法)으로서 원래 전차(戰車)를 이용한 진 법을 가리킨다. 《동주열국지(東周列國志)》 제9회의 설명에 따르면 이것은 철갑으로 무장한 전차 스물다섯 대를 하나의 부대[偏]로 삼고, 무장한 보병 다섯 명을 한 조[伍]로 삼는다. 이리하여 전차부대 하나가 앞장서고 그 뒤 에 무장한 보병 다섯 조 즉 스물다섯 명이 뒤따르며 빠진 부분을 보충한다. 즉 전투 도중에 전차에 탄 병사 하나가 다치거나 죽으면 뒤따르던 보병들 가운데에서 한 사람이 그 자리를 보충한다. 이런 식으로 후퇴 없이 계속 전 진할 수 있다는 것이다.

風傳鈴柝九溪寒	순찰병의 딱따기 소리 바람에 실려 올 때 계곡들은 싸늘하구나.
荒夷未必先聲服	황량한 땅의 오랑캐들 먼저 굴복한다고 얘기할 리 없으니
神武由來不殺難	신무(神武)[2]가 생겨난 이래 살생하지 않기는 어려웠지.
想見虞廷新氣象	성스러운 왕조의 새로운 기상 보고 싶나니
兩階干羽五雲端	두 계단에서 간우(干羽)의 춤[3]을 출 때 상서로운 구름 피어나는구나.

그러니까 벽봉장로는 한 손으로 은화 하나를 꺼내어 다라존자에게 건네주며 이렇게 말했다.

"이 은화를 보시할 테니, 그대가 만약 진심으로 동냥하려는 것이라면 이걸로 평생 풍족하게 살 것이오. 하지만 거짓으로 동냥하는 것이라면 이걸 함부로 준 셈이 되겠지요."

다라존자는 은화를 받으며 생각했다.

'이놈의 중도 잔소리가 좀 많은 편이로군! 이따위 은화 하나를 두고 무슨 저런 말들을 하는 거야? 나야 거짓으로 동냥하는 것이

---

2 신무(神武)는 원래 길흉화복으로 천하를 위협하여 굴복시키되, 형벌을 가하거나 살생을 하지 않는 것을 가리킨다. 이후 이 말은 영명(英明)하고 뛰어난 무예를 지닌 제왕이나 장군, 재상 등을 칭송하는 말로 자주 쓰였다.

3 간우(干羽)는 고대에 춤을 출 때 사용하던 도구이다. 대개 문덕(文德)을 표현할 때는 깃털[羽]을, 무덕(武德)을 표현할 때는 방패[干]를 썼다고 한다. 이후 이 말은 종종 문덕에 의한 교화를 의미하는 말로 쓰였다.

니, 받아도 큰 해는 입지 않겠지.'

그는 은화를 챙기면서 허리를 숙여 인사했다.

"감사합니다."

그리고 놀아서서 바람처럼 내달려 비룡사로 놀아가서 방장 안에 앉았다. 그때 원무처가 찾아와서 문을 들어서자마자 물었다.

"이틀 동안 탐문해 본 결과가 어떻습니까?"

"아무래도 그 도사는 제법 대단하더구먼. 그런데 그 중은 천 명이 오백 쌍을 이루고 있다 하더라도 신경 쓸 필요 없겠더구먼!"

"무슨 뜻인지요?"

"보아하니 얼굴에 자비심이 가득하고 상대의 상황을 고려하여 제도하는 사람인 것 같았네. 내가 동냥하러 가니까 진짜인 줄 알고 은화 하나를 주면서 주절주절 잔소리를 늘어놓더구먼. 그런 중한테 신경을 써서야 내 어찌 호국진인이라 할 수 있겠는가?"

"그 중이 뭐라고 잔소리를 늘어놓던가요?"

"내가 진심으로 동냥하는 거라면 이 은화로 평생을 풍족하게 살 수 있겠지만, 거짓이라면 잠시라도 함부로 내주지 않았을 거라고 하더구먼. 기껏해야 은화 하나인데 그걸 뭐 함부로 주고 말고 할 게 있나?"

"그 은화는 어디 있습니까?"

"내 바리때 안에 있지."

"한번 볼 수 있을까요?"

다라존자가 바리때서 은화를 꺼내 건네주자, 원무처가 받아 들고 이리저리 한참 살펴보더니 이렇게 말했다.

"이 은화를 우습게 보지 마십시오. 이렇게 눈부시게 빛나고 상서로운 기운이 서려 있으니, 틀림없이 무슨 보물일 겁니다."

"그게 보물이라 해도 이미 내 손 안에 떨어졌으니 내 마음대로 쓸 수 있는 게 아닌가?"

그 말이 끝나기도 전에 그 은화가 "휙!" 하는 소리와 함께 튀어올라 마치 백옥으로 만든 형틀처럼 다라존자의 목을 착 감아 버렸다. 그냥 감기만 한 것이 아니라 잠시 후에는 무게가 사오백 근이나 되어 버렸으니, 그가 어찌 가당할 수 있었겠는가? 그 바람에 그는 땅바닥에 꽈당 쓰러져 버렸는데, 일어날 수도 없고 몸을 굴릴 수도 없었다. 어쩔 수 없이 그의 입에서 비명이 터져 나왔다.

"부처님, 살려주서요! 부처님, 제발 살려주서요!"

한쪽에 서 있던 원무처는 혼백이 날아갈 듯 놀라서 자기도 모르게 염불을 했다.

'알고 보니 명나라 사람들은 하는 일이 모두 이런 식이로구나. 다행히 나는 나아가고 물러날 때를 알아서 저들의 심기를 건드리지 않았어.'

그때 다라존자가 말했다.

"여보게, 나 좀 구해 주게."

"제가 어떻게 구해 드립니까? 그저 국사님 스스로 정성껏 참회하시는 수밖에 없겠습니다."

다라존자는 정말 진심으로 참회했다.

"부처님, 이후로 다시는 귀신놀음을 하거나 함부로 시비를 불러 일으키지 않겠사옵니다. 부디 지난 잘못들을 용서하시고 이 형틀을 벗겨 주시옵소서."

그러는 사이에 원무처도 한쪽에 공손히 서서 참회했다. 나라존자가 이렇게 예닐곱 번이나 참회의 맹세를 하자 그 백옥 같은 형틀이 다시 "휙!" 하는 소리와 함께 떨어지더니, 처음과 같이 은화로 변했다.

그걸 본 다라존자는 우스운 생각이 들었다.

"허허! 세상에 이렇게 신기한 일이 있다니!"

그런데 그가 그 말을 마치기도 전에 은화가 "휙!" 하는 소리와 함께 튀어 올라 다시 백옥으로 만든 형틀로 변해서 다라존자의 목을 착 감아 버렸고, 다시 사오백 근의 무게로 눌렀다. 다라존자는 다시 땅바닥에 쓰러져서 한참 동안 비명을 질러 댔다. 그걸 보고 원무처가 말했다.

"국사님, 이건 스스로 저지른 잘못 때문입니다. 사람이란 즐거운 일이 있어야 웃는 법인데, 별일도 아닌 것에 왜 웃으셨습니까? 이번에도 스스로 참회하시는 수밖에 없겠습니다."

다라존자는 어쩔 수 없이 구구절절 참회의 말을 쏟아냈다. 이번에도 원무처는 한쪽에 공손히 서서 참회했다. 이번에는 먼저와는 달리 참회의 회수는 말할 필요도 없고, 그 시간만 해도 네 시간 가까이 계속되었다. 그리고 다라존자가 기진맥진해서 숨을 헐떡이고 있을 때야 비로소 "휙!" 하는 소리와 함께 은화가 땅바닥에 떨어졌다.

원무처는 또 마음을 놓고 가까이 다가가 은화를 바라보며 두어 번 고개를 끄덕였다.

'기껏 은화 하나일 뿐인데 어떻게 이렇게 큰 신통력을 갖고 있지?'

그리고 다시 고개를 두어 번 끄덕였다. 그는 분명히 고개만 내 저으며 말은 하지 않았다. 그런데 뜻밖에도 그 은화는 사람의 뜻을 알아듣는 듯이, 원무처가 고개를 끄덕이자 즉시 "휙!" 하는 소리와 함께 튀어 올라 백옥으로 만든 형틀로 변해서 그의 목을 착 감아 버렸다. 그는 너무 놀라 고래고래 비명을 질렀다.

"부처님, 제가 무슨 잘못을 했다고 이러십니까? 제발 용서해 주십시오!"

그렇게 연달아 비명을 질렀으나 형틀은 벗겨지지 않았고, 오히려 무게가 점점 늘어나서 그가 도저히 견딜 수 없을 지경에 이르렀다. 이에 그는 어쩔 수 없이 다라존자를 불렀다.

"국사님, 저를 위해 참회를 좀 해 주셔요!"

하지만 몇 번이나 소리쳐 불러도 다라존자에게서 아무 대답이 없었다. 그렇게 네다섯 번쯤 소리쳤을 때 방장 안에서 승려 하나가 걸어 나왔다. 그는 대장이 형틀을 찬 채 쓰러져 있는 모습을 발견하고 황급히 물었다.

"대장님, 여긴 어찌 오셨습니까? 목에 차고 있는 것은 무엇이고요?"

"얘기하자면 깁니다. 주지 스님 좀 불러다 주시오."

"주지 스님은 어디 가셨는지 보이지 않습니다."

"조금 전까지 여기 계셨는데 갑자기 사라지셨을 리 있소?"

"나리, 아시다시피 요즘 사람들은 모두 권세 있는 쪽에 아부하고 있지 않습니까? 주지 스님도 나리께서 이런 설 자고 계시는 것을 보시고, 자기한테 화가 미칠까 싶어서 먼저 피해 버렸나 봅니다."

"그렇다면 그 양반은 내버려 두고, 가서 향과 촛불, 지마(紙馬) 같은 것들을 좀 챙겨 오시구려."

"그것들은 어디에 쓰시게요?"

"이 형틀은 내가 지은 죄 때문에 차게 되었으니, 그것들을 가지고 부처님 앞에 가서 저 대신 참회를 해주시구려. 그러면 이 형틀이 저절로 벗겨질 것이오."

승려는 대장의 부탁인지라 감히 거절하지 못하고 즉시 승려들을 모으고 향과 촛불, 지마를 준비해서 불사를 준비하는 한편, 악대를 동원해 풍악을 울리면서 정성스럽게 참회의 예불을 올렸다. 그리고 예불이 끝나자 가볍게 "툭!" 하는 소리가 들리더니 형틀은 다시 은화로 변해서 땅바닥에 떨어졌다. 승려들이 모두 어찌 된 일이냐고 묻자 원무처가 대답했다.

"여러분은 잘 모르실 테니, 거기에 대해서는 물을 필요 없소. 그나저나 주지 스님을 찾아오시오. 내가 할 말이 있소."

그 가운데 입이 싼 승려 하나가 말했다.

"주지 스님은 선당에서 좌선하고 계시지 않나요?"

원무처는 승려들에게 감사하고, 곧 은화를 집어 들고 선당으로 갔다. 그랬더니 다라존자가 그곳에서 합장한 채 눈을 감고 있는 것이 아닌가! 그걸 보고 원무처가 고함을 질렀다.

"흥! 국사님, 잘도 좌선하고 계시는구려. 덕분에 나만 당신 대신 형틀을 찼소이다!"

그러자 다라존자가 눈을 뜨고 말했다.

"그야 자네 스스로 초래한 결과인데, 나하고 무슨 상관이란 말인가! 나는 이제 오로지 심성을 수련할 뿐, 인간 세상의 시비에는 더이상 관여하지 않겠네."

"이 은화는 어디에 둘까요?"

"어제 그 스님께서 이미 내가 진심으로 동냥하면 평생을 풍족하게 살 것이고, 거짓이라면 함부로 줄 수 없다고 하셨네. 내게 지금 달리 긴요한 게 뭐가 있다고 그 복을 누리지 않고 오히려 재앙을 당하겠는가? 은화는 내게 주시게."

원무처는 어쩔 수 없이 그 은화를 건네주고 궁궐로 돌아갔다. 마침 모든 벼슬아치가 모여서 조회하고 있었는데, 국왕이 그를 맞이하며 물었다.

"며칠 동안 정탐해 본 결과가 어떻소이까?"

원무처가 자신이 정탐한 일부터 다라존자에게 일어난 일까지 자세히 설명하자, 국왕이 다시 물었다.

"그런 기이한 일이! 그 은화는 지금 어디 있소?"

"국사님께서 갖고 계십니다."

"그럼 가서 국사님을 좀 모셔오시오."

"그분은 이제 심성만 수련하시고 인간 세상의 시비에는 관여하지 않겠다고 하셨습니다."

"나더러 병을 핑계로 명나라의 요구를 거절하라고 해 놓고 심성만 수련한다니! 나중에 명나라 신령뀐이 내 죄를 추궁하면 나더러 어쩌라는 것이오?"

"과연 그 은화는 벗어나기 어렵더군요!"

"나는 지금 울타리에 뿔이 걸린 양의 신세가 되어 진퇴양난인데, 어떻게 국사께서 손을 놓아 버릴 수 있다는 것이오?"

"국사님이 필요하시다면 어쩔 수 없이 제가 다시 명나라 함대로 가서 무슨 수를 써서라도 그 은화를 거둬들이게 하는 수밖에 없습니다."

"이건 전적으로 그대에게 맡기겠소. 더 이상 거절하지 마시오."

원무처는 어쩔 수 없이 벽봉장로를 찾아갔다. 벽봉장로는 이 나라 대장이 만나러 왔다는 소리를 듣자 은화의 일이 알려졌다는 것을 눈치챘다. 이에 그를 불러들여 놓고 물었다.

"그대는 누구인가?"

"저는 원무처라고 하옵니다."

"여긴 어찌 왔는가?"

"대왕마마의 명을 받고 문안 인사를 올리러 왔사옵니다."

"스스로 온 게 아니라니 분명 무슨 사연이 있겠구먼."

원무처는 미리 준비한 거짓말을 늘어놓았다.

"사실 어제 동냥하러 왔던 승려는 우리나라의 호국진인이었습니다. 나리께서 그분에게 주신 은화가 상당히 영험한 능력을 보이자, 국사께서는 우리 대왕마마를 원망하셨습니다.

'대왕께서 병으로 누워 계시는 바람에 나리께 무례를 범해서 제가 해를 당했습니다.'

이렇게요. 그러자 우리 대왕마마께서 이렇게 말씀하셨습니다.

'해라니요? 나는 그게 무슨 얘기인지 모르겠소이다.'

이렇게 해서 두 분 사이가 틀어져 버렸는지라, 대왕마마께서 저를 보내서 나리께 알리라고 하셨습니다. 부디 자비를 베푸셔서 죄를 용서해 주십시오! 그 은화를 거둬들이셔서 군신 간에 옛날처럼 화목한 분위기가 조성된다면 투항하는 데에도 유리할 것입니다."

원래 벽봉장로는 자비로운 마음을 갖고 있어서 오는 사람 막지 않고 가는 사람 쫓지 않는 성품인지라, 그들 군신 간에 사이가 틀어졌다는 얘기를 듣자 금방 마음이 여려졌다.

"아미타불! 어쩌다 그런 일이 생겼단 말인가? 알겠네. 내가 그걸 회수하면 되겠지."

그 말이 끝나기도 전에 "탁!" 하는 소리와 함께 은화가 벽봉장로 앞에 떨어졌다.

"이 은화가 맞는가?"

원무처가 가까이 다가가서 살펴보니 진짜인 것 같았다.

"바로 그것입니다."

벽봉장로는 운곡에게 그걸 챙겨서 꿰어두라고 분부했다. 그런데 운곡이 집어들 때 보니, 은화는 간데없고 영롱하게 빛나는 하얀 염주 알이었다. 그것은 바로 예전에 장 천사가 왕 신녀를 사로잡을 때 썼던 것이기도 했다. 그걸 보자 원무처는 변화막측한 벽봉장로의 능력에 너무나 두려워서, 얼른 두어 번 머리를 조아린 다음 비룡사로 돌아갔다.

당시 다라존자는 은화를 회수해간 사실도 모른 채 좌선을 하고 있었다. 원무처는 그를 놀려주려고 일부러 물었다.

"주상께서 국사님을 모셔오라고 저를 보냈으니, 제발 함께 가 주십시오."

"다시는 인간 세계의 시비에 관여하지 않겠다고 했는데, 왜 또 찾아와서 이러는 것인가?"

"제가 일부러 이러는 게 아니라, 주상께서 국사님의 은화를 가져가셨기에 특별히 이렇게 청하는 것입니다."

다라존자는 그래도 믿기지 않는다는 듯이 말했다.

"어쨌든 나는 시비에 관여하지 않겠네."

"정말 은화를 가져갔습니다. 제가 왜 거짓말을 하겠습니까?"

이에 다라존자가 바리때 안을 더듬어보니 정말 은화가 없었다. 눈을 뜨고 살펴보니 역시 은화가 보이지 않았다. 보라! 그는 이 죄업에서 벗어나자 즉시 새장을 벗어난 까치처럼, 밧줄이 풀린 배처럼 벌떡 일어나며 소리쳤다.

"이 다라존자가 어찌 이렇게 그자에게 자존심이 꺾일 수 있겠는가! 이제는 그자도 나를 어쩌지 못할 것이야!"

그는 원무처가 그 은화를 치워 주었다는 것을 모른 채, 자신감 넘치는 표정으로 이렇게 큰소리를 쳤다. 그리고 즉시 궁궐로 찾아가자 국왕이 반갑게 맞이했다.

"며칠 동안 국사님을 뵙지 못하니, 마치 양팔을 잃은 기분이었습니다."

"그 사이 나라를 위해 고생하느라 전하 곁을 지키지 못했습니다."

"그나저나 이 일을 어찌합니까?"

"대장의 얘기로는 명나라 장수들은 하늘나라에나 있지 인간 세상에는 둘도 없는 능력을 지녔다고 하더이다. 하지만 제가 보기에 명나라의 도사와 중은 인간 세상의 평범한 존재일 뿐이지, 하늘나라에나 있을 법한 이들은 아니었습니다."

"그게 무슨 말씀이신지요?"

"어쨌든 우리는 그자들의 적수가 되지 못한다는 말씀입니다."

"진즉 그런 줄 알았더라면 저번에 그들이 처음 왔을 때 상소문과 항서를 바칠 걸 그랬소이다. 그랬더라면 아무 일 없었을 게 아닙니까? 이제 이 지경이 되었으니 정말 진퇴양난이라 하지 않을 수 없습니다."

"염려 마십시오. 제게 저들을 무찌를 계책이 있습니다."

"그게 무엇이오?"

"제게 사부님이 한 분 계시는데, 제운산(齊雲山) 벽천동(碧天洞)에 살고 계십니다. 그분은 삼계를 초월하여 오행에 얽매이지 않는 분입니다. 과장이 아니라 이 사부님은 구름을 타고 다니시고 천문

과 지리에 통달하셨으며, 마귀와 요괴를 물리치고 저승도 자유롭
게 드나드는 분이십니다. 또 하늘 신장들을 부리고, 보살을 꾸짖
고, 염라대왕의 따귀를 때리실 수도 있습니다. 게다가 아주 신기한
무기를 다루시는데, 그게 뭐냐 하면 몸에 시니고 다니시는 암수 두
개의 동발[鐃鈸]입니다. 개중에 하나만 공중으로 던져도 하나에서
열, 열에서 백, 백에서 천, 천에서 만에 이르는 변화를 일으킵니다.
만 개뿐만 아니라 그분이 신통력을 쓰시면 천상이나 지하, 온 나라
들과 천하의 섬들도 모두 그 안에 갇혀 버립니다. 다만 그분이 하
산하려 하시지 않으니 문제입니다만, 일단 하산하시면 그 중의 머
리쯤이야 오이 자르듯이 쉽게 잘라 버리실 수 있고, 도사의 모가지
쯤이야 파를 뽑듯이 쉽게 뽑아 버리실 수 있습니다. 백만 명의 정
예병이니 천 명의 장수라고 해 봐야 그분에게 덤비는 것은 목을 내
놓는 자살행위입니다. 그런 작자들쯤이야 천이면 천, 만이면 만,
십만이면 십만, 백만이면 백만까지 모조리 명줄을 끊어 버리실 겁
니다. 그런 자들 백만이 아니라 하늘 병사 백만에 하늘 신장 천 명
이라 할지라도 호통 한 번이면 끝장을 내 버리실 수 있습니다."

"그분의 명호가 어찌 되시오?"

"그 동발 때문에 다들 그분을 요발장로(鐃鈸長老)라고 부르고,
또 그 동발이 날아다닐 수 있으므로 비발선사(飛鈸禪師)라고도 부
릅니다."

"그분이 계신다는 제운산은 어디 있소이까?"

"서천 극락세계에 있습니다."

"여기서 얼마나 멀리 떨어져 있소이까?"

"십만 리 정도 떨어져 있습니다."

"그렇게 먼 길을 어찌 찾아간단 말씀입니까?"

"제 능력이면 아무리 산 넘고 물 건너는 먼 길이라 할지라도 문제없습니다."

"무슨 예물을 가져가서 모셔야 하오?"

"예물은 필요 없고 대왕마마의 서신 한 장만 있으면 충분합니다!"

"관리들을 몇 명 데려가야 하지 않겠소이까?"

"대장 한 명하고 두세 명의 심부름꾼만 있으면 됩니다."

"코앞에 시급한 일이 닥쳤으니 늦으면 곤란하오."

국왕은 즉시 서신 한 통을 작성하여 대장 윈무처에게 주고, 또 서너 명의 심부름꾼을 골라 다라존자와 함께 다녀오라고 분부했다.

다라존자는 즉시 왕에게 작별인사를 하고 출발하여 하루 동안 대략 백 리 밖까지 이르렀다. 그러자 윈무처가 물었다.

"얼마나 멀리 가야 합니까?"

"솔직히 말하자면 십만 리쯤 가야 하네."

"그 먼 길을 이런 식으로 가면 언제 그분을 모셔 와서 초미에 달린 나라의 운명을 구원할 수 있겠습니까?"

"염려 마시게. 내 나름대로 생각이 있네."

"그게 뭔지요?"

"예전에 사부님께서 내게 '풍화이륜(風火二輪)'이라는 보물을 하나 주셨다네. 화륜을 일으키면 공중에 가득 불꽃이 일어나고, 풍륜을 일으키면 발아래 순풍이 불어서 어디든지 보내주지."

"지금은 풍륜만 쓰면 충분하니 화륜을 쓰지 마십시오."

"그것도 써야 도중에 있을지도 모르는 못된 귀신들이 우리를 피한다네."

"일리 있는 말씀이십니다. 국사님 뜻대로 하십시오."

다라존자는 느긋하게 소매에서 그 보물을 꺼냈다. 동발을 두 개 합쳐 놓은 것처럼 둥글게 생긴 그것은 맷돌처럼 한 번 돌리자 두 쪽으로 갈라졌고, 거둬들이면 다시 하나로 합쳐졌다. 다라존자는 그것을 손에 들고 돌리면서 "변해라!" 하고 소리쳤다. 그러자 두 쪽으로 갈라진 바라 모양의 보물은 즉시 바퀴 달린 수레로 변했다. 그 수레에는 사람이 탈 수 있게 지붕이 달린 틀과 의자, 휘장까지 갖가지 요소가 두루 갖춰져 있었다. 다라존자는 원무처와 세 하인과 함께 수레에 오르더니, 여의(如意)[4]를 꺼내서 왼쪽 바퀴를 두드리며 "불이여, 일어나라! 지금이 아니면 언제 피어난다는 것이냐!" 하고 소리쳤다. 그 소리가 끝나기도 전에 연기와 불꽃이 피어나면서 수레 밑에서 시뻘건 불길이 일렁거렸다. 다라존자는 다시 여의를 들고 오른쪽 바퀴를 두드리며 "바람아, 일어나라! 지금이 불지 않

---

4 여의(如意)는 불교 법회나 설법 때, 법사가 손에 드는 물건으로서 대, 나무, 뿔, 쇠 따위로 만들며, '심(心)' 자를 나타내는 고사리 모양의 머리가 있고, 한 자쯤의 자루가 달려 있다. 본래는 등 따위를 긁는 도구였으나 중국이나 우리나라에서는 일반적으로 법구(法具)의 하나로서 썼다.

으면 언제 불 것이냐!" 하고 소리쳤다. 그 소리가 끝나기도 전에 구름과 안개가 피어나더니 "휭휭!" 하는 소리와 함께 수레 밑에서 바람이 일어났다. 시뻘건 불길이 피어나면서 세찬 바람이 불자, 마치 불 수레 위에 앉은 것처럼 사방에서 "화르륵! 화르륵!" "휭휭!" 하는 소리가 울려서 대단히 무시무시했다. 하지만 다라존자는 전혀 신경 쓰지 않았고, 원무처와 세 하인은 한참 동안 놀라움과 두려움에 싸여 있어야 했다.

다행히 잠시 후 수레는 어느 산꼭대기에 도착했다. 다라존자가 "멈춰라!" 하고 소리치자 순식간에 바람과 불꽃이 사라졌고, 다시 "변해라!" 하고 소리치자 수레는 다시 양쪽이 맞붙은 동발로 변했다. 다라존자는 그 보물을 챙겨 넣었다.

원무처가 고개를 들고 살펴보니 까마득한 산봉우리와 벼랑이 겹겹이 늘어서 있고, 깊숙한 골짜기들은 바닥이 보이지 않을 정도로 깊은, 그야말로 명산이었다.

"여기는 무슨 산입니까?"

"제운산이라는 곳일세."

"과연 괜히 그런 이름이 괜히 붙은 게 아니로군요."

이를 증명하는 시가 있다.

齊雲標福地	구름과 나란히 솟은 복된 땅
標緲擬蓬壺	아득한 모습 마치 봉래산 같구나.
閶闔天門迥	멀리 하늘로 오르는 문이 있고

勾陳復道紆	구진(勾陳)[5] 비추는 복도 구불구불 이어졌다.
鸞旗迎輦輅	난새 수놓아진 깃발 신선의 수레 맞이하고
龍蓋擁香爐	용무늬 덮개는 향로를 감싸고 있다
石壁苔爲篆	돌벽에는 이끼가 전서(篆書)처럼 자라고
簾泉水作珠	주렴 같은 폭포에서 물방울은 진주가 된다.
眞人來五老	오성(五星)의 정령인 신선들 찾아오고
帝女下三姑	상제의 딸 삼고(三姑)[6]가 내려온다.
禮殿凌霄漢	대전은 은하수보다 높이 치솟았고
齋壇鎭斗樞	제단은 북두칠성을 누르고 있다.
雲端雙闕峻	구름 끝에 두 개의 궁궐 까마득히 서 있고
洞口一松孤	동굴 입구에는 소나무 하나 외롭다.
庭舞千年鶴	마당에는 천년 묵은 학이 춤추고
池生九節蒲	연못에는 아홉 마디 창포[7]가 자란다.
丹房餘上藥	단약 만드는 방에는 영약이 가득하고
玉笥秘靈符	옥 상자에는 신령한 부적 숨겨져 있다.

---

5 구진(鉤陳)이라고도 쓴다. 유향(劉向) 《설원(說苑)》 〈변물(辨物)〉: "선기(璿璣)는 북극성으로서 구진은 지도리가 되는 별이다. [璿璣, 謂北辰, 勾陳樞星也.]"

6 삼고(三姑)는 누에를 관장한다는 전설 속의 여신이다.

7 구절포(九節蒲)는 창포의 일종인 약초 이름이다. 갈홍(葛洪) 《포박자(抱朴子)》 〈선약(仙藥)〉: "창포가 바위 위에 자라서 한 치의 마디가 아홉 개 이상이 되어야 하는데, 자줏빛 꽃 핀 것은 더욱 좋다. [菖蒲生須得石上, 一寸九節已上, 紫花者尤善也.]"

別岫階前出	계단 앞에는 빼어난 산봉우리 솟아 있고
飛梁樹杪迂	허공에 걸쳐진 다리 나무에 굽어 있다.
願言依勝托	부디 빼어난 경치에 기대어
長日覽眞圖	오래도록 진정한 풍경 구경했으면!

윈무처가 물었다.

"산은 제운산인데 국사님의 사부님은 어디 계신지요?"

"멀지 않은 곳에 계시네. 저 앞의 벽천동이 바로 사부님의 거처일세."

다들 잠시 걸어가자 과연 벽천동 입구에 도착했는데, 그곳 풍경은 이러했다.

洞門無鎖月娟娟	동굴 문엔 자물쇠도 없고 달빛 아름답게 비치는데
流水桃花去杳然	흐르는 물에 복사꽃 아스라이 떠내려간다.
低渺湖峰烟數點	발밑에는 호수와 봉우리 안개 속에 아득하여
高攢蓬島界三千	삼천 개의 봉래도를 높은 곳에 모아 놓은 듯하다.
雲中鷄犬飛丹宅	구름 속에 닭 울음 개 짖는 소리 들리고 신선의 저택 높이 솟아 있는데
天上龜蛇護法筵	천상의 거북과 뱀이 도를 강설하는 자리 호위하고 있다.
奇勝紛紛吟不盡	빼어난 풍경 너무 많아 모두 읊조릴 수 없

나니

一聲猿嘯晩風前 저물녘 바람 앞에 원숭이 울음소리 들려
온다.

동굴 입구에 도착하자 다라존자가 말했다.

"자네들은 잠시 문밖에 서 있게. 내가 먼저 들어가서 말씀드리고
나서 데리러 오겠네."

원무처가 말했다.

"다녀오십시오. 저희는 여기서 기다리겠습니다."

다라존자는 동굴 안으로 달려 들어가 비발선사에게 절을 올렸다.

"얘야, 어디서 오는 길이냐?"

"저는 서양 모가디슈 왕국의 비룡사에서 주지로 있습니다. 국왕
이 저를 공대하여 호국진인으로 삼았습니다. 사부님의 법력 덕분
에 내내 순조롭게 지내면서 나라와 백성도 평안하여 아무 사고도
일어나지 않았습니다. 그런데 최근에 갑자기 천 척의 함대와 천 명
의 장수, 백만 명의 정예병이 들이닥쳤는데, 자기들 말로는 중국 명
나라 황제가 파견했다고 하더이다."

"무슨 일로 왔다더냐?"

"오랑캐를 위무하고 보물을 찾으러 왔다고 하는데, 우리나라에
는 그자들의 보물이 없습니다. 그런데 그자들이 또 무슨 상소문과
항서를 바치라고 윽박질렀습니다. 국왕이 내켜 하지 않자 그자들
이 불순한 마음을 품고 군대를 이끌고 이 나라 백성들의 재물을 약
탈하려 하고 있습니다. 대장은 그들과 일전을 벌여 보려고 했지만,

73

그들의 군대가 너무 강하고 세력이 엄청나서 적수가 되지 못합니다. 또 제가 나서 보려고 했지만, 그쪽에는 인화진인인가 하는 도사와 김벽봉인가 하는 승려가 있습니다. 둘 다 술법을 잘 쓰고 변신술도 뛰어나서 저희는 도저히 상대가 되지 않습니다."

"너희 국왕이 상소문하고 항서를 바치면 이 재난은 자연히 해결되지 않겠느냐?"

다라존자는 사부의 자비심을 끌어내려고 거짓말을 했다.

"국왕도 처음에는 그것들을 바치려 하지 않았지만, 나중에 바치려 하자 오히려 그쪽에서 받아들이지 않았습니다. 그저 무력으로 이 나라 백성의 재물을 약탈할 생각만 하고 있지요. 그러니 신분의 귀천과 나이의 많고 적음을 막론하고 이 백성은 조만간 모두 가루가 될 위험에 처해 있습니다!"

비발선사는 '약탈'이라는 말에 즉시 자비심이 일었다.

"아미타불! 어떻게 한 나라를 약탈하려 한다는 말인가? 그래, 네가 나를 찾아온 이유는 무엇이더냐?"

"우리 국왕께서 오래전부터 사부님의 명성을 듣고 흠모하고 계셨는데, 이제 불행히도 이런 천지가 뒤집힐 변고를 당하게 되었는지라, 사부님께 도움을 청하러 왔습니다. 여기 국왕께서 직접 쓰신 서신이 있고, 이 나라의 대장과 세 명의 심부름꾼이 저와 함께 와서 지금 동부의 대문 밖에 있습니다. 제가 함부로 데리고 들어올 수 없어서 먼저 사부님께 말씀드리러 왔습니다."

"그럼 그들을 불러들이도록 해라."

다라존자는 즉시 원무처를 불러서 세 명의 하인과 함께 비발선사에게 절을 올리고 국왕의 서신을 바쳤다. 비발선사가 펼쳐 보니 거기에는 이렇게 적혀 있었다.

서양 모가디슈 왕국의 국왕 말리스[麻里思]가 삼가 재배하며 비발선사께 올립니다:

신선 같은 기품이 널리 퍼져 가까운 곳이나 먼 곳이나 선사의 명호를 알고 있사오며, 더욱이 많은 신도가 아침저녁으로 모시면서 더욱 앙모하며 뵙기를 갈망하고 있사옵니다. 그런데 얼마 전 우리나라에 불행이 닥쳐서 하늘로부터 재앙이 떨어졌습니다. 이에 온 나라 백성이 조만간 가루로 변할 지경에 처했으니 너무나 가련합니다! 부디 선사께서 자비심을 베푸시어 이 나라를 구원해 주시옵소서. 그리하여 이 미미한 목숨을 보전할 수만 있다면, 무한한 공덕을 쌓는 셈이 아니겠사옵니까?

너무나 격하고 황공한 마음으로 이 글을 올리나이다!

비발선사가 서신을 보고 나서 말했다.

"우리는 오랫동안 바위 동굴에 묻혀 살았으니, 그대들 인간 세상의 시비를 어찌 알겠소? 그대들 국왕에게 인사 전하시고, 다른 분을 찾아보라고 해주시구려."

다라존자가 말했다.

"저희 대왕마마께서도 그런 말씀을 하시면서 사부님께 폐를 끼쳐서는 안 된다고 하셨습니다. 하지만 사람들의 목숨이 걸린 상황이 아닙니까? 심지어 개미 같은 하찮은 벌레도 제 목숨을 아끼지 않습니까? 설마 한 나라 안에 선한 남자나 신실한 여자가 하나라도 없겠습니까? 그런데 옥석을 가리지 않고 모두 태워 버린다면 엄청난 재앙이 아니겠습니까? 게다가 지금은 천상이며 지하를 막론하고 이 위기를 구해 줄 수 있는 분은 오직 사부님밖에 없습니다. 사부님 외에 누가 그자들을 상대할 수 있겠습니까? 그래서 이 먼 길을 찾아와 간청 드리는 것이오니, 부디 사람들의 목숨을 생각해서 한 번만 다녀와 주십시오. 그 또한 사부님의 무한한 공덕을 쌓는 일이 아니겠습니까?"

칭찬과 비난을 적절히 섞은 이 말에 비발선사의 마음이 움직였다.

"그러자꾸나. 국왕이 정성을 담아 서신과 사람을 보냈으니, 그를 위해 이 고난을 구제해 주도록 하마!"

"그럼, 사부님, 출발하시지요."

"먼저들 가거라. 내 금방 따라가마."

다라존자가 절을 올리며 말했다.

"다시는 이런 부탁은 드리지 않겠습니다."

"너도 모가디슈 왕국 사람이 다 되었구나."

다라존자는 동부 문을 나서서 풍화륜을 타고 순식간에 다시 모가디슈 왕국으로 돌아갔다. 국왕이 일행을 맞이하며 감탄했다.

"정말 빨리 다녀오셨구려!"

다라존자가 말했다.

"풍화륜을 타고 왕복하는 데에 총 사흘이 걸렸는데, 대왕마마의 서신을 가져가서 제 사부님이 움직이시도록 설득하였습니다. 그러니 이야말로 '바람과 불이 사흘을 이어지고, 관청의 서신은 만금의 값어치가 있다. [風火連三日, 官書抵萬金][8]는 격이 아니겠습니까?"

"그대의 사부님께서 도와주신다고 하셨소이까?"

"제가 재삼 간청하자 곧 오시겠다고 하셨으니, 금방 도착하실 겁니다."

그 말이 끝나기도 전에 문지기가 보고했다.

"먼 곳에서 오신 선사 한 분이 대문 밖에서 대왕마마를 뵙고 싶다고 하십니다."

그 말을 듣자 다라존자가 국왕에게 말했다.

"제 사부님께서 오셨군요."

"어서 가셔 모셔오시오."

다라존자가 비발선사를 맞이하여 조정으로 들어가자, 국왕은 그를 대전 위로 모시고 황급히 머리를 조아려 절을 올렸다.

"덕도 능력도 없는 과인에게 살아 계신 부처님께서 강림해 주셨군요!"

"대왕께서 베푸신 큰 은혜에 보답하지 못하고 있었는데, 이제 나라에 재난이 닥쳤다고 하니 마땅히 최선을 다해 구제해 드려야 하지 않겠소이까? 게다가 손수 서신까지 보내 주셨으니, 과분한 배려

---

8 이것은 두보의 시 〈춘망(春望)〉에 들어 있는 "봉화가 석 달을 연이으니, 집안의 서신은 만금의 값어치가 있네.[烽火連三月, 家書抵萬金]"를 변형한 것이다.

를 감당하기 어렵습니다!"

"불행히도 이 나라에 하늘의 재앙이 내려왔는지라, 어쩔 수 없이 이렇게 먼 길을 오시도록 폐를 끼쳤습니다."

"예로부터 병사는 병사끼리, 장수는 장수끼리 대적한다고 하지 않았습니까? 그런데 이 나라의 대장은 어디 갔습니까?"

"대장도 적을 탐문해 보았지만 명나라 장수와 군대가 강맹하여 상처 하나 없이 사람을 죽일 수 있을 정도라고 했습니다."

"아니, 상처 하나 없이 사람을 죽인다는 게 말이 됩니까?"

"창칼을 막론하고 사람에게 휘둘렀는데, 조그마한 생채기 하나 내지 않더랍니다."

"그렇다면 붙어 볼 만한 자들이로군요."

"나중에 저들의 수단을 보시면 이렇게 막강하다는 것을 아시게 될 겁니다. 사람을 죽이지만 않았을 뿐이지, 정말 무시무시하답니다!"

"저도 나름대로 재간이 있으니 당연히 꺼내야겠지요."

그러자 다라존자가 말했다.

"저도 탐문해 본 적이 있는데, 호랑이로 변신시키려다가 오히려 개로 만드는 결과만 낳아서 도저히 어찌해볼 수가 없었습니다."

"그게 무슨 말이냐?"

"어제 말씀드렸던 것처럼 저 함대에 천사라고 불리는 도사와 국사라는 승려가 있습니다. 그 둘은 능력이 엄청나서 마치 두 마리 호랑이 같습니다. 그에 비하면 저는 개보다 못한 존재였습니다."

이 솔직한 말에 자극을 받은 비발선사가 벼락처럼 진노하여 호통을 쳤다.

"닥쳐라! 그 무슨 헛소리냐! 누가 호랑이고 누가 개라는 게냐?"

국왕이 다급히 대신 사죄하며 말했다.

"부처님, 용서하십시오! 제발 고정하십시오!"

이에 비발선사가 말했다.

"괜히 이러는 게 아니라 제 제자가 남을 저렇게 칭찬하고 자신을 저렇게 비하하니 참을 수 없었습니다. 과분한 자랑이 아니라 저는 그 함대에 있다는 군대며 장수들을 개미나 마찬가지로 여기고, 그 승려와 도사라는 것들도 지푸라기처럼 하찮게 여겨서 전혀 신경조차 쓰지 않습니다! 오늘은 저를 처음 만났으니 알려드릴 방법이 없지만, 곧 명나라 장수 십여 명의 수급을 가져다 바쳐서 알현의 예물로 대신하겠습니다."

그 말에 국왕은 말할 수 없이 기뻐했다.

"선사께서 그런 신통력을 갖고 계시다니 이 나라의 복이로군요!"

그 말이 끝나기도 전에 비발선사가 동발 하나를 꺼내 공중으로 던지며 "변해라!" 하고 소리쳤다. 그러자 그것은 순식간에 열 개로 변해서 공중을 빙빙 돌며 나아가더니 "쌩!" 하는 소리와 함께 명나라 함대를 향해 떨어져 내렸다.

자, 이것이 경사가 될지 흉사가 될지는 다음 회를 보시라.

비발선사는 동발을 던져 머리를 베고
당영은 화살을 맞혀 화친을 이끌어내다
番禪師飛鈸取頭　唐狀元中箭取和

天馬西馳析羽旌	천마가 깃발 휘날리며 서양으로 치달리니
瘡痍多帶血腥腥	여기저기 다친 이들 많아 피비린내 진동하네.
三年已苦邊雲黑	삼 년 동안 변방의 먹구름 아래 고생했거늘
六月猶聞汗馬聲	유월인데도 아직 전쟁 소리 들려오네.
遍地漁歌傳海嶠	온 누리의 고기잡이 뱃노래 바닷가와 산에 들려오고
中天月色淨江亭	중천의 달빛 비쳐 강가의 정자 말쑥하구나.
那堪飛鈸禪師出	게다가 비발선사도 출정하니
不盡愁烏繞樹鳴	시름에 겨운 새들 숲을 맴돌며 울어 대네.

　그러니까 그 열 개의 동발들이 "쨍!" 하는 소리와 함께 떨어져 내릴 때, 명나라 함대의 병사들은 마침 군정사에서 식량을 수령하느라 길게 줄지어 드나들고 있었다. 그때 하늘에서 무슨 소리가 울리

는데, 다들 그게 얼마나 무시무시한 것인 줄 모르고 전혀 방비하지 못하고 있었다. 순식간에 열 개의 동발이 열 명의 머리를 쓸어버리자, 머리를 잃은 이들은 방향을 가늠하지 못하고 쓰러져 버렸다. 각기 하나씩 머리를 담은 동발은 다시 공중으로 날아올라 "윙! 윙!" 소리를 내며 맴돌고 있었다.

모가디슈 국왕이 비발선사를 대접하기 위해 정갈한 음식으로 성대한 잔치를 마련하고 있는 차에 공중에서 동발 소리가 들리자, 비발선사는 얼른 동발 하나를 꺼내서 손가락으로 가볍게 튕겼다. 그 소리가 울리자 머리를 담은 열 개의 동발이 툭 떨어져 내렸다. 이에 비발선사가 자리에서 일어나며 말했다.

"대왕마마, 일단 이 열 개의 머리를 알현의 예물로 드리겠습니다."

국왕은 그걸 보고 무척 통쾌했다.

'한 번에 열 개의 수급을 가져왔으니, 열 번이면 백 개, 백 번이면 천 개, 천 번이면 만 개가 아닌가? 설령 백만 명의 정예병이라 할지라도 이렇게 만 개씩 머리를 날리면 몇 번이나 버틸 수 있겠어?'

그는 기쁨을 억누르지 못하고 연신 칭송했다.

"고맙습니다! 정말 고맙습니다! 선사께서 이렇게 신통하시니, 명나라 군대를 두려워할 필요가 전혀 없겠군요!"

국왕은 그 수급들을 거둬들이게 하는 한편 비발선사에게 잔치를 열어 대접했다. 이때는 이미 날이 저물어 어느덧 잠자리에 들 때가 되었다. 비발선사가 침소로 가려 하자 국왕이 말했다.

"선사님, 저와 함께 주무시지요."

그러자 다라존자가 말했다.

"그보다는 비룡사로 가서 주무시는 게 더 편할 것입니다."

하지만 비발선사는 "내 나름대로 방법이 있다." 하면서 두 손으로 두 개의 동발을 떨어뜨렸다. 그러자 순식간에 다라존자와 비발선사는 각기 하나씩 동발을 타고 있는 모습이 되었고, 이어서 "휙!" 하는 소리와 함께 종적이 사라져 버렸다. 그 모습을 보고 국왕이 중얼거렸다.

"내일 다시 비룡사로 가서 모셔 와야겠구나."

이튿날 국왕이 비룡사로 찾아가니 과연 그들 사제가 거기에 있었다. 비발선사가 말했다.

"대왕마마, 걱정하지 마십시오. 일단 제가 직접 가서 살펴보고 오겠습니다."

그는 즉시 두 개의 동발을 떨어뜨리고 다라존자와 함께 공중으로 날아올라 순식간에 명나라 함대 근처까지 왔다. 그때 장 천사가 뱃머리에 서서 그들이 내려오기를 기다리고 있었다. 그런데 어떻게 장 천사가 그들을 기다리고 있었을까? 알고 보니 어제 열 명의 머리가 잘린 사건이 일어나자 명나라 병사들이 혼비백산 놀라서 중군 막사에 보고했다.

"군정사에서 식량을 배급하고 있는데, 갑자기 '쌩!' 하는 소리가 들리더니 열 명의 머리가 없어져 버렸습니다."

삼보태감이 말했다.

"이런 괴이한 일이! 또 어떤 요괴가 수작을 부린 모양이구먼."

그리고 정찰병을 보내 탐문하라고 지시했더니, 정찰병들이 이렇게 보고했다.

"저번에 동냥을 왔던 중이 모가디슈 왕국의 호국진인이었는데, 자기 힘으로는 도저히 안 될 것 같았는지 또 무슨 제운산 벽천동이라는 곳에 가서 비발선사인가 하는 이를 모셔왔다고 합니다. 이 선사는 예사 인물이 아니어서 암수 두 개의 동발이 하나에서 열로, 열에서 백으로, 백에서 천으로, 천에서 만으로 변할 수 있고, 빈 채로 갔다가 반드시 피를 보고야 돌아온다고 합니다. 어제 처음으로 국왕과 만나서 마땅한 예물이 없다고 우리 배에서 열 명의 머리를 가져갔답니다."

"오랑캐 국왕이 병을 핑계로 내세운 게 알고 보니 이런 이유 때문이었구먼. 어서 장 천사와 국사님을 모셔오너라!"

장 천사가 이 요사한 승려에 관한 이야기를 듣고 즉시 출전하려 하자, 벽봉장로가 말했다.

"서양에는 요사한 승려와 못된 도사들이 아주 많은데, 비록 정통은 아니라 할지라도 실력이 대단해서 쉽게 감당하기 어렵네. 장 천사, 조심해야 할 걸세."

"명심하겠습니다."

그는 조원각으로 가서 채비를 차리고 왼쪽에는 조천궁의 도사들을, 오른쪽에서는 신악관의 악무생들을 도열하게 한 채 뱃머리에 서서 그들을 기다렸던 것이다.

비발선사가 뱃머리에 있는 도사를 보고 다라존자에게 물었다.

"저 자가 그 천사이더냐?"

"예."

"만났으니 술이라도 한잔하고 돌아가지 않으면 동굴 입구의 복사꽃도 비웃겠지."

그는 수컷 동발을 꺼내 공중으로 던지며 "당장 가져와라!" 하고 소리쳤다. 그러자 그 동발이 "쌩!" 하는 소리와 함께 장 천사의 정수리를 향해 곧장 떨어져 내렸다. 하지만 뜻밖에도 장 천사의 정수리는 그 동발이 이리저리 아무리 문질러도 도무지 떨어질 생각을 하지 않았다. 그때 장 천사가 칠성검을 들어 뱃머리에 던지면서 푸른 갈기의 말을 타고 앞으로 달려갔다. 그걸 보자 비발선사도 깜짝 놀랐다.

"아니, 무슨 천사이기에 이렇게 대단한 솜씨를 갖고 있지?"

그러면서 그는 재빨리 암컷 동발을 꺼내 공중으로 던지면서 "변해라!" 하고 소리쳤다. 그러자 그 동발은 순식간에 하나에서 열로, 열에서 백으로, 백에서 천으로, 천에서 만으로 변하여 하늘 가득 "윙윙!" 소리를 내며 칼날처럼 떨어져 내려서 장 천사는 물론 도사들과 악무생들까지 물 샐 틈 없이 겹겹으로 에워싸니, 사람은 발걸음조차 뗄 수 없었고 말은 고개조차 들 수 없었다. 그 모습을 보고 비발선사가 생각했다.

'저 천사라는 작자가 제법 재간이 있다 한들, 저놈이 거느리고 있는 저 도사와 도동들은 내생에 태어나지 않는 한 내 손에서 벗어나

지 못할 테지.'

하지만 그 도사와 도동들도 수많은 동발들이 떨어져 내리는데도 야간 움찔하기만 할 뿐, 목이 떨어지는 이가 하나도 없었다. 비발선사는 화가 치밀어 눈살을 찌푸리면서 연달아 "쳇! 쳇!" 하더니, 어쩔 수 없이 동발을 거둬들이고 맥이 빠져서 돌아갔다.

장 천사는 도사와 도동들을 거느리고 돌아와 삼보태감을 만났다.

"천사님, 노고가 많으셨습니다. 그런데 그 동발을 어떻게 막았습니까?"

"제 머리 위에 삼청신의 도장이 찍힌 문서를 얹고, 옥황상제의 칙명에 따라 여러 신이 보호하게 했기 때문에 동발이 내려오지 못한 것입니다."

"도사와 도동들은 어떻게 무사할 수 있었습니까?"

"그들에게도 미리 머리 위에 신령한 부적을 얹어 주어서 여러 신이 보호하게 해주었지요."

"그렇게 안배를 해 놓으셨다면 왜 부적을 살라 신장을 파견하여 그자와 싸우게 하지 않으셨습니까?"

"저도 그럴 생각이었습니다만, 동발이 손발을 마음대로 놀리지 못하게 방해했습니다. 하지만 내일 그자가 다시 오면 저도 단단히 맛을 보여줄 방법이 있습니다!"

그러자 벽봉장로가 말했다.

"아미타불! 맛을 보여주고 말고 할 거 있는가? 내일은 내가 나가서 그를 잘 달래 보겠네."

"다른 사람은 몰라도 이 요사한 중은 설득하기 어려울 겁니다."

"그걸 어찌 확신하는가?"

"그자가 어찌 제대로 된 선사입니까? 감히 우리 병사들의 머리를 오랑캐 국왕에게 상견례의 예물로 바치다니, 이게 선사라는 이가 할 짓입니까?"

"그 열 명의 수급은 어디 있는가?"

"머리가 잘린 지 이틀이 지났지만 아직도 심장이 따뜻하니, 억울하게 죽은 이들이 분을 풀지 못하는 게 아닙니까?"

"오오, 선재로다! 아직 온기가 남아 있다면 내가 머리를 되찾아 와서 그들을 살려내겠네. 그러니 장 천사, 자네도 그자와 화해하시게."

"그 열 명을 살려내신다면 저도 그렇게 하겠습니다."

"군중에서는 농담하지 않는 법이거늘, 내 어찌 빈말하겠는가!"

벽봉장로는 즉시 구환석장을 들고 앞쪽에 동그라미 열 개를 그리고, 개중 하나에 석장을 세우더니 나직하게 "오너라!" 하고 불렀다. 그러자 한 줄기 향긋한 바람이 불어오더니 각각의 동그라미 안에 머리가 하나씩 나타났다. 그 모습을 보고 삼보태감은 물론 장 천사까지 깜짝 놀랐다.

"국사님, 불법의 힘은 과연 무한히 광대하고 오묘하군요!"

"이 머리를 가져다가 원래 몸뚱이에 붙이라고 하게. 잘못 붙이면 안 되네!"

잠시 후 각자의 몸뚱이에 머리를 붙이자, 벽봉장로는 운곡에게 바리때에 무근수를 담아 와서 각자에게 한 모금씩 마시게 하라고 했다. 그랬더니 물을 마신 이들은 금방 되살아났다. 그런데 개중에 두 사람만 볼썽사나운 모습으로 되살아났다. 이게 어찌 된 일일까? 알고 보니 한 사람은 얼굴이 등 쪽으로 향하게 머리를 잘못 물여 놓았기 때문에 그대로 살아나 버렸다. 또 한 사람은 막 머리를 붙였을 때 뱃속에서 심장이 쓱 빠져나와 날아가 버렸기 때문에 심장이 없는 채로 살아났다. 그 모습을 보고 운곡이 달려와서 배꼽이 빠지도록 웃어댔다. 벽봉장로가 물었다.

"왜 웃는 게냐?"

운곡이 두 사람에 관해 얘기하자 벽봉장로가 분부했다.

"어서 그 둘을 이리 데려오너라."

잠시 후 두 사람을 데려오자 벽봉장로가 잠시 살펴보더니 고개를 두어 번 끄덕였다. 그러자 삼보태감이 물었다.

"국사님, 왜 아무 말씀도 없이 고개만 끄덕이십니까?"

"처음에는 머리를 거꾸로 붙였거니 생각했는데, 알고 보니 저 사람 스스로 저렇게 한 것이로구먼."

"그게 무슨 말씀입니까?"

"머리가 거꾸로 붙은 자는 평소 사람들 앞이나 뒷전에서 불평을 늘어놓았기 때문에, 오늘 되살아나면서 저런 모습이 된 거라오."

"그러면 얼굴은 제대로 붙었는데 심장이 날아가 버린 이는 왜 스스로 그렇게 했다는 것입니까?"

"얼굴은 제 얼굴이 맞지만 심장이 날아가 버렸지요. 이 사람은 평소 상대방의 뜻을 이해한다는 표정을 짓지만 마음속으로는 비난[非]을 했기 때문에, 오늘 되살아나면서 얼굴은 제대로 붙었는데 심장이 날아[飛]¹가 버린 거라오."

"국사님께서는 자비를 바탕으로 삼고 사람들의 상황을 고려하여 가르침을 베푸시는 분이시니, 부디 이 두 사람을 구제해 주십시오."

"이 두 사람은 말을 할 수 있는가?"

그러자 그 둘이 일제히 대답했다.

"예!"

"그렇다면 너희 둘은 각자 지난 잘못을 인정하고 개과천선하도록 하라. 그래야 내가 너희를 구제해 줄 게야!"

그러자 개중에 머리가 거꾸로 붙은 이가 말했다.

"이제부터는 절대 사람들 앞이나 뒷전에서 비방하지 않겠습니다."

"네 스스로 그리하지 않겠다면 누가 네게 그리하라고 강요하겠느냐? 원래대로 돌아가도록 해라."

그 말이 끝나자마자 과연 그는 머리가 원래대로 앞쪽으로 돌아왔다. 그가 감사의 절을 올리고 떠나자, 심장이 없는 이가 말했다.

"이후로는 절대 표정과 다른 마음을 먹지 않겠습니다."

"네 스스로 그리하지 않겠다면 누가 네게 그 하라고 강요하겠느

---

1 이것은 '심비(心非)'와 '심비(心飛)'의 발음을 이용한 말장난이다. 또한 심(心)은 상황에 따라 마음과 심장이라는 두 가지 뜻으로 해석될 수 있다.

냐? 원래대로 돌아가도록 해라."

그 말이 끝나자마자 과연 그는 원래와 같이 심장이 들어 있는 몸이 되었다. 그가 감사의 절을 올리고 떠나자, 삼보태감이 말했다.

"국사님, 헤아릴 수 없는 공덕을 어디에나 베풀어 주시는군요."

이에 벽봉장로가 장 천사에게 말했다.

"장 천사, 이제 자네도 그 사람하고 화해하시게."

장 천사는 처음에 그 제안에 동의했을 때는 벽봉장로가 병사들의 수급을 되찾아 오지도 못하고, 더욱이 그들을 되살릴 수도 없으리라 생각했었다. 하지만 이 상황을 직접 목격하고 나자 말을 바꿀 수 없었지만, 속으로는 내키지 않았다.

"국사님께서 그러라고 하시니 제가 어찌 거역하겠습니까? 그런데 그자가 화해하려 할지 모르겠습니다."

"그럴 수도 있겠지. 그럼 내일 자네가 그자의 동태를 한 번 정탐해 보도록 하게."

이튿날 장 천사가 나서서 보니, 비발선사가 벌써 성문 아래로 나와 제자를 데리고 휘적휘적 걸어오고 있었다. 그가 막 성문을 나오자 장 천사는 '맛 좀 봐라!' 하고 생각하며 아홉 마리 용이 수놓아진 손수건을 공중으로 던졌다. 그러자 손수건이 천지를 가리며 떨어져 내렸다.

'이번에는 저 까까머리를 잡을 수 있겠지!'

하지만 비발선사는 한 손으로 동발을 들어 머리 위를 가리고, 다른 한 손으로 동발을 떨어뜨려 거기에 올라탔다. 그 순간 발밑의 동발은 바람 수레로 변해서 휙 날아올랐는데, 하필이면 아홉 마리 용이 수놓아진 손수건의 뒤쪽으로 날아가 버렸다. 기분이 상한 장천사는 얼른 손수건을 회수했는데, 공교롭게도 다라존자를 가둬 버렸다.

"용은 놓치고 뿔만 잘라냈구먼. 제자 놈을 붙잡았으니, 그 까까머리의 한 손을 자른 셈이로군."

그가 다라존자를 오랏줄로 묶고 있는데, 미처 방비하지도 못한 사이에 비발선사가 다시 동발을 날려 도사 한 명을 잡아 가버렸다. 고개를 들고 쳐다보니 그 도사는 표주박에 담긴 물처럼 위태롭게 동발 위에 얹혀 있었다.

"까까머리, 네놈의 제자가 내 손 안에 있다!"

"나한테는 네놈의 도사가 있다."

"이번 싸움은 네놈이 졌어!"

"아니지, 네가 진 거야!"

이렇게 서로 이겼다고 입씨름을 했지만, 도사 한 명을 잃은 장천사는 기분이 나빴다. 그때 후영(後營)에서 당영이 말을 달려 나오면서 소리쳤다.

"둘 다 잡아떼고만 있구려! 내가 중재해 주겠소."

당영의 젊고 말쑥한 용모가 마음에 든 비발선사가 고함을 질렀다.

"그대는 누구인데 감히 중재하겠다고 나서는가?"

"나는 후영대도독 무장원 당영이오."

"무장원이라면 그대가 중재해 보시오."

그러자 장 천사가 말했다.

"대대로 천사의 직위를 계승해온 이 몸이 너랑 무슨 화해를 하겠느냐?"

당영이 말했다.

"서로 장단점을 얘기하실 필요 없소이다. 제가 세 발의 화살을 모두 맞히면 두 분은 즉시 싸움을 멈추시고, 세 발 가운데 하나라도 맞지 않으면 계속 싸우도록 하시오."

그러자 비발선사가 당영에게 물었다.

"그럼 어떻게 중재하겠다는 것인가?"

"이쪽에서는 그쪽의 제자를 돌려주고, 그쪽에서도 우리 도사를 돌려주어서 서로 화해하는 것이오."

"그런 다음에는?"

당영은 장 천사가 도사를 포기하지 않을 것을 알았기 때문에, 일단 이렇게 서로 포로를 교환한 다음에 다른 대책을 마련해야겠다고 생각했다.

"옛말에 '지금 있는 술은 마시고, 내일의 근심은 내일 감당하면 된다.'라고 했소. 그건 일단 포로를 교환하고 나서 생각합시다."

"일리 있는 말씀일세. 나중이라 해서 내가 무서울 게 뭐가 있겠나? 그건 그때 가서 대책을 마련하면 되겠지."

"두 분 모두 사람을 앞으로 내세우시오. 제가 있는 이쪽에서 북이 세 번 울리면 양쪽의 포로를 확실하게 교환하는 겁니다."

"그거야 그러면 되겠지. 그나저나 그대는 무엇을 표적으로 세 발의 화살을 쏘겠는가?"

"여러 말 할 것 없이 당신네 성 위의 깃대를 표적으로 삼겠소."

"깃대는 높이가 스무 길 정도 되니 신중해야 할 걸세."

"높이야 상관없소. 하지만 깃대만 맞히는 것은 별로 고단수라고 할 수 없으니, 저 깃대 꼭대기에 있는 까치를 맞히겠소."

"그건 까치가 아니라 나무를 깎아 만든 풍향계일세. 크기가 겨우 주먹만 한 것인데, 그걸 어찌 세 발 연속으로 맞힐 수 있겠는가?"

"나한테는 세 발의 화살이 있소. 첫 번째 것을 쏘면 하늘을 울부짖게 할 수 있고, 두 번째 것을 쏘면 해와 달이 나란히 뒤집히게 할 수 있고, 세 번째 것을 쏘면 별들이 지는 꽃잎처럼 떨어지게 할 수 있소. 당신이 내 활 솜씨를 어찌 알겠소!"

"좋네. 그렇다면 쏘시게."

"북이 울리면 두 분 모두 포로를 내보내야 하오. 아시겠소?"

그러자 양쪽에서 일제히 "그러지!" 하고 대답했다. 그 말이 끝나기도 전에 당영은 첫 번째 화살을 재서 "퉁!" 쏘았다. 그 화살은 나무로 만든 까치의 머리에 딱 맞았다. 그러자 "둥!" 북소리가 울리면서 양측에서 일제히 찬사가 터졌다. 그 소리가 끝나기도 전에 당영이 두 번째 화살을 쏘았다. 그런데 이번 화살은 상당히 교묘하게 맞았다. 왜냐? 두 번째 화살은 바로 첫 번째 화살 끝에 맞아서 그걸 쪼개면서 나무 까치의 머리에 맞았기 때문에, 거기에는 여전히 화살이 하나만 꽂혀 있게 되었던 것이다. 그러자 "둥!" 두 번째 북소리가 울리면서 양측에서 일제히 찬사가 터졌다. 그 소리가 끝나기도 전에 당영이 세 번째 화살을 쏘았다. 이번 화살도 아주 교묘하게 맞았다. 왜냐? 세 번째 화살은 바로 두 번째 화살 끝에 맞아서 그걸 쪼개면서 나무 까치의 머리에 맞았기 때문에, 거기에는 여전히 화살이 하나만 꽂혀 있게 되었던 것이다. 그러자 "붕!" 세 번째 북소리가 울리면서 양측에서 일제히 찬사가 터졌다. 그 순간 당영이 소리쳤다.

"비발선사, 나의 이 수법이 무엇인지 아시겠소?"

"얼른 생각이 나지 않는구먼."

"이건 바로 '장강의 뒤 물결이 앞 물결을 밀고, 세상에는 새로운 사람이 옛사람을 뒤쫓는다.'라는 것이오."

"가르쳐줘서 고맙네!"

"양측 모두 포로를 교환했소이까?"

"이미 교환했네."

이렇게 해서 도사는 장 천사에게 돌아오고 다라존자는 비발선사에게 돌아가서, 양측은 군사를 거두어 자기 진영으로 돌아갔다. 장천사가 당영에게 감사했다.

"당 장군, 도와줘서 고맙네."

"일단 도사를 구했으니, 내일은 천사님께서 다시 대책을 세우셔서 응대하십시오."

"이미 생각해둔 바가 있네."

이튿날 비발선사가 다시 다라존자를 데리고 성을 나왔다. 분기를 참지 못한 장 천사는 푸른 갈기의 말에 오르더니 다짜고짜 칠성검을 들고 두 번 휘둘렀다. 칼끝에서 커다란 불꽃이 일자 그는 부적을 사르며 "오라!" 하고 소리쳤다. 그 순간 서북쪽에서 구름이 피어나고 동남쪽에 안개가 덮이더니, 허공에서 "휙!" 하는 소리와 함께 하늘 신장이 나타나 포권하며 물었다.

"천사님, 무슨 일로 부르셨습니까?"

"그대는 어떤 신이오?"

"오늘 당직을 맡은 화광정일(華光正一) 마 원수입니다."

"요사한 중이 두 개의 동발을 날리며 수작을 피우고 있으니, 저 놈을 없애 주시오."

마 원수는 즉시 상서로운 구름을 타고 날아올라 비발선사의 정수리를 향해 황금 벽돌을 내리쳤다. 하지만 비발선사도 만만치 않은 솜씨를 가지고 있었다.

"허! 제법 사납게 내리치는구먼. 하지만 내 단단한 머리를 부수지는 못할 걸세."

그가 느긋하게 한 손으로 동발을 들고 두어 번 흔들자, 마 원수의 황금 벽돌은 즉시 동발 안에 갇혀버렸다. 이렇게 되자 마 원수도 아무 대책이 없어졌다.

"못된 까까머리, 감히 내 황금 벽돌을 망가뜨리다니!"

"내가 손을 쓴 게 아니라 그대가 내게 손을 쓰지 않았는가?"

"내 실수였소. 당신을 공격하지 말았어야 했소. 그러니 내 벽돌을 돌려주시오."

"설마 거짓말은 아니겠지?"

"훌륭한 사람은 거짓말을 하지 않는 법이오. 하물며 하늘 신인 내가 어찌 거짓말을 하겠소!"

"그렇다면 나도 거절할 이유가 없지."

그는 한 손으로 동발을 열고 다른 한 손으로 황금 벽돌을 집어 돌려주었다. 마 원수는 자기 말을 지킬 수밖에 없어서 장 천사에게 보고하고 돌아가 버렸다.

'마 원수가 당해 내지 못했다고 저자를 그냥 둘 순 없지!'

장 천사가 다시 부적을 태우자 "휙!" 하는 소리와 함께 또 한 명의 하늘 신장이 내려왔다.

"그대는 어떤 신이오?"

"용호현단의 조 원수입니다. 천사님, 무슨 일로 부르셨는지요?"

"요사한 중이 두 개의 동발을 날리며 수작을 피우고 있으니, 저 놈을 없애 주시오."

"예!"

"저자가 제법 대단한 능력이 있으니 조심해야 할 것이오!"

"알겠습니다. 조금 전에 오는 길에 마 원수를 만났는데, 자기는 황금 벽돌을 빼앗겨서 그자와 화해를 해야 했다고 하더군요. 하지만 저의 이 채찍을 저자가 어찌 빼앗을 수 있겠습니까?"

그 말이 끝나기도 전에 조 원수는 한 줄기 불빛을 일으키며 비발선사를 향해 빗방울이 떨어지듯 채찍을 휘둘렀다. 그는 이 채찍질로 요사한 중을 쓰러뜨릴 수 있을 줄 알았는데, 뜻밖에도 그 중은 신통력이 광대하고 무한한 변신술을 쓸 줄 알았다. 비발선사는 채찍이 날아오자 동발을 들어 일일이 막아 냈다. 이렇게 되자 마치 늙은 승려가 방울을 흔들 듯이 "땅!" "따당!" 소리가 울렸다. 한참 채찍질을 하다가 지친 조 원수는 어쩔 수 없이 장 천사에게 보고하고 돌아가 버렸다.

'세상천지에 어찌 이런 중이 있단 말인가? 하늘 신장조차 어찌해 보지 못하다니! 그것도 하나가 아니라 둘을 연속으로 막아 내다니. 하지만 삼세판이라 했으니, 세 번째 신장을 불러보자. 이번에는 저자도 막아 내기 어려울 테지!'

장 천사가 즉시 부적을 사르자 "휙!" 하는 순간 하늘 신장이 내려왔다.

"그대는 어떤 신이오?"

"뇌단장교(雷壇掌敎) 온 원수입니다. 천사님, 무슨 일로 부르셨는지요?"

"요사한 중이 두 개의 동발을 날리며 수작을 피우고 있는데, 조금 전에 마 원수와 조 원수도 당해 내지 못하고 기가 죽어 돌아갔소. 그래서 특별히 그대를 청했으니, 광대한 신통력을 펼쳐 반드시 성공해 주시오. 그래야 우리 천사의 체면도 살리고, 하늘 신들 사이에서도 자랑스러울 수 있지 않겠소?"

"알겠습니다. 마 원수와 조 원수는 용맹하기는 하지만 무기가 시원치 않습니다. 벽돌은 기껏해야 던져서 옥을 건지는 데에나 쓸 수 있지, 어찌 요괴를 잡을 수 있겠습니까? 채찍이라는 것도 천한 마부나 들고 다니는 것인데, 어찌 귀신이나 요괴를 굴복시킬 수 있겠습니다. 저의 항마저는 하늘과 땅, 저승과 이승에 모두 명성이 자자합니다. 그러니 저런 요사한 중이나 서양의 중 따위를 어찌 두려워하셨습니까!"

그의 자신감 있는 말을 듣자 장 천사는 무척 기뻐했다.

"좋소! 훌륭하오! 아주 훌륭하오! 이게 바로 하늘 신장의 기개가 아니겠소!"

온 원수는 그 칭찬에 더욱 기운이 나서 구름을 타고 올라가 비발선사에게 달려들더니 머리며 얼굴, 어깨, 등을 가리지 않고 사정없이 항마저를 찧어 댔다. 하지만 그 중은 조정에 앉아 도를 어지럽히는 재주가 상당했다. 왜냐? 그가 암컷 동발을 떨어뜨리며 "변해라!" 하고 소리치자 그 동발은 하나에서 열로, 열에서 백으로, 백에서 천으로, 천에서 만으로 변했는데, 그 무수한 동발들이 모조리 항마저에 얹히는 바람에 온 원수는 이쪽으로도, 저쪽으로도, 위로도, 아래로도 항마저를 움직일 수 없게 되어 버렸다. 그러니 어떻게 그 중을 때려눕히고 항복시킬 수 있었겠는가? 온 원수는 화가 잔뜩 치밀었지만 풀어낼 길이 없어서, 결국 장 천사에게 돌아가 보고하고 떠나 버렸다.

이렇게 되자 장 천사는 한숨만 두어 번이나 내뱉었다.

'괴이하구나! 정말 괴이해! 연달아 세 명의 하늘 신장이 나서고도 중 하나를 어쩌지 못하다니! 하지만 한 가지 방법이 더 있지. 그게 뭐냐? 정직하고 사사로운 마음이 없는 관 원수라면 도를 어지럽히는 저 요사한 중을 해치울 수 있을 거라 이거지. 예로부터 사악

한 것은 정의로운 것을 이기지 못했으니, 수고를 끼쳐 미안하지만 관 원수를 불러야겠구나.'

그가 즉시 부적을 사르자 "휙!" 하고 관 원수가 내려왔다. 봉황 같은 눈과 누에 같은 눈썹, 용 같은 수염을 휘날리며 관 원수는 살기등등한 모습으로 허리를 숙이고 포권하며 인사했다.

"천사님, 무슨 일로 부르셨습니까?"

"먼 길을 오시게 해서 죄송하오. 하지만 세상에 어찌 이런 불공평한 일이 있을 수 있단 말입니까?"

"무슨 일인데 그러십니까? 제가 바로잡아 드리겠습니다."

"그렇지 않아도 관 원수께 부탁드릴 생각이었소이다."

"무슨 일입니까?"

"우리 함대가 서양에 온 지 벌써 오륙 년이 되었소이다. 그간 스무 개가 넘는 나라를 지나 왔지만 국빈의 예의로 대접하는 나라가 하나도 없었소이다. 항상 무슨 요괴들이 나타나 하늘 신장마저 썩은 나뭇가지 부러뜨리듯이 쉽게 물리쳐 버렸소이다. 지금 도착한 나라는 무슨 모가디슈 왕국인가 하는 곳인데, 이곳 국왕이 비발선사인가 하는 촌에 사는 중을 데려왔소이다. 그자는 두 개의 동발을 들고 요사한 술법을 부려서 사람들의 머리를 무슨 채소 썰 듯이 베어 버린다오. 그러면서 우리 보물을 내주기를 거부하면서 국왕의 죄악을 방조하고 있으니, 이게 바로 불공평한 일이 아니고 무엇이겠소이까?"

"패거리를 지어 악행을 하면서 하늘에 거역하다니, 정말 고약하군요!"

"또 한 가지 더 심한 일이 있소! 왜냐? 조금 전에 마 원수를 청해서 황금 벽돌로 치게 했는데, 그 벽돌이 그만 그자의 동발에 갇히고 말았소. 그러니 마 원수는 어쩔 수 없이 그자와 타협하고 돌아가야 했소. 다시 조 원수를 청해서 채찍을 휘두르게 했더니 그자가 동발을 들어서 막았소. 두 번, 세 번, 아무리 내리쳐도 모조리 동발로 막아 버리더이다. 조 원수가 어찌지 못하고 떠나자 다시 온 원수를 모셨소. 원래 그 항마저가 무시무시한 게 아니오? 그런데 암컷 동발이 하나에서 열로, 열에서 백으로, 백에서 천으로, 천에서 만으로 변하여 모조리 항마저에 얹히는 바람에 실력이 있어도 펼칠 수가 없게 되어 버렸소. 그러니 온 원수도 낙심하여 슬그머니 떠날 수밖에 없었지요. 이렇게 세 명의 하늘 신장조차 요사한 중 하나를 어쩌지 못했으니, 이건 더욱 심한 불공평이 아니고 무엇이겠소?"

의롭고 용맹한 관 원수는 이런 불공평한 일에 대해 듣자 버럭 진노했다.

"이런 못된! 까까머리가 어찌 이리 무례할 수가 있나!"

"만 명의 장부가 힘으로 당해 내지 못하는 것도 한 명의 지혜로 감당하고도 남을 수 있소. 관 원수, 그래도 그대는 용력보다는 지혜가 더 뛰어나지 않소이까?"

"알겠습니다."

관 원수는 즉시 구름을 타고 날아올라 소리쳤다.

"주창, 어디 있느냐?"

"여기 있습니다!"

"가서 모가디슈 왕국을 담당한 토지신을 불러오너라."

"예!"

주창은 즉시 키 작은 노인을 하나 데려왔다.

"토지신이라는 작자가 어찌 이런 요사한 중을 받아들여서 하늘 군대에 저항하게 했느냐? 네놈이 무슨 죄를 저질렀는지 아느냐?"

"그건 제 잘못이 아니옵니다. 이곳은 서양의 성황보살이 담당하고 있고, 저는 토지만 담당할 뿐 아무 권한이 없사옵니다."

"그렇다면 가서 성황보살을 데려오너라. 내가 할 말이 있다."

토지신은 즉시 달려가서 성황보살을 데려왔다.

"성황보살이라는 작자가 어찌 이런 요사한 중을 받아들여서 하늘 군대에 저항하게 했느냐? 네놈이 무슨 죄를 저질렀는지 아느냐?"

"그건 제 잘못이 아니옵니다. 이 나라 국왕이 서신을 보내서 초빙했사온데, 국왕의 어명은 저도 감히 어쩔 수 없사옵니다. 게다가 이 중은 능력이 대단히 뛰어나서 저도 막을 수 없사옵니다. 저뿐만 아니라 하늘 신장도 어쩌지 못하고, 제 마음대로 하게 놔둘 수밖에 없었사옵니다."

"그자의 동발이 무슨 신통력을 갖고 있는지 아느냐?"

"수컷 동발은 그저 날아가서 사람을 죽일 줄만 알고, 변화도 하나밖에 못 합니다. 하지만 암컷 동발은 날 줄도, 사람을 죽일 줄도 알고 하나에서 열로, 열에서 백으로, 백에서 천으로, 천에서 만으로 무수히 변하여 천지를 가려 버릴 수 있사옵니다. 그 신통력은 너무나 광대한데, 저는 그저 이런 정도밖에 모르옵니다."

"니도 그 동발을 본 적이 있느냐?"

"두 개 모두 본 적이 있사옵니다."

"거기에 무슨 모양이 있더냐?"

"예. 수컷 동발에는 커다란 머리가 그려져 있는데, 사람도 귀신도 아니고 그냥 눈동자와 코, 귀, 그리고 커다란 주둥이가 갖춰져 있습니다. 암컷 동발에는 무수한 머리가 그려져 있는데 모두 눈과 코, 입, 귀가 갖춰져 있사옵니다. 그 외에 다른 모양은 없었사옵니다."

"그러니까 그 주둥이의 병이 문제로구먼."

관 원수는 왜 주둥이의 병이 문제라고 한 것일까? 이에 대해서는 다음 회를 보시라.

관 원수는 비발선사와 옛일을 이야기하고
벽봉장로는 비발선사와 변신술을 겨루다

關元帥禪師敍舊　金碧峰禪師鬪變

古往今來歷戰場	예로부터 지금까지 여러 전장을 겪었지만
再推義勇武安王	의롭고 용맹하기로는 관우(關羽)만 한 이가 없었지.
天敎面赤心猶赤	붉은 얼굴 타고났고 마음 또한 붉었으니
人道鬚長義更長	그의 수염 길다지만 의로움은 더욱 뛰어났지.
夜靜靑龍刀偃月	고요한 밤에 청룡언월도 짚고
秋高赤兎馬飛霜	가을이면 적토마 타고 서리 위를 날았지.
禪師若不施奸計	비발선사가 간사한 계책 쓰지 않았다면
險把妖身濺血亡	요사한 그 몸 피에 젖어 목숨 잃었으리라!

그러니까 관 원수가 말했다.

"그러니까 그 주둥이의 병이 문제로구나. 바로 거기서 해결책을 찾아야겠구먼."

성황보살은 그게 무슨 뜻인지 몰랐다.

"그 중은 오랫동안 소식(素食)을 해서 입에 무슨 병이 없습니다."

관 원수는 화가 나기도 하고 우습기도 했다.

"입에 병이 있다는 얘기가 아니다. 들어봐라. 지금 황제 폐하는 진수성찬을 잡수셔야 하는데, 그건 입의 병이 아니더냐? 조정의 문무백관은 많은 봉록을 받아야 하는데, 그 또한 입의 병이 아니더냐? 선비들은 가난한 살림에 제대로 먹지도 못하면서 학문에 힘쓰니, 이건 입의 병이 아니더냐? 농부는 오월에 햇곡식을 거두는데, 이건 입의 병이 아니더냐? 장인들은 하는 일에 따라 달마다 관청의 곡식을 받아먹으니, 이건 입의 병이 아니더냐? 장사꾼은 배가 고프면 간단한 밥을 먹고 목마르면 물을 마시며 여기저기 행상을 다녀야 하니, 이건 입의 병이 아니더냐? 부자는 날마다 만전(萬錢)이나 되는 호화로운 식탁을 차리니, 이건 입의 병이 아니더냐? 가난뱅이는 한 달에 아홉 끼밖에 먹지 못하는데, 이건 입의 병이 아니더냐? 사람은 밥 한 공기 콩국 한 그릇이라도 먹어야 살 수 있으니, 이건 입의 병이 아니더냐? 그마저 얻어먹지 못하면 죽어야 하니, 이건 입의 병이 아니더냐? 그리고 술과 고기를 물리도록 먹고 나면 뛸 듯이 좋아하는 이들도 있는데, 이건 입의 병이 아니더냐? 잿밥 먹고 추레한 몰골로 종 치는 승려들도 있는데, 이건 입의 병이 아니더냐? 예를 들어서 지금 중국에서는 봄가을에 제사를 지내야 하는데, 이건 입의 병이 아니더냐? 너희 모가디슈 왕국에서도 사람들에게 제사를 지내 달라고 하는데, 이건 입의 병이 아니더냐?"

"아, 아닙니다! 저는 절대 제사를 지내 달라고 하지 않습니다."

"이런 하찮은 일들에는 신경 쓰지 말고, 가서 돼지고기나 좀 가져와라."

"그건 없습니다."

관 원수는 즉시 토지신을 불러 분부했다.

"가서 돼지고기 좀 가져와라."

"돼지고기는 없습니다. 하지만 두부라면 있습니다."

"어째서 두부는 있다는 것이냐?"

"이 지방 사람들은 모두 눈에 보이는 것에 쉽게 흔들리는지라, 성황보살은 지위가 높고 봉록을 많이 받는다고 공경합니다. 하지만 저는 지위도 낮고 봉록도 적기 때문에 우습게 여깁니다. 그러니 돼지머리를 비롯해서 쇠고기나 양고기는 모두 성황보살에게 바치는 제사상에 올리고, 제게 차려 주는 상에는 두부만 있습니다."

관 원수가 안색이 변하여 성황보살을 꾸짖었다.

"성황보살, 이래도 네가 사람들에게 제사를 요구하지 않는다는 것이냐? 왜 너는 돼지머리 같은 것을 요구하고, 토지신에게는 두부만 주게 하는 것이냐?"

성황보살은 관 원수의 안색이 변하자 부들부들 떨며 "황공하옵니다!" 하면서 연신 머리를 조아렸다.

"부디 제 죄를 용서해 주시옵소서!"

"좋다. 이번 한 번만 용서해 주마. 대신 공을 세워서 속죄해야 하지 않겠느냐?"

"무슨 일이든 분부만 내리시옵소서. 끓는 물이나 불길에 들어가라고 하셔도 마다하지 않고 반드시 공을 세우겠습니다."

"그러면 돼지고기를 구해서 살그머니 그 중의 곁으로 가라. 그리고 동발에 그려진 그 머리의 주둥이에 돼지고기를 한 번 쓱 문질러라. 수컷 동발에 한 번, 그리고 암컷 동발에 그려진 모든 머리의 주둥이에도 한 번씩 문질러야 한다. 머릿수가 아무리 많다 하더라도 다 한 번씩 문질러야 한다. 다 문지르고 나면 동발에서 무슨 소리가 날 텐데, 그때 '입에 병이 났어.' 하고 속삭여 줘라. 그러면 조용해질 것이다."

"그렇게 할 수 있는 기회를 어떻게 만들지요?"

"내가 그자하고 얘기할 때 그자가 방심하고 있을 테니, 그때를 이용해서 손을 쓰도록 해라."

"알겠습니다. 그럼, 가시지요."

관 원수는 다시 구름 위에 올라 호통을 쳤다.

"못된 까까머리! 네놈은 어느 교단에 속해 있느냐? 입으로는 염불을 외면서 손으로는 살인하다니!"

비발선사는 관 원수가 예의를 갖춰 묻자 자신도 정중하게 대답했다.

"내가 감히 살인하려는 것이 아니오. 다만 이 나라 군대와 백성들이 고난에 처해 있어서 구해 주러 왔을 뿐이오."

그가 막 이렇게 대답했을 때, 두 개의 동발에 있는 머리의 주둥이들에는 이미 돼지고기가 문질러져 있었다. 그리고 동발이 소리를 내자 성황보살이 "입에 병이 났어." 하고 속삭여 주니 즉시 소리가 그쳤다. 성황보살이 슬그머니 한쪽으로 비켜나자 관 원수가 즉시 벼락처럼 분노를 터뜨려서 봉황의 눈을 부릅뜨고, 누에 눈썹을 곤추세워, 귀신도 벌벌 떨게 만드는 위엄을 발휘했다.

"어딜 도망치느냐!"

그가 청룡언월도를 내리치자 앞서 세 명의 하늘 신장과 다를 바 없다고 생각한 비발선사는 느긋하게 암컷 동발을 떨어뜨리며 "변해라!" 하고 소리쳤다. 하지만 그 동발은 넋이 나간 듯 떠오르지도 않고, 변화도 일어나지 않는 것이 아닌가! 암컷 동발이 변화를 부리지 않자 비발선사는 황급히 수컷 동발을 치켜들었다. 하지만 수컷 동발은 술에 취한 듯이 휘청휘청 느릿느릿 움직여서 기껏 석 자밖에 날지 못했다. 이렇게 두 개의 동발이 모두 도움이 되지 않고 관 원수의 청룡언월도가 사납게 닥쳐들자, 비발선사는 어쩔 수 없이 돌아서서 도망쳐야 했다. 즉시 뒤쫓아 간 관 원수는 그를 죽이지는 않고, 칼자루로 그의 등짝 한가운데를 찍어 버렸다. 그리고 비발선사가 땅바닥에 고꾸라지자 주창에게 붙잡아오게 했다. 주창이 또 누구인가? 한 손으로 덥석 움켜쥐자 비발선사는 벌써 혼백이 절반 이상 날아가 버렸다.

"끌고 가서 천사님께 넘겨라."

사태가 심상치 않게 되자 비발선사는 얼른 거짓말을 늘어놓았다.

"나리! 나리! 제가 나리께 큰 은혜를 베푼 적이 있는데, 알아보지 못하십니까?"

의리를 산처럼 중시하는 관 원수는 그 말을 듣자 깜짝 놀랐다.

"그대는 누구인데 내 은인이라고 하는가?"

"나리, 예전에 다섯 개의 관문을 지나면서 여섯 명의 장수를 죽인 일을 잊으셨습니까?"

하지만 관 원수는 도무지 기억이 없었다.

"그대는 어느 관문에 있던 사람인가?"

"저는 사수관(汜水關) 진국사(鎭國寺)의 장로였는데, 잊으셨나 보군요?"

"그렇다면 그대가 그 보정장로(普靜長老)[1]라는 거요?"

"바로 그렇습니다. 제가 나리를 화재로부터 구해 드렸는데, 어째서 오늘 저를 해치려 하십니까?"

"그대가 보정장로라면 지금 세월이 얼마나 많이 지났는데, 어떻게 아직 여기 있는 것이오?"

하지만 말재간 좋은 비발선사가 되물었다.

---

1 보정(普靜)은 《삼국지연의》에서 만들어 낸 가상의 인물이다. 원래 신수(神秀)의 의발을 전수받은 보적(普寂: 651~739)이라는 승려가 관우와 같은 지역 출신으로 알려져 있으며, 《법산정(法山淨)》이라는 저작을 남겼다고 한다. 《삼국지연의》에서 관우는 사수관을 지나면서 화웅(華雄)의 목을 베는데, 그 무렵 그곳의 진국사에서 보정(普淨, 또는 普靜)이라는 승려를 만나 고향 얘기를 주고받은 것으로 묘사되어 있다. 현대의 연구자들에 따르면 보정(普淨, 또는 普靜)이라는 승려의 법명은 보적(普寂)과 《법산정(法山淨)》을 합쳐서 만들어 낸 가상의 이름이라고 한다.

"나리도 저하고 같은 시대에 사셨는데, 지금 그렇게 많은 세월이 흘렀거늘 어떻게 아직 여기 있는 것입니까?"

"나는 총명하고 정직하여 신이 되었기 때문이오."

"저도 총명하고 정직한 사람이기 때문에 아직 있는 것입니다."

"그럼 왜 중국이 아니라 오랑캐 땅에 와 있는 것이오?"

"나리, '말하는 것이 충성스럽고 믿음 있으며 행실이 돈후하고 공경스러우면 오랑캐 땅에서도 통할 것'[2]이라고 하지 않았습니까? 저는 그저 진성(眞性)을 수련하고자 할 뿐이어서, 오랑캐 땅이든 뭐든 상관하지 않습니다."

그 말에 마음이 흔들린 관 원수는 정말인가 보다 생각했다.

"오늘 일은 어떻게 하면 좋겠소? 그대를 잡아가자니 내 은인이라 곤란하고, 잡아가지 않자니 천사의 명을 어길 수는 없는 노릇이 아니겠소?"

"옛날 화용도(華容道)에서는 제갈량 군사(軍師)의 군령을 무서워하지 않았지 않습니까?"

그 말에 관 원수는 할 말을 잃었다. 그때 주창이 말했다.

"어쨌든 그건 사적인 은혜인데, 어찌 그것 때문에 공적인 의를 버릴 수 있겠습니까? 그냥 잡아가는 것이 좋겠습니다."

은혜와 의리를 지극히 중시하는 관 원수가 절대 자신에게 해를 끼치지 못하리라는 것을 알고 있는 비발선사는 주창이 그렇게 말

---

2 《논어》〈위령공(衛靈公)〉: "言忠信, 行篤敬, 雖蠻貊之邦行矣."

하자 사납게 반박했다.

"주창, 지난날 화용도에서는 왜 조조를 잡아가지 않았습니까? 왜 조조에게는 그렇게 돈후하게 대하면서 이 보정은 이렇게 박대하는 것입니까? 조조는 기껏 사흘마다 조촐한 잔치를 열어주고 닷새마다 성대한 잔치를 열어주었고 말에 탈 때 금덩어리 하나, 말에서 내릴 때 은 덩어리 하나를 주었지만, 그것들은 그저 음식과 재물에 지나지 않았소이다. 저는 화재에서 여러분을 구해서 감부인(甘夫人)과 미부인(糜夫人)의 목숨을 보전하게 해주었지요. 그 덕분에 이후 그대 가문은 공적을 세워 명성을 날리면서 군신 간의 의리를 다할 수 있었고, 두 부인은 평생 유비를 섬기면서 부부간의 덕을 다할 수 있었으며, 또 오래된 성에서 삼형제가 모여서 형제간의 정을 다할 수 있었지 않습니까? 그러니 수많은 세월이 흐른 지금도 모든 사람이 나리를 일컬어 다섯 개의 관문을 지나면서 여섯 장수의 목을 벤 더할 나위 없이 훌륭한 대장부라고 칭송하고 있지요. 그때 제가 없었더라면 두 개의 관문만 지나고 세 번째 관문에서는 잿더미로 변하는 재난을 피할 수 없었을 것입니다. 설령 지금처럼 신이 되었다 한들, 아마 새까맣게 그을린 모습이 되지 않았겠습니까? 그러니 제가 베푼 은혜하고 조조가 베푼 은혜 가운데 어느 것이 더 크겠습니까? 그런데도 조조는 살려주고 저는 살려줄 수 없다는 것입니까? 게다가 조조를 살려주었을 때는 제갈량 앞에서 사형에 처해 달라고 해야 했지만, 저를 살려주는 것은 나리 마음대로 하실 수 있는 게 아닙니까? 게다가 저는 나리와 동향 사람이 아닙니까? 뭐니 뭐니 해도 고향 물맛이 최고이고, 누구보다도 고향 사람이 제일 가깝다고 하지 않았습니까? 나리, 이런데도 저를 놓아주지 않겠습니까?"

이 일장 연설을 들은 관 원수는 가슴이 찢어지는 듯했다. 결국 그는 옛 은혜를 저버릴 수 없었다.

"은혜를 알고도 갚지 않으면 군자가 아니지. 가시오! 나는 결코 그대를 잡을 수 없소."

그 말이 떨어지기 무섭게 비발선사는 펄쩍 뛰어 달아나 버렸다. 이야말로 장군은 말에서 내리지 않고 각자 앞으로 치달리듯이 저마다 제 갈길을 가는 격이었다. 그런 다음 관 원수가 장 천사에게 보고했다.

"그 중은 이후로 해를 끼치지 않을 테니 용서해 주십시오."

그리고 곧 구름을 타고 하늘나라로 돌아가 버렸다.

'대체 그게 무슨 말이지?'

장 천사는 자세한 사정을 알아보고 나서야 은혜를 갚은 내막을 알게 되었다.

"허허! '소인배의 말만 들으면 간사한 계책이 생겨나고, 특별한 사람만 신임하면 큰 변란이 일어난다.[偏聽成奸, 獨任成亂]³라는

---

3 이것은 추양(鄒陽: 기원전 206?~기원전 129)의 〈옥중에서 양왕에게 올린 서신 [獄中上梁王書]〉에 나오는 구절로서, 옛날 노(魯)나라 군주가 계손(季孫) 의 말만 믿고 공자를 내쳤고, 송(宋)나라 군주가 자염(子冉)의 계책만 믿고 묵적(墨翟)을 옥에 가둠으로써 결과적으로 나라를 위태롭게 한 일을 가리 킨다.

옛말이 틀림없구나. 간악한 까까머리 놈이 이렇게 주둥이를 잘 놀릴 줄이야! 날만 서둘지 않았더라면 다른 계책을 써서 그놈을 붙잡을 수 있었을 텐데!"

그러자 벽봉장로가 말했다.

"그 중은 우리 불교의 제자이니, 내일 내가 나가서 설득해 보겠네."

한편 기발한 말재주로 관 원수를 속이고 빠져나온 비발선사가 기뻐 어쩔 줄 몰라 하며 비룡사로 돌아가자, 다라존자가 물었다.

"사부님, 오늘은 어째서 그 동발들이 영험한 능력을 발휘하지 않았을까요?"

"그러게 말이다. 나도 도무지 그 이유를 모르겠구나."

"꺼내서 한 번 살펴보시지요."

비발선사가 동발을 하나 꺼내서 자세히 살펴보니, 안에 그려진 귀신 머리의 주둥이에 모조리 기름칠이 되어 있었다.

"알고 보니 그자가 돼지기름으로 내 동발을 더럽혀 놓아서, 날지도 못하고 변화도 부리지 못하게 되었던 게로구나. 이런 못된 작자 같으니!"

"그자가 누구입니까?"

"다름 아니라 성황보살일 게다. 오늘 그자가 내 옆에 서 있었거든. 당장 가서 그자를 불러와라."

하지만 어디서 그를 데려온다는 말인가? 알고 보니 성황보살은 비발선사가 자기를 해칠까 두려워서, 스스로 불을 질러 사당을 태워 버리고 어디론가 내빼 버린 뒤였다. 이렇게 되자 비발선사도 어쩔 수 없이 분을 참는 수밖에 없었다. 그는 두 개의 동발을 꺼내서 다시 마성을 단련하고 살기를 담았다. 그리고 모든 준비가 끝나자 다시 다라존자를 데리고 성문을 나섰다.

그들이 성문을 나서자마자 명나라 함대의 뱃머리에서 승려 하나가 한 손에는 바리때를, 다른 한 손에는 구환석장을 들고 혼자 나왔다. 비발선사가 다라존자에게 물었다.

"저 자가 국사인가 하는 자이더냐?"

"예."

비발선사는 상대가 먼저 손을 쓸까 싶어서, 얼른 암컷 동발을 공중으로 던지며 "변해라!" 하고 소리쳤다. 순식간에 수만 개의 동발이 "윙! 윙" 소리를 내며 공중을 날아 벽봉장로의 머리를 향해 쏟아졌다.

"아미타불! 선재로다! 알고 보니 저 승려는 별다른 능력이 없구면."

"뭐라고? 네 까까머리나 조심해라! 내가 왜 능력이 없다는 거냐?"

"능력이 있다면 어찌 이리 단순한 수법만 계속 쓰는 것인가?"

"그러거나 말거나 너랑 무슨 상관이란 말이냐?"

"그렇다면 나도 같은 방법으로 돌려줘야겠구면."

벽봉장로는 느긋하게 자금 바리때를 공중으로 던졌다. 그러자 그 바리때도 하나에서 열로, 열에서 백으로, 백에서 천으로, 천에서 만으로 변하더니 수만 개의 바리때가 공중에 떠서 "뗑! 뗑!" 부딪치는 소리를 냈다. 비발선사의 수만 개의 동발과 벽봉장로의 수만 개의 바리때는 공중에서 위아래로 날아다니며 서로 가로막았다. 그걸 본 명나라의 두 사령관이 말했다.

"국사님의 솜씨가 오묘하기 그지없군요. 하지만 조금이라도 실수를 하게 되면, 저 많은 동발들을 어떻게 감당하겠소이까?"

그 얘기를 듣고 마 태감이 속으로 생각했다.

'오묘한 수법이긴 하지만 상대를 굴복시키지는 못하고 그저 비기기만 하고 있으니, 이러다간 날 새겠구먼!'

다급해진 그는 자기도 모르게 고함을 질렀다.

"국사님, 더 큰 신통력을 발휘하여 저놈의 동발을 거둬들여 버리셔요!"

"아미타불! 그야 쉽지!"

벽봉장로가 손가락을 하나 세우고 "오너라!" 하고 중얼거리자, 수만 개의 바리때가 천 개로, 천 개에서 백 개로, 백 개에서 열 개로, 열 개에서 하나로 변해서 그의 손에 얹혔다. 그가 다시 "오너라!" 하고 중얼거리자 공중에 떠다니던 수만 개의 동발이 그의 명령을 알아듣는 듯이, 둥지로 돌아가는 까마귀 떼처럼 우수수 떨어져 내렸다. 그것들은 벽봉장로의 바리때 안에 하나씩 차곡차곡 쌓였는데, 새끼줄로 묶어놓더라도 이처럼 가지런히 모이기 힘들어 보였다. 그러더니 마지막 동발이 떨어지자 그것은 다시 하나의 동발로 변했다. 그걸 보고 마 태감이 말했다.

"옳거니! 이제 저 요사한 중놈은 부리 부러진 딱따구리 신세가 되었으니, 드디어 끝장이로구먼!"

하지만 비발선사도 제법 수단이 뛰어나서, 벽봉장로가 자기 바리때를 거둬들여 버리자 얼른 다른 한 짝을 꺼내서 툭 두드렸다. 그러자 바리때에 있던 동발이 저쪽으로 휙 날아가 버렸다. 원래 그 두 동발은 암수가 한 쌍이어서, 하나가 없어지면 다른 하나가 찾아내서 서로 한 치도 떨어져 있지 않았다. 그래서 저쪽에서 동발을 두드리자 이쪽에 있던 것이 그쪽으로 날아갔던 것이다.

어쨌든 동발을 되찾아 간 비발선사는 다시 강을 건너뛰며 수컷 동발을 내던졌다. 그 동발은 변화를 부리지 않고, 그저 사납게 벽봉장로의 머리를 베려 했다. 그것이 잠시 공중에 떠 있다가 벽봉장로의 머리를 향해 떨어져 내렸는데, 그놈도 무슨 변화를 부리려니 생각하고 있던 벽봉장로는 갑자기 그대로 떨어져 내리자 미처 손쓸 겨를이 없어서 몸을 한 번 떨었다. 그 순간 그의 몸에서 천 송이 연꽃이 피어나며 단단히 몸을 가려 버렸다. 동발은 연꽃에 부딪쳐서 "땅!" 하는 소리가 나더니, 어느새 비발선사에게 되돌아가 버렸다.

비발선사는 절대 패배를 인정할 수 없어서 황급히 암컷 동발을 다시 던졌다. 그 동발은 "윙! 윙!" 소리와 함께 순식간에 수만 개로 변하여 벌 떼처럼 달려들었다. 이에 벽봉장로가 다시 몸을 한 번 흔들자, 이번에는 천 송이 연꽃마다 천수관음(千手觀音)이 앉아서 한 손에 하나씩 동발을 낚아채 버렸다. 이렇게 만 개의 동발이 만 개의 손에 붙들려 버리자, 비발선사는 어쩔 수 없이 수컷 동발을 꺼내 두드려서 암컷 동발을 회수했다.

이렇게 한참 농안 겨루다 보니 어느새 날이 저물어 동쪽에서 달이 떠오르고 있었는지라, 양측은 자기 진영으로 돌아갔다. 벽봉장로가 돌아오자 마 태감이 말했다.

"국사님, 어째서 더 큰 신통력으로 그자를 잡아 버리지 않으셨습니까?"

"아미타불! 그쪽이나 나나 모두 불가에 몸을 담고 있는데, 어찌 독한 손속을 쓸 수 있겠는가?"

"그럼 어떻게 일을 끝낼 수 있겠습니까?"

"한 이틀 너그러이 대해 주면 자연히 마음으로 굴복할 걸세."

"그래도 굴복하지 않으면 어쩌실 생각입니까?"

"내일 내 나름대로 대처할 방도가 있네."

한편 비발선사가 비룡사로 돌아오자 국왕이 몸소 맞이했다.

"연일 노고가 많으십니다. 덕도 없고 무능한 과인이 이 은혜를 어찌 보답해야 할지요!"

비발선사는 이런 인사를 받자 부끄러워 쥐구멍에라도 들어가고 싶었다.

"고생만 하고 공을 세우지 못했으니 부끄럽기 짝이 없습니다."

"서두르면 일을 이루지 못하는 법이니 차분하게 처리해 주십시오."

다라존자가 끼어들었다.

"그 말 많은 중 때문에 상당히 고생해야 하겠습니다."

"그자가 뭐라고 하든 내일은 반드시 성공할 것이다."

국왕이 다시 감사했다.

"감사합니다, 부처님. 일이 무사히 처리되면 짐이 온 힘을 다해 보답하겠습니다."

"내일은 다른 신령한 술법으로 그자의 바리때를 빼앗고 말겠소."

다라존자가 말했다.

"내일은 그자가 바리때를 꺼내지 않을 수도 있지 않습니까?"

"그자는 덕행을 추구하기 때문에 독한 수를 쓰려 하지 않을 것이다. 그저 내가 마음으로 기꺼이 승복하기를 바라겠지. 내일도 분명히 그 바리때를 꺼낼 거야."

이튿날 벽봉장로는 사손 운곡을 데리고 나왔고, 비발선사는 다라존자를 데리고 나왔다. 비발선사가 또 암컷 동발을 던져서 수만 개의 동발이 허공 가득 요란한 소리를 울렸다. 그러자 벽봉장로도 바리때를 던져서 똑같은 수로 변하게 하여 일일이 막아 내게 했다. 동발들과 바리때들이 한창 대치하고 있을 때, 비발선사가 붉은 칠이 된 약 담는 조롱박을 꺼내서 뚜껑을 열었다. 그러자 그 속에서 자줏빛 안개가 하늘로 치솟더니, 그 속에서 천상에나 있고 지하에는 없는 날짐승이 나와서 모든 새의 왕처럼 노래하며 춤을 추었다. 그러자 잠시 후 하늘 가득 기이한 날짐승들이 몰려들어, 마치 인간 세상의 신하들이 군주에게 알현하듯이 그 새를 향해 날며 춤을 추었다. 한참 동안 그러더니 새들의 왕이 부리를 한 번 흔들었다. 그러자 기이한 날짐승들이 모두 새내로 변해서 각자 바리때에 달려들어 하나씩 부리에 물었다. 그렇게 만 마리 새매가 만 개의 바리때를 물더니 비발선사를 향해 날아갔다. 새들의 왕도 느긋하게 방향을 바꿔 돌아가려고 했다.

이에 벽봉장로가 운곡에게 물었다.

"저 새들의 왕은 어떻게 생겼느냐?"

"처음 보는 새인데, 정말 희한하게 생겼습니다."

"어떻게 희한하다는 것이냐?"

"벼슬은 닭과 같고 부리는 제비 같고, 꼬리는 물고기 같고, 발바닥은 용처럼 굳은살이 박여 있고, 이마는 학과 같고, 가슴은 원앙새 같고, 앞에서 보면 큰 기러기 같은데 뒤에서 보면 기린 같습니다. 이러니 정말 희한하지 않습니까?"

"그렇다면 봉황이로구나. 봉황은 모든 새의 왕이 아니더냐? 그래서 저 기이한 날짐승들이 찾아와 절을 한 게지."

"순임금 때 찾아왔고, 문왕 때 기산(岐山)에서 울었다는 것이 바로 저것입니까?"

"그렇지. 봉황은 신령한 새인지라, 저것이 나타나면 천하가 태평해지지. 그걸 증명하는 시[4]가 있지 않더냐?"

---

4 인용된 시는 위(魏)나라 때 유정(劉楨: 186?~217, 자는 공간[公幹])이 지은 〈사촌 동생에게[贈從弟詩]〉이다. 인용한 구절 가운데 원작과 다른 부분은 원작에 맞춰 교감해서 번역했다.

鳳凰集南嶽	봉황이 남악[5]에 내려앉아
徘徊孤竹根	외로운 대나무 주위를 배회하네.[6]
於心有不厭	마음에 불만이 있어
奮翅凌紫氛	날개 떨치고 높은 하늘로 날아오르네.
豈不常勤苦	어이해 늘 그런 고생 하는가?
羞與黃雀群	참새 따위와 어울리는 게 부끄럽기 때문이지.
何時當來儀	언제나 찾아와 춤을 출까?
要須聖明君	성스럽고 현명한 군주가 나타날 때가 되어야지.

운곡이 말했다.

"신령한 새라면서 왜 부리를 흔들어 새들에게 우리 바리때를 물고 가게 했을까요?"

"이 또한 저 승려가 부린 술법인 게지!"

"그럼 어쩌지요?"

"가서 저번의 그 봉황 알을 가져오너라."

"그건 이미 써버렸잖아요."

"하나만 썼으니 아직 하나가 남아 있다. 어서 가져오너라."

---

5 남악(南嶽)은 원래 형산(衡山)을 가리키지만 여기서는 봉황이 산다는 단혈(丹穴)을 가리킨다.

6 전설에 따르면 봉황은 고결한 성품을 지니고 있어서 대나무 열매만 먹고 오동나무에만 둥지를 튼다고 했다.

잠시 후 운곡이 봉황 알을 가져오자, 벽봉장로가 받아서 손에 들고 햇빛을 향해 한 번 흔들었다. 그러자 그 새들의 왕이 돌아와서는 알 속으로 날아 들어갔다. 이야말로 '천하의 아비가 거기에 귀의하니, 그 자식이 어디로 가랴?'[7]라는 격이었다. 모든 새의 왕이 이곳으로 오니 다른 새들이 어찌 감히 다른 곳으로 갈 수 있겠는가? 새들은 모두 이쪽으로 날아와서, 물고 있던 바리때를 벽봉장로에게 돌려주었다. 벽봉장로가 받아들자 바리때는 다시 하나로 변했다.

한편 봉황의 계책이 먹혀들지 않자 비발선사는 까까머리가 터질 듯, 두 눈에 핏발이 서도록 화가 치밀어 고함을 질렀다.

"아이고! 내가 어찌 저 까까머리를 어쩌지 못하는가!"

그는 다시 시커멓게 칠해진 약 담는 조롱박을 꺼내 들고 중얼중얼 주문을 외었다. 그리고 잠시 조롱박을 두드리며 손으로 결을 맺었다. 보아하니 이번에는 아주 험악한 일이 생길 조짐이 보였다! 그가 조롱박을 들고 뚜껑을 한 번 문지르자 한 줄기 푸르스름한 연기가 공중으로 피어났다.[8]

| 浮空覆雜影 | 허공에 떠서 잡다한 그림자 덮고 |
| 含樹密花藤 | 숲을 감싸 꽃 넝쿨 빽빽하네. |

---

7 《맹자》〈이루상(離婁上)〉: "天下之父歸之, 其子焉往."
8 인용된 시는 양(梁)나라 간문제(簡文帝) 소강(蕭綱: 503~551, 자는 세찬[世讚])이 지은 〈연기의 노래[詠煙]〉이다. 인용한 구절 가운데 원작과 다른 부분은 원작에 맞춰 교감해서 번역했다.

乍如落霞發	갑자기 떨어져 노을처럼 피어나니
頗類巫雲登	흡사 무산에 구름 올라가는 듯하네.
映光飛百仞	빛을 받으며 백 길이나 날아가다가
從風散九層	바람 따라 아홉 층으로 흩어지네.
欲持翡翠色	비취색 간직하고 싶어
時出鯨魚燈	이따금 고래 모양 등잔에서 나오지.

다시 뚜껑을 열자 "펑!" 하는 소리와 함께 시커먼 바람이 천지를 뒤집을 듯이 일어났다.[9]

蕭條起關塞	변방에서 소슬하게 일어나
搖颺下蓬瀛	요동치며 신선 세계에서 내려오네.
拂林花亂彩	숲을 스치니 꽃 그림자 어지러워지고
響谷鳥分聲	계곡 울리니 새 울음소리 갈라지네.
披雲羅影散	구름을 치우니 아름다운 그림자 흩어지고
泛水織紋生	물에 뜨니 수놓은 듯 무늬가 생겨나네.
勞歌大風曲	힘겹게 일하며 〈대풍가〉[10]를 부르나니

---

9 인용된 시는 당나라 태종(太宗) 이세민(李世民: 559~649)이 지은 〈바람의 노래[詠風]〉이다. 인용한 구절 가운데 원작과 다른 부분은 원작에 맞춰 교감해서 번역했다.

10 〈대풍가(大風歌)〉는 한나라 고조(高祖) 유방(劉邦)이 패(沛) 땅으로 돌아와서 술에 취해서 지었다는 노래이다. 원작은 다음과 같다. "거센 바람 일어나니 구름이 떠서 날고, 천하에 위세 떨치고 고향으로 돌아왔네. 어찌하면 용맹한 장수 얻어 사방을 지킬까.[大風起兮雲飛揚, 威加海內兮歸故鄉, 安得猛士兮守四方.]"

威加四海淸　　　　위세가 더해져 천하가 맑아지는구나!

바람이 지나고 나자 몸길이가 열 길 가까이 되고, 두 날개가 하늘을 가리며, 사람 모양의 머리가 아홉 개에 새의 몸뚱이, 호랑이의 털, 용의 발톱을 가진 이상한 새가 바람의 기세를 타고 휙 내려와 벽봉장로의 모자를 낚아채 가버렸다. 그 순간 그의 정수리에서 한 줄기 금빛이 쏘아지며 천지를 환히 비추었다. 또한 금빛 속에 양손에 각각 바리때와 구환석장을 지닌 부처가 나타나 덥석 모자를 다시 낚아채 버렸다. 그러자 그 신령한 새도 감히 덤벼들지 못하고, 그저 하늘을 계속 날며 흉악한 기세만 피워 댈 뿐이었다.

벽봉장로가 운곡에게 물었다.

"이번에 나타난 신령한 새는 어찌 생겼느냐?"

"아주 이상하게 생겼습니다. 몸길이는 열 길쯤 되고, 사람의 머리에 모두 일곱 마리 새의 몸뚱이를 가졌습니다. 다만 호랑이의 털과 용의 발톱을 가지고 있고, 두 날개가 하늘을 가리고 있어서 아주 무시무시합니다!"

"그렇다면 별로 대단하다고 할 수 없지."

"저건 무슨 새인가요?"

"해도(海刀)라는 것이다."

"왜 그런 이름이 붙었답니까?"

"저놈이 아주 고약해서 바다에 들어가면 용을 죽이고, 산을 넘어가면서 호랑이를 잡아먹기 때문에 그렇게 부르는 것이지."

"사부님, 저놈도 그 봉황 알을 꺼내서 굴복시키실 겁니까?"

"저 못된 놈을 어찌 이 선한 둥지에 넣을 수 있겠느냐?"

"저렇게 흉악하게 날뛰는데 어떻게 처리하지요?"

"못된 것들은 못된 것에게 당하게 마련이지."

그 말이 끝나기도 전에 오묘한 능력을 지닌 연등고불의 화신인 벽봉장로는 즉시 영산의 석가모니 부처에게 서신을 보내 대력왕보살(大力王菩薩)을 보내 달라고 했다. 석가모니 부처는 감히 명을 어기지 못하고 즉시 대력왕보살을 파견했다. 불교에 귀의한 이후로 평소 실력을 전혀 내보이지 않고 있던 대력왕보살은 연등고불의 부름을 받자, 팔을 걷고 수레에서 내린 풍씨 아낙[馮婦]처럼 호랑이를 때려잡아 고기를 먹고 싶은 생각이 간절했다.[11] 보라. 그는 바람을 타고 나는 두 개의 날개를 활짝 펼치고 구만 리를 날아, 순식간에 서양 큰 바다에 도착해서 벽봉장로에게 절을 올렸다.

"부처님, 무슨 일로 부르셨사옵니까?"

"요사한 승려 하나가 해도를 부려서 위세를 떨치고 있으니, 저놈

---

11 《맹자》〈진심하(盡心下)〉에 따르면 진(晉)나라의 풍씨 아낙[馮婦]은 호랑이를 잘 때려잡았는데, 나중에 착한 사람이 되어서 다시는 호랑이를 때려잡지 않았다. 그런데 한 번은 야외로 나갔을 때 사람들이 호랑이 한 마리를 쫓고 있었는데, 그 호랑이가 험한 산을 등지고 버티고 있어서 아무도 가까이 다가갈 수 없었다. 그러다가 멀리서 풍씨 아낙이 오는 것을 보고 달려가 맞이하니, 풍씨 아낙이 팔을 걷고 수레에서 내렸다. 하지만 사람들은 그녀가 다시 선한 사람이 되겠다는 뜻을 저버리고 호랑이 때려잡는 옛일을 한다고 비웃었다고 한다.

을 굴복시키도록 하라."

대력왕보살은 나시 마림을 디고 낱아올랐다. 보라. 천지를 가릴 듯이 커다란 무엇으로 변한 그는 새의 머리, 새의 주둥이, 새의 몸뚱이, 새의 깃털, 새의 날개, 새의 꼬리를 갖추고 있었으나 다만 그 크기가 엄청났다! 그걸 보고 운곡이 말했다.

"사부님, 저분은 어느 신입니까? 어떻게 순식간에 저리 큰 새로 변할 수 있는 거죠?"

"원래 대붕금시조(大鵬金翅鳥)였는데, 세상의 모든 중생을 다 먹어치우겠다고 맹세하자, 석가모니 부처가 중생을 구제하기 위해 거둬들였지. 하지만 저 녀석이 굴복하지 않을까 싶어서 대력왕보살이라는 직위에 봉해 주었던 게야. 그래서 불교에서는 대력왕보살이라고 불리지만, 그곳을 떠나 이곳으로 왔으니 다시 옛날처럼 대붕금시조의 모습으로 돌아간 것이지."

"사부님이 여기 계신 줄 어떻게 알고 도우러 왔을까요?"

"조금 전에 내가 영산에 서신을 보내서 저놈을 보내 달라고 했다."

"정말 절묘한 대처 방안입니다."

그 말이 끝나기도 전에 대붕금시조가 위세를 발휘하여, 천지를 가리자 해와 달도 빛이 사라지고 사방의 산들도 먹구름에 덮여 버렸다. 그러자 벽봉장로가 말했다.

"대력왕, 위세를 전부 펼치지 마라. 그러다가 사대부주가 모두 바다에 가라앉겠구나!"

사대부주가 바다에 가라앉는다는 것은 무슨 소리인가? 물론 이
것은 대붕금시조가 그만큼 크다는 것을 형용한 것에 지나지 않으
니, 이를 증명하는 시가 있다.

騰雲駕霧過天西	구름 타고 안개 몰아 서천을 지나오니
玉爪金毛不染泥	옥 같은 발톱 금빛 깃털에는 속세의 때 묻지 않았네.
萬里下來嫌地窄	만 리를 내려오니 땅이 비좁아 불만이고
九霄上去恨天低	하늘 높이 올라가니 하늘이 낮아 한스럽구나.
聲雄每碎群鴉膽	웅장한 소리에 매번 까마귀 떼 간담이 부서졌고
嘴快曾掀百鳥皮	재빠른 부리로 수많은 새 가죽 벗겼었지.
豪氣三千殄日月	삼천 길을 치솟은 호쾌한 기상에 해와 달도 빛을 잃으니
凡禽敢與一群棲	평범한 날짐승들이야 어찌 감히 함께 어울리랴!

대붕금시조가 위세를 떨치면서 천지를 가리자 벽봉장로가 말
했다.

"적당히 해라."

"알겠습니다. 저놈을 굴복시킬 정도까지만 하겠습니다."

말은 그렇게 했지만, 호랑이가 더는 사람을 잡아먹지 않더라도
옛날의 악명은 씻을 수 없는 법. 그가 천천히 날아 내려오자 이미

그 모습에 넋이 나가 버린 해도는 감히 덤벼들 생각조차 하지 못했다. 게다가 미처 피하지도 못하는 바람에 어느새 한 방을 당하고 말았다. 어떤 한 방이냐고? 크고 흉포한 대붕금시조인지라 해도가 제아무리 크다 한들, 제아무리 사납다 한들 그에게는 비교가 되지 않았다. 대붕금시조의 발톱에 한 번 긁히면 가죽이며, 살, 뼈, 대가리, 꼬리가 어디 있는지 모르게 날아가 버리는 것이었다. 어떤가, 정말 무시무시하지 않은가?

운곡이 그 모습을 보고 연신 소리쳤다.

"대력왕, 저 중까지 한 방에 보내 버리시오!"

그러자 벽봉장로가 말했다.

"안 된다! 안 돼! 어쨌든 우리와 같은 불교에 몸을 담은 사람인데, 그렇게 무정하게 손을 쓸 수는 없다. 대력왕, 이제 그만 돌아가도록 해라."

부처님의 분부를 어찌 감히 어길 수 있으랴? 대붕금시조는 어쩔 수 없이 바람을 타고 날아 다시 영산으로 가서 대력왕보살이 되어야 했다. 벽봉장로도 운곡을 데리고 명나라 함대로 돌아갔다. 두 사령관이 그들을 맞이하며 재삼 감사했다. 다만 마 태감은 아직 불만이 있었다.

"오늘 아주 좋은 기회가 있었으니, 그 금시조에게 그놈의 중까지 한꺼번에 해치워 버리게 했으면 얼마나 좋았겠습니까!"

벽봉장로가 다시 설명했다.

"어쨌든 나와 같은 불교에 몸을 담은 사람인데, 그렇게 무정하게 손을 쓸 수는 없지."

삼보태감이 말했다.

"국사님 말씀이 지당하십니다. 다만 우리가 여기 온 지 벌써 오래되었고, 또 앞쪽에 많은 나라가 있으니 어쩌지요? 이 일이 과연 언제나 끝날까요?"

"그건 말하기 어렵소이다. 서둘러 가든 천천히 가든 간에 앞으로 갈 길이 많이 남아 있으니, 어쨌든 며칠 더 관용을 베풉시다. 그렇게 되면 저쪽도 계책이 다하고 힘이 다 빠지게 될 텐데, 자연히 항복하지 않겠소이까?"

두 사령관은 벽봉장로의 뜻을 꺾지 못하고, 어쩔 수 없이 작별인사를 하고 자리를 파했다. 그리고 중군 막사에 둘이 앉아 몇 번이고 머리를 맞대고 상의했지만 좋은 방책이 나오지 않았다. 그렇게 새벽까지 앉아 있다가 왕 상서는 잠시 선잠에 빠져서 비몽사몽하고 있었다. 그때 막사 아래에 높은 모자를 쓰고 헐렁한 옷을 걸친 노인이 한 손에 돼지고기 한 조각을 들고, 다른 한 손에는 동발을 하나 든 채 천천히 걸어왔다. 왕 상서가 물었다.

"뉘시오?"

"저는 이곳의 성황신입니다."

"손에 든 것은 무엇이오?"

"저는 이것 때문에 죄를 얻었고, 사령관께서는 이것 때문에 공을 세울 수 있을 것입니다."

그 말이 끝나기도 전에 막사 밖에서 무슨 소리가 났다. 왕 상서가 눈을 번쩍 떠보니 그것은 한바탕 꿈이었다. 하지만 그가 아무 말 없이 한참 동안 생각해 보니 비로소 상황을 이해할 수 있었다.

그가 어떻게 상황을 이해했는지는 다음 회를 보시라.

왕 상서는 계책으로 비발선사를 사로잡고
모가디슈 국왕은 항복하며 상소문을 바치다

王尚書計收禪師　木骨國拜進降表

青綾衲衫暖襯甲	푸른 능단의 적삼 위의 갑옷 따뜻한데[1]
紅線勒巾光遶脅	붉은 실로 엮은 허리띠 옆구리까지 빛을 둘렀구나.
禿襟小袖雕鶻盤	옷깃도 없고 소매는 짧은데 송골매 문양 수놓았고
大刀長劍龍蛇杣	큰 칼과 긴 검은 용과 구렁이 조각된 상자에 들어 있구나.
兩軍鼓噪屋瓦墜	양쪽 군대의 북소리와 함성에 지붕의 기와 떨어지고
紅塵白羽紛相戛	붉은 먼지 속에 화살들 어지러이 날아다닌다.

---

1 인용된 시는 송나라 때 소식(蘇軾)의 〈항주검할 구육의 도검과 전포를 보고[觀杭州鈐轄歐育刀劍戰袍]〉이다. 인용문에서는 몇 글자가 원작과 다르게 되어 있으나, 여기서는 원작에 맞춰 교감하여 번역했다.

將軍恩重此身輕	장군의 은혜 커서 이 몸의 목숨 가벼이 여기나니
笑履鋒鋩如一揷	한 번 찔리면 그만이듯 창칼 끝을 웃으며 밟는다.
書生只肯坐帷幄	서생은 그저 막사 안에 앉아
談笑毫端弄生殺	담소 나누며 붓 끝에 생사를 농단하지.
叫呼擊鼓催上竿	고함치며 북을 울려 적군의 깃발 빼앗으라고 재촉하니
猛士應憐小兒黠	용감한 전사는 영악한 아이 불쌍히 여기리라.
試問黃河夜偷渡	물어보자, 밤중에 몰래 황하 건널 때
掠面驚沙寒霎霎	얼굴에 쌩쌩 스치는 모래 얼마나 차가웠는가!
何如大艦日高眠	이 어찌 큰 배에 편히 누워 낮잠 잘 때
一枕淸風過苕霅	머리맡에 계곡[2]의 맑은 바람 스치는 데에 비하랴!

그러니까 왕 상서가 꿈을 꾸고 나서, 곰곰이 생각해 보니 상황을 이해할 수 있었다. 이게 무슨 소리냐고? 왕 상서는 이렇게 생각했다.

---

2 원문의 초삽(苕霅)은 초계(苕溪)와 삽계(霅溪)를 아울러 칭한 것이다. 이 두 계곡은 지금의 저장성[浙江省] 후저우시[湖州市]에 있는데, 당나라 때 장지화(張志和: 730~810?, 자는 자동[子同])가 은거한 곳으로 널리 알려져 있다. 그러므로 여기서도 은자가 숨어 사는 그윽한 곳을 가리킨다고 하겠다.

'저번에 장 천사가 관 원수를 모셨을 때, 관 원수가 성황보살을 시켜서 그자의 동발에 있는 귀신 머리의 주둥이에 돼지고기를 문지르게 하니까, 동발이 날지도 못하고 변화도 부리지 못했다고 했지. 아까 꿈에서 본 성황보살도 분명히 손에 돼지고기를 들고 있었어. 이건 나도 그자의 동발에 고기를 묻혀서 마기를 잠재우라는 뜻이 아닐까? 그리고 자기는 그것 때문에 죄를 얻었지만 나는 이것 때문에 공을 세우게 된다고 했으니, 나더러 그렇게 하라고 알려준 것이 아니고 무엇이겠어? 이렇게 성황보살이 영험함을 보여주었으니, 이 모가디슈 왕국을 잘 넘어갈 수 있겠구나.'

하지만 속으로는 이렇게 이해했어도 사정이 전과 달랐다. 성황보살은 신이고 왕 상서 일행은 사람이니, 어떻게 그 주둥이에 고기를 묻힐 수 있느냐가 문제였다. 그는 또 한참 동안 눈살을 찌푸리며 생각에 잠겼다가, 마침내 한 가지 계책을 떠올렸다.

이튿날 비발선사가 다시 와서 술법을 겨루자고 했다. 그러자 장천사도 나서려 하고 벽봉장로도 나서려 했는데, 왕 상서가 만류했다.

"두 분 모두 수고롭게 나서실 필요 없습니다."

장 천사가 물었다.

"일이 거의 끝나 가는데 왜 흥을 깨십니까?"

"그래도 사령관 직책을 맡은 몸이니 저도 전공을 세워서 만국에 위세를 떨치려는 것이지, 어찌 천사님의 흥을 깨려고 이러겠습니까? 하지만 아무래도 이 중에게는 이런 정도의 재주밖에 없는 것 같습니다.”

“그자의 두 동발들은 굉장히 무시무시하오! 그걸 ‘이런 정도의 재주’라고 치부하기는 곤란하지 않겠소?”

“어쨌거나 그 동발밖에 없지 않습니까? 연일 이렇게 도발해 오는데 큰 이익은 얻지 못하고, 오히려 그자의 고약한 기세만 올려주고 말았습니다. 차라리 한 이틀 모른 체하고 내버려 두면, 그자는 우리가 자기를 두려워하는 줄 알고 기고만장하여 방비를 소홀히 할 것입니다. 그때 천사님과 국사님께서 함께 나가시고, 몇 명의 장수들까지 가세해서 안팎으로 협공하면 필승을 거두지 않겠습니까?”

다들 왕 상서에게 다른 대책이 있는 줄 모르고 그 말을 믿었다. 또 그의 말도 일리가 있는지라 다들 찬성했다.

“그럼 상서님 뜻대로 하십시오.”

이렇게 해서 명나라 함대에서는 사흘 동안 내리 비발선사의 도발을 무시하고 아무 동정도 보이지 않았다.

한편 왕 상서는 장 천사와 벽봉장로가 떠나자 혼자 막사에 앉아 은밀히 군령을 내렸다. 이에 따라 사영대도독과 사초부도독은 각자 부대에서 키는 넉 자 남짓 되고, 몸통은 한 자 다섯 치쯤 되는 허수아비를 천이백오십 개씩 만들었다. 허수아비의 머리에는 용기 ‘용(勇)’자가 적힌 두건을 씌우고, 몸에는 황토를 묻혀 갑옷처럼 위장하고, 안팎의 옷과 양말, 신을 모두 갖추어서 이튿날 새벽까지 가져오도록 했다. 물론 정보가 새지 않도록 단단히 방비하고, 이를 어긴 자는 즉시 참수형에 처하도록 했다. 또 각 유격대장에게 은밀히 군령을 내려서 개 백 마리를 다음날 새벽까지 준비하되, 마찬가지로 정보가 새지 않도록 단단히 방비하게 했다.

이에 사영과 사초에서는 서둘러 말 먹이로 준비한 풀로 허수아비를 만들어 얼굴을 칠하고, 두건을 씌우고, 옷을 입히고, 갑옷을 위장하고, 양발과 신을 신기기 시작했다. 결국 한나절도 지나지 않아서 모든 준비가 끝났고, 새벽이 되자 중군 막사로 가져가 바쳤다. 왕 상서는 직접 허수아비들을 점검하고, 장수들에게 각자의 진영으로 돌아가 있다가 명령이 내려오면 이것들을 가져가라고 했다.

한편, 백 마리의 개를 준비해야 하는 유격대장들은 잠시 난감했다. 갑자기 어디서 그것들을 구한단 말인가? 그때 뇌응춘이 말했다.

"나한테 좋은 생각이 있소. 하루 만에 다 구할 수 있소."

마여룡이 물었다.

"어떻게 하자는 것이오?"

"정찰병들을 이곳 원주민으로 변장시켜서 양고기 가게를 여는 거요. 그런 다음 산양이든 면양이든, 지양(地羊, 즉 개)이든 가리지 않고 높은 값, 그러니까 한 마리에 은 한 냥을 주고 사겠다고 광고를 하는 거요. 값을 높이 쳐 주면 아무리 먼 곳에서도 손님이 찾아온다고 했으니, 이 지역 오랑캐들이 그 은을 벌려고 벌 떼처럼 몰려올 게 아니겠소? 그러면 하루도 걸리지 않아서 백 마리를 다 채울 수 있을 거요."

"괜찮은 생각이기는 한데, 그건 '양 머리를 걸어놓고 개고기를 파는[懸羊頭, 弔狗肉]' 격이라 모양새가 좀 좋지 않구려."

황표가 말했다.

"나도 좋은 생각이 있소. 이렇게 하면 한나절도 걸리지 않아서 백 마리를 전부 구할 수 있소."

마여룡이 물었다.

"어떻게 하자는 것이오?"

"내가 혼을 거두는 술법인 수혼결(收魂訣)을 할 줄 아오. 우선 손가락으로 결을 맺어서 성 안팎의 오랑캐들에게 두통과 가슴 통증을 안겨주는 거요. 그러면 그걸 치료할 의원도 약도 없을 게 아니겠소? 그때 내가 나서서 사이비 신을 하나 강림하게 하는 척하고, 이건 개가 옮긴 전염병이니까 개를 끌고 와서 기원하면 고쳐 주겠다고 하는 거요. 한 마리에 한 사람씩 고쳐 준다고 하면, 하루 안에 백 마리를 구할 수 있지 않겠소?"

"괜찮은 생각이기는 한데, 도량(道場)은 어디서 구할 셈이오?"

"동쪽 성문 밖에 있는 하파사(霞吧寺)가 적당할 것 같소. 분명히 절에 가득 사람들이 찾아올 것이오."

"그건 좀 그렇구려. 절 안에 온통 개가 들어차면 나머지는 꼴이 말이 아니게 되지 않겠소? 아무래도 그 계책은 좋지 않은 것 같소."

호응봉이 말했다.

"양 머리를 걸어놓고 개고기를 파는 것도, 온 절에 개가 가득하게 만드는 것도 좋지 않다면, 이야말로 '길가에 집을 지으면 삼 년이 걸려도 완성하지 못하는[作舍道旁, 三年不成]' 격으로, 논의만 많고 일은 이루지 못하는 꼴이 아니오? 이런 식으로 하다가 상서님의 군령을 어떻게 완수하겠소?"

마여룡이 말했다.

"나한테 좋은 생각이 있소."

호응봉이 물었다.

"그게 뭐요?"

"이건 중요한 군사 업무인데 여기서 소란을 피우면 안 되지 않소? 우리 유격부대를 반으로 나누어 각각 지움보 왕국과 브라바 왕국으로 가는 거요. 많은 군마와 활, 갈고리를 준비해서 사냥하는 거요. 그래서 노루며 토끼, 사슴, 개, 양을 가리지 않고 모조리 잡아 옵시다. 사냥이야 우리의 본분 가운데 하나니까 오랑캐들도 의심하지 않을 테지요. 게다가 야생 동물들을 모조리 잡아 오면 더욱 의심하지 않겠지요. 어떻소?"

"이게 제일 나은 생각인 것 같소. 어서 갑시다."

그러자 황표가 말했다.

"그것도 제일 좋은 방법은 아닌 것 같소."

마여룡이 물었다.

"아니, 왜 그렇다는 거요?"

"속담에도 '교활한 토끼가 죽으면 사냥개를 쪄 먹는다.'라고 하지 않았소!"

"그렇게 된다면 어쩔 수 없지요. 하지만 지금은 군령을 수행하는 게 중요하지 않소?"

호응봉이 말했다.

"아, 무슨 말들이 이리 많아요! 내일 당장 개를 갖다 바쳐야 하니까 서둘러야 하오."

유격대장들은 일제히 호각 소리를 신호로 절반은 지움보 왕국으로, 절반은 브라바 왕국으로 향했다. 그리고 한나절도 채 되지 않아서 일이백 마리의 개를 구했으니 노루며 토끼, 사슴 같은 것들은 모두 논외로 치고 계산한 것이다. 그리고 이튿날 오경에 중군 막사에 갖다 바쳤다. 왕 상서는 다시 은밀히 군령을 내려서 잡아 온 개들의 생혈(生血)을 뽑아서 모조리 술 단지에 담아 두라고 하고, 다음날 새벽에 벼랑 위에 새로 지은 영채로 옮겨놓고 명령을 기다리라고 했다.

다음날 드디어 명령이 내려왔다. 이에 따라 일만 개의 허수아비들은 일제히 벼랑 위에 늘어세우고, 사방을 헝겊으로 단단히 덮되 머리는 가리지 말라고 했다. 사령관의 군령이 떨어지자 즉시 정해진 시각에 맞추어 모든 안배가 끝났다.

잠시 후 왕 상서가 장 천사에게 출전을 부탁했다. 장 천사는 영문도 모른 채 몇 명의 도동들을 데리고 새로 지은 영채로 갔다. 그리고 만 명이 넘는 병사가 진세를 이루고 늘어서 있는 것을 발견하고 급히 왕 상서를 찾아갔다.

"사령관, 그 중의 동발은 대단히 살벌하니, 저 병사들은 그자의 상대가 되지 않고 재앙만 당할까 걱정이오."

왕 상서는 시치미를 뚝 뗐다.

"백성이 많아야 왕 노릇을 할 수 있는 법이니, 무얼 무서워하겠습니까? 모든 병사에게 술을 한 항아리씩 내려서 격려해 줘야겠군요."

그리고 즉시 명령을 내려 모든 병사에게 술을 한 항아리씩 부어주게 했다. 또 모든 병사가 배부르게 마셔야 하며, 마시지 않는 자는 머리에다 부으라고 했다. 잠시 후 모두에게 술을 내리고 왕 상서가 중군 막사로 돌아가자, 장 천사가 고함을 질렀다.

"여러분, 모두 조심하시오!"

그 말이 끝나기도 전에 비발선사가 다라존자를 거느리고 성문 밖으로 나왔다. 그가 고개를 들고 살펴보니 수많은 병사가 진세를 이루고 늘어서 있었고, 맨 앞에는 장 천사가 말을 타고 있었다. 그 모습을 보자 그는 화가 버럭 치밀었다.

'사람을 죽이려면 먼저 손을 써야지, 늦으면 오히려 재앙을 당하는 법!'

그는 재빨리 두 개의 동발을 연달아 날렸다. 수컷 동발은 장 천사를 향해 날아갔고, 암컷 동발은 하나에서 열로, 열에서 백으로, 백에서 천으로, 천에서 만으로 변화하여 병사들을 향해 날아갔다. 수컷 동발도 잠시 공중을 맴돌며 장 천사를 공격하다가 먹히지 않자, 방향을 바꿔 병사들의 진영을 향해 날아갔다. 그걸 보고 비발선사가 생각했다.

'이번에 저 만 명이 넘는 병사들의 목을 벤다면, 그야말로 큰 공

을 세우는 셈이로군!'

그런데 병사들의 목을 베자마자 동발들이 그대로 땅에 떨어져서 다시 날아오르지 못하는 게 아닌가! 당황한 비발선사가 황급히 주문을 외었으나 소용없었고, 손가락으로 결을 맺어 봐도 마찬가지였다. 동발들이 날아오르지 않자 비발선사는 그야말로 밥을 달라고 하다가 사발을 떨어뜨린 꼴이 되고 말았다. 이때 장 천사가 푸른 갈기 말을 몰고 달려들어 칠성검을 매섭게 휘둘러 그의 머리를 쪼개려 했다. 비발선사는 도저히 당해 내지 못하고 성문 안으로 달아나 버렸다.

장 천사도 말을 타고 돌아오다가 문득 살펴보니, 병사들이 목이 잘렸는데도 모두 꼼짝도 하지 않고 떡 버티고 서 있었다. 의아한 생각이 들어서 진영으로 들어가 말에서 내려 살펴보고 나서야 그것들이 모두 허수아비라는 것을 알았다. 다시 공중을 살펴보니 동발들은 그림자도 보이지 않았다.

'오늘은 정말 이상하군. 분명히 병사들인 줄 알았는데 알고 보니 허수아비였고, 분명히 만 개도 넘는 동발들이 날아다니고 있었는데 하나도 보이지 않는구나. 허, 이거 참 우습기 짝이 없군! 하는 수 없지. 돌아가서 왕 상서에게 어찌 된 일인지 물어보자.'

그가 막 중군 막사로 들어서자 계단 아래 두 명의 중이 꽁꽁 묶인 채 무릎을 꿇고 있고, 탁자 위에는 비발선사의 것과 똑같이 생긴 한 쌍의 동발이 놓여 있었다. 왕 상서가 신이 난 표정으로 다가와 그를 맞이했다.

"천사님, 고생 많으셨습니다."

"오늘 일은 도무지 영문을 모르겠습니다. 설명을 좀 해주십시오."

"어떤 걸 물으시는 것입니까?"

"진을 치고 있던 그 병사들은 어째서 모두 허수아비였던 것입니까?"

"그건 제가 생각해 낸 보잘것없는 계책이었습니다. 풀로 병사 모양의 허수아비를 만들고, 술을 내린다는 명목으로 개의 피를 묻혀 놓았습니다. 그래서 그 동발들을 더럽혀서 날지 못하게 함으로써 성공할 수 있었던 것입니다."

"그럼 저 탁자 위의 동발이 바로 그것입니까?"

"그렇습니다. 저것들은 개의 피가 묻는 바람에 날지 못하고 본래 모습을 드러낸 것입니다. 제가 미리 참장 주원태를 대기시켜 놓았다가, 천사님께서 저 중을 쫓을 때 동발들을 챙겨 오라고 했습니다. 그래서 지금 저기 놓여 있는 것입니다."

"그럼 저 계단 아래 무릎을 꿇고 있는 중들은 누구입니까?"

"왼쪽이 비발선사이고, 오른쪽은 다라존자입니다."

장 천사는 허수아비 병사나 동발 얘기를 들을 때만 해도 그러려니 했다가, 계단 아래 있는 중들이 바로 그들이라는 소리를 듣고 깜짝 놀랐다.

'아니, 왕 상서가 독수리를 보내서 저들을 잡아 왔다는 것일까?'

하지만 그런 생각을 대놓고 말로 하지는 못했다. 그러자 왕 상서가 말했다.

"천사님, 놀라실 필요 없습니다. 제가 미리 왕명과 황봉선을 비룡사로 보내서, 저들이 패전하고 돌아오거든 한 사람씩 오랏줄로 묶어서 끌고 오라고 했습니다. 그거야 전혀 힘들지 않은 일이었지요."

"왕 상서, 과연 대단하십니다! 이야말로 이 시[3]에 딱 어울리는 업적입니다."

今代麒麟閣	당대(當代)의 기린각에서
何人第一功	제일의 공신(功臣)은 누구인가?
開府當朝傑	장군께서는 이 왕조의 영웅이라
論兵邁古風	병법을 논함도 옛 풍습을 뛰어넘었네.
淸海無傳箭	청해 일대에는 전쟁 소식 들리지 않고
天山早掛弓	천산[4] 일대에도 일찌감치 활을 걸어 두었다네.

---

3 인용된 시는 당나라 때 두보의 〈서평군왕(西平郡王) 가서한(哥舒翰)에게 올리는 20운(韻)[投贈哥舒開府翰二十韻]〉이다. 가서한(哥舒翰: ?~757)은 서돌궐(西突厥)의 부족 가운데 하나인 튀르기스[Türgiš, 突騎施] 출신으로서 754년에 하서절도사(河西節度使)로서 서평군왕(西平郡王)에 봉해졌다. 그러나 안사의 난이 일어났을 때 안녹산(安祿山: 703~757)의 포로가 되었고, 이후 안경서(安慶緖: ?~759)가 부친 안녹산을 시해하고 황제가 되었다가 당나라 군대에 패전하여 도주할 때 가서한을 살해했다. 인용문은 원작에서 제3~4구와 제7~8구, 제11~18구, 제21~28구, 제31~40구를 뺀 일부이며, 몇몇 글자는 원작과 다르게 되어 있다. 여기서는 빠진 구절은 그대로 두고 잘못 인용된 글자들만 원작에 맞추어 교정해서 번역했다.

4 천산(天山)은 기련산(祁連山), 백산(白山)이라고도 불리며 교하(交河)에 있다.

胡人愁逐北	오랑캐들은 패잔병을 추격할까 걱정하고
宛馬又從東	대완(大宛)의 명마는 또 진상품으로 바쳐졌네.
勳業靑冥上	공훈은 푸른 하늘 높이 올라가고
交親氣槪中	사귀는 벗들도 모두 기개가 드높다네.

"과분한 칭찬을 들으니 부끄러워 몸 둘 바를 모르겠습니다!"

그 말이 끝나기도 전에 호위병이 보고했다.

"모가디슈 국왕이 지움보 국왕, 브라바 국왕과 함께 항복의 뜻을 담은 상소문과 항서, 그리고 진상품을 들고 찾아왔습니다."

삼보태감은 두 중을 한쪽으로 치우고 세 국왕을 불러들이라고 분부했다. 세 국왕은 두 사령관과 인사를 나누면서도 온몸을 부들부들 떨며 머리를 조아렸다. 그러자 삼보태감이 말했다.

"일어나시오. 그런 절까지는 필요 없소이다."

잠시 후 세 국왕의 안색이 조금 누그러지자, 삼보태감이 자리를 권했다.

"우리 천자의 군대가 서양에 온 것은 본래 오랑캐를 위무하고 보물을 찾기 위해서였소. 오랑캐를 위무한다는 것은 그대들 이역의 나라들에 우리 천자의 교화를 퍼뜨린다는 뜻이고, 보물을 찾는다는 것은 우리 천자의 나라에 있던 전국옥새가 서양으로 흘러들어왔기 때문에 그것을 찾는다는 뜻이오. 만약 여러분 나라 가운데 그게 있는 나라가 있다면 우리는 받아서 돌아갔을 것이오. 그 외에 다른 사달은 일어나지 않을 것이었소. 저번에 호두패를 통해 그 사실을 알렸거늘, 어찌 감히 이렇게 고집스럽게 거역하여 시간만 허비하게 했소?"

세 국왕이 일제히 사죄하고 나자, 지움보 국왕과 브라바 국왕이 말했다.

"그건 저희 잘못이 아니라 모가디슈 왕국 때문입니다."

그러자 모가디슈 국왕이 말했다.

"그건 제 생각이 아니라, 저 두 중이 자꾸 강요했기 때문입니다."

삼보태감이 말했다.

"저 두 중은 이미 사로잡혔으니 마땅한 죗값을 치를 것이오. 그대들의 잘못은 용서하겠소. 다만 이제부터는 하늘에 해가 있듯이 우리 천자의 나라가 있다는 사실을 명심하고, 절대 거역하지 말도록 하시오. 알겠소?"

세 국왕은 일제히 허리를 숙이며 맹세했다.

"이후로는 절대 그런 일이 없도록 하겠습니다."

그리고 상소문을 바치자 삼보태감은 중군의 관리에게 받아 간수하라고 분부했다. 또 항서를 바쳐서 삼보태감이 받아 펼쳐 보니, 거기에는 이렇게 적혀 있었다.

모가디슈 왕국의 국왕 마리스와 지움보 왕국의 국왕 스리더[失里的], 브라바 왕국의 국왕 리스마[力是麻]가 함께 재배하며 삼가 위대한 명나라 황제께서 파견하신 정서통병초토대원수께 올립니다.

듣자 하니 하늘에는 해가 있고 백성들이 있으면 왕이 있다고 했습니다. 상하의 신분이 분명히 나뉘고, 섬기고 부리는 명분도 이에 정해졌습니다. 하지만 멀리 떨어져 있다고 해서 복종하지 않으니, 결국 천자의 군대가 정벌하러 나오게 되었습니다. 저희는 군대를 동원해 대적하면서 선봉부대가 패배할 줄 예상하지도 못했고, 포로가 되어 결국 참수형을 당할 지경에 이르렀습니다. 이로써 중원과 오랑캐 사이의 위세 차이를 알게 되었고, 천지가 이를 위해 재앙의 기운을 거둬들였습니다. 다만 저희는 삼생(三生)의 행운으로 전혀 해를 입지 않았고, 이에 고개 조아리며 찾아와 다시는 상국을 진노하게 하는 어리석은 짓을 범하지 않겠다고 맹세하는 바입니다.

하해와 같은 아량으로 받아들여 주시기 바라오며, 감당할 수 없는 두려움에 떨며 삼가 이 글을 올립니다.

삼보태감이 항서를 읽고 나자 또 진상품을 바쳤다. 삼보태감은 내저의 관리에게 받아 간수하라고 분부하고, 목록을 받아 펼쳐 보니 세 나라가 함께 작성한 것이었다.

옥으로 만든 불상 하나(색깔은 잘라 놓은 지방처럼 새하얗고, 빛을 비춰보면 근육과 힘줄이 모두 드러나서 마치 살아 있는 부처 같음), 옥규(玉圭) 한 쌍, 옥 베개 한 쌍, 묘안석(猫眼石) 두 쌍, 에메랄드(emerald, 祖母綠) 두 쌍, 마하수(馬哈獸)[5] 한 쌍(노루처럼 생겼음), 얼

---

5 마하수(馬哈獸)는 아프리카에서 나는 곧은 뿔이 난 큰 영양(羚羊)을 가리킨다.

룩말 한 쌍(얼룩무늬 노새처럼 새겼음), 사자 두 쌍, 눈표범(Snow leopard, 金錢豹) 한 쌍, 무소뿔 열 개, 상아 쉰 개, 용연향 열 상자, 금화 이천 개, 은화 오천 개(모두 국왕의 이름이 새겨져 있음), 향도미(香稻米) 쉰 가마(쌀이 아주 향긋하며, 한 알의 길이가 두 치 가까이 됨), 향채(香菜) 열 가지.

삼보태감이 보고 나서 말했다.

"후의에 감사하오."

그리고 즉시 세 국왕에게 모자와 허리띠, 도포, 홀 따위를 한 세 트씩 답례로 내주었다. 세 국왕이 절을 하고 돌아가자 곧 공적을 기록하고 잔치를 열어 모든 병사에게 상을 내렸다. 당연히 제일 큰 공은 왕 상서의 몫이었다. 그리고 장 천사와 벽봉장로를 청해 자문을 구했다.

"저 두 중은 어떻게 처리할까요?"

벽봉장로가 말했다.

"제 얼굴을 봐서 살려주시구려!"

"살려주더라도 단단히 못을 박아두어야 합니다."

"일리 있는 말씀이시오."

그리고 즉시 두 중을 불러서 승모와 승복, 버선, 신 등을 모두 갖춰서 내주었다. 그리고 벽봉장로가 말했다.

"그대들 둘은 스스로 죽을죄를 저질렀네. 사령관께서는 법령에 따라 참수형에 처해야 한다고 했지만, 내가 그대들이 우리 불가에 몸을 담은 이들이니 용서해 달라고 설득했네."

그러자 비발선사가 말했다.

"천재일우의 행운으로 만나서 또 이렇게 저희를 보살펴 가르침을 내려 주시니, 너무나 감사합니다."

"그대는 원래 어디 출신인가?"

비발선사는 또 관 원수를 속였던 거짓말을 늘어놓았다.

"사실 저는 한나라 말엽 삼국시대에 살았던 몸으로서, 명제(明帝)께서 세우신 진국사에서 출가했습니다."

"중국에서 출가했다면서 어떻게 이곳 서양에서 수련하고 있는가?"

"관우가 조조를 떠나 진국사 근처의 사수관에 이르렀을 때, 그곳 관리가 군사를 매복하여 화공을 하려는 계책을 세웠습니다. 그때 제가 관우에게 알려서 결국 그분이 화웅(華雄)을 베고 지나갈 수 있게 해주었습니다. 저는 후환이 두려워 의발을 들고 떠돌다가 저도 모르는 사이에 극락의 언저리에 있는 제운산 벽천동에 이르게 되었는데, 청정하고 아름다운 경치가 마음에 들어서 그곳을 거처로 삼게 되었습니다."

"중국에서 극락까지 갔다면 많은 명산을 거쳤겠구먼."

"서른여섯 개 동천(洞天)을 전부 유람했습니다."

"거짓말 그만하시게."

"제가 어찌 감히 거짓말을 하겠습니까?"

"그렇다면 그대가 구경한 곳을 열거해 보게."

"그럼 자리에 앉으셔서 들어보십시오. 첫 번째는 곽동산(霍僮山)으로서 곽림천(霍林天)이라고 불리는데, 복주부(福州府) 장계현(長溪縣)[6]에 있습니다. 두 번째는 동악(東嶽) 태산(泰山)으로서 호현태공천(壺玄太空天)이라고 불리는데, 연주부(兗州府) 태안현(泰安縣)[7]에 있습니다. 세 번째는 남악(南嶽) 형산(衡山)으로서 주릉태허천(朱陵太虛天)이라고 불리는데 호남(湖南) 형양부(衡陽府) 형산현(衡山縣)[8]에 있습니다. 네 번째는 서악(西嶽) 화산(華山)으로서 태극총선천(太極總仙天)이라고 불리는데, 화주(華州) 화음현(華陰縣)[9]에 있습니다. 다섯 번째는 북악(北嶽) 항산(恒山)으로서 태을총현천(太乙總玄天)이라고 불리는데, 정주(定州) 상산현(常山縣)[10]에 있습니다. 여섯 번째는 중악(中嶽) 숭산(嵩山)으로서 상제사진천(上帝司眞天)이라고 불리는데, 낙양(洛陽)의 왕옥현(王屋縣)[11]에 있습니다. 일곱 번째는 아미

---

6 지금의 푸젠성[福建省] 닝더시[寧德市]에 속하는 곳이다.

7 태안현(泰安縣)은 지금의 산둥성[山東省]에 속하는 곳으로서 원래 건봉현(乾封縣)으로 불렸다. 태산은 일반적으로 봉현동천(蓬玄洞天)이라고 불린다.

8 형산현(衡山縣)은 지금의 후난성[湖南省] 헝양시[衡陽市] 중북부에 있는 곳이다. 형산은 일반적으로 주릉동천(朱陵洞天)이라고 불린다.

9 지금의 산시성[陝西省] 동쪽에 있으며, 시안시[西安市]로부터 120km 떨어진 곳에 있다. 화산은 일반적으로 총선동천(惣仙洞天)이라고 불린다.

10 원작에서는 항산(恒山)을 상산(常山)으로 표기했으나, 오류이기 때문에 바로잡았다. 또한 정주(定州)는 항주(恒州)를 잘못 쓴 것이고, 상산현(常山縣)은 곡양현(曲陽縣)으로 써야 한다. 항산은 일반적으로 총현동천(惣玄洞天)이라고 불린다.

11 숭산은 지금의 허난성[河南省] 중서부의 덩펑시[登封市]에 있으며, 일반적으로 사마동천(司馬洞天)으로 불린다.

산(峨嵋山)으로서 허령태묘천(虛靈太妙天)이라고 불리는데, 가주(嘉州) 아미현(峨眉縣)[12]에 있습니다. 여덟 번째는 여산(廬山)으로서 선령영천(仙靈詠天)이라고 불리며, 강주(江州) 심양현(潯陽縣)[13]에 있습니다. 아홉 번째는 사명산(四明山)으로서 산적수천(山赤水天)이라 불리며 명주(明州)[14]에 있습니다. 열 번째는 양명산(陽明山)으로서 극현천(極玄天)이라 불리며 회계현(會稽縣)에 있습니다.[15] 열한 번째는 태백산(太白山)으로서 진덕천(眞德天)이라 불리며, 장안(長安)[16]에 있습니다. 열두 번째는 서산(西山)으로서 천주보극현천(天柱寶極玄天)이라 불리며, 홍주(洪州) 남창현(南昌縣)[17]에 있습니다. 열세 번째는 소위산(小潙山)으로서 호생현상천(好生玄上天)이라 불리며, 담주

---

12 지금의 쓰촨성[四川省] 어메이산시[峨眉山市]에 속한 곳이다. 아미산은 일반적으로 허릉동천(虛陵洞天)으로 불린다.

13 지금의 장시성[江西省] 지우장시[九江市] 관할의 더안현[德安縣] 일대를 가리킨다. 여산은 일반적으로 동령진천(洞靈眞天)이라고 불린다.

14 명주(明州)는 월주(越州) 상우현(上虞縣, 지금의 저장성에 속함)을 잘못 쓴 것이다. 한편 산적수천(山赤水天)을 원작에서는 적수천(赤水天)이라고 표기했으나 바로잡아 번역했다.

15 월주(越州) 산음현(山陰縣, 지금의 저장성 샤오싱시[紹興市] 근처) 경호(鏡湖) 안에 있는 회계산(會稽山)을 가리키며, 이곳은 일반적으로 극현대항천(極玄大亢天)이라고 불린다.

16 지금의 산시성[陝西省] 시안시[西安市] 일대를 가리킨다. 태백산은 일반적으로 현덕동천(玄德洞天)이라고 불린다.

17 지금의 장시성[江西省]의 성도인 난창시[南昌市]를 가리킨다. 천주보극현천(天柱寶極玄天)을 원작에서는 천보극진천(天寶極眞天)이라고 표기했지만, 오류이기 때문에 바로잡았다.

(潭州) 풍릉현(澧陵縣)¹⁸에 있습니다. 열네 번째는 첨산동(灊山洞)으로서 첨진고영천(灊眞高詠天)이라고 불리며 첨산현(灊山縣)¹⁹에 있습니다. 열다섯 번째는 귀곡산(鬼谷山)으로서 귀현사진천(貴玄司眞天)이라 불리며 신주(信州) 귀계현(貴溪縣)²⁰에 있습니다. 열여섯 번째는 무이산(武夷山)으로서 진승화현천(眞升化玄天)이라 불리며 건녕부(建寧府) 숭안현(崇安縣)²¹에 있습니다. 열일곱 번째는 사산(笥山)으로서 태현수발극락천(太玄秀發極樂天)이라 불리며 임강(臨江) 신유현(新喻縣)²²에 있습니다. 열여덟 번째는 화개산(華蓋山)으로서 용성대옥천(容成大玉天)이라고 불리며, 온주(溫州) 영가현(永嘉縣)²³

---

18 지금의 후난성 동쪽의 리링시[醴陵市]에 속한 지역이다. 호생현상천(好生玄上天)을 원작에서는 호생현상천(好生玄尚天)이라고 표기했지만, 오류이기 때문에 바로잡았다.

19 서주(舒州) 회녕현(懷寧縣, 지금의 안후이성[安徽省] 서남쪽에 위치함)에 있는 잠산동(潛山洞)을 가리킨다. 이곳은 일반적으로 천주사현천(天柱司玄天)이라고 불린다.

20 지금의 장시성 동북부의 구이시시[貴溪市]에 속한 곳이다. 귀현사진천(貴玄司眞天)을 원작에서는 태현사진천(太玄司眞天)이라고 표기했지만, 오류이기 때문에 바로잡았다. 귀곡산(鬼谷山)은 용호산(龍虎山)의 지맥(支脈)으로서 운몽산(雲夢山)이라고도 불린다.

21 지금의 푸젠성 우이산시[武夷山市]에 속한 곳이다. 진승화현천(眞升化玄天)을 원작에서는 승진원화천(升眞元化天)이라고 표기했지만, 오류이기 때문에 바로잡았다.

22 길주(吉州) 영신(永新縣, 지금의 장시성 지안시[吉安市]에 속함)을 가리킨다. 사산(笥山)을 원작에서는 옥사산(玉笥山)이라고 표기했지만, 오류이기 때문에 바로잡았다. 사산은 일반적으로 태현법락천(太玄法樂天)이라고 불린다.

23 지금의 저장성 원저우시[溫州市]에 속한 곳이다.

에 있습니다. 열아홉 번째는 개죽산(蓋竹山)으로서 장요보광천(長耀 寶光天)이라고 불리며, 태주(臺州) 황암현(黃巖縣)[24]에 있습니다. 스 무 번째는 도교산(都嶠山)으로서 현실천(玄實天)이라고 불리며, 용 주(容州) 보녕현(普寧縣)[25]에 있습니다. 스물한 번째는 백석산(白石 山)으로서 경수장진천(瓊秀長眞天)이라고 불리며 용주[26]에 있습니 다. 스물두 번째는 구루산(岣漏山)으로서 옥궐보규천(玉闕寶圭天)이 라고 불리며, 용주 북류현(北流縣)[27]에 있습니다. 스물세 번째는 구 의산(九嶷山)으로서 조진태허천(朝眞太虛天)이라고 불리며, 도주(道 州) 연당현(延唐縣)[28]에 있습니다. 스물네 번째는 동양산(洞陽山)으 로서 동양은관천(洞陽隱觀天)이라고 불리며, 담주(潭州) 장사현(長沙 縣)[29]에 있습니다. 스물다섯 번째는 막부산(幕阜山)으로서 동진태현

---

24 지금의 저장서 타이저우시[台州市]에 속한 곳이다.

25 지금의 광둥성[廣東省] 푸닝시[普寧市]에 속한 곳이다. 도교산은 일반적 으로 보현동천(寶玄洞天)이라고 불린다.

26 용주(容州)는 화주(和州)를 잘못 쓴 것이다. 백석산은 함산현(含山縣, 지금 의 안후이성 중부에서 동쪽으로 치우친 지역에 있음)에 있으며, 일반적으로 수 락장진천(秀樂長眞天)이라고 불린다.

27 지금의 광시성[廣西省] 베이류시[北流市]에 속한 곳이다. 구루산(岣漏山) 을 원작에서는 구루산(勾漏山)이라고 표기했지만 오류이기 때문에 바로 잡았다.

28 지금의 후난성[湖南省] 용저우시[永州市] 관할의 닝위앤현[寧遠縣]에 속 한 곳이다. 연당현(延唐縣)을 원작에서는 연강현(延康縣)이라고 표기했지 만, 오류이기 때문에 바로잡았다.

29 지금의 후난성 중북부에 있으며 창사시[長沙市]의 관할 하에 있다.

천(洞眞太玄天)이라고 불리며, 악주(鄂州) 평강현(平江縣)[30]에 있습니다. 스물여섯 번째는 대유산(大酉山)으로서 대유화묘천(大酉華妙天)이라고 불리며, 진주(辰州)[31]에 있습니다. 스물일곱 번째는 금정산(金庭山)으로서 금정숭묘천(金庭崇妙天)으로 불리며, 월주(越州) 섬현(剡縣)[32]에 있습니다. 스물여덟 번째는 마고산(麻姑山)으로서 단하천(丹霞天)이라 불리며 건창부(建昌府) 남성현(南城縣)[33]에 있습니다. 스물아홉 번째는 선도산(仙都山)으로서 선도기선천(仙都祈仙天)이라고 불리며, 처주(處州) 진운현(縉雲縣)[34]에 있습니다. 서른 번째는 청전산(青田山)으로서 청전대학천(青田大鶴天)이라고 불리며, 처주 청전현(青田縣)[35]에 있습니다. 서른한 번째는 종산(鐘山)으로서 주

---

30 평강현(平江縣)은 당년현(唐年縣, 지금의 후베이성[湖北省] 충양현[崇陽縣]의 서북쪽에 해당함)으로 써야 한다. 막부산은 일반적으로 현진태원천(玄眞太元天)이라고 불린다.

31 대유산은 진주(辰州, 지금의 후난성에 속함)에서 70리 떨어진 곳에 있다. 대유화묘천(大酉華妙天)을 원작에서는 대유현묘천(大酉玄妙天)이라고 표기했지만, 오류이기 때문에 바로잡았다.

32 지금의 저장성 성저우시[嵊州市] 서남쪽에 있었던 옛 행정구역이다.

33 지금의 장시성 푸저우시[撫州市]에 속한다.

34 지금의 저장성 중부에서 남쪽으로 치우친 곳에 있는 현으로서 리수이시[麗水市] 관할 하에 있다. 이곳은 황제(黃帝)가 승천한 곳이라고 한다. 선도산(仙都山)을 원작에서는 구선도산(九仙都山)이라고 표기했지만, 오류이기 때문에 바로잡았다.

35 지금의 저장성 동남쪽에 있는 곳으로서 동쪽으로는 원저우[溫州], 서쪽으로는 리수이[麗水], 북쪽으로 타이저우[臺州]와 접해 있으며, 리수이시가 관할하는 현이다.

일태생천(朱日太生天)이라고 불리며, 승주(昇州) 상원현(上元縣)[36]에 있습니다. 서른두 번째는 양상산(良常山)으로서 양상방회천(良常方會天)이라고 불리며, 윤주(潤州) 구용현(句容縣)[37]에 있습니다. 서른세 번째는 모산(茅山)으로서 화양천(華陽天)이라고 불리며 구용현에 있습니다.[38] 서른네 번째는 천목산(天目山)으로서 태극현개천(太極玄蓋天)이라고 불리며, 임안부(臨安府) 여항현(餘杭縣)[39]에 있습니다. 서른다섯 번째는 도원산(桃源山)으로서 마낭광묘천(馬娘光妙天)이라고 불리며, 정주(鼎州) 무릉현(武陵縣)[40]에 있습니다. 서른여섯 번째는 금화산(金華山)으로서 금화동원천(金華洞元天)이라고 불리며, 무주(婺州) 금화현(金華縣)[41]에 있습니다."

---

36 지금의 난징시[南京市]에 속하는 옛 행정구역이다. 본문의 '승주(昇州)'는 지금의 장쑤성[江蘇省] 전장시[鎭江市] 서쪽을 가리키는 옛 행정단위인 '윤주(潤州)'를 잘못 쓴 것이다.

37 지금의 장쑤성 전장시 서남쪽에 있는 현으로서, 전장시의 관할을 받는 현급시(縣級市)이다. 양상산은 일반적으로 양상방명동천(良常放命洞天)이라고 불린다.

38 일반적으로 서른세 번째 동천으로는 형주(荊州) 상양현(常陽縣)에 있는 자개산(紫蓋山) 즉 자현동조천(紫玄洞照天)을 꼽는다. 형주는 지금의 후베이성[湖北省]에 속한다.

39 대개 천목산은 천개조현천(天蓋滌玄天)이라고 부른다. 여항현(餘杭縣)은 지금의 저장성 성도(省都)인 항저우시[杭州市]에 속한다.

40 무릉현(武陵縣)은 지금의 후난성[湖南省] 북부 창더시[常德市]의 중북부에 있는 곳이다. 본문의 정주(鼎州)는 현주(玄州)를 잘못 쓴 것이다. 한편 도원산은 일반적으로 백마현광천(白馬玄光天)이라고 불린다.

41 지금의 저장성에 속한 현이다.

"알고 보니 그대는 정성이 지극한 승려로구먼. 정말 명산들을 두루 돌아다니면서 도를 제법 닦았어."

"동천복지(洞天福地)뿐만 아니라 색계십이천(色界十二天)과 무색계십사천(無色界十四天), 욕계육천(欲界六天), 무욕계육천(無欲界六天)까지 다녀온 적이 있습니다."

"그게 정말인가?"

그때 마 태감이 끼어들어 말했다.

"정말일 리가 있습니까! 당신이 정말 다녀왔다면 그것도 나열해 보시오."

"그럼 꼽아보겠습니다. 월위천(越衛天)과 몽예천(蒙翳天), 화양천(和陽天), 공화천(恭華天), 종표천(宗飄天), 황가당요천(皇笳堂耀天), 단정천(端靜天), 공몽천(恭夢天), 극요천(極瑤天), 원재천(元載天), 공승천(孔昇天), 황애천(皇崖天). 이것이 색계십이천입니다. 극풍천(極風天)과 효망천(孝芒天), 옹중천(翁重天), 강유천(江由天), 완락천(阮樂天), 운서천(雲誓天), 소도천(霄度天), 원동천(元洞天), 묘성천(妙成天), 금상천(禁上天), 상융천(常融天), 옥륭천(玉隆天), 범도천(梵度天), 가혁천(賈奕天). 이것이 무색계십사천입니다. 황회천(黃會天)과 옥완천(玉完天), 하동천(何童天), 평육천(平育天), 문거천(文擧天), 마이천(摩夷天). 이것이 욕계육천입니다. 사천왕천(四天王天)과 도리천(忉利天), 수염마천(須焰摩天), 도솔자천(兜率子天), 낙변화천(樂變化天), 타화자재천(他化自在天). 이것이 무욕계육천입니다.[42] 부처님 앞에

---

42 불교와 도교에서 삼계(三界) 내지 사계(四界)에 대한 설은 대단히 다양하

서 제가 함부로 입을 놀렸는데, 제가 맞게 얘기한 것인지요?"

"구구절절 맞는 얘기이니, 그에 대해서는 더 얘기할 필요 없겠구먼. 그럼 이제 어디로 갈 셈인가?"

"벽천동으로 돌아갈 생각이옵니다."

고 복잡하다. 다만 여기서 비발선사가 나열한 것들은 도교의 삼계를 적당히 나누고 짜깁기하여 만든 것처럼 보인다. 예를 들어서 도교 경전인《운급칠첨(雲笈七籤)》권21 "천지부(天地部)"에 따르면 땅 위의 하늘은 모두 36층이 있는데, 태황황증천(太皇黃曾天)과 태명옥완천(太明玉完天), 청명하동천(淸明何童天), 현태평육천(玄胎平育天), 원명문거천(元明文擧天), 칠요마이천(七曜摩夷天)까지 6개를 합쳐서 욕계(欲界)라고 부른다. 또 허무월형천(虛無越衡天)과 태극몽예천(太極蒙翳天), 적명화양천(赤明和陽天), 현명공화천(玄明恭華天), 요명종표천(耀明宗飄天), 축락황가천(竺落皇笳天), 허명당요천(虛明堂曜天), 관명단정천(觀明端靖天), 현명공경천(玄明恭慶天), 태환극요천(太煥極瑤天), 원재공승천(元載孔昇天), 태안황애천(太安皇崖天), 현정극풍천(顯定極風天), 시황효망천(始黃孝芒天), 태황옹중천(太黃翁重天), 무사강유천(無思江由天), 상설완락천(上撰阮樂天), 무극담서천(無極曇誓天)까지 18개를 합쳐서 색계(色界)라고 부른다. 그리고 호정소도천(皓庭霄度天)과 연통원동천(淵通元洞天), 한총묘성천(翰寵妙成天), 수락금상천(秀樂禁上天)까지 네 개를 합쳐서 무색계(無色界)라고 한다. 이들 '삼계'에는 모두 28개의 하늘이 있으며, 그 위에는 무상상융천(無上常融天)과 옥륭등승천(玉隆騰勝天), 용변범도천(龍變梵度天), 평육가혁천(平育賈奕天)까지 네 종류의 민천(民天)이 있다고 했다. 다시 가장 높은 곳에 있는 태청경대적천(太淸境大赤天)과 상청경우여천(上淸境禹餘天), 옥청경청미천(玉淸境淸微天)까지 세 개를 합쳐서 삼청천(三淸天)이라고 부른다. 마지막으로 36개 하늘 가운데 가장 높은 것을 대라천(大羅天)이라고 부르는데, 이것과 삼청천을 합쳐서 성경사천(聖境四天)이라고 부른다는 것이다. 이렇게 보면 이 소설에서 비발선사가 나열한 하늘들은 도교의 명칭과 매우 유사하되 그것을 줄여 부르거나 비슷한 글자를 잘못 써서 명칭을 바꿔 버린 것에 지나지 않으며, 또 그것을 나름대로 네 개의 부류로 나누어 놓은 것임을 알 수 있다.

"그럼, 가시게."

"그런데 한 가지 드릴 말씀이 있사옵니다. 제가 올 때는 한 쌍의 동발을 가져왔는데, 이제 그게 없으니 갈 수가 없습니다. 제발 제 동발을 돌려주시옵소서."

"그건 안 되네. 이게 있다는 그대는 틀림없이 나중에 잘못을 저지르게 될 테니까 말이야."

"이후로는 절대 못된 짓을 하지 않겠습니다."

"동발 얘기는 그만하세. 내 나름대로 쓸 데가 있네. 좀 비키시게. 나 좀 나가야겠네."

벽봉장로는 자기 배로 돌아와서 운곡을 불렀다.

"그 동발을 가져오너라."

보라. 벽봉장로는 신통력을 발휘하여 한 손에 바리때를, 다른 한 손에는 동발을 받아들더니 바리때 안에 입김을 불어 삼매진화를 내뿜었다. 그 즉시 바리때 안에 붉은빛이 이글거리는 불꽃이 피어 났다. 벽봉장로가 느긋하게 동발 하나를 불 속에 놓자 "파지직!" 번 개가 격렬하게 내리치는 것만 같았다. 그 소리가 잠시 들리더니 불 꽃이 동발에 들러붙어 점점 한 덩어리로 녹아 섞였다. 벽봉장로가 다시 동발 하나를 느긋하게 불 속에 놓자 "우르릉!" 우레가 치는 듯 한 소리가 들려왔다. 그 소리가 잠시 들리더니 다시 불꽃이 동발에 들러붙어 점점 한 덩어리로 녹아 섞였다. 벽봉장로가 바리때를 들 고 두어 번 흔들자, 그 안에서 구전금단(九轉金丹)이 나타나면서 수 만 갈래의 노을빛과 자줏빛 안개가 피어났다. 그러자 그가 중얼거렸다.

"건(乾)과 곤(坤)은 상생상극(相生相剋)한다."

그 말이 끝나기도 전에 그는 바리때 안의 금단을 뱃머리를 향해 뿌렸는데, 금단은 마치 병 속의 물을 뿌리듯이 하나의 긴 줄기를 이루며 뿌려졌다. 아무리 거대한 바리때라 하더라도 겨우 두 개의 동발에 얼마나 많은 구리와 쇠가 들어 있겠는가? 하지만 이리저리 한참 동안 뿌려도 바닥이 나지 않았다. 하지만 그는 무려 네 시간 남짓 뿌려댔는데, 그 결과가 어찌 되었을까? 뱃머리 앞에는 마치 말을 매는 말뚝처럼 황금빛이 반짝이는 구리기둥이 세워졌다. 다 뿌리고 나자 그는 바리때를 거둬들이고, 연달아 세 번 허리를 숙이며 세 번 "아미타불!"을 외었다. 그러자 그 구리기둥은 세 길 남짓 늘어났고, 그 위쪽에는 아름다운 양산 같은 덮개가 달렸다. 기둥의 몸통에는 사면팔방에 모두 "나무아미타불"이라는 글씨가 커다랗게 새겨져 있었는데, 장인이 새겼다 한들 이처럼 정교하고 아름답게 새길 수 없을 정도였다.

이 구리기둥은 영원히 그 항구를 지키며 억만 세대에 걸쳐서 벽봉장로의 공덕을 전하게 되었으니, 그야말로 천지가 존재하는 한 영원히 이어지게 된 것이다. 그래서 이후로 서양의 배들이 그곳을 지날 때면 다들 이렇게 말했다.

"이건 명나라 국사가 오랑캐를 위무하고 보물을 찾으러 왔을 때 남긴 것이지."

"모가디슈 왕국에는 명나라 국사가 오랑캐를 위무하고 보물을 찾으러 왔을 때 남긴 구리기둥이 있어."

잠시 후 비발선사가 말했다.

"부처님, 덕분에 제자 비발선사는 천인(天人)을 포용하는 도를 깨달았습니다. 감사합니다. 그런데 저를 이곳에 남겨 놓으시면 어떻게 본원으로 돌아갈 수 있겠습니까?"

벽봉장로가 눈을 들어 살펴보니 다른 건 보이지 않고, 뱃머리에 닻을 묶는 밧줄이 놓여 있는 것이 눈에 띄었다.

"그렇겠구먼. 여보게, 가서 저 밧줄에서 종려나무 줄기를 하나 뽑아 오게."

비발선사는 마치 사면장을 얻은 듯이 기뻐하며 황급히 종려나무 줄기를 뽑으러 갔다. 하지만 그것은 몇 년 동안 반질반질하게 다듬어서 엮은 것이라서, 마치 뿌리가 붙은 듯이 떨어지지 않았다. 그는 어쩔 수 없이 손톱으로 긁어서 한 마디를 뜯어냈는데, 길이가 겨우 한 치 남짓밖에 되지 않았다. 그것을 건네주자, 벽봉장로가 받아 쥐고 두 손으로 비비면서 "아미타불!" 하자 종려나무 줄기가 한 길 가까이 늘어났다.

"그 위에 타시게."

비발선사는 기뻐 어쩔 줄 몰라 하며 머리를 몇 번 조아리고 종려나무 줄기에 올라탔다. 그러자 벽봉장로가 "아미타불!" 하면서 입김을 훅 불었다. 그 순간 종려나무 줄기는 머리와 뿔, 비늘과 날개, 아홉 가지 문양이 장식된 용으로 변해서 공중으로 날아올랐다. 그리고 그것은 안개에 싸인 채 구름을 타고 느긋하게 서쪽을 향해 날아갔다.

그때 다라존자가 말했다.

"부처님, 제 사부님은 부처님 덕분에 고해에서 벗어나 피안(彼岸)으로 떠나셨는데, 저만 여기에 남겨두었습니다. 이제 저는 오갈 곳이 없어졌으니, 부디 제게도 자비를 베푸시어 구제해 주시옵소서."

벽봉장로가 지혜의 눈을 뜨고 살펴보고 나서 말했다.

"썩은 나무에는 조각할 수 없는 법이니라. 너는 원래 부처님의 연화대 아래에서 밥을 훔쳐 먹던 귀신의 정령인데, 어떻게 너도 구제해 달라는 것이냐?"

"그래도 이렇게 천재일우의 행운으로 부처님을 뵙게 되었으니, 제발 무슨 방법을 내서 구제해 주시옵소서."

"고해에서 벗어나 피안으로 가는 것이 어떻게 무슨 방법을 낸다고 가능하겠느냐? 어쨌거나 너도 나를 만난 인연이 있으니 덕을 베풀어 주마. 여기 구리기둥이 있으니 너는 동주대왕(銅柱大王)이 되어서 함께 이곳을 지키도록 해라."

다라존자가 머리를 조아리고 나서 막 일어나자마자 벽봉장로가 그의 머리를 향해 "훅!" 하고 입김을 불었다. 그러자 다라존자가 껑충 뛰더니 몸길이가 한 길 남짓 늘어나면서 온몸에 장군의 차림새를 갖추게 되었다. 그러니까 머리에는 투구를 쓰고, 몸에는 갑옷을 입고, 발에는 한 쌍의 가죽장화를 신고 있었던 것이다.

"부처님, 이건 제 본래 행색이 아닌 것 같사옵니다."

"신을 치장하면 신처럼 보이지만, 귀신은 치장해도 귀신처럼 보일 수밖에 없지. 네가 이왕 '대왕'으로 불리게 되었으니, 그에 맞는 모습이 되어야 하지 않겠느냐? 까까머리에 표주박을 들고 있다면 그게 어디 어울리겠느냐?"

그 설명에 다라존자도 깨달은 바가 있어서 연신 감사하고 떠났다. 그러자 두 사령관이 말했다.

"국사님, 그 두 사람 모두 승려인데, 어째서 서로 다르게 구제해 주셨습니까?"

"각자 자기에게 맞는 길이 있는 법이지요."

그게 어떤 길인지는 다음 회를 보시라.

제78회

함대는 라싸 왕국[1]을 지나고
다시 두파 왕국[2]을 지나다

寶船經過刺撒國　　寶船經過祖法國

優鉢曇華豈有花	우담바라가 어찌 꽃을 피우랴?[3]
問師此曲唱誰家	이 노래 누가 불렀는지 스님께 묻노라.
已從子美得桃竹	이미 두보를 따라 도죽(桃竹)을 얻었나니[4]

---

1 지금의 아라비아 반도(Arabian Peninsula) 남안의 무칼라(Mukalla) 부근에 있는 라싸'(La'sa) 마을을 가리킨다. 위치는 동경 49° 4′에 해당한다.

2 《영애승람》에는 조법아(祖法兒)로 되어 있으며, 다른 문헌에서는 좌법아(佐法兒), 좌법아(左法兒)라고도 쓴다. 이곳은 지금의 아라비아 반도에 있는 오만(The Sultanate of Oman)의 서부 연안에 있는 두파(Dhufar, 多法爾)에 해당한다.

3 인용된 시는 송나라 때 소식(蘇軾)의 〈포간사(蒲澗寺) 나들이[遊蒲澗]〉(또는 〈포간사 신장로에게[贈蒲澗信長老]〉라고도 함)이다. 다만 제7~8구는 원작에서 다음과 같이 되어 있다. "명승지 나들이는 예로부터 고승 지둔(支遁)과 은사 허순(許詢)이 함께 했으니, 송진 채취해서 한 수레 보내주고 싶었기 때문이지.[勝遊自古兼支許, 爲採松肪寄一車.]"

4 소식(蘇軾)의 원주(原註)에 따르면, 이 산에서 지팡이로 쓰기 좋은 도죽(桃竹)이 나는데 지역 주민들이 알아보지 못해서, 자신이 거기에 두보의 시를

不向安期覓棗瓜	안기(安期)의 대추 얻으러 가지는 않으리라.[5]
燕坐林間時有虎	숲에 앉아 잔치할 때면 이따금 호랑이가 나타나고
高眠粥後不聞鴉	편히 자고 죽 먹은 뒤에도 까마귀 소리 들리지 않지.
此來超度知多少	이곳에 온 이래 얼마나 많은 이를 구제해 주었던가?
焰轉燃燈鬼載車	지옥의 불길 바꿔 등을 태우고 귀신을 수레에 태웠다네.

그러니까 두 사령관이 벽봉장로에게 물었다.

"국사님, 그 두 사람 모두 승려인데, 어째서 서로 다르게 구제해 주셨습니까?"

"각자 자기에게 맞는 길이 있는 법이지요."

"좀 더 자세히 말씀해 주십시오."

"부처는 부처로 돌아가게 하고, 귀신은 귀신으로 돌아가게 하는 것이외다. 또 나귀를 타면 나귀를 찾고, 말을 가지고 말에 비유하는 법이지요. 온 하늘에 달빛 두루 비치는데, 누구를 불쌍하다고 비웃고 누구를 때려 울리겠소?"

삼보태감이 말했다.

써서 신장로(信長老)에게 선물로 주었다고 했다.

5 《사기》 〈봉선서(封禪書)〉에 기록된 이소군(李少君)의 말에 따르면, 자신이 바닷가에 갔다가 당시 유명한 은자로서 신선이 되었다는 안기(安期)라는 선비를 만났는데, 참외만큼 커다란 대추를 먹었다고 했다.

"이 모두 국사님의 공덕이십니다. 그런데 한 가지 더 여쭤볼 게 있습니다. 그 동발에서 어떻게 구리기둥이 나온 것인지요?"

"그 동발은 구리인 듯하지만 구리가 아니고, 쇠인 듯하지만 쇠가 아니라오. 천지와 해와 달의 정화를 담은 것이기 때문에 날고, 변화하고, 많아지고, 줄어들 수 있는 능력이 생기게 되었지요. 천지간에 오로지 정화만이 썩어 없어지지 않고, 오로지 참된 것만이 다함이 없는 것이외다. 이 참된 정화를 갖고 있는데 구리기둥은 말할 것도 없고, 하늘을 떠받치는 옥 기둥이나 바다에 걸쳐진 자금으로 만든 다리라 한들 되지 못할 게 어디 있겠소이까? 바로 이런 격이지요."[6]

碧玉盞盛紅瑪瑙	벽옥 잔에 붉은 마노 가득 채우고
井花水養石菖蒲	새벽에 길은 물로 돌 창포 기르노라.
須知一法無窮盡	한결같은 법 다함 없음을 알아야 하나니
爲問禪師嘿會無	스님께선 마음으로 깨달으셨는지?

그 말이 끝나기도 전에 호위병이 보고했다.

---

6 인용된 시는 송나라 때 소식의 〈상주 보은 장로에게[贈常州報恩長老]〉라는 두 수의 연작시 가운데 제1수인데, 원작과는 몇 글자가 다르다. 원작은 다음과 같다. "벽옥 주발에 붉은 마노 가득 채우고, 새벽에 길은 샘물로 돌 창포를 기르노라. 삼보(三寶)에 대한 공양 끝이 없음을 알겠나니, 스님께서는 충분히 얻으셨는지?[碧玉碗盛紅瑪瑙, 井花水養石菖蒲. 也知法供無窮盡, 試問禪師得飽無.]"

"앞쪽에 또 어느 알 수 없는 나라가 나타났는데, 항해를 계속해야 할지 멈춰야 할지 모르겠으니, 정찰병을 보내 탐문해 보시기 바랍니다."

왕 상서가 말했다.

"군대를 움직이는 데에는 신속함이 중요하니, 이번에는 정탐할 필요 없다."

그리고 즉시 사영대도독에게 군대를 이끌고 그 나라의 사대문을 포위하고, 각 진영에는 운제(雲梯)를 설치하고 양양대포를 배치하여, 일단 세 발의 포를 쏘아서 위세를 과시하라고 분부했다. 이어서 유격대장들에게 각자 부대를 이끌고 사영의 부대를 지원하게 하고, 사초부도독에게 해상에 영채를 차리고 불의의 사태에 대비하여 밤낮으로 순찰을 강화하도록 했다.

군령이 떨어지자 사영대도독은 군대를 뭍으로 이동했는데, 마침 이 나라는 돌을 쌓아 성을 만들고 네 개의 대문을 만들어 놓았다. 성을 지키는 장수들은 명나라 군대가 다가오자 황급히 성문을 닫아걸었다. 하지만 네 개의 대문을 나누어 맡은 네 도독은 대문마다 운제를 세우고, 운제 위에 아홉 대의 양양대포를 설치한 후, 네 대문을 향해 일제히 세 발씩 대포를 발사했다. 다행히 그 포탄은 아직 인정을 저버리지 않고 성문 대신 성벽에 떨어졌지만, 그 바람에 성벽의 바위들은 불길에 휩싸이며 쪼개졌다. 그 대포는 소리 또한 예사롭지 않아서 산천을 울리고 대지를 뒤흔들었다. 네 개의 성문에 모두 열두 발의 대포가 발사되자, 심지어 국왕의 궁전까지 두어 차례 흔들렸다. 성안의 모든 관리와 백성은 그저 하늘이 내려앉고 땅이 뒤집힌 줄로만 알고 혼비백산하여 온몸을 떨었다.

이에 오랑캐 국왕이 말했다.

"내 머리가 아직 무사하냐?"

관리들도 저마다 떠들어댔다.

"아이고! 난 간이 다 떨어져 버렸어!"

잠시 후 수문장이 와서 국왕에게 보고했다.

"하늘에서 재앙[禍]이 떨어졌사옵니다!"

"어디에 불덩어리[火]가 떨어졌더냐?"

"불덩어리가 아니라 재앙이옵니다!"

"누가 실수로 불을 냈다면, 인부를 동원해서 물을 퍼 날라다 꺼야 할 게 아니냐?"

"아이고, 그게 아니라니까요!"

"그럼 뭐냐?"

"어디서 왔는지 헤아릴 수 없이 많고, 산처럼 커다란 배들이 항구를 가득 메우고 있사옵니다. 배 위의 깃발은 하늘을 가리고, 북소리와 뿔피리 소리가 하늘을 뒤흔들고 있사옵니다. 그러더니 조금 뒤에는 네 무리의 군마가 나는 듯이 달려 나와서 우리 네 개의 성문을 철통처럼 포위하고, 성문마다 각기 천지를 뒤흔드는 엄청난 소리를 내는 무기를 세 발씩 쏘아댔습니다. 정말 무시무시합니다!"

"그러니까 군대에서 쏜 무기 소리였다는 것이냐?"

그러자 신하들 좌측 반열의 두목 로포포[羅婆婆]가 말했다.

"이건 중국의 대포 소리인데, 혹시 중국 군대가 온 게 아닐까요?"

우측 반열의 두목 로사사[羅娑娑]가 말했다.

"그래요! 맞습니다! 몇 년 전 이웃 나라 뱃사람들이 그러는데, 중국에서 오랑캐를 위무하고 보물을 찾는다면서 천 척의 배가 왔다고 하더군요."

국왕이 말했다.

"저들이 누구인지는 알았지만, 대체 얼마나 대단한 자들인가?"

로포포가 말했다.

"중국은 성인의 나라이자 해와 달이 드나드는 땅이옵니다. 저들을 귀빈으로 접대하고 진상품을 바친다면, 무서워할 일이 어디 있겠사옵니까?"

"남들 말을 깊이 믿을 수는 없으니, 어서 위구대왕(尉仇大王)에게 가서 기도하도록 하라!"

아니 이건 무슨 말인가? 알고 보니 이 나라는 모든 일을 신의 뜻에 따라 결정했는데, 위구대왕은 이 나라에 복을 내리는 신의 이름이었다. 이제까지 모든 일은 이 신에게 기도하여 물으면 항상 영험한 답을 내려 주었다고 한다. 그러자 로포포가 말했다.

"주상 전하, 지당하신 말씀이십니다. 저희 둘이 함께 가겠사옵니다."

이리하여 국왕과 두 명의 두목은 일단의 병사들을 거느리고 위구대왕의 사당으로 가서 예물을 차려놓았다. 국왕이 직접 기도를 올리자 좌두목은 종을, 우두목은 북을 쳤다. 잠시 후 어린아이 하나가 강림하더니 "휘! 휘!" 소리를 지르고 팔짝팔짝 뛰면서 봉을 돌리고 권법을 선보였다. 국왕이 지마를 사르며 물었다.

"다름 아니라 오늘 이 나라에 큰 재난이 닥쳐서 대왕님을 청했사옵니다. 저는 눈이 있어도 제대로 보지 못하니, 어느 나라 군대가 어떻게 왔는지 모르겠사옵니다. 이게 길한 일일까요, 흉한 일일까요? 잘 생각해 보시고 분명한 가르침을 내려 주시옵소서."

"쇠는 여(麗)에서 난다.[金生麗]."**7**

그러자 좌우 두목이 말뜻을 알아듣고 말했다.

"대왕께서 물을 마시고 싶으신 모양이니 어서 물을 가져와라!"

수하들이 즉시 물을 담아 가져오자, 어린아이가 받아 들더니 순식간에 양가죽으로 만든 포대 십여 개를 비워버렸다. 그런데 그가 왜 그랬을까? 알고 보니 이 나라에는 걸핏하면 사오 년 동안 비가 내리지 않아서, 우물물도 모두 양가죽으로 만든 포대로 길어야 했다. 그래서 이처럼 물을 많이 마실 경우 십수 개의 양가죽 포대가 필요했다. 어쨌든 물을 마시고 나자 어린아이가 다리 소리쳤다.

"무왕 주발(周發)이 장사한다.[周發商]"**8**

이번에도 좌우 두목이 알아들었다.

"대왕께서 국을 잡숫고 싶어 하시니, 어서 끓여 와라!"

---

7 이것은 《천자문(千字文)》에 들어 있는 구절인데, 원래는 "금이 여수에서 난다.[金生麗水]"로서 수(水)가 생략되어 있다.

8 이 역시 《천자문》에 들어 있는 구절로서, 원래는 "백성을 위로하고 죄인을 토벌한 분은 주나라 무왕 희발(姬發)과 은나라 탕왕(湯王)이시다.[周發商湯]"이니 탕(湯) 자가 생략되어 있다.

수하들이 서둘러 국을 끓여 오자, 어린아이가 받아서 순식간에 열 몇 뚝배기를 말끔히 먹어치웠다.

국을 먹고 나서 어린아이가 소리쳤다.

"넓은 대청에서 잘한다. [虛堂習]"⁹

그러자 좌두목 로포포가 말했다.

"그 다음이 들을 청(聽) 자이니, 주상 전하, 잘 들어보라는 뜻이옵니다."

국왕이 급히 앞으로 나아가 허리 숙여 절하며 물었다.

"대왕님, 이 군대는 어디서 온 것입니까?"

"다섯은 늘 넷이고[五常四],¹⁰ 왼쪽은 받을 줄을 안다. [左達承]"¹¹

다시 좌두목 로포포가 말했다.

"첫 구절에서는 '대(大)' 자가 빠졌고, 다음 구절에서는 '명(明)' 자가 빠졌으니, 위대한 명나라[大明]하고 딱 들어맞사옵니다."

국왕이 다시 위구대왕에게 물었다.

"명나라 사람은 어떠합니까?"

---

9 이 역시 《천자문》에 들어 있는 구절로서, 원래는 "넓은 대청에서 얘기하면 소리가 잘 들린다. [虛堂習聽]"라고 했다.

10 이 역시 《천자문》에 들어 있는 구절로서, 원래는 "四大五常"이다. 유교에서는 하늘[天]과 땅[地], 어버이[親], 스승[師]을 사대로 간주한다. 또 오상은 오륜(五倫) 즉 부자유친(父子有親)과 군신유의(君臣有義), 부부유별(夫婦有別), 장유유서(長幼有序), 붕우유신(朋友有信)을 가리킨다.

11 이 역시 《천자문》에 들어 있는 구절로서, 원래는 "왼쪽으로는 승명전(承明殿)으로 통한다. [左達承明]"라고 했다.

"새가 사람 위에서 벼슬살이를 하고[鳥官人], 용은 불을 가르친다.[龍師火]"[12]

좌두목 로포포가 말했다.

"각 구절에 빠진 글자를 합치면 '황제(皇帝)'가 되니, 결국 명나라의 황제라는 뜻이옵니다."

국왕이 다시 위구대왕에게 물었다.

"황제의 성은 무엇입니까?"

"왼쪽 돌을 껴안고[包左石],[13] 밤에 빛난다고 칭찬한다.[夜光稱]"[14]

좌두목 로포포가 말했다.

"모두 주(朱) 자를 가리킵니다. 결국 명나라 주(朱) 황제가 파견한 군대라는 뜻이옵니다."

국왕이 다시 위구대왕에게 물었다.

"전함과 군마의 수는 얼마나 됩니까?"

"집안에 군대가 많고[家給兵], 사방에 이로움이 미친다.[方賴

---

12 이 두 구절 역시 《천자문》에 들어 있는 것들로서, 원래는 "복희씨(伏羲氏)와 수인씨(燧人氏), 소호씨(少昊氏), 인황씨(人皇氏)[龍師火帝, 鳥官人皇]"라고 했다. 이들 모두 태고시대 중국의 전설적인 제왕들이다.

13 이것은 《백가성(百家姓)》에 들어 있는 "포제좌석(包諸左石)"이라는 구절을 변형한 것인데, 여기에 빠진 제(諸)자는 주(朱)자와 같이 모두 중국어 발음이 [zhū]이다.

14 이것은 《천자문》에 들어 있는 "진주는 밤에 빛나는 것이 유명하다.[珠稱夜光]"라는 구절을 변형한 것으로, 주(珠)와 주(朱)는 생김새와 발음이 서로 통한다.

及]"**¹⁵**

좌두목 로포포가 말했다.

"각기 천(千)과 만(萬)을 가리킵니다. 알고 보니 전함이 천 척이 넘고, 군마가 만 명이 넘는 모양이옵니다."

국왕이 다시 위구대왕에게 물었다.

"이 전함과 군마들이 무엇 하러 여기에 왔습니까?"

"사물의 뜻을 쫓되[逐物意], 귀한 옥은 아니다.[尺璧非]"**¹⁶**

좌두목 로포포가 말했다.

"각기 옮길 이(移) 자와 보배 보(寶) 자를 가리킵니다. 하지만 이 걸 어찌 해석해야 하는지는 모르겠사옵니다."

그때 수문장이 말했다.

"맞습니다. 함대 가운데 한 배에 커다란 글씨로 '오랑캐를 위무하고 보물을 구한다.[撫夷取寶]'라고 적힌 깃발이 세워져 있었사옵니다."

국왕이 다시 위구대왕에게 물었다.

"오랑캐를 위무하고 보물을 구하는 게 길한 일입니까, 흉한 일입니까?"

---

15 이 두 구절 역시 《천자문》에 들어 있는 것들로서, 원래는 각기 "집안에 수많은 병사가 풍족하고[家給千兵]"와 "(천자의 교화에 따른) 이로움이 만방에 미친다.[賴及萬方]"이다.

16 이 두 구절 역시 《천자문》에 들어 있는 것들로서, 원래는 각기 "재물을 추구하다 보면 타고난 천성이 바뀌게 된다.[逐物意移]"와 "한 자 길이의 귀한 옥도 보물이라 할 수 없다.[尺璧非寶]"이다.

167

"영원히 고을을 편안히 하고[永綏邵], 풍속은 어지러운 것을 풀어내고[俗釋紛], 모두 다 아름다워서[竝皆佳], 혜강(嵇康)이 완적(阮籍)에게 거문고를 타 준다.[嵇琴阮]"[17]

좌두목 로포포가 말했다.

"각기 길할 길(吉)과 이로울 이(利), 묘할 묘(妙), 휘파람 소(嘯) 자를 가리킵니다. 알고 보니 '아주 길하고 이로우니, 정말 잘 되었구나! 휘파람이 나오겠구나!' 이런 뜻이옵니다. 주상 전하, 안심하셔도 되겠사옵니다."

국왕이 다시 위구대왕에게 물었다.

"그렇다면 그들과 어떻게 만나야 하옵니까?"

"편지를 쓰고[箋牒簡], 두 번 머리를 조아려야지. [稽顙再]"[18]

좌두목 로포포가 말했다.

"각각 구할 요(要) 자와 절할 배(拜) 자를 가리킵니다. 정중하게 그들을 찾아가라는 뜻인 듯하옵니다."

국왕이 다시 위구대왕에게 물었다.

---

17 이 구절들 역시 《천자문》에 들어 있는 것들로서, 원래는 각기 "(자손에게) 영원토록 길한 일이 생길 충고를 내려준다.[永綏吉劭]"와 "분란을 풀어주고 풍속을 이롭게 하니, 모두 훌륭하다고 칭송 받는다.[釋紛利俗]", "모두 아름답고 오묘하다.[竝皆佳妙]", "혜강(嵇康)은 거문고를 잘 타고 완적(阮籍)은 휘파람을 잘 불었다.[嵇琴阮嘯]"이다.

18 이 두 구절 역시 《천자문》에 들어 있는 것들로서, 원래는 각기 "편지는 간단하게 요점만 써야 한다.[箋牒簡要]"와 "무릎 꿇고 머리 조아려 재배한다.[稽顙再拜]"이다.

"그런데 그들을 어떻게 대접해야 하옵니까?"

"배불리 요리를 먹이고[飽飫烹], 풍악을 울리며 술을 대접해야지. [弦歌酒]"[19]

좌두목 로포포가 말했다.

"각각 요리할 재(宰) 자와 잔치 연(宴) 자를 가리킵니다. 그러니까 돼지와 양을 잡아 잔치를 마련하라는 뜻이옵니다."

그러자 위구대왕이 말했다.

"고상한 지조를 견지하고[堅持雅操], 소공(召公)은 살아 있을 때 팥배나무 아래에서 정치를 했지.[存以甘棠]"[20]

좌두목 로포포가 말했다.

"첫 구절의 다음 글자가 좋을 호(好) 자이고, 두 번째 구절은 다음 글자가 갈 거(去) 자입니다. 위구대왕께서 그만 가시겠다는 뜻입니다."

국왕이 말했다.

"대왕님, 가르침을 내려 주셔서 감사하옵니다. 일이 해결되고 나면 후하게 사례 올리겠사옵니다."

---

19 이 두 구절 역시 《천자문》의 "배부를 때는 성대한 생선이나 고기반찬도 물리게 먹는다.[飽飫烹宰]"와 "풍악을 울리고 노래를 부르며 술잔치를 연다. [弦歌酒宴]"에서 나온 것이다.

20 이것 역시 《천자문》의 "고상한 지조를 견지하면 좋은 벼슬을 저절로 갖게 될 것이다.[堅持雅操, 好爵自縻]"와 "소공(召公)은 살아 있을 때 팥배나무 아래에서 정치를 했는데, 세상을 떠난 뒤에 더욱 칭송을 받았다.[存以甘棠, 去而益詠.]"에서 나온 것이다.

"여포(呂布)는 활을 잘 쏘고 의료(宜僚)[21]는 탄환(彈丸)을 잘 쏘았으니[布射遼丸], 소나무처럼 무성하리라![如松之盛]"[22]

좌두목 로포포는 그 말의 뜻을 한참 동안 생각했지만 도무지 알수 없었다. 하지만 국왕이 갑자기 영리해져서 이렇게 풀이했다.

"쏠 사(射)에서 몸 신(身)을 빼면 마디 촌(寸)만 남고, 소나무 송(松)에서 공평할 공(公)을 빼면 나무 목(木)이 남지. 그러니까 대왕님은 우리가 무식한 촌놈들[村子]이라고 하신 게로군."

그러자 우두목 로사사가 위구대왕에게 말했다.

"대왕님께서는《천자문》을 외셨으니 촌스럽지 않습니다."

"너희도 그걸 이해했으니 촌스럽지 않다."

국왕이 말했다.

"둘 다 싸울 필요 없소. 내가 보기에는 시골 신은 촌놈에게 얘기하지 않으니, 촌놈을 얘기하면 촌에서 신을 죽이기 때문이지."[23]

그 말이 끝나기도 전에 조정의 시중을 담당하는 관리가 달려와보고했다.

"명나라 함대에서 장수 한 명을 보냈는데, 커다란 호랑이 머리를

---

21 의료(宜僚)는 춘추시대의 용맹한 무사로서 성은 웅(熊)씨이며, 저자 남쪽에 살았다고 해서 별명이 시남자(市南子)였다. 그는 탄환(彈丸)을 잘 쏘기로 유명했고, 초(楚)나라에서 백공(白公)과 영윤자서(令尹子西) 사이의 분쟁을 해결해 주어 나라를 재난에서 구했다고 한다.

22 이 두 구절 역시《천자문》에서 나온 것이다.

23 촌놈[村人, cūn rén]과 바보[蠢, chǔn rén]의 발음이 비슷한 것을 이용한 말장난이다.

들고 곧장 조정 대문까지 찾아와서, 대왕마마께 할 얘기가 있다고 하옵니다."

국왕은 즉시 조정으로 돌아가 그 장수를 만났다.

"성함이 어찌 되십니까? 지금 어떤 직함을 맡고 계신지요?"

"제 이름은 마여룡이고, 지금 정서유격장군으로 있소이다."

"귀 함대에 장수가 몇 분이나 계신지요?"

"두 분 사령관과 천사 한 분, 국사 한 분, 그리고 좌선봉과 우선봉, 사영대도독, 사초부도독, 유격대장군과 유격부장군, 수군대도독과 수군부도독 등이 있소이다. 합쳐서 말씀드리자면 천 명의 장수가 백만 명의 정예병을 통솔하고 있다고 하겠소이다."

그 말에 국왕은 속으로 깜짝 놀라서 한참 동안 말을 못 하다가 겨우 입을 열었다.

"이 나라에는 무슨 일로 왕림하셨는지요?"

"위대한 명나라 황제 폐하께서 우리 사령관을 서양에 파견하여 오랑캐를 위무하고 보물을 찾으라고 하셨소이다. 이 외에는 아무 일도 일어나지 않을 것이외다. 우리 사령관께서는 여러분이 믿지 않을까 염려하시어 이렇게 호두패를 보내셨으니, 보시면 알게 되실 거요."

국왕은 호두패를 받더니 좌우 두목들과 문무백관과 함께 글자 하나와 구절구절을 세심하게 읽고 해석하고 나서야 마음을 놓았다.

'위구대왕은 정말 영험하구나! 정말 위대한 명나라 주 황제가 오랑캐를 위무하고 보물을 찾으려 하는구나. 미래를 알려면 먼저 과

거를 살펴보라고 했듯이, 여기까지 이렇게 영험하게 들어맞았으니, 나중에도 틀림없이 대단히 길하고 이로운 일이 생길 거야. 나는 그저 돼지와 양을 잡아 잔치를 마련하고, 저들에게 투항하면 되겠어.'

이렇게 결심하고 국왕이 대답했다.

"장군께서 먼저 가서서 사령관께 인사 전해 주십시오. 우리나라는 작고 가난해서 명나라의 전국옥새 같은 것은 갖고 있지 않습니다. 투항의 의미를 담은 상소문과 항서는 당연히 예의를 갖추어서 바쳐야 하니, 감히 말로만 얼버무릴 수 없습니다. 사령관께서 사대문의 병력을 철수하시고 하루만 말미를 주신다면 상소문과 항서, 예물을 준비하여 제가 직접 함대로 가서 절을 올리고, 아울러 사령관님을 이 나라로 초청하겠습니다. 말로는 마음을 다 표현하기 어려우니, 부디 헤아려 주십시오!"

마여룡은 국왕이 극진히 예의를 갖추는 것을 보고, 그저 잠깐 위기를 벗어나려고 둘러대는 것이 아님을 알았다.

"그런데 귀국의 명칭과 대왕의 존함은 어찌 되시는지요? 또 좌우 두목들께서는 명호(名號)가 어찌 되시고, 작위는 무엇인지요?"

"우리나라는 라싸 왕국이라고 하며, 제 이름은 한성모[罕聖牟]입니다. 좌우 두목은 각각 로포포와 로사사라고 하는데, 저분들의 직위는 중국의 좌우 승상에 해당합니다."

"그렇군요. 잘 알겠습니다."

마여룡은 국왕에게 작별인사를 하고 돌아와서 두 원수에게 국왕의 말을 자세히 전했다. 그러자 삼보태감이 말했다.

"저들이 예의로 대하니 우리도 당연히 예의를 갖춰서 가야겠지요."

그리고 즉시 사대문을 포위한 병력을 철수시켰다.

이튿날 국왕은 좌우 두목을 거느리고 친히 함대로 와서, 두 사령관에게 금박지에 쓴 상소문을 바쳤다. 그것을 받아 간수하자 다시 항서를 바쳤는데, 삼보태감이 받아 읽어 보니 이렇게 적혀 있었다.

라싸 왕국의 국왕 한성모가 좌두목 로포포와 우두목 로사사와 함께 삼가 재배하며 명나라 황제께서 파견하신 정서통병초토대 원수께 바칩니다:

들자 하니 하늘이 사람을 태어나게 할 때 덕의 크기를 달리하고, 지위의 높낮이와 사는 땅의 원근, 예의의 융성함과 삭막함을 정해 주니, 스스로 분수를 지키며 옛 법을 따라야 한다고 하였사옵니다. 위대한 명나라 황제께서는 신령하고 영민한 자질과 성세를 누릴 운수를 타고나셔서 모든 오랑캐가 도망치고, 만국이 칭송의 노래를 부른다고 하였습니다. 또 문무를 겸비하신 사령관께서 성스럽고 신령한 행차로 이 나라를 왕림해 주셨으니, 외진 이역 땅에 교화의 목소리가 가득 퍼질 것이요 오랑캐의 땅에 위세가 진동할 것이옵니다.

하잘것없는 곤충처럼 모자란 저희가 사령관님을 뵐 행운을 만났으니, 모자란 글이지만 조금이라도 취할 바가 있으시다면, 하해와 같은 아량으로 받아 주시기 바랍니다.

항서를 다 읽고 나자 진상품을 바쳤는데, 목록에는 이렇게 적혀 있었다.

고래 눈알 한 쌍(세상에서 명목주[明目珠]라고 부르는 것이 바로 이것 임), 방어(魴魚) 수염 두 개(아주 맑고 환해서 비녀나 귀걸이로 쓸 수 있 으며, 매우 비싼 물건임), 하루에 천리를 달리는 낙타 한 쌍, 용연향 네 상자, 유향(乳香) 여덟 상자, 산수화가 그려진 사기 주발 네 쌍 (가운데 산수화가 들어 있는데 물을 부으면 은은히 푸른 산과 강의 모습이 나타남), 인물화가 그려진 사기 주발 네 쌍(가운데 인물화가 들어 있 는데 물을 부으면 은은히 사람들이 절하는 모습이 나타남), 화초가 그려 진 사기 주발 네 쌍(가운데 산수화가 들어 있는데 물을 부으면 은은히 화 초가 흔들리는 모습이 나타남), 조류가 그려진 사기 주발 네 쌍(가운데 새들이 그려져 있는데 물을 부으면 은은히 새들이 나는 모습이 나타남)

국왕은 진상품 외에 또 수많은 금은과 비단, 쌀과 곡식, 후추, 단 향, 소와 양, 닭과 오리 등을 바쳤는데, 품목에 따라 각기 수량이 달 랐다. 삼보태감이 일체 받으려 하지 않자 국왕이 재삼 권했다. 이 에 삼보태감이 말했다.

"그렇다면 성의를 생각해서 쌀 열 섬과 소와 양 한 마리씩, 닭과 오리 열 마리씩만 받겠습니다."

그는 그 외에는 일체 받지 않고 의관과 허리띠, 도포와 홀, 장화 와 버선 등을 답례로 내주었다. 물론 국왕 이하 좌우 두목들에게도 주었지만, 수량에는 차이가 있었다. 또 성대한 잔치를 열어 국왕을 잘 대접하고 작별했다.

'정말 위구대왕은 영험하구나! 알고 보니 돼지와 양을 잡아 잔치를 여는 것은 오히려 명나라 쪽이었어.'

국왕은 속으로 무척 기뻐하며 말했다.

"우리나라는 땅이 넓고 산도 많지만, 초목이 자라지 못하고 논밭이 척박해서 오곡이 자라지 못하고, 그저 보리만 조금 자랍니다. 여러 해 동안 비가 한 번도 내리지 않아서, 말할 수 없이 가난에 시달리고 있습니다. 이 낙타와 소, 양, 말들은 모두 말린 생선을 먹여 기른 것인데, 보잘것없는 것이나마 바치려 했습니다. 하지만 사령관님께서 오히려 이렇게 많이 베풀어 주시니 어찌 감당할 수 있겠습니까!"

"정성이 만 배나 중요하니, 앞으로는 '보잘것없다.'라는 말씀은 하지 마십시오."

술을 다 마시고 나자 국왕은 작별하고 떠났다.

삼보태감은 출항을 명령하면서 각자의 공적을 기록하고 상을 내렸다.

"다른 나라도 모두 이 라싸 왕국과 같다면 좋을 텐데요."

그러자 왕 상서가 말했다.

"군대의 위용과 사령관님의 후덕함이 아니었다면 저들을 마음으로 굴복시킬 수 없었을 것입니다."

"결국 힘이 미치지 못했기 때문이지, 마음으로 굴복한 것은 아니라는 얘기로군요."

그 말이 끝나기도 전에 막사 아래쪽에서 왕명이 나서서 아뢰었다.

"두 분 사령관님께 드릴 말씀이 있습니다."

"무슨 일인가?"

"앞쪽에 또 나라가 나타나면 두 분 사령관님들이 나서실 필요 없이, 제가 술법을 써서 저들을 마음으로 굴복시키겠습니다."

왕 상서가 물었다.

"무슨 술법을 쓰겠다는 것인가?"

"제가 어렸을 때 치던 아주 교묘한 장난이 있습니다. 남의 꿈을 빙자하거나 등롱 바깥에 종이를 오려 붙이거나, 까치를 빌려서 기쁜 소식을 전하는 것 따위입니다. 조금 센 경우에는 귀신을 가장하기도 하고, 작은 경우에는 나무를 심어 꽃이 피게 하는 것입니다. 괴이하게 보이려면 뱀이나 이무기, 붕새나 수리를 동원하기도 하고, 순리에 따르려면 봉황이나 기린, 기러기 등을 이용하는데 무엇이든 다 가능하고 효과가 아주 좋습니다."

"사령관님께 아뢴 것들을 소인이 며칠 먼저 가서 기회를 보아 실행하겠사옵니다. 어느 국왕인들 미리 길조를 보여주면 기꺼이 마음으로 복종하지 않겠습니까?"

"그러면 자네가 먼저 가야 하는데, 어떻게 갈 셈인가?"

"최근에 제가 흙의 장막을 이용하는 술법이 늘어서, 순식간에 천리를 갈 수 있습니다."

"어디서 배웠나?"

"솔직히 말씀드리면, 황봉선 장군께서 가르쳐 주셨습니다."

"좋네. 그럼 조심해서 앞서가게. 공을 세우면 큰 상을 내릴 것이고, 조정에 돌아가면 자손만대 영화를 누리게 해주겠네."

왕명은 "예!" 하고 밖으로 나가 술법을 일으켰다. 그러자 눈 깜짝할 사이에 어느 나라에 도착했다. 이곳은 어떤 나라일까? 그곳에는 돌을 쌓아 만든 성이 있었는데, 성문 높은 곳에 '두파 왕국[祖法兒國]'이라고 새겨진 커다란 패가 걸려 있었다. 국왕의 궁전도 돌을 쌓아 만들었는데, 높이가 육칠 층이나 되는 것이 마치 절에 있는 탑 같았다. 일반 백성들은 삼사 층까지만 살고, 귀빈을 접대하는 곳이나 궁중에 쓰는 요리를 하는 주방, 화장실, 침실은 모두 그 위쪽에 있었다.[24]

왕명은 성으로 들어가서 한참 동안 자세히 살펴보았다.

'사령관님 앞에서 큰소리를 쳐 놓았으니, 무슨 좋은 수를 마련해서 국왕이 깜짝 놀라게 해주어야겠구나. 어떻게 한다? 그래! 우선 은신초를 들고 큰길과 골목을 찬찬히 둘러보자. 그러면 무슨 방법이 생기겠지.'

그는 한 손에 은신초를 들고 한 손으로는 옷자락을 든 채 큰길과 골목을 두루 돌아다녔다. 그러면서 살펴보니 그곳 사람들은 체격도 장대하고, 얼굴도 통통하고, 말하는 것도 소박했다.

'그래도 좋은 곳이로구나.'

또 살펴보니 집집마다 대문 앞에 생선을 말리고 있었다. 왕명은 혀를 굴려서 그곳 사람들의 말투를 흉내 내서 물었다.

"이걸 말려서 어디에 쓰는 거요?"

---

24 비신(費信)의 《성사승람(星槎勝覽)》에 따르면, 이것은 아덴(Aden, 阿丹國)의 모습이다.

"먹고 남은 것들은 이렇게 말려서 소나 말, 낙타, 양에게 먹이지요."

'그렇군. 저번의 그 라싸 왕국하고 마찬가지로구먼.'

또 잠시 걸으니 머리를 말아 올려 하얀 천으로 감싸고 장삼을 입은 남자가 발가락을 끼워 신는 슬리퍼를 신고 나왔다. 또 여자는 머리에 천을 감싸고 얼굴을 가린 채 나왔다. 자세히 살펴보니 여자의 머리 위에 세 개의 뿔을 얹은 이도 있고 다섯 개, 심지어 열 개를 얹은 이들도 있었다.

'이건 정말 신기하군.'

그가 다시 서양인의 말투를 흉내 내서 물었다.

"여자들 머리 위에 너무 많은 뿔을 얹고 다니는 거 아니오?"

"아니지요. 남편이 셋인 사람은 세 개를 얹고, 다섯인 사람은 다섯 개를 얹는답니다. 그러니까 남편이 열 명이면 열 개를 얹어야지, 설마 다른 사람한테 대신 얹어달라고 할 수 있겠소?"

"나는 라싸 왕국에서 온 장사꾼인데, 어려서 여기에 한 번 들른 적이 있지만 저런 것은 보지 못했어요!"

"어릴 때 일이라 잊어버렸겠지요. 우리나라에는 남자는 많은데 여자가 적어서, 형제들이 대부분 함께 한 명의 아내와 결혼한다오. 형제가 없으면 다른 사람하고 의형제를 맺어야지, 그러지 않으면 결혼을 할 수가 없지요."

'이거 정말 신기한 일이로군! 이건 오랑캐의 풍속이니 가르치면 안 되겠군.'

또 한참 걸어가자 거리에 특이한 향기가 풍겨왔다.

'이건 무슨 사연이 있는 향임이 분명해.'

그가 다시 서양인의 말투를 흉내 내서 물었다.

"이 향기는 어디서 풍기는 것이오?"

"내일 예배당에서 군중 예배가 열린다오."

"예배당에서 예배하는 거야 당연하지만, 거리에서도 열리는 것이오?"

"내일은 국왕께서 직접 참석하시니, 온 나라 백성들이 노소를 막론하고 모두 가서 향을 사르고 예배를 올리려고 하고 있소이다. 그러니 오늘 집집마다 옷에다 향을 배게 하고 있지요. 집집마다 향을 사르지 못하게 하면 거리에 향냄새가 나지 않겠지만, 어디 그럴 수 있나요!"

'잘 됐어. 바로 예배당에서 이 몸이 나서야겠군!'

그는 한 손에 은신초를 들고 예배당으로 가서 으슥한 곳을 찾아 쉬었다.

이튿날 아침 필률(篳篥)[25] 소리와 나팔소리가 울렸다.

'틀림없이 국왕이 행차한 모양이로구나.'

과연 잠시 후 코끼리와 낙타, 기마부대, 패를 든 사람들이 앞뒤로 늘어선 채 커다란 가마를 에워싸고 다가왔다. 예배당 정문에 이르러 국왕이 내렸는데, 머리에 새하얀 두건을 쓰고, 섬세한 꽃이 장식된 푸른 비단옷 위에 금실을 수놓은 붉은색의 외투를 입은 채, 까

---

25 필률(篳篥)은 고대 중국의 북방에서, 특히 군중에서 많이 사용되던 관악기이다.

만 양말과 가죽장화를 신고 있었다. 대문이 활짝 열리자 국왕은 곧장 대전으로 올라가 향을 사르고 절을 올렸다.

이에 왕명은 즉시 은신초를 들고 대전으로 가서 수작을 부렸다. 잠시 후 향로의 향이 뭉클뭉클 연기를 피워내는데, 그 연기가 흩어지지 않고 뭉치면서 선한 보살의 모양을 이루었다. 그게 무슨 보살이었을까? 바로 나무구고구난(南無救苦救難) 대자대비(大慈大悲) 관세음보살(觀世音菩薩)이 왼쪽에 용녀, 오른쪽에 앵무새를 거느리고 있는 모습이었다. 용녀는 손짓 발짓을 하고, 앵무새는 깡충깡충 뛰는 모습까지 생생했다.

이를 본 국왕은 기뻐 어쩔 줄 몰라 하며, 황급히 향로 아래로 다가가 재삼 고개를 조아리며 절을 올렸다.

"덕도 없고 무능한 제게 어찌 위대한 보살께서 연기를 뭉쳐 현신하셨나이까?"

그 기도를 듣자 용녀가 다시 손짓 발짓을 하고, 앵무새가 깡충깡충 뛰었다. 국왕이 다시 기도했다.

"기왕에 현신하셨으니, 이 나라에 무슨 일이 일어날지 가르침을 내려 주시옵소서. 피해야 할 흉한 일과 서둘러야 할 길한 일을 알려주신다면 한없이 감사하겠나이다!"

이에 용녀가 다시 손짓 발짓을 하고, 앵무새가 깡충깡충 뛰었다. 국왕이 다시 말했다.

"제가 귀가 있어도 제대로 듣지 못하고 눈이 있어도 제대로 보지 못하오니, 부디 분명한 가르침을 내려 주소서!"

이렇게 재삼 기도하자 보살이 비로소 입을 열었다.

"알리[亞里], 내 말을 잘 들어라."

국왕은 자신의 이름을 부르자 다급히 대답했다.

"예! 경청하겠사옵니다!"

"지금 위대한 명나라 황제가 파견한 두 사령관이 오랑캐를 위무하고 보물을 찾기 위해 천 척의 함대와 천 명의 장수, 백만 명의 정예병을 거느리고 서양에 와 있다. 열흘 안에 너희 나라를 지날 것이니, 절대 경거망동하지 말도록 하라. 알겠느냐?"

"저는 여태 모르고 있었사옵니다. 하지만 보살님의 분부라면 제가 어찌 경거망동할 수 있겠사옵니까?"

"너는 미리 항복의 뜻을 담은 상소문과 항서, 그리고 진상품을 준비하여 성 밖으로 나가 맞이하도록 해라. 그리고 잔치를 열어 병사들을 위문해야 한다. 내 말을 조금이라도 어긴다면 큰 재앙이 내릴 것이니라!"

국왕이 다시 머리를 조아리며 절을 올렸다.

"절대 어기지 않겠나이다! 그저 재앙을 복으로 바꿀 수 있도록 보살님의 자비를 베풀어 주시기 바랍니다."

그 말이 끝나기도 전에 그 연기가 한 길, 열 길, 백 길, 천 길, 만 길로 늘어나 하늘까지 이어지더니 곧 흔적도 없이 사라져 버렸다. 국왕은 또 허공을 향해 절을 올리고 궁궐로 돌아갔다. 그걸 보며 왕명이 생각했다.

'오늘 이 술법은 정말 괜찮았어. 서양의 무슨 회교도들도 다시는

감히 무례하게 저항하지 못하겠지?'

그는 다시 흙의 장막을 이용해서 함대로 돌아와 두 사령관에게 전후 사정을 자세히 보고했다. 그러자 삼보태감이 말했다.

"거기는 무슨 나라라고 하던가?"

"두파 왕국이라고 했습니다."

"거기 도착하면 다시 대책을 생각해 보도록 하지."

한편 궁궐로 돌아온 두파 왕국의 국왕은 좌우 두목을 불러서 물었다.

"오늘 예배에서 생긴 일은 정말 기이하지 않았던가?"

좌우 두목이 일제히 대답했다.

"정성이 지극하면 신도 감동한다고 했습니다. 보살님이 현신하신 것은 주상 전하께서 평소 정성스럽고 공경스럽게 처신하셨기 때문이니, 가벼이 여기지 마시옵소서!"

"어찌 그럴 수 있겠는가?"

그는 즉시 상소문과 항서를 작성하고, 풍부하고 정갈한 진상품을 준비하라고 분부했다. 그리고 먼저 좌우 두목에게 누선(樓船) 한 척을 타고 나가 마중하게 했다. 또 자신도 성에서 삼십 리 떨어진 항구까지 나가 밤낮으로 명나라 함대가 도착하기를 기다렸다. 그렇게 오륙일이 지나자 과연 하늘을 가릴 듯이 수많은 깃발이 펄럭이고, 북소리와 뿔피리 소리가 하늘을 진동하며 천 척의 함대가 나타났다. 좌우 두목이 맞이하며 사령관을 만나 국왕이 성의를 다해 영접을 준비했다는 사실을 알렸다. 이에 삼보태감이 그들을 귀빈으로 예우하자, 국왕도 무척 기뻐했다.

'관세음보살께서 알려주시지 않았더라면 저들에게 큰 실례를 저지를 뻔했구나! 만약 그랬다가는 이 산처럼 큰 배들과 호랑이 같은 장수들, 구름 같은 군마가 우리나라를 치죄했을 테니, 태산에 눌린 달걀처럼 꼼짝없이 시달림을 당하게 되었겠지.'

이윽고 성 근처에 도착하자 국왕이 먼저 안으로 들어가 상소문과 항서, 진상품을 바쳤다. 삼보태감이 상소문을 받아 잘 보관하게 하고 나서, 항서를 받아 펼쳐 보니 거기에는 이렇게 적혀 있었다.

두파 왕국의 국왕 알리가 삼가 재배하며 위대한 명나라 황제께서 파견하신 정서통병초토대원수께 바칩니다.

저희는 외진 바다 귀퉁이에 있는 개미처럼 작은 나라이옵니다. 당나라 때는 대하(大夏)라고 불렸고, 한나라 때는 토화라(吐火羅)[26]라고 불렸습니다. 비록 군주라는 칭호는 갖고 있지만 군대는 양성하지 않고 있습니다. 그런데 이제 사령관께서 쇠꼬리가 장식된 부절(符節)을 지니시고 이 먼 곳까지 왕림하셔서 위용을 보여주셨습니다. 하늘이 높고 땅이 두터우니 우주의 무궁함을 일깨워 주고, 해와 달이 비춰 주니 태평의 징조가 있음을 알려줌

---

26 원작에는 '화라(火羅)'라고 되어 있지만《신당서》〈서역전(西域傳)·하(下)〉 "토화라(吐火羅)"에 의거하여 고쳤다. 이에 따르면 총령(蔥嶺, Pamir)의 서쪽에 있는 이 나라는 토할라(土豁羅), 도화라(睹貨邏)라고도 불렸고, 북위(北魏) 때는 토호라(吐呼羅)라고 불렀다고 했다.

니다. 하지만 솥에 갇힌 채 겨우 살아가는 물고기 같은 저희로서는 어찌 다른 것을 바라겠습니까? 굴속의 토끼는 잡아먹히는 게 자신의 타고난 팔자입니다.

간절히 아량을 베풀어 주길 기원하며 이 글을 올립니다.

항서를 읽고 나자 국왕은 진상품을 바치면서 목록을 올렸다. 거기에는 이렇게 적혀 있었다.

옥 불상 하나, 부처님의 가사 한 벌(석가모니 부처가 남긴 것으로서 길이는 한 길 두 자이고, 하루 내내 불 속에 두어도 타지 않음), 눈표범 열 마리, 얼룩말 열 마리(온몸이 하얀색이고, 중간에 그린 듯이 정교한 푸른 꽃무늬가 있음), 타조 열 마리(키는 일곱 자이고 검은색이며, 발은 낙타 같고 등에 안장처럼 생긴 혹이 있어서 오랑캐들이 타고 다님. 날개를 퍼덕이면서 걷는데, 하루에 삼백 리를 갈 수 있음. 쇠를 쪼아 먹을 수도 있음), 한혈마(汗血馬) 스무 필(이 나라의 파려산[頗黎山]²⁷에 있는 동굴에서 신령한 망아지가 나는데, 모두 피처럼 붉은 땀을 흘림), 명마 열 필(머리에 몇 치쯤 되는 혹이 뿔처럼 나 있으며, 사람의 말을 잘 알아듣고 음률을 알아들어 박자에 맞춰 춤출 수 있음), 용연향 열 상자, 유향 열 상자(이 향은 바로 나뭇가지임. 나뭇잎은 느릅나무 잎처럼 뾰족한데, 이 지역 사람들이 베어서 향을 채취함), 당가(儻伽)²⁸ 천 개(국왕이 주조한 금화

---

27 파리산(頗黎山)은 지금의 아라비아 반도 남부 연안의 주파르(Zufar) 일대를 가리키는 것으로 여겨지고 있으나, 정확한 위치는 알 수 없다.

28 《영애승람》〈뱅갈 왕국(榜葛剌國)〉에는 은으로 주조한 탕카(倘伽, tanka)라는 화폐가 언급되어 있다.

로서 하나의 무게가 두 전[錢]이며, 직경은 한 치 다섯 푼인데, 한쪽 면에는 문양이 있고 다른 면에는 사람 형상의 문양이 있음)

삼보태감은 국왕이 예의를 갖춰 대하자 재삼 감사했다. 국왕은 또 금은과 비단, 당향, 후추, 쌀과 곡식, 자기, 소와 양, 닭과 오리 등을 바치면서 병사들에게 나눠 주라고 했다.

'이 국왕은 부유하면서도 예의가 있으니, 성의를 봐서 조금씩 받아 병사들에게 나눠줘야겠구나.'

삼보태감은 국왕과 좌우 두목을 후하게 대접하면서 모두에게 도포와 홀, 의관과 허리띠, 가죽장화와 버선 등을 답례로 주었다. 이에 국왕은 길일을 택해 사령관을 초청하겠다고 했다.

두 사령관과 장 천사, 벽봉장로, 그리고 네 명의 태감은 국왕의 초청을 받아 가는 김에 예배당에 들러 향을 사르고 예배를 올렸다. 그런 다음 둘러보니 예배당의 네 벽이 아주 깨끗한 것이 참으로 마음에 들었다. 마 태감이 말했다.

"우리가 십만 리 밖까지 고향에서 떠나온 지 몇 년이 되었는데, 이렇게 훌륭한 사원에 왔으니 뭔가 기념할 만한 문구를 남겨야 하지 않겠습니까?"

그러자 왕 상서가 말했다.

"아주 좋은 생각입니다."

그러면서 수하들에게 문방사우를 가져오라고 해서 삼보태감에게 글을 써 달라고 하자, 삼보태감이 말했다.

"저는 어려서부터 공부를 싫어해서 책을 많이 읽지 않았는데, 이제 저 깨끗한 벽을 보니 후회막급이로군요!"

"너무 겸양하지 마시고 율시 하나만 써 주십시오."

"그렇게 권하시니 어쩔 수 없군요. 그럼 옛 시 하나로 대신하겠습니다."

그러면서 그가 이렇게 썼다.[29]

層臺聳靈鷲	층층 누대는 영취산(靈鷲山)처럼 높이 솟았고
高殿邇陽烏	높은 전각은 해 가까이 올랐구나.
暫同遊閬苑	잠시 함께 낭원(閬苑)에 나들이 가고
還類入仙都	또 신선의 마을에 들어선 기분일세.
三休開碧嶺	삼휴대(三休臺)[30]가 푸른 고개를 여니
萬戶洞金鋪	수많은 집은 황금을 깔아 놓은 듯 마을을 이루었구나.
攝心罄前禮	마음을 가다듬고 경건히 나아가 예를 올리나니
訪道把中虛	진인(眞人)을 찾아가면 마음 비우고 절을 올려야지.

---

29 인용된 시는 공덕소(孔德紹: ?~621)의 〈백마산 호명사에 올라[登白馬山護明寺]〉 가운데 일부로서 원작의 제5~16구에 해당한다. 총 20구로 된 원작은 너무 길기 때문에 여기서 따로 인용하지 않으며, 작자가 잘못 인용한 글자는 원작에 맞춰 교감해서 번역했다.

30 삼휴대(三休臺)는 본래 전국시대 초(楚)나라 왕궁에 있던 장화대(章華臺)를 가리키는데, 여기서는 호명사의 전각을 비유하고 있다.

遙瞻盡地軸	아득히 지축의 끝이 보이고
長望極天隅	멀리 하늘 귀퉁이를 바라보노라.
白雲起梁棟	기둥과 들보에서는 흰 구름 일어나고
丹霞映栱櫨	붉은 노을이 두공(斗栱)에 비치는구나.

다 쓰고 나서 삼보태감이 말했다.

"오래전부터 전해오던 구절일 뿐이니, 비웃지들 마십시오."

왕 상서가 말했다.

"멋진 구절입니다! 훌륭해요!"

마 태감이 말했다.

"두 번째는 상서님이십니다."

"그럼 실례하겠습니다."

왕 상서는 붓을 들고 율시 한 편을 썼다.

桑落談心快	상락주(桑落酒)[31] 마시며 즐겁게 마음 터놓고 얘기 나누고
樓船趁曉開	새벽이 되자마자 누선이 출발했네.
忽看天接水	어느새 하늘과 물이 맞닿은 모습 보이고
已聽浪如雷	천둥 같은 파도 소리 들리네.

---

31 북위(北魏) 역도원(酈道元)의 《수경주(水經注)》〈하수(河水)·4〉에 따르면 하동군(河東郡)에 유타(劉墮)라는 백성이 황하의 물로 술을 담가 놓고 낙엽이 지고 뽕잎이 떨어질 때 맞춰 먹겠다고 한 데에서 유래한 이름이라고 한다. 대개 좋은 술을 비유하는 말로 쓰인다.

不少孤臣淚	못난 신하는 눈물 많이 흘렸지만
誰多報主才	군주에게 보답할 재능 많은 이 누구인가?
夷氛應掃淨	오랑캐의 기운 말끔히 씻어야 하지만
早晚凱歌回	조만간 개선가 부르며 돌아가리라!

왕 상서가 말했다.

"이건 시도 아니고 그저 서사(敍事)일 뿐입니다."

마 태감이 장 천사에게 말했다.

"이번에는 장 천사께서 쓰실 차례이겠군요."

"저보다 국사님이 먼저 쓰셔야지요."

"겸양하지 마시게. 나도 나중에 게송(偈頌)을 하나 쓰겠네."

이에 장 천사가 붓을 들고 율시를 하나 썼다.

我本乘槎客	이 몸은 본래 신선 나라 찾아가는 나그네라
來從下瀨船	하뢰선(下瀨船)³²을 타고 왔다네.
殊方王化溥	이역에 천자의 교화 널리 퍼뜨리고
入夜客星懸	밤이 되니 객성(客星)³³이 걸리는구나.

---

32 하뢰선(下瀨船)은 얕고 물살이 빠른 곳을 가는 바닥이 평평한 쾌속선을 가리킨다.

33 객성(客星)은 원래 하늘에 새로 나타난 신성(新星)이나 초신성(超新星) 등을 가리키는 말이지만 여기서는 고대 전설과 관련된 뜻으로 보아야 할 듯하다. 장화(張華)의 《박물지(博物志)》 권10에 따르면 옛날에는 하늘의 은하수와 바다가 서로 연결되어 있어서 매년 8월이면 뗏목이 왕래했다고 한다. 어떤 이가 그 뗏목을 타고 하늘나라에 가서 견우와 이야기를 나누

日月空雙眼	해와 달은 허공에서 두 눈처럼 지켜보고 있고
山河望一拳	멀리 산하는 주먹 하나만큼 조그맣구나.
何當憐水怪	어찌 물속의 괴물 불쌍히 여기랴?
犀在莫敎燃	물소가 있으니 불 지르지 못하게 해야지.

이렇게 써놓고 장 천사가 말했다.

"여덟 구로 시처럼 써놓기는 했지만, 마치 모모(嫫母)[34]가 분칠을 하고 자신이 못생겼다는 것을 모르는 꼴이로군요."

그러자 마 태감이 말했다.

"이제 국사님께서 쓰실 차례입니다."

"내 차례가 되었으니, 나도 게송을 하나 써야겠지."

벽봉장로가 무슨 게송을 썼는지는 다음 회를 보시라.

었는데, 돌아와서 촉(蜀) 땅에 이르자, 당시의 저명한 점성가인 엄군평(嚴君平)이 모년 모월 모일에 객성이 견우성의 자리를 침범했다고 했는데, 따져보니 그날은 바로 그 사람이 견우와 만난 날이었다고 한다. 이 때문에 객성은 종종 나그네를 비유하는 뜻으로도 쓰인다.

34 모모(嫫母)는 모모(嫫姆)라고도 쓴다. 황제(黃帝)의 넷째 부인으로 알려진 그녀는 추녀(醜女)로 유명했다.

함대는 호르무즈 왕국을 지나고
명나라 군대는 은안국에서 길이 막히다

寶船經過忽魯謨　寶船兵阻銀眼國

大羅山上謫仙人	대라산(大羅山)의 쫓겨난 신선
道德文章冠縉紳	도덕과 문장은 사대부 가운데 으뜸이라.
日月聲名昭鳳閣	해와 달 같은 명성 황궁에 환히 빛나고
風雷號令肅龍門	바람과 우레 같은 호령 용문에 엄숙하게 퍼졌지.
經綸世敎三才備	세상을 경륜하며 교화하니 삼재(三才)를 두루 갖추었고
黼黻皇猷萬象新	조정에서 보좌하니 만상(萬象)이 새로워지네.
紀績豈同章句客	기록된 공적이 어찌 글쟁이들과 같으랴?
之乎也者亂其眞	뜻 모를 옛 문장 읊어대는 이들은 참된 도리를 어지럽힐 뿐!

그러니까 벽봉장로가 말했다.

"내 차례가 되었으니, 나도 게송을 하나 써야겠지."

그는 곧 붓을 들고 이렇게 썼다.

中國有聖人	중국에 성인이 있으니
西方豈無佛	서양이라고 어찌 부처가 없으랴?
世界本團欒	세상은 본래 원만하거늘
衆生自唐突	중생이 스스로 거스르는구나.
苦海果茫茫	고해는 정말 아득히 넓지만
慈航此時出	부처의 자비로운 구제가 이때 이루어지노라.
願得桑田頭	부디 뽕나무 심을 밭을 얻어
都成安樂窟	모두 안락한 고을로 만들었으면!

왕 상서가 말했다.

"부처님의 자비와 상황에 따라 교화하는 마음을 잘 보여주셨군요. 자, 그럼 이제 마 태감 차례가 되었구먼."

"저도 옛 시를 하나 써서 감흥을 대신할까 하오니, 비웃지 말아주십시오."

그리고 붓을 들어 이렇게 썼다.[1]

---

1 인용된 시는 송나라 때에 이름을 알 수 없는 사람이 편찬한《금수만화곡후집(錦繡萬花谷後集)》권28 〈사원(寺院)〉에 수록된 것으로서 성산(城山: ?~?)이라는 승려의 작품이라고 했다.

海邊樓閣梵王家	해변의 누각은 부처의 집인데
一水橫橋一路斜	개울 위에 다리 걸쳐 있고 한 줄기 길 비스듬하구나.
密竹弄風敲璧玉	빽빽한 대나무 바람에 흔들려 벽옥 같은 소리 내고
怪松摩日起龍蛇	해에 닿을 듯 괴이한 소나무가 용처럼 구불구불 서 있구나.
巖猿繞檻偸秋果	벼랑의 원숭이들 난간 돌며 가을 과일을 훔치고
石鼎臨窗煮露芽	창가의 돌솥에서는 노아차(露芽茶)[2]를 끓이는구나.
中有高僧倦迎送	그 안의 고승은 손님 맞고 전송하는 데에 지쳐서
白頭無事老烟霞	흰 머리에 할 일도 없이 산림에서 노년을 보내지.

왕 상서가 말했다.

"마지막 구절이 정말 훌륭하구먼! 우리처럼 고된 세상사에 바쁜 이들은 도저히 할 수 없는 일이지만."

"그저 베껴 쓴 것일 뿐입니다."

"자, 이번에는 홍 태감 차례로구먼."

"부끄럽게도 저는 시를 지을 줄 모르지만, 억지로나마 차례를 채

---

2 노아차(露芽茶)는 복주(福州) 방산(方山) 즉, 지금의 오호산(五虎山)에서 나는 명차로서 방산생차(方山生茶)라고도 한다.

우겠습니다. 널리 양해해 주십시오."

"많은 가르침을 주시기 바라네."

홍 태감이 곧 다음과 같은 시를 썼다.

乘槎十萬里	십만 리 밖에 사신으로 나와
萍水問禪林	부평초처럼 떠돌다 절을 물었지.
地僻春猶住	외진 곳에도 봄은 머물러
亭幽草自深	그윽한 정자에 풀이 절로 무성하네.
鳥呼經底字	새들은 불경의 구절을 지저귀고
江納磬中音	강물은 바위 속의 음률을 받아들이네.
唱凱歸來日	개선가 부르며 돌아가는 날
明良會一心	현명한 군주와 충성스러운 신하 한마음으로 만나리라!

왕 상서가 말했다.

"독자적이고 새로운 내용이라 공부를 많이 했음을 충분히 알겠구먼. 자, 이제 후 태감 차례일세."

"모자란 재주지만 한 번 써보겠습니다."

후 태감은 다음과 같은 시를 썼다.[3]

---

3 인용된 시는 송나라 때 정호(程顥)의 〈가을에 우연히 쓰다[秋日偶成]〉 가운데 전반부에 해당한다. 넷째 구절의 원작은 "사계절 아름다운 흥은 남들과 마찬가지라네.[四時佳興與人同]"이며, 후반부 네 구절은 다음과 같다. "도리는 천지간을 관통하며 형상 밖에 존재하고, 사상은 변화하는 풍운 속에

閑來無事不從容	한가로이 일도 없으니 조급하지 않고
睡覺東窗日已紅	잠에서 깨어 보니 동창에 이미 햇빛 붉게 비치는구나.
萬物靜觀皆自得	만물을 고요히 관조하면 모두 자연스러운 즐거움 얻을 수 있고
四時佳興打人鐘	사계절 아름다운 흥 일어서 남의 종을 치노라.

다 쓰고 나서 후 태감이 말했다.

"여러분, 비웃지 마십시오. 저는 그냥 압운(押韻)만 맞췄을 뿐입니다."

왕 상서가 말했다.

"압운을 맞추기만 했다 하더라도 '남의 종을 친다.'라는 것은 잘못 베낀 것일세."

"그게 아니라면 무엇입니까?"

"남들과 마찬가지라네.[與人同]'라고 해야 맞지."

"그건 아니지요. 지금 있는 종은 치지 않고, 뭐 하러 구리[銅]⁴를 단련해 종을 새로 만듭니까?"

"어쨌든 이번에는 왕 태감 차례일세."

들어가 있지. 부귀공명도 가난하게 도를 지키며 사는 즐거움을 버리지 못하게 하나니, 사나이가 이런 경지에 이르면 스스로 영웅이라 할 만하지![道通天地有形外, 思入風雲變態中. 富貴不濟貧賤樂, 男兒到此自豪雄.]"

4 동(同)과 동(銅)의 중국어 발음이 모두 [tóng]이라는 점을 이용한 말장난이다.

"저야 기껏 구호밖에 말할 줄 모르는데, 그걸로 세월이나 기록할 뿐입니다."

"지어내기만 하면 되지 구호이는 뭐든 상관있겠는가?"

이에 왕 태감이 붓을 들어 이렇게 썼다.

上士由山水	뛰어난 선비는 산수를 통해 자신을 나타내고
中人坐竹水	중간의 선비는 물가 대밭에 앉아 있지.
王生自有水	나 왕가는 나름대로 물이 있지만
平子本留水	평범한 몸이라 본래 물에 머물러 있을 뿐이지.

그가 다 쓰기도 전에 왕 상서가 껄껄 웃었다.

"여보게, 네 구절에 물 수(水) 자가 다 들어갔으니, 그래도 '물 한 방울 새지 않는' 형국이 되었구면!"

"상서님, 비웃지 마십시오. 성인의 심장에는 구멍이 일곱 개라서 시를 지을 수 있지만, 저는 겨우 두세 개밖에 되지 않아서 이렇게 '물 한 방울 새지 않게' 쓸 수밖에 없었습니다. 어쨌든 잘 짓지는 못했습니다만……"

"구멍이 두세 개라면 그래도 물이 조금 샐 테지만, 한 방울도 새지 않았으니 혹시 뚫린 구멍이 하나도 없는 게 아닌가?"

"저더러 물이 새지 못하게 해 놓으셨으니, 그야말로 솜씨 좋은 글방 선생이시군요!"

그 말이 끝나기도 전에 국왕이 그들을 영접하여 조정에 차려진 연회석으로 갔다. 사흘 동안 성대한 잔치를 마치고 돌아오자 삼보 태감은 출항 명령을 내렸다.

왕명이 다시 앞서가겠다고 하자 삼보태감이 말했다.

"왕명의 공이 가장 크니, 기록사에서는 분명히 기록하도록 하라."

그 말에 더욱 신이 난 왕명은 곧 흙의 장막을 이용해서 앞으로 나아갔다. 잠시 후 고개를 들어 살펴보니 마침 또 하나의 나라가 나타났는데, 이곳은 호루무즈 왕국이었다.

왕명은 은신초를 들고 큰길과 골목을 돌아다녔다. 이곳 국왕은 돌을 쌓아 궁전을 지었는데, 대전의 높이가 육칠 층이나 되었고, 일반 백성들 역시 돌을 쌓아 집을 지었지만 사오 층밖에 되지 않았다. 주방이며 화장실, 침실, 응접실은 모두 위쪽에 있었는데, 그것은 신분이 높고 낮음에 상관없었다.

다시 조금 걸어가자 몇 명의 원주민들을 만났다. 이들은 다른 이들과는 달리 키가 훤칠하고 얼굴이 하얗고 말쑥했으며, 옷차림도 단정하여 상당히 중국인의 기상을 갖추고 있었다. 다시 조금 더 걸어가자 몇 명의 여자를 만났는데, 그녀들은 땋은 머리를 사방으로 드리우고 정수리에 황토를 칠했으며, 양쪽 귀에는 실에 꿴 금화를 몇 개 걸고 있었다. 또 목에는 보석과 진주, 산호를 꿰고 정교한 수실을 단 목걸이를 걸고 있었고, 팔목과 발목에 모두 금은으로 만든 팔찌와 발찌를 차고 있었다. 그리고 두 눈과 입술에는 청석(靑石)을 갈아서 물에 개어 아름다운 꽃무늬를 그려 장식했는데, 대단히 단정해 보였다.

다시 조금 걸어가자 저자에 의술을 파는 사람이 있었는데, '기황(岐黃)[5]의 술법에 뛰어남[業擅岐黃]'이라고 적힌 간판을 걸어놓고 있었다. 또한 '신통하게 운명을 점침[卦命通玄]'이라는 간판을 내건 점쟁이도 있었고, 온갖 기예(技藝)를 파는 재주꾼들과 다양한 공예품을 파는 가게들도 있었다.

조금 더 걷노라니 배도 고프고 목도 말랐다.

'어디서 술이나 한 사발 마시면 좋을 텐데.'

하지만 앞뒤를 둘러보아도 술을 파는 가게는 없었다. 왕명은 곧 혀를 굴려 서양인의 말투를 흉내 내서 길 가는 사람에게 물었다.

"술집이 어디요?"

"우리나라에서는 술을 마시지 못하게 하고 있소이다. 밀주를 만들면 법에 따라 사형에 처해서 시신을 저자에 전시한다오."

"아이고! 맙소사!"

조금 더 걸어가다 보니 네거리에 사람들이 잔뜩 모여서 서로 밀치며 시끌벅적 북새통을 이루고 있었다.

'무엇 때문에 저러지? 어디 한 번 끼어들어 살펴볼까?'

그가 은신초를 들고 재빨리 달려가 사람들 사이를 파고들어 살펴보니, 수많은 사람이 격투기 공연을 구경하려고 둘러싸고 있었

---

5 기황(岐黃)은 중국 의약의 처방을 처음으로 연구하여《황제내경(黃帝內經)》을 저술했다고 하는 기백(岐伯)과 황제(黃帝)를 합쳐 부르는 것으로서, 대개 한의학을 대표한다.

다. 그건 무슨 격투기였을까? 바로 어느 노인이 키가 석 자쯤 되는 까만 원숭이를 데리고 공연하고 있었다. 양쪽에는 두 개의 틀이 놓여 있었는데, 거기에는 모두 귀신 가면과 갑옷, 창칼, 곤봉 등이 걸려 있었다. 그리고 노인이 북을 치거나 징을 울리면 그 원숭이가 가면을 하나 골라 쓰고, 갑옷을 하나 골라 입고, 무기를 하나 골라 무예를 선보였다. 그렇게 원숭이는 틀에 걸린 대로 하나씩 돌아가며 차려입고 하나씩 무예를 선보였다.

하지만 정작 중요한 것은 그게 아니었다. 공연이 끝날 무렵 원숭이의 눈을 수건으로 단단히 가린 다음, 구경꾼들 가운데 아무나 한 사람 나와서 아무 소리도 내지 않고 원숭이의 머리를 한 대 때리고 나서 수많은 관중 사이로 숨어서 시치미를 뚝 떼고 있었다. 그런 다음 수건을 풀고 원숭이를 풀어주면서 노인이 소리쳐 물었다.

"네 머리를 때린 사람이 누구냐?"

그러자 원숭이가 이리저리 살피면서 그 사람을 찾는 시늉을 했다.

"가서 찾아오너라!"

그 순간 원숭이가 높은 곳에 기어 올라가서 그 수많은 사람을 죽 훑어보더니 자기를 때린 사람을 정확하게 찾아내는 것이었다. 이 것을 한 번, 열 번, 백 번, 천 번, 만 번이나 해도 한 번도 틀리지 않았으니, 이것이 가장 재미있는 구경거리였다. 그걸 보고 왕명도 속으로 무척 좋아하면서 자기도 한 번 시험해 보고 싶은 생각이 들었다. 하지만 해야 할 일이 있는지라 놀고 있을 틈이 없어서, 아예 이 원숭이를 이용해서 수작을 피워 볼까 하는 생각도 해보았다. 하지만 그건 짐승인지라 사람들이 별로 믿지 않을 것 같았다.

잠시 고민 끝에 그는 은신초를 들고 다시 앞쪽으로 걸어갔다. 마침 그곳은 넓쩍한 광장이었는데, 그곳에도 사람들이 빽빽하게 모여서 북새통을 이루고 있었다.

'여기도 이렇게 많은 사람이 모여 있는 걸 보니 또 무슨 공연을 하는 건가?'

왕명은 너무 귀찮아서 아예 은신초를 내리고 사람들 틈에 끼어들었다. 아니나 다를까, 거기서도 공연이 이루어지고 있었다. 이번에는 어떤 공연이었을까? 이것은 바로 일곱 명이 벌이는 장대 놀이였다. 한 명은 한 마리 하얀 양을 끌고 있고, 여섯 명은 삼나무로 만든 긴 막대를 어깨에 메고 있었다. 첫 번째 막대기는 길이가 한 길 정도 되고, 두 번째 막대기는 두 길, 세 번째 막대기는 세 길, 네 번째 막대기는 네 길, 다섯 번째 막대기는 다섯 길, 여섯 번째 막대기는 여섯 길이었다. 그들은 그렇게 일자로 늘어서 있다가 한 사람이 징을 치고 한 사람이 북을 울리자, 나머지 다섯 명이 각자 노래하고 춤을 추었다. 노래하는 이들은 무언가 이름을 늘어놓았고, 춤추는 이들은 나름대로 숙련된 동작을 선보였다. 노래가 끝나고 춤이 끝나자 다시 징 소리와 북소리가 한 번씩 울리면서 일곱 명 모두 일제히 동작을 멈췄다.

이것은 공연의 시작을 알리는 것에 지나지 않으니, 그다지 중요한 것은 아니었다. 이어서 징과 북이 다시 한번 울리자, 첫 번째 사람이 막대기를 세웠다. 다시 징과 북이 한 번씩 울리자, 양을 데리고 있던 이가 그 하얀 양을 끌고 나왔다. 다시 징과 북이 한 번씩 울리자, 양을 끌고 있던 이가 뭔가 중얼거리면서 손을 이리저리 흔들었다. 다시 징과 북이 한 번씩 울리자, 그 양이 자기를 끌고 온 사람을 향해 쿵쿵거리면서 발을 이리저리 굴렀다. 잠시 후 징소리와 북소리가 빨라지기 시작하자 그 양이 타닥타닥 달려가 막대기 꼭대기로 올라갔다. 우선 두 개의 앞발로 막대기 끝을 짚고, 두 개의 뒷다리는 막대기 아래쪽으로 늘어뜨렸다. 그러자 양을 끌고 온 이가 아래쪽에 서서 손뼉을 탁 치며 고함을 질렀다.

"제비가 짝지어 난다!"

그러자 양이 뒷다리를 반듯하게 치켜들고, 제비가 짝지어 나는 듯이 춤을 추었다. 다시 아래쪽에서 박수 소리와 함께 고함을 질렀다.

"앵무새가 울어댄다!"

그러자 양이 몸뚱이를 늘어뜨리더니, 막대기 둘레를 문질러 대며 앵무새가 울어 대는 듯한 소리를 냈다. 다시 손뼉 소리와 함께 고함이 울렸다.

"왼쪽에 꽃 꽂기!"

그러자 양이 오른발을 움츠리고 왼발을 뻗어 춤을 추듯 흔들었다. 다시 손뼉 소리와 함께 고함이 울렸다.

"오른쪽에 꽃 꽂기!"

그러자 양이 왼발을 움츠리고 오른발을 뻗어 춤을 추듯 흔들었다. 다시 손뼉 소리와 함께 고함이 울렸다.

"거꾸로 파 심기!"

그러자 양이 갑자기 두 다리를 들고 머리를 아래쪽으로, 꼬리를 위쪽으로 향하게 했다. 다시 손뼉 소리와 함께 고함이 울렸다.

"하늘 기둥을 떠받치기!"

그러자 양이 두 개의 뒷발로 막대기 끝에 서서 두 개의 앞발을 나란히 하늘을 향해 뻗었다. 다시 손뼉 소리와 함께 고함이 울렸다.

"금계(金鷄)가 홀로서기!"

그러자 양이 세 개의 다리를 움츠리고 막대기 위에 한 발로 섰다. 다시 손뼉 소리와 함께 고함이 울렸다.

"마른 나무뿌리가 얽힌다!"

그러자 양이 네 다리를 모은 채 머리를 숙이고 꼬리를 감더니, 막대기 끝을 바라보며 상체를 둥글게 오므렸다. 다시 손뼉 소리와 함께 고함이 울렸다.

"하늘 향해 웃기!"

그러자 양이 발딱 몸을 뒤집더니, 막대기 끝에 등뼈를 붙이고 네 다리를 하늘로 향한 채 "매에! 매에!" 소리를 냈다. 다시 손뼉 소리와 함께 고함이 울렸다.

"활 모양으로 만들기!"

그러자 양은 발딱 일어나더니 네 발로 막대기 끝에 서서 등뼈를 활 모양으로 둥글게 구부렸다.[6] 다시 손뼉 소리와 함께 고함이 울

---

6 '제비 짝지어 날기[燕雙飛]'부터 '앵무새 울어대기[鸚百囀]', '왼쪽에 꽃 꽂기[左揷花]', '오른쪽에 꽃 꽂기[右揷花]', '거꾸로 파 심기[倒栽蔥]', '하늘 기

렸다.

"눈꽃이 머리를 덮는다!"

그러자 양이 막대기 끝에서 두세 자나 높이 공중으로 팔짝 뛰더니 몸을 빙글빙글 돌렸다. 다시 손뼉 소리와 함께 고함이 울렸다.

"평지에 벼락치는 소리!"

그러자 양이 "퉁!" 하는 소리와 함께 곧장 막대기 끝에 내려서면서, 거기에 딱 맞춰서 아래쪽에서 징소리와 북소리가 한 번씩 울렸다. 이렇게 오랫동안 여러 가지 동작을 보여준 그 양은 사람의 말을 알아듣는 듯이 그가 시키는 대로 자세를 잡아 보여서 상당히 흥미진진했다.

'오랑캐들도 제법 재주가 좋군.'

왕명이 한참 구경하고 다시 걸어가려 하는데, 갑자기 징소리와 북소리가 한 번씩 울리면서 두 번째 막대기가 세워졌다. 이 막대기는 두 길이나 되었는데, 양을 끌고 온 이가 뭔가 중얼거리면서 손을 이리저리 흔들었다. 그러자 그 양은 다시 팔짝 뛰어서 막대기 끝으로 올라갔다. 양을 끌고 온 이가 아까처럼 아래에서 손뼉을 치며 호통을 치자, 막대기 끝의 양은 또 시키는 대로 여러 가지 자세를 잡아 보였다. 그것이 끝났을 때도 양은 여전히 두 번째 막대기 끝에 있었다. 다시 세 길 높이의 세 번째 막대기가 세워졌고, 조금 전

둥 떠받치기[擎天柱]', '금계 홀로서기[金鷄獨立]', '마른 나무뿌리 얽히기[枯樹盤根=老樹盤根]', '하늘 향해 웃기[仰天笑]', '활 모양 만들기[一窩弓]' 등은 모두 성교 체위와 관련된 말들이다.

과 똑같은 방식으로 공연이 진행되었다. 이런 식으로 네 번째, 다섯 번째를 거쳐서 마침내 징소리, 북소리와 함께 여섯 길 높이의 여섯 번째 막대기가 세워졌다. 그러자 양을 끌고 온 이가 아까처럼 뭔가 중얼거리면서 손을 이리저리 흔들더니 고함을 질렀다.

"흰 머리가 될 때까지 공을 세우리라!"

그러자 양은 다섯 번째 막대기 끝으로 팔짝 뛰어오르더니, 곧바로 다시 팔짝 뛰어서 여섯 번째 막대기 끝으로 올라갔다. 그리고 양이 자세를 안정시키기도 전에 아래쪽에서 또 징소리와 북소리가 울리면서 양을 끌고 온 사람이 고함을 질렀다.

"이봐! 거기 막대 끝에 있는 친구! 벼슬이 높으면 반드시 위험에 처하고, 권세가 너무 커지면 결국 기울게 되어 있으니, 일찌감치 돌아오지 그래?"

그 양은 나아가고 물러설 줄을 아는 영특한 동물이어서, 그 소리를 듣자마자 어느새 뛰어내려 땅바닥에 엎드렸다. 양이 내려오자 여섯 개의 막대기가 일제히 내려지면서 다시 징과 북이 울렸다. 그러자 양을 끌고 온 이가 소리쳤다.

"잭[乍冊], 칼과 톱이 앞에 있는데 다치지 않았어?"

그러자 양이 고개를 내저으며 두 앞발을 펴서 사람들에게 보여주었다. 양을 끌고 온 이도 살펴보더니 이렇게 말했다.

"다치지는 않았군. 하지만 도와줄 사람도 없으니 발을 거둬들여."

양이 슬며시 앞발을 거둬들이자, 양을 끌고 온 이가 말했다.

"뒤쪽에 솥이 있는데 다치지 않았어?"

그러자 양이 고개를 내저으며 두 개의 뒷발을 펼쳐 사람들에게 보여주었다. 양을 끌고 온 이도 살펴보더니 이렇게 말했다.

"다치지는 않았군. 하지만 뒤쪽에 의지할 것도 없으니 발을 거둬들여."

양이 슬며시 뒷발을 거둬들였다. 그런 다음 그들은 징과 북을 거둬들이고 공연을 마치려 했다. 그걸 보고 왕명이 생각했다.

'저들이 판을 거두면, 우리가 등장하기 좋지.'

그는 은신초를 들고 슬쩍 수단을 부려서, 세 길 높이의 세 번째 막대기가 "탁!" 소리를 내며 일어서게 했다. 공연을 구경하던 이들의 눈에는 왕명이 보이지 않았기 때문에, 다들 막대기가 저절로 섰다고 여겼다.

"막대기가 벌떡 일어서다니, 분명히 무슨 사연이 있을 거야. 어디 좀 살펴보자."

그들이 잠시 지켜보고 있노라니 갑자기 그 막대기가 또 "퐛!" 하며 천 개의 잎사귀가 달린 연꽃으로 변했다. 그리고 연꽃의 잎사귀 하나하나에 모두 자그마한 보살이 앉아 있었다. 잠시 후 기이한 향기가 풍기면서 아름다운 음악이 하늘로 퍼졌다. 구경꾼들은 깜짝 놀라 온몸에 땀을 뻘뻘 흘리며 황급히 머리를 조아려 절을 올렸다.

"부처님께서 현신하셨는데, 대체 무슨 상서로운 일이 있는 것이옵니까?"

심지어 공연하던 이들도 깜짝 놀라 온몸을 떨면서 혼비백산하여 머리를 조아리며 절을 올렸다.

"부처님, 저희 때문에 현신하신 것은 아니시겠지요? 저희는 그저 밥벌이나 했을 뿐, 부처님을 모독한 적은 없습니다. 부디 용서해 주십시오!"

한쪽에 서서 그 모습을 지켜보던 왕명은 속으로 웃음이 나왔다.

'아무래도 사람들을 좀 놀라게 해 줘야겠어.'

하지만 그로 인해 거기 모인 사람들뿐만 아니라 국왕까지 깜짝 놀라게 될 줄은 그도 짐작하지 못했다!

사실 궁궐에 있던 국왕은 기이한 향기가 풍기면서 하늘에 풍악이 울리자, 황급히 포졸을 보내 이런 일을 저지른 사람을 잡아 오게 했다. 포졸은 즉시 거리로 나와 자세한 사정을 탐문했다. 그러다가 이 천엽연화와 천 명의 불상을 보고, 뭔가 경사로운 소식이 있으리라 생각하고 나는 듯이 궁궐로 달려가 보고했다. 국왕은 즉시 조회를 열어 문무백관을 모아 놓고 말했다.

"이 이상한 일이 무슨 재앙이나 복을 나타내는 징조인지 모르겠소."

그러자 스마[失麻]라는 대장이 반열에서 나와 말했다.

"원래 그런 일이 있었기 때문에 이런 징조가 생겨난 것이옵니다."

"무슨 공연이었던가?"

"장대 놀이였사옵니다."

"장대 놀이라면 단계적으로 높이가 올라가는 것이 아닌가? 그런데 어떻게 이런 이상한 일이 일어났을꼬? 혹시 부처님을 모독해서 부처님이 벌을 주려고 현신하신 것인가?"

그때 좌두목 스리[思里]가 반열에서 나와 아뢰었다.

"부처님은 자비로운 마음을 갖고 계시는데, 어찌 이런 사소한 일로 벌을 주려고 현신하셨겠습니까? 아무래도 주상 전하의 홍복으로 틀림없이 무슨 경사가 생기게 될 터라서 부처님께서 현신하셨을 것이옵니다."

"경사가 생기리라는 것도 믿기는 어렵소. 다만 부처님을 모시는 일도 정성을 다하지 않을 수 없소. 아무래도 짐이 직접 가서 부처님을 예배당으로 모셔서 봉안해야겠소이다."

국왕이 정성 가득한 마음으로 거리로 나와 보니, 과연 천엽연화 위에 천 명의 보살이 앉아 있었다. 국왕은 황공한 마음으로 머리를 조아리며 절을 올리고 재삼 기도했다. 기도가 끝나자 관리들에게 이 연꽃을 예배당으로 모실 방도를 의논해 보라고 분부했다. 하지만 관리들이 상의를 해봐도 얼른 마땅한 방도가 나오지 않았다.

한쪽에 서 있던 왕명은 속으로 생각했다.

'이번에는 일단 거둬들였다가 다시 예배당에 가서 한 번 더 현신하게 해야겠구나.'

그가 수단을 부리자 "팟!" 하는 소리와 함께 연꽃과 보살의 모습이 사라지면서 막대기만 남게 되었다. 그걸 보고 국왕이 말했다.

"부처님, 저의 지성을 저버리지 마시고 먼저 예배당으로 가 계시옵소서."

그리고 국왕이 예배당으로 가보니, 과연 대청 위에 부처님 한 분이 천엽연화 위에 앉아 계시는 것이었다. 국왕은 기뻐 어쩔 줄 몰라 하며 향을 사르며 다시 예배를 올렸다. 위쪽에 앉아 그 모습을 보고 있던 잉명이 속으로 생각했다.

'내 비록 가짜로 보살님을 여기 모셔 놓기는 했지만, 어떻게 말을 해서 국왕에게 알려주어야 할지 모르겠구나.'

그가 고민하고 있을 때 국왕이 신하들에게 말했다.

"날이 이미 저물었으니 짐은 여기서 목욕재계하고 부처님께 제사를 올리겠다. 그대들도 모두 정결하게 재계하도록 하라."

'옳거니! 피곤해서 잠자리에 들면 제대로 수를 쓸 수 있겠군!'

저녁이 되어 국왕이 목욕하자, 왕명은 다시 신통력을 써서 목욕통 안에 연꽃 한 송이와 그 위에 앉아 있는 부처님의 모습이 나타나게 했다. 국왕은 깜짝 놀랐다.

"부처님, 어떻게 이런 식으로 현신하시옵니까? 제자가 신성을 모독했다면 제발 용서해 주시옵소서!"

그리고 국왕이 잿밥을 먹으려 하자, 왕명은 다시 잿밥이 담긴 쟁반 위에 연꽃 한 송이와 그 위에 앉아 있는 부처님의 모습이 나타나게 했다. 국왕은 또 깜짝 놀랐다.

"부처님, 무슨 재앙이나 복이 있는 것인지 분명히 알려주시옵소서. 계속 이런 식으로 현신하기만 하시니, 제자는 너무나 두려워 전율을 금치 못하겠사옵니다!"

그리고 국왕이 촛불을 밝히자 왕명은 또 신통력을 써서 촛불 위에 연꽃 한 송이와 그 위에 앉아 있는 부처님의 모습이 나타나게 했다. 국왕은 너무 놀라 좌불안석으로 정신조차 어지러워서, 곧 측근들에게 잠자리를 마련하라고 분부했다. 이렇게 해서 국왕은 혼자 방 하나를 쓰고, 관리들도 각기 직위에 따라 방을 하나씩 배정받았다. 밤이 깊어지자 왕명은 다시 한 가지 술법을 썼다.

이튿날 닭이 울기도 전에 국왕은 잠자리에서 일어나 의관을 갖추고, 부처님 앞에 향을 사르고 예배를 올렸다. 촛불과 등불이 환히 밝혀진 가운데 향로에서는 향 연기가 감돌며 피어났다. 그런데 언뜻 살펴보니 그 향 연기 위에 부처님이 한 분 앉아 계시는 게 아닌가! 국왕은 다시 놀랄 수밖에 없었다.

"괴이한 일이로다! 정말 괴이한 일이야!"

그리고 즉시 관료들을 소집했다. 하지만 관료들이 일어나 살펴보니 향 연기 위에 있다는 부처님의 모습은 보이지 않았다. 이에 그들도 모두 놀라 쑤군거렸다.

"정말 이상한 일일세! 너무 이상해!"

그때 좌두목 스리가 말했다.

"주상 전하, 놀라지 마십시오. 간밤에 제가 꿈을 꾸었사온데, 부처님께서 나타나셔서 이렇게 말씀하셨사옵니다.

'며칠 내로 명나라 황제가 오랑캐를 위무하고 보물을 찾기 위해 파견한 두 사령관이 천 척의 함대와 천 명의 장수, 백만 명의 정예병을 거느리고 이곳을 지날 것이다. 그에 순응하면 복을 받겠지만, 그들을 거스르면 재앙이 내릴 것이다.'

그런 다음에 또 이렇게 당부하셨사옵니다.

'내 말을 알아들었느냐?'

그래서 제가 꿈속에서 '네! 알아들었사옵니다!' 하고 다급히 대답했사옵니다."

그 말이 끝나기도 전에 국왕이 말했다.

"과인도 간밤에 그런 꿈을 꾸었소."

그러자 우두목[7]도 나서서 아뢰었다.

"저도 간밤에 그런 꿈을 꾸었사옵니다."

그 말이 끝나기도 전에 여러 대소 관리들이 너도나도 나서서 아뢰었다.

"저희도 간밤에 그런 꿈을 꾸었사옵니다."

이에 국왕이 말했다.

"부처님께서 이렇게 여러 차례 분명하게 현신하시고 또 이렇게 많은 이들의 꿈에 나타나셨으니, 틀림없이 어떤 군대가 들이닥칠 모양이오. 하지만 다른 대책을 마련할 필요 없이 그저 그들을 영접할 준비만 하면 될 듯하오."

좌두목 스리가 말했다.

"그런데 어떻게 영접해야 할까요?"

"과인은 두 마디를 더 들었소이다. 먼저 멀리까지 나가 영접한 다음, 성대한 진상품을 마련해 바치라는 것이었소."

---

7 원문에는 '좌두목'으로 되어 있으나, 명백한 오류이기 때문에 바로잡아 번역했다.

"부처님의 분부이니 어찌 거역하겠습니까? 분부하신 대로 행하면 될 것이옵니다."

"어서 서두릅시다. 늦으면 문책을 당할 수도 있소이다."

국왕은 문관 스무 명에게 민병 이백 명을 열 척의 해사선(海梭船)[8]에 태워서 바닷길을 통해 동쪽으로 나가 영접하게 하고, 부대장 스무 명에게 정예 기마병 이백 명을 이끌고 육로를 통해 동쪽으로 나가 영접하게 했다. 또 좌우 두목에게 중개상들을 통솔하여 상인들에게 물건을 사서 진상품을 준비하게 했다. 이어서 주방을 담당하는 관리에게 물과 뭍의 진귀한 재료들로 음식을 만들고, 다양한 잡극(雜劇)을 안배하여 연회를 준비하게 했다. 또 궁전을 청소하고 양탄자를 새로 깔고, 좌석과 그릇, 바닷가의 훌륭한 향 등을 마련하여 접대 준비를 하게 했다. 이렇게 모든 일이 가지런히 준비되었다.

왕명은 모든 상황을 지켜본 후, 흙의 장막을 이용해서 함대로 돌아와 삼보태감을 만났다.

"이번에는 어떤 나라가 있던가?"

"호루무즈 왕국입니다."

"이번에는 어떤 수법으로 요리했는가?"

왕명이 막대기와 천엽연화, 천 분의 부처님, 그리고 예배당의 일까지 자세히 설명하자 삼보태감이 말했다.

---

8 베틀 북처럼 앞뒤가 뾰족하고 중간이 뭉툭한 모양의 배이다.

"그런 걸 다 어디서 배웠는가?"

"어려서 집안에 전해지던 기술을 익힌 것입니다."

"놀랍구먼! 대단해! 그린네 이번에는 어떻게 접대하라고 했는가?"

왕명은 다시 국왕이 얼마나 정성스럽게 접대를 준비했는지 상세히 설명했다.

"이 두 나라를 지나게 된 것은 모두 자네의 공로 덕분일세."

"제가 어찌 감히 공로를 바라겠습니까? 그저 라싸 왕국에서 써먹던 수법을 억지로 흉내 낸 것뿐입니다."

그 말이 끝나기도 전에 해사선을 타고 온 호루무즈 왕국의 문관들이 사령관에게 찾아와 인사했다. 삼보태감이 말했다.

"먼저 돌아가시구려. 우리 함대도 곧 따라가겠소이다."

함대가 연안에 도착하자 미리 대기하고 있던 대장 스마 등이 영접했다. 이백 명의 정예 기마병은 칼과 창, 활 등을 가지런히 들고 도열해 있었다. 삼보태감이 왕명에게 말했다.

"이 나라도 군대가 잘 갖춰져 있구먼. 다행히 자네가 미리 힘쓴 덕분에 전쟁은 피할 수 있었어."

"황제 폐하의 홍복과 사령관님의 위세 덕분이지, 제가 무슨 힘이 있겠습니까!"

그 말이 끝나기도 전에 국왕이 많은 신하를 거느리고 성대한 의장을 갖춰서 직접 나와 영접했다. 좌측의 문관들과 우측의 무관들도 일제히 두 사령관에게 절을 올렸다. 국왕은 행동거지에 절도가 있었고, 말하고 웃는 모습도 구차하지 않았다. 삼보태감은 그의 이런 모습에 깊이 감복하여 대단히 돈독하게 대우했다. 국왕이 먼저 돌아가자, 남아 있던 좌두목이 명나라 함대에서 요구하는 것이 무엇인지 물었다. 삼보태감은 호두패를 전하여 찾아온 뜻을 분명히 알림으로써 국왕이 의혹을 품지 않도록 했다. 호두패를 본 국왕은 명나라 함대가 별다른 것을 요구하지 않는다는 사실을 알고, 즉시 상소문과 항서를 준비하고, 진상품을 마련했다. 모든 준비가 끝나자 국왕은 우선 두 사령관을 잔치에 초청하여 사흘 동안 성대하게 대접했다. 그리고 두 사령관이 작별인사를 하고 함대로 돌아가자, 국왕은 곧 상소문을 바쳤다. 삼보태감이 받아 간수하게 하자, 국왕은 또 항서를 바쳤다. 삼보태감이 펼쳐 보니 거기에는 이렇게 적혀 있었다.

호루무즈 왕국의 국왕 사하모[沙哈牟]가 삼가 재배하며 위대한 명나라 황제께서 파견하신 정서통병초토대원수께 바칩니다.

위대한 명나라 황제 폐하께서는 선왕보다 뛰어난 덕성으로 온 세상에 어진 정치를 베풀고 계십니다. 이에 군대의 깃발과 무기는 모두 창고에 있고, 남북의 먼 변방에서 조공을 바치고 있습니다. 나라에는 상서로운 징조가 일어나 백성들은 편안히 장수를 누립니다. 이에 모든 인류가 황제 폐하의 사랑과 보살핌을 받고 있으며, 더 많은 장수와 대신이 부절(符節)을 지니고 사방에 파견되었습니다. 덕분에 다행히도 이 멀고 황량한 곳에서도 천자 왕조의 성대한 깃발을 구경할 수 있게 되었으니, 어찌 감히 무력을 믿고 항거하다가 처벌을 받는 어리석은 짓을 하겠습니까? 정성스러운 마음으로 이 글을 바치오니, 부디 잘 헤아려 주시기 바랍니다.

너무나 감격스럽고 황공한 마음으로 이 글을 올립니다.

항서를 읽고 나서 삼보태감이 말했다.

"너무 겸손하게 쓰셔서 감당하기 어렵군요."

국왕이 또 수하들에게 진상품을 가져오라고 하자, 삼보태감이 말했다.

"상소문만으로 충분하니, 예물은 필요 없습니다."

"보잘것없는 예물이지만 황제 폐하께 전해 주십시오. 나중에 또 사신을 통해 조공을 바치겠습니다."

삼보태감은 예의 바른 국왕의 권유를 물리칠 수 없었다.

"그렇다면 어쩔 수 없군요. 번거로우시더라도 우리 함대로 보내 주시고, 저는 그저 목록이나 좀 살펴보겠습니다."

삼보태감이 받은 목록에는 이렇게 적혀 있었다.

사자 한 쌍, 기린 한 쌍, 초상비(草上飛) 한 쌍(크기는 고양이나 개와 비슷하고 온몸에 대모를 장식한 듯한 얼룩무늬가 있으며, 까만 두 귀가 뾰족하게 나 있음. 성품은 아주 온순하나 사자나 코끼리 같은 못된 짐승들이 이 동물을 보면 즉시 땅바닥에 엎드리니, 곧 짐승의 왕이라고 할 수 있음), 명마 열 필, 얼룩말 한 쌍(노새처럼 생겼으나 아름다운 꽃무늬가 있음), 마하수(馬哈獸) 한 쌍(뿔이 몸통보다 긺), 투양(鬪羊) 열 마리(몸통의 앞쪽 절반은 털이 땅에 닿도록 길고, 뒤쪽 절반은 깎아놓은 것처럼 매끈함. 뿔에 패[牌]를 달고 있는데, 사람들이 집에서 기르면서 싸움

을 시킴), 타조 열 마리, 벽옥으로 만든 베개 한 쌍(높이는 다섯 치,
길이는 두 자 남짓임), 벽옥으로 만든 쟁반 한 쌍(크기는 됫박 열 개를
합쳐놓은 것만 함), 옥호(玉壺) 한 쌍, 옥쟁반과 술잔 열 세트, 옥 꽃
병 열 개, 옥으로 만든 팔선(八仙) 한 쌍(높이는 두 자 남짓 되며 대단
히 정교하게 조각됨), 옥으로 만든 미인상 백 개(대단히 정교하게 조각
하여 눈썹과 눈, 살결까지 모두 갖춰져 있음), 옥사자 한 쌍, 옥기린 한
쌍, 옥리호(玉螭虎)[9] 열 쌍, 홍아호(紅鴉呼) 세 쌍(진주의 일종임), 청
아호(靑鴉呼) 세 쌍, 황아호(黃鴉呼) 세 쌍, 홀랄석(忽剌石) 열 쌍, 담
파벽(擔把碧) 스무 쌍, 조모랄(祖母剌)[10] 두 쌍, 묘안석 두 쌍, 큰 진
주 쉰 개(큰 것은 눈동자만큼 되며, 무게는 한 전[錢] 두세 푼 정도임), 산
호 열 개(큰 줄기에 여러 개의 잔가지가 나 있음), 이 외에 금박(金珀)
과 주박(珠珀), 신박(神珀), 납박(蠟珀), 수정으로 만든 그릇들(각기
색깔이 다양함), 꽃무늬가 들어 있는 양탄자, 서양의 실로 엮은 수
건, 열 가지 모양의 비단과 망사, 사켈라트(撒哈喇, sakelat)[11] 등은
모두 수량이 많지만 정확히 기록하지는 않음.

삼보태감이 보고 나서 국왕에게 말했다.

---

9 이호(螭虎)는 중국에서도 전국시대 이후의 옥기(玉器)에 자주 나타나는 신
  령한 짐승의 모양으로서, 용과 호랑이를 합쳐 놓은 듯한 모습이다.

10 홀랄석(忽剌石)과 담파벽(擔把碧), 조모랄(祖母剌)은 보석의 일종인 듯하지
   만, 자세히 알 수 없다.

11 살합랄(撒哈剌)은 페르시아어 Sagheree를 음역(音譯)한 것으로서, 여기서
   는 양모 등으로 짠 융단(絨緞)을 가리킨다. 인도네시아에서 sakelat는 천
   을 가리킨다.

"예물이 너무 많지만, 정성을 나타내기에 충분하니 그저 감사할 따름입니다."

"제대로 갖추지도 못했는데, 황공히기 그시없습니다."

삼보태감은 그에게 감사하고 배로 돌아와서 국왕에게 답례를 보냈다. 국왕은 재삼 감사하며 다시 두목을 보내 초청했다. 하지만 삼보태감은 이미 출항 명령을 내린 뒤여서, 서로 석별의 아쉬움을 달래지 못했다.

배가 출발하자 왕명이 다시 앞서 가보겠다고 청했다. 그러자 장천사가 말렸다.

"안 되네! 안 돼!"

삼보태감이 물었다.

"아니, 왜 안 된다는 것입니까?"

"간밤에 제 칼끝에 불꽃이 일었으니, 앞에 불길한 일이 기다리고 있을 것 같아서 말리는 것입니다."

"그렇다면 보내면 안 되겠군요."

그러자 왕명이 말했다.

"일단 가서 보고 괜찮으면 계속 나아가고, 곤란하다 싶으면 돌아오면 되지 않습니까?"

"그렇다면 가보게. 하지만 조금이라도 실수해서 나라의 위신을 손상한다면 큰 문제이니, 신중에 신중을 기해야 할 걸세."

앞에는 어떤 나라가 나타나고, 또 어떤 불길한 일이 생길지는 다음 회를 보시라.

은안국 국왕은 백리안을 신임하고
왕 상서는 계책으로 백리안을 사로잡다

番王寵任百里雁　王爺計擒百里雁

將軍昔着從事衫	장군은 예전에 군복 입고[1]
鐵馬衝突重兩街	양쪽으로 재갈 물린 철갑마 타고 전장을 치달렸지.
被堅執銳略西極	갑옷 입고 무기 들고 서쪽 변방을 공략하니
崑崙月窟東崟巖	곤륜산 달이 쉬는 굴이 동쪽에 높이 솟아 있었지.
君門羽林萬猛士	도성의 금군(禁軍)에는 용맹한 병사가 수만 명인데
惡若哮虎子所監	포효하는 호랑이처럼 사나운 그들을 그대가 감독하지.
五年起家列霜戟	오년 만에 높이 출세하여 대문 앞에 창을

---

1 인용된 시는 당나라 때 두보의 〈위장군가(魏將軍歌)〉 가운데 앞쪽 제1~8구까지이며, 원작은 모두 21구로 되어 있다. 제8구를 원작에서는 '하루 만에 바다 건너 돛을 거두는 배와 같았지.[一日過海收風帆]'로 되어 있다.

늘어세우더니

今日過海揚風帆   오늘은 바다 건너 돛을 높이 달았구나.

한편 천 척의 함대가 돛을 세우고 바람을 안은 채 며칠 동안 항해하자, 호위병이 보고했다.

"앞쪽이 멀찌감치 성이 하나 보이니, 또 어떤 나라가 있는 것 같습니다."

삼보태감은 장 천사와 벽봉장로를 모셔서 항해를 계속할 것인지 멈출 것인지에 대해 논의했다. 장 천사가 말했다.

"저번에 출항할 때 제 칼끝에 불길이 일었으니, 이 나라에서는 분명히 불길한 일이 일어날 것입니다."

벽봉장로가 말했다.

"나도 조금 전에 이 나라를 보니 한 줄기 하얀 기운이 허공으로 피어나는 것이 아마 요사한 승려나 도사가 있는 것 같았소이다. 그러니 아주 조심해야 할 것 같소이다."

마 태감이 말했다.

"그렇게 골치 아픈 일이 있다면 차라리 들르지 않는 것이 좋겠습니다."

삼보태감이 말했다.

"아홉 길 높이의 산을 만들면서 어찌 삼태기 하나의 흙이 모자라 완성하지 못한 채 그만두겠소?"

그리고 배가 도착하고 나면 즉시 해상과 뭍에 영채를 차리라고 분부했다. 이에 사영대도독은 뭍에 커다란 영채를 하나 세웠고 좌우 선봉이 양쪽 날개를, 유격대장들은 앞뒤에서 지원하여 불의의 사태에 대비했다. 또 사초부도독은 해상에 영채를 세웠고, 수군도독 등이 엄밀하게 순찰했다. 모든 안배가 끝나자 삼보태감은 정찰병들에게 그 나라의 동정을 살펴보라고 분부하면서 각자에게 은 쉰 냥을 하사했다. 이야말로 많은 상이 걸리면 틀림없이 용감한 병사가 나오기 마련이라, 정찰병들은 일제히 임무를 수행하러 떠났다.

하루가 지나자 정찰병들이 돌아와 보고했다.

"여기는 무슨 나라이더냐?"

"은안국이라고 합니다."

"왜 그렇게 불린다고 하더냐?"

"이 나라 백성들은 모두 두 눈이 흰데, 검은 눈동자가 없고 눈자위가 은처럼 하얘서 그렇게 부른다고 합니다."

"그럼 혹시 눈동자가 없다는 것이냐?"

"눈만 있고 눈동자가 없는 게 아니라면, 어찌 두 분 사령관님을 영접하러 나오지 않았겠습니까?"

"그런 눈으로 볼 수는 있다고 하더냐?"

"새하얀 눈에도 동공이 있어서 우리하고 똑같이 볼 수 있다고 합니다."

"저번의 금안국 사람들은 눈동자가 황금 같지 않았더냐?"

"황금 같지는 않았지만 어쨌든 노랗기는 했었지요."

"은안국의 산천은 어떠하더냐? 성곽 같은 것이 있더냐?"

"나라 안에 보림산(寶林山)이라고 하는 큰 산이 있는데, 그 산의 사방에서 네 가지 보물이 나온다고 합니다. 한쪽에서는 붉은 소금이 나오는데, 이곳 사람들이 쇠망치를 가져가서 마치 바위를 깨뜨리듯이 깨서 채취한다고 합니다. 한 덩어리의 무게가 사오백 근은 된다고 합니다. 쓸 때는 조금씩 가루로 부숴서 쓰는데, 소금이 단단해서 그걸 파서 그릇이나 접시를 만들면 음식물에 간을 할 필요가 없다고 합니다. 또 한쪽에서는 붉은 흙이 나는데 바로 은수(銀銖)입니다. 개중에 큰 것이 바로 주사(朱砂)입니다. 또 한쪽에서는 백옥(白玉)이 나는데 바로 석회(石灰)를 가리킵니다. 이것은 가루로 만들어 담이나 벽을 장식하는데, 비바람이 불어도 손상되지 않는다고 합니다. 또 다른 한쪽에서는 황토가 나는데 바로 강황(薑黃)입니다. 이것은 어디에나 쓸 수 있는 훌륭한 염료(染料)라고 합니다. 국왕은 네 명의 관리를 두어서 그 산의 사방을 지키게 하고 있습니다. 각처의 서양 배들이 이곳에 와서 그것들을 사서 가져가 각처에 판다고 합니다."

"저번에 호루무즈 왕국에도 이런 네 가지 보물이 나는 산이 있었지."

"호루무즈 왕국의 산은 둘레가 이삼십 리밖에 안 되는 작은 산이었지만, 이곳의 산은 둘레가 수백 리나 됩니다."

"성은 있더냐?"

"돌을 쌓아 성을 만들었는데, 사방으로 모두 물줄기가 흘러나와 바다로 이어집니다. 동쪽에는 통해관(通海關)이라고 하는 관문이 있는데, 상당히 경비가 삼엄합니다."

"장수들은 어떠하더냐?"

"백리안(百里雁)이라고 하는 대장은 두 자루 비도(飛刀)를 잘 쓴답니다. 그걸 휘두르면 마치 두 개의 날개 같아서 단번에 백 리를 날아갈 수 있기 때문에, 그의 이름이 백리안이라고 한답니다."

"이 작자도 좀 성가시겠구먼."

"그리고 네 명의 부대장들도 문제입니다. 개중에 하나는 통천대성(通天大聖), 또 하나는 충천대성(衝天大聖)이라고 하는데, 이 둘은 모두 하늘을 날 줄 안다고 합니다. 그리고 감산역사(撼山力士)라는 자와 수산역사(搜山力士)라는 자들이 있는데, 모두 만 명의 장부도 당해 내지 못할 용력을 갖추고 있답니다."

"이 나라는 어찌 이리 흉악한 것이냐?"

"그것 말고도 흉악한 것이 하나 더 있습니다. 바로 백리안의 정실부인인 백 부인입니다. 이 여자는 아홉 개의 비도를 사용하는데, 말에 탄 채 이걸 휘두르면 회오리바람이 일고 구름이 흩어지면서 바람을 가르는 소리와 함께 앞을 가로막는 자들은 모조리 가죽이 터지고 살이 갈라진다고 합니다. 발은 길이가 세 치밖에 안 되지만 나는 듯이 빨리 달릴 수 있어서, 하루에 천 리도 넘는 길을 갈 수 있다고 합니다."

"잘 달리는 것쯤이야 별거 아니지."

"그냥 달리는 것이 아니라 구고홍투삭(九股紅套索)이라는 세 길 정도 되는 밧줄을 들고 달린답니다. 그런데 그 밧줄에는 구구 팔십일, 여든한 개의 매듭이 있고, 모든 매듭에는 쇠갈퀴가 하나씩 달려 있답니다. 그래서 빨리 달리면서 그 밧줄을 들면 마치 세 길이나 되는 단단한 창처럼 반듯하게 곧추서는데, 그 쇠갈퀴에 닿는 것은 모조리 낚여 올라가 버린답니다. 그러니 정말 무시무시하지 않습니까?"

"황봉선이라면 그 여자의 상대가 되겠더냐?"

"아마 조금 어려울 것 같았습니다. 왜냐하면 그 백 부인한테는 황심령(幌心鈴)인가 하는 방울이 있는데, 그걸 몇 번 흔들면 상대가 아무리 뛰어난 장부라 하더라도 심장과 간이 모조리 부서져서, 말에 타고 있는 사람이라면 그대로 떨어져 버리고, 걷고 있던 사람이라도 그대로 쓰러져 버린다고 합니다. 그렇지 않아도 무시무시한 노파가 이렇게 무시무시한 보물까지 지니고 있으니, 황봉선 장군이라 해도 어찌 적수가 될 수 있겠습니까!"

그러자 입이 싼 왕 태감이 끼어들었다.

"그 백 부인이라는 여자는 혹시 원래 우리 남경 서영(西營) 출신이 아닐까요?"

삼보태감이 물었다.

"그게 무슨 소리인가?"

"그게 아니라면 어떻게 이리 사나운 물건을 가지고 있겠습니까?"

"저번에 시를 읊을 때 상서께서 네 심장에는 뚫린 구멍이 하나도 없다고 하시더니, 오늘도 이런 쓸데없는 소리만 늘어놓는구나. 지금 우리는 이 고약한 작자들을 어떻게 처리할까 상의하는 중이 아니냐!"

그러자 정찰병이 말했다.

"두 분 사령관님, 아직도 한 가지 더 고약한 일이 있습니다."

"또 뭐냐?"

"인섬선사(引蟾仙師)인가 하는 도사가 있습니다. 그자는 푸른 소를 타고 다니며 구멍이 없는 쇠 피리를 붑니다. 신통력이 대단하고 변화막측하다고 합니다. 그래서 국왕이 그를 의형으로 모시고 강산과 사직의 안위를 그자에게 맡겼다고 합니다."

"어쩐지 장 천사께서 '칼끝에 불꽃이 일었으니 앞길에 불길한 일이 있을 것'이라고 하시고, 국사님께서도 '한 줄기 하얀 기운이 하늘로 치솟는 걸 보니 요사한 승려나 도사가 있을 것'이라고 하시더라니."

왕 상서가 말했다.

"어쨌든 여기까지 왔으니 그런 것들이 무섭다고 물러설 수는 없습니다. 어떻게든 계속 나아가야 하지 않겠습니까?"

그 말이 끝나기도 전에 호위병이 보고했다.

"백리안이라고 하는 적국의 대장이 말에 탄 채 두 자루 칼을 들고 군마를 거느리고 나와서, 통해관 바깥에 영채를 차리고 싸움을 걸어오고 있습니다. 장수들이 함부로 대처하지 못하고 먼저 이렇게 보고하라고 하였습니다."

"앞으로 사흘 동안은 출병을 허락하지 않겠다. 사흘 후에 군령이 내려갈 테니, 그 전에는 함부로 움직이지 말라고 하라. 이를 어긴 자는 군법에 따라 처벌할 것이다!"

장수들은 고령에 따라 사흘 동안 출병하지 않고 대기했다.

백리안은 첫째 날에도 관문 밖에 있었지만 싸움을 걸어오지는 않았다. 그러다가 명나라 진영에서 아무 동정이 보이지 않자 이렇게 생각했다.

'다들 저 함대에 백만 명의 정예병과 천 명의 장수가 있다고 하더니, 우리나라에 와서는 하나도 보이지 않는구먼. 이걸 보면 우리 능력을 감당할 자가 천하에 없다는 것을 알 수 있지.'

둘째 날 그는 혼자 말을 타고 일단의 병사를 거느린 채 명나라 진영 바깥을 무인지경으로 이리저리 돌아다녔지만, 명나라 진영에서는 여전히 아무 동정도 없었다.

'혹시 유인책인가? 만약 이대로 물러날 거라면 저놈들한테야 운수대통이지. 이 어르신이 상당히 무서운 분이거든!'

셋째 날이 되자 그는 혼자 말을 타고 일단의 병사를 거느린 채 명나라 진영 바깥으로 와서 고함을 쳤다.

"중국에서 온 못된 놈들아, 여기까지 올 재간이 있었다면 어째서 나와서 한 판 붙지 못하는 게냐?"

하지만 그가 아무리 고함을 질러 대도 상대편에서는 누구 하나 대답하지 않았다. 하지만 성질 급한 김천뢰는 불만이 가득했다.

"사령관께서 아무 이유 없이 접전하지 말라고 하시는데, 내일은 어찌 되겠어?"

이튿날이 되자 사령관으로부터 군령이 내려왔다. 전영대도독이 출전하되 패퇴하는 것은 허락하지만, 적을 공격하여 이기지는 말라는 것이었다. 잠시 후 백리안이 또 명나라 진영 바깥을 무인지경으로 돌아다니려고 찾아왔는데, 그가 도착하자마자 한 발의 포성이 울리면서 일단의 군마가 우르르 몰려나왔다. 맨 앞의 장수는 머리를 묶어 모자를 쓰고 소매를 묶고 팔목에 번쩍이는 팔찌를 찼으며, 입을 크게 벌린 사자 머리가 장식된 허리띠를 매고 있는 젊고 잘생긴 인물이었다. 알고 보니 그는 왕량이었다. 백리안이 소리쳤다.

"이놈! 새파랗게 어린놈이 무엇 하러 굳이 죽을 곳을 제 발로 찾아왔느냐!"

"이놈! 너는 누구인데 감히 그렇게 허풍을 떠느냐?"

"내가 바로 유명한 은안국의 대장 백리안이다. 여기 온 지 며칠이나 되었거늘, 여태 나를 모른단 말이냐?"

"내가 눈이 좀 높다. 너 같은 하찮은 오랑캐가 내 눈에 들어올 리 있겠느냐?"

'하찮은 오랑캐'라는 말에 화가 머리끝까지 치민 백리안이 벼락같이 고함을 지르며 두 자루 비도를 돌리기 시작했다. 그러자 "쌩! 쌩!" 바람을 가르는 소리와 함께 눈앞에 눈처럼 하얀빛이 일어나면서 사람은 물론 말까지 모습이 보이지 않았다. 왕량도 한 길 여덟 자의 창을 휘두르니, 꽃잎이 휘날리는 듯이 창날이 쏟아지면서 그의 모습도 보이지 않았다. 하지만 승전하지 말고 패퇴하라는 사령관의 명령이 있었기 때문에 왕량은 밀고 나갈 수 없었다. 상대가 사납게 몰아치더라도 그저 슬슬 물러나면서 이리저리 막아 내기만 하다가 그대로 본진으로 들어와 버렸다.

백리안은 승리를 거두고 돌아가서 국왕을 알현했다.

"전과가 어찌 되었소?"

"나흘 동안 네 차례나 출전했는데, 처음 사흘 동안은 아무도 나오지 않다가, 오늘 제가 욕을 퍼부으니까 결국 참지 못하고 아주 어린 장수 하나가 나왔사옵니다. 인물도 잘생긴 데다가 솜씨도 제법이었습니다만, 결국 제 손속을 당해 내지 못하고 이리저리 내몰리다가 그대로 자기 진영으로 달아나 버렸사옵니다."

"어째서 그자를 사로잡지 않았는가?"

"젊고 잘생긴 그자를 불쌍히 여겨서 심한 손속을 쓰지 않았사옵니다."

백리안이 절하고 물러나자, 잠시 후 인섬선사가 조정에 들어왔다. 국왕이 백리안의 일을 자세히 들려주자 인섬선사가 말했다.

"백 대장은 곧 죽겠군요."

"아니, 그게 무슨 말씀입니까? 조금 전에 과인이 보았을 때만 하더라도 늠름한 기상과 살기등등한 기세가 있어서 며칠 안으로 대승을 거둘 것처럼 보였는데, 어찌 그런 불길한 말씀을 하십니까?"

인섬선사가 차분하게 말했다.

"주상 전하, 고정하시옵소서. 허튼소리가 아니오라 백 대장은 자기 능력을 과신하여 명나라 장수들이 모두 감히 나서지 못했다고 했는데, 어찌 그럴 리가 있겠사옵니까? 제가 제대로 알아본 결과, 명나라 함대는 전함이 천 척이요 정예병이 백만 명인데, 두 명의 사령관이 막사에서 천 리 밖의 전투도 승리로 이끌 계책을 만들어 낸다고 하옵니다. 게다가 천사라고 불리는 도사와 국사라는 승려도 있사옵니다. 이 둘은 하늘을 쪼개고 땅을 더하며, 바다를 뒤집고 산을 무너뜨리는 능력이 있다고 하옵니다. 그런데도 백 대장은 아직 상대를 정확히 파악하지 못하고 있으니, 어떻게 죽지 않을 수 있겠사옵니까? 그저 날짜가 아직 이르지 않았을 뿐이옵니다."

국왕은 비록 인섬선사를 공경했지만, 이 말은 너무 직설적이어서 조금 기분이 불쾌했다. 인섬선사도 그걸 눈치채고 금방 작별인사를 하고 떠나려 했다.

"형님, 기분이 상해서 떠나려 하십니까?"

"저는 오래전부터 다른 곳으로 가려 했으나, 주상 전하께서 이번 재난을 당하셨기 때문에 아직 여기 머물러 있는 것이옵니다. 백 대장이 틀림없이 승리하되 그 날짜만 꼽고 있는 것이라면 제가 더는 필요 없을 텐데, 어찌 떠나지 않겠사옵니까?"

국왕은 황급히 안색을 바꾸고 사과했다.

"형님, 용서하십시오! 제발 며칠만 더 계시다가 떠나십시오."

"제가 떠나는 것은 결코 막을 수 없사옵니다. 다만 이 목탁을 여기 두고 떠나겠사옵니다. 주상께서 아무 일 없이 평안하시다면 그만이겠지만, 만약 긴급한 재난이 생긴다면 향을 사르고 이 목탁을 세 번 치십시오. 그러면 제가 와서 구해 드리겠습니다. 이러면 평생 입은 주상 전하의 은혜에 보답할 수 있을 것이옵니다."

그 말이 끝나기도 전에 한 줄기 하얀 기운이 하늘로 치솟는가 싶
더니, 어느새 인섬선사의 모습이 시러저 버렸다. 국왕은 몹시 후회
하면서 즉시 백리안을 불러 인섬선사가 한 말과 떠나게 된 사연을
자세히 들려주었다. 그러자 백리안이 이를 갈며 원망을 퍼부었다.

"잘 됐사옵니다. 그 못된 도사가 미리 떠나지 않았더라면 제 칼
맛을 봤을 겁니다."

"백 대장, 화내지 말고 저들의 계책에 걸려들지 않도록 조심해서
공격하시게. 저들의 계책에 걸려들게 되면 선사의 말씀대로 되는
게 아닌가?"

"주상 전하, 안심하시고 편히 계시옵소서. 사흘 안에 명나라 잡
것들을 하나도 남김없이 쓸어버리겠사옵니다."

그러면서 그는 의기양양하게 궁궐을 나섰다.

이튿날 그가 다시 찾아와 싸움을 걸자, 삼보태감은 다시 장수들
에게 군령을 내렸다. 이번에는 후영대도독이 출전하되 전번과 마
찬가지로 패전해야 하며 화기(火器)도 쓰지 말라고 하면서, 이를 어
기면 군법으로 처벌하겠다고 다짐을 놓았다. 이에 당영이 출전하
자 백리안이 두 개의 칼을 휘두르며 병사들을 이끌고 일제히 달려
들었다. 당영이 그의 발걸음을 제지하며 말했다.

"백 대장, 이리 서두를 필요 있는가?"

백리안은 '대장'이라는 말에 기분이 좋아져서 대답했다.

"너는 누구냐? 그래도 나를 알아보는구나."

"나는 명나라 무장원 당영일세."

"어쩐지! 장원이라서 제법 예의가 있군. 그런데 왜 나를 부른 것이냐?"

"병사는 병사끼리, 장수는 장수끼리 붙어야 하지 않겠는가? 병사들은 물리고 우리 둘이 일대일로 한 판 붙어보는 게 어떤가?"

"그것도 괜찮지."

그리고 즉시 명령을 내려서 병사들을 본진으로 물리자, 당영도 병사들을 물려 보냈다. 그리고 단둘이 말을 타고 창과 두 자루 칼로 맞붙었다. 칼을 휘두르는 쪽도 신통했지만, 창을 휘두르는 쪽도 귀신을 잡을 만큼 대단했다. 이에 백리안이 생각했다.

'이 자도 제법 창을 잘 쓰는구먼. 내 실력이 뛰어나지 않다면 당해 내지 못할 뻔했어!'

당영도 속으로 생각했다.

'이 오랑캐도 제법 실력이 있기는 하지만 나보다 뛰어나지는 않아. 하지만 사령관께서 져주라고 하셨으니 어쩔 수 없군!'

당영은 일부러 상대에게 허점을 내보였다. 그러자 백리안이 놓치지 않고 칼을 찔러왔다. 이에 당영이 창을 끌며 도주하자, 백리안은 다시 승리를 거두고 돌아갔다.

다시 하루가 지나자 국왕은 백리안이 명나라 장수를 사로잡지 못한 것을 알고, 아무래도 상대의 계책이 아닐까 의심스러웠다.

"백 대장, 너무 용맹을 과신하지 말고, 내일은 네 명의 부대장하고 함께 출전하는 게 어떤가?"

하지만 백리안은 공적을 나눠 갖기 싫었다.

"저 혼자로도 충분하고 남는데, 부대장까지 나설 필요 있겠사옵니까? 됐습니다! 필요 없사옵니다!"

이튿날 그가 다시 출전하자, 삼보태감은 좌영대도독에게 출전하라고 하면서 여전히 패배해야 한다고 군령을 내렸다. 금질발(金叱撥)을 타고 출전한 황동량은 아무 말도 걸지 않고 다짜고짜 세 길여덟 자의 질뢰추를 휘둘렀다. 양측은 한나절 내내 고함을 지르며 한 덩어리가 되어 싸웠다. 백리안이 쌍칼을 빗발치듯 내지르자, 황동량도 바람처럼 질뢰추를 휘두르며 생각했다.

'사령관께서 승리하면 안 된다고 하셨지만, 이놈을 하루 동안 고생을 좀 시켜줘야겠다. 그러면 이놈도 우리 실력을 알아보겠지.'

그렇게 진시(辰時, 오전 7~9시)부터 신시(申時, 오후 3~5시)까지 격전을 벌였지만 승부가 나지 않았다. 그러자 백리안은 화가 치밀어 사납게 고함을 치며 쌍검을 요란하게 휘두르며 달려들었다.

'놓아줘야 할 때는 놓아줘야지.'

황동량은 재빨리 말머리를 돌려 본진으로 내달렸다. 그러자 백리안이 사납게 소리쳤다.

"달리는 재주는 좋구나. 그렇지 않았다면 이 칼을 피하지 못했을 것이다. 좋아. 잠시 네 머리를 거기다 맡겨 두마. 내일 네놈이 스스로 갖다 바치겠지!"

이튿날 삼보태감은 우영대도독에게 출전하라고 하면서 마찬가지로 패전하라는 군령을 내렸다. 이를 어기면 군법에 따라 처형하겠다는 다짐도 잊지 않았다. 그러자 김천뢰가 투덜거렸다.

"거 참 웃기는구먼! 사령관께서 날마다 패전하라고 하시는데, 이럴 거면 차라리 남경에 그대로 있을 일이지 여긴 뭐하러 왔느냐 이거야!"

그는 부글부글 끓는 속을 억지로 달래며 백오십 근의 임군당을 끌고 자질발(紫叱撥)에 올라 나는 듯이 달려나갔다. 왜소한 체격 때문에 말에 탄 그의 모습은 꼭 호박처럼 보였기 때문에, 백리안은 그만 껄껄 웃고 말았다. 그러자 김천뢰가 호통을 쳤다.

"천한 오랑캐 놈! 왜 웃느냐?"

백리안은 아직 웃음이 가시지 않은 얼굴로 말했다.

"잘록한 호박 같은 네 꼴이 우스워서 그런다. 너희 명나라에는 쓸 만한 장수도 없으면서 왜 쓸데없이 이런 재앙을 일으켰느냐? 다들 죽을 곳을 찾아 여기에 온 것이더냐?"

키 작은 사람 앞에서는 난쟁이 얘기를 하지 말아야 하는 법인데, 자신을 호박 같다고 놀리니 김천뢰는 버럭 화가 치밀 수밖에 없었다.

"닥쳐라! 웬 헛소리냐!"

그 말이 끝나기도 전에 그의 손에 들린 무기에서 바람 소리가 일어났다. 무거우면서 재빠르게 휘돌아가는 임군당과 커다란 말의 키에 백리안도 깜짝 놀랐다.

'이런 난쟁이가 저런 무기를 휘두르니, 상당히 살벌하구먼!'

그는 조심하는 마음을 가지면서도 기어이 김천뢰를 사로잡으려 했다. 김천뢰도 그를 해치워 버리고 싶었지만, 사령관의 군령 때문에 어쩔 수 없었다. 두 사람도 아침 일찍부터 오후까지 격전을 벌였다. 백리안은 갖은 수를 썼지만 김천뢰를 쓰러뜨리지 못했고, 김천뢰 또한 백리안을 해치우기 곤란했다. 그렇게 해가 저물자 김천뢰가 생각했다.

　'고생하지 않으면 출세하지 못하고, 불이 산을 태우지 않으면 땅이 비옥하지 않은 법이지. 다치지만 않으면 되니까 저놈한테 한 방 먹여 줘야겠구나.'

　그가 일부러 허점을 드러내자 백리안이 놓치지 않고 칼을 찔러 왔다. 김천뢰가 황급히 임군당을 휘둘러 막아 내자, 살벌하게 휘두른 임군당이 백리안의 칼 하나를 두 동강으로 만들어 버렸다. 하루 내내 기세를 자랑하던 백리안은 자기 칼이 부러지자 화가 머리 끝까지 치밀었다. 제아무리 영웅이라 해도 무용을 뽐낼 수단이 없어져 버렸기 때문이다. 그를 한 번 놀라게 해준 김천뢰는 일찌감치 말머리를 돌려 달아나 버렸다. 그 뒤에서 백리안이 사납게 고함을 쳤다.

　"난쟁이 놈아, 도망만 잘 치는구나? 사나이라면 도망치지 말아야지. 내일 다시 덤빌 테냐?"

　하지만 그는 결국 이를 갈며 돌아갈 수밖에 없었다. 그러자 국왕이 말했다.

　"선사의 말씀이 옳소. 명나라 측에서 계책을 쓰는 게 분명하오.

내일은 만전을 꾀하기 위해서라도 네 부대장과 함께 출전하도록
하시오."

백리안은 칼이 부러지자 사실 속으로 조금 겁이 났다.

"주상 전하의 분부에 따르겠사옵니다."

이튿날 백리안은 말을 타고 두 자루 비도를 바꿔 든 채 진영의
맨 앞에 섰다. 그의 뒤에는 통천대성과 충천대성, 감산역사, 수산
역사까지 네 명의 부대장이 따르고 있었다. 백리안은 호랑이가 날
개를 단 듯이 더욱 기세가 올라서, 말을 치달리며 마구 욕설을 퍼부
었다. 하지만 삼보태감은 출전을 불허한다는 군령을 내렸다. 약이
오른 백리안이 고함을 질렀다.

"호박 같은 난쟁이 놈아, 오늘은 왜 덤비지 않는 것이냐? 네놈을
여덟 토막으로 자르지 못하면 내가 사람이 아니다!"

하지만 명나라 진영에서는 아무 대답도 없이 잠잠할 뿐이었다.
백리안은 날이 저물 때까지 욕만 퍼붓다가 터덜터덜 돌아갈 수밖
에 없었다.

한편 명나라 진영에서는 왕 상서의 군령이 떨어졌다. 그는 한밤
중에 몸소 각 진영을 돌아다니며 점검했다. 왕 상서가 말을 타고
앞장서고, 여섯 명의 유격대장이 역시 말을 타고 그 뒤를 따랐다.
그들은 갑옷을 단단히 차려입고 날카로운 칼을 든 채 사영(四營)에
서 출발하여 곧장 산발치로 갔다. 원래 그 보림산은 성에서 겨우
사오십 리밖에 떨어져 있지 않고, 왕궁의 뒤쪽에 자리 잡은 주산(主

山)이었다. 그 산에서 동쪽은 은안국이었고, 서쪽은 바다였다. 바다에서 올라오면 바로 산이었고, 산에서 내려가면 바로 바다였다. 그러니 길이라고는 없었지만 배를 정박하기에는 아주 좋은 만(灣)이었다.

왕 상서는 주위를 자세히 둘러보더니 수하에게 붓과 벼루를 가져오라고 해서 석판(石板)에다가 커다란 글씨로 이렇게 썼다.

雁飛不到處	나는 기러기도 이르지 못하는 곳
人被利名牽	사람은 이익과 명예 때문에 끌려오는구나.

유격대장은 무슨 뜻인지 몰라서 그저 왕 상서가 개인적인 느낌을 쓴 것이려니 생각했다. 왕 상서도 별다른 말이 없이 그대로 배로 돌아갔는데, 그때는 이미 날이 환해지고 있었다. 왕 상서는 함대를 그 만의 안으로 이동하여 영채를 차리라고 군령을 내렸다. 그리고 뭍의 영채들은 은안국 서쪽 대문 바깥의 보림산으로 가는 길목으로 옮기되, 십 리마다 하나의 영채를 세워서 산발치까지 일자로 연결되게 하라고 지시했다. 이에 따라 해상과 뭍의 영채가 일제히 이동하여, 하루 사이에 모든 배치가 끝났다.

왕 상서가 몸소 밖으로 나와 살펴보니 산발치에서 은안국의 서쪽 대문이 보였다. 또 은안국 서쪽 대문에서 보림산까지 십 리마다 하나씩 영채가 세워져서, 오십 리 길에 다섯 개의 큰 영채가 세워져 있었다. 진영은 좌우로 나뉘어 있었고 맨 처음에는 선봉부대, 두 번째는 좌영, 세 번째는 우영, 네 번째는 전영, 다섯 번째는 후영이 자리를 잡았다. 왕 상서는 곧 군령을 내렸다. 사방에 돌로 누대를 쌓되 아래쪽에는 네 개의 문을 만들고, 위쪽은 육층으로, 전체 높이는 여섯 길이 되게 하라는 것이었다. 또 각 진영은 좌우로 나누어서 누대의 양쪽에 주둔하게 했다. 왼쪽에는 산을 두고 군영이 산발치에 자리 잡게 했으며, 오른쪽에 바다를 두고 군영이 바로 바닷가에 위치하도록 했다. 유격부대는 다섯 진영에 나누어 배치하되, 적군이 공격하더라도 단단히 방어만 하면서 나가 싸우지는 못하게 했다. 그리고 며칠 만에 드디어 누대가 완성되었다. 왕 상서는 '형양관(衡陽關)'이라는 글씨가 커다랗게 새겨진 현판을 주면서, 그것을 넷째 진영의 누대에 걸게 했다. 다들 무슨 영문인지 몰라 쑤군거렸다.

"이렇게 누대를 세우고 현판까지 걸게 하시다니, 설마 여기서 노년을 보내시겠다는 것은 아니겠지?"

그때 왕 상서가 다시 군령을 내렸다. 오십 리 길에 모두 동글동글한 자갈을 깔아 길을 높이되, 한 자를 높이면 그 위에 모래와 흙을 한 자 높이로 깔고, 한 치를 높이면 그 위에 모래와 흙을 한 치 높이로 깔아 덮도록 했다. 다들 무슨 영문인지 모르고 열심히 작업했지만, 어느 정도 원성을 피할 수는 없었다. 다만 군령이니 어기지 못할 뿐이었다. 어쨌든 며칠이 지나자 작업도 완료되었다. 그러자 왕 상서는 각 진영의 장수와 유격대장, 수군도독을 차례로 불러 은밀히 군령을 내렸다. 그들은 모두 주먹을 쓰다듬으며 백리안을 사로잡기만을 바랐다.

한편 백리안이 네 부대장을 거느리고 시쪽 대문 밖으로 달려 나왔으나, 각 진영에서는 아무도 나와 맞서지 않았다. 그는 매일 이렇게 달려와 하루 내내 욕만 퍼붓다가 돌아갔다. 이렇게 되자 그는 명나라 군대에 전혀 신경 쓰지 않고 무인지경을 드나들 듯이 왔다 가곤 했다. 그러다가 명나라 진영에서 다섯 개의 누대를 쌓기 시작했을 때도 별다른 의심을 하지 않았다.

"명나라 놈들이 궁여지책으로 돌을 쌓아 몸을 숨길 작정인가 보군. 멍청이들이 우리를 무서워하면서도 아직 제 나라로 돌아가지 않고 있구먼."

그러자 감산역사가 말했다.

"돌로 쌓은 누대 따위가 다 뭐야? 내가 확 밀어서 쓰러뜨려 버리겠어!"

그는 벼락처럼 기합을 내지르며 두 손으로 온 힘을 다해, 마치 지렁이가 꿈틀거리듯이 누대를 밀었다. 그러자 과연 명불허전이어서, 누대의 한쪽 귀퉁이가 무너져 버렸다. 그쪽 귀퉁이의 돌들이 와르르 무너져 내리기 시작하자 수산역사가 말했다.

"형님만 산을 흔드는 재주가 있는 줄 아시오? 나도 산을 긁어내는 능력이 있소!"

그는 손가락을 등긁이 모양으로 만들더니 두 번째 누대를 향해 마구 긁어 댔다. 그러자 그도 제법 솜씨가 있어서 누대의 한 귀퉁이가 떨어져 나갔다. 백리안은 무척 기뻐서 개선가를 부르며 돌아갔다.

그런데 이튿날 다시 와 보니, 어제 무너뜨렸던 누각의 귀퉁이들이 하룻밤 사이에 말끔히 수리되어 있었다. 그걸 보고 감산역사가 말했다.

"형제들, 다시 한번 무너뜨리세."

그러자 백리안이 말했다.

"뭣 하러 무너뜨려? '활을 당기려거든 시위가 센 것을 당기고, 화살을 쓰려거든 긴 것을 써라. 사람을 쏘려거든 먼저 말을 쏘고, 도적을 잡으려거든 먼저 두목부터 잡아라.'라는 옛말도 있지 않은가? 곧장 쳐들어가서 사령관인가 뭔가 하는 작자부터 잡아 버리고, 그놈의 막사를 끝장내 버리세."

그러자 네 부대장이 일제히 "좋습니다!" 하고 대답했다. 이리하여 백리안과 네 부대장은 사오백 명의 병사들을 거느리고 악어가죽으로 만든 북을 울리며 누대 아래로 돌진했다. 첫 번째 누대 아래에는 원래 약간의 군마가 있었지만, 그들이 달려오는 것을 보자 모두 진영 안으로 몸을 피해 버렸다. 두 번째, 세 번째 누대 역시 마찬가지였다. 그러자 백리안이 네 부대장을 돌아보며 말했다.

"이렇게 파죽지세로 명나라 놈들을 몰아치고 있으니, 우리야말로 진정한 사나이가 아닌가!"

그런데 멀리 네 번째 누대가 보이는데, 그 위에 '형양관'이라고 적힌 편액이 보였다.

"저 누대에는 편액이 있으니, 분명히 사령관인가 하는 자가 여기 있을 것이다. '호랑이 굴에 들어가야 호랑이 새끼를 잡는다.'라고 했으니, 이 누대를 무너뜨려 버리자!"

그러는 사이에 누대 앞에 도착해 보니, 또 '백리안은 이 누대 아래에서 죽는다.'라고 적힌 편액이 보였다. 그걸 본 백리안은 노발대발해서 고함을 질렀다.

"어떤 간덩이 부은 놈이 감히 내 이름을 여기에 적어 놓았느냐?"

그 말이 끝나기도 전에 딱따기 소리가 울리더니 사방팔방에서 불화살과 조총, 불 뱀, 화룡(火龍), 그리고 온갖 화약들이 쏟아지고, 수많은 양양대포가 불길을 토했다. 순식간에 검은 연기가 온 하늘을 가렸고, 천지를 태울 듯한 불길, 천지를 뒤흔드는 굉음이 터져 나왔다. 불쌍한 백리안과 두 명의 대성, 두 명의 역사, 사오백 명의 병사는 불길에 갇힌 채 오도 가도 못 하고 속수무책으로 죽음만 기다려야 했다. 앞으로 나아가자니 앞쪽의 누대에서 하늘을 뒤흔드는 함성과 대지를 진동하는 징소리, 북소리가 울렸고, 뒤로 물러서자니 또 뒤쪽 누대에서 하늘을 뒤흔드는 함성과 대지를 진동하는 징소리, 북소리가 울렸다. 산 쪽으로 가려 하니 이미 산 위에는 두 명의 유격대장이 두 무리의 군마를 이끌고 함성을 질러 대며 북을 울리고 깃발을 흔들어 대고 있었고, 바다로 들어가려 하니 또 해안에는 두 명의 수군도독이 두 무리의 수군을 이끌고 함성을 질러 대며 북을 울리고 깃발을 흔들어 대고 있었다.

아무 대책이 없어진 백리안이 하늘을 향해 세 번 커다란 웃음을 터뜨렸다. 그러자 통천대성이 물었다.

"대장님, 이런 큰 재난을 당한 마당에 왜 그리 웃어대십니까?"

"자네들 두 '대성'은 왜 하늘로 통하거나 하늘로 치솟지 않는가? 두 '역사'는 왜 산을 뒤흔들거나 긁어내지 못하는가? 이러니 우습지 않은가?"

그러자 두 대성이 말했다.

"이 지경이 되어서는 하늘로 올라가려 해도 길이 없는 꼴이 되어 버렸습니다."

두 역사도 말했다.

"이 지경이 되어서는 땅속으로 들어가려 해도 길이 없는 꼴이 되어 버렸습니다."

이어서 통천대성이 말했다.

"대장님은 지금 왜 날아가지 않으십니까?"

"이 지경이 되어서는 나도 날개가 있어도 날지 못하는 꼴이 되어 버렸네."

네 명의 부대장이 일제히 껄껄껄 웃음을 터뜨리자 백리안이 물었다.

"자네들은 왜 웃는가?"

"대장님이 날개가 있어도 날지 못하신다니 우습지 않습니까?"

그 말이 끝나기도 전에 그들의 온몸은 불길에 덮이고 얼굴도 연기에 가려져 버렸다.

이들의 목숨이 어찌 될지는 다음 회를 보시라.

백 부인은 남편의 복수를 하려 하고
왕명은 계책으로 보물을 취하다

百夫人爲夫報仇　王克新計取鈴索

才子却嫌天上桂　　재능 많은 선비지만 천상의 계수나무 싫
　　　　　　　　　어해서[1]

世危番作陣前功　　세상이 위태로워 오랑캐 일어나니 전장에

---

1 인용된 시는 당나라 때 두순학(杜荀鶴: 846~904, 자는 언지[彦之], 호는 구화산
　인[九華山人])의 〈장 복야의 시를 읽고[讀張僕射詩]〉에서 제3~8구의 몇 글
　자를 바꿔서 쓴 것이다. 원작은 다음과 같다. "가을에 시집 한 권 읊조리니
　속내를 알겠고, 만물을 거둬들여 욕심 없는 노래를 지었네. 재능은 뛰어나
　지만 천상의 계수나무 싫어해서, 세상이 위태로워지자 길을 바꿔 전장에서
　공을 세웠지. 염파(廉頗)는 무예에 뛰어났지만 문장은 얘기할 것 없고, 사
　조(謝朓)는 문장에는 뛰어났지만 무예를 몰랐지. 문무겸전의 장 태수에게
　는 모두 뒤지니, 〈주남(周南)〉과 〈소남(召南)〉의 노래 부르며 강한 활을 쏘
　았다네. [秋吟一軸見心胸, 萬象搜羅詠欲空. 才大却嫌天上桂, 世危翻立陣前
　功. 廉頗解武文無說, 謝朓能文武不通. 雙美總輸張太守, 二南章句六釣 弓.]"
　여기서 '천상의 계수나무'는 과거에 급제하는 것을 비유한다. 작자의 원주
　에 따르면 장 복야는 과거에 응시했으나 급제하지 못하자, 붓을 버리고 종
　군하여 훗날 군(郡)을 다스리는 태수(太守)가 되었다고 했다.

	서 공을 세우지.
廉頗解武文無說	염파(廉頗)[2]는 무예에 뛰어났으나 문장은 얘기할 것 없고
謝朓能文武不通	사조(謝朓)[3]는 문장에는 뛰어났어도 무예를 몰랐지.
雙美盡輸唐督將	문무겸전의 당영에게는 모두 뒤지니
二南章句六鈞弓	〈주남(周南)〉과 〈소남(召南)〉의 노래 부르며 강한 활을 쏜다네.

그러니까 네 명의 부대장들은 하늘로 날아갈 수도 땅속으로 숨을 수도 없게 되었고, 백리안은 날개가 있어도 날아갈 수 없게 되자 모두 잠시 농담을 나누었다. 하지만 웃음소리가 끝나기도 전에 온몸이 불길에 싸이고 얼굴이 연기에 덮여서 대장과 네 부대장, 사오백 명의 병사는 모두 잿더미로 변해 버렸다. 이 화공은 제갈량이 등갑군(藤甲軍)을 공격했던 것보다 조금 더 지독했다. 이튿날 잿더미를 뒤집어 보니 완전히 타버린 사람, 전혀 불타지 않은 사람, 머리만 남은 사람, 두개골만 남은 사람, 한쪽 손만 남은 사람, 한쪽 다리만 남은 사람, 가죽만 남은 사람, 해골만 남은 사람 등등이 있

---

2 염파(廉頗: 기원전 327~기원전 243)는 전국시대 말엽 조(趙)나라의 명장으로 제(齊)나라를 토벌하여 진양(晉陽) 땅을 탈취하는 등 많은 전공을 세웠다.

3 사조(謝朓: 464~499, 자는 현휘[玄暉])는 남조 제(齊)나라를 대표하는 시인이다. 경릉왕(竟陵王) 소자량(蕭子良)과 친분이 깊었던 그는 선성태수(宣城太守)와 상서이부랑(尙書吏部郎)을 역임했으나, 훗날 모함을 당해 옥사했다.

었다.

벽봉장로가 그걸 보고 탄식했다.

"아미타불! 시신을 드러내 놓으면 어찌 마음이 편하겠는가! 두 분 사령관, 내 얼굴을 봐서 저 유골을 한자리에 모아 놓고 흙이라도 조금 덮어 주시구려. 그 또한 공덕을 쌓는 일이 아니겠소이까?"

그의 말을 누가 감히 어기겠는가? 삼보태감은 즉시 재와 해골들을 모두 산발치에 묻어 커다란 무덤을 만들라고 지시했다. 그리고 그 앞에 '나무아미타불'이라는 글자가 커다랗게 새겨진 비석을 세워 주었고, 벽봉장로는 몇 권의 《수생경(受生經)》을 읽어서 그들의 영혼을 구제해 주었다.

잠시 후 장수들이 모두 막사로 찾아와 왕 상서의 전공을 축하하자, 왕 상서가 말했다.

"여러분들께서 힘쓰신 덕분이지, 제가 무슨 공이 있겠소이까!"

삼보태감이 말했다.

"상서께서 오늘 그야말로 막사 안에서 계책을 세워 천 리 밖의 승전을 이끄는 진정한 능력을 보여주셨소이다. 처음에서 사흘 연속 출전하지 말라고 군령을 내리기에, 심지어 저마저도 상당히 의아하게 생각했었지요."

"처음에는 적장의 사기가 너무 강하고 재주도 많이 겸비하고 있어서 쉽게 이길 수 없었소이다. 병법에도 '강한 적을 공격하는 것은 망하는 길'이라고 했지요. 사흘 동안 출전하지 않은 것은 바로 강한 적은 더욱 강하게 만들어 주는 작전이었지요."

"그런 다음에는 계속 패배하라고만 하셨는데, 그건 왜 그러셨소이까?"

"내가 강한데도 오히려 약하게 보이는 것입니다. 병법에도 '전쟁에서 교만하면 망한다.'라고 하지 않았소이까? 패배하라고 한 것은 그자를 교만하게 만들기 위한 작전이었지요."

"산발치로 병력을 이동하고 또 많은 누대를 쌓게 하자 다들 병사들을 고생만 시키는 일이라고 했고, 저 역시 무슨 뜻인지 이해하기 어려웠소이다."

"통해관 밖은 굉장히 넓어서 지형이 적에게 유리합니다. 그런데 보림산 아래는 길이 한정되어 있어서 지형이 우리에게 유리합니다. 병법에도 '전쟁을 잘하려면 험한 형세를 차지하여 적의 접근이 어렵게 하라.' 하지 않았소이까? 제가 병력을 이동하고 다섯 개의 누대를 세우게 한 것은 바로 '기세를 쇠뇌처럼 강하게 하고, 중간 과정에서 기회를 잡으려는' 작전이었습니다."

"그렇다면 화약을 함부로 쓰지 못하게 한 것은 무슨 뜻이었소이까?"

"그들이 눈치채지 못하게 해서 의표를 찌르려는 뜻이었지요."

"그런데 누대에 '형양관'이라는 편액을 걸게 한 것은 무슨 뜻이었소이까?"

"적장의 이름이 백리안이니, 기러기도 날아 넘지 못한다는 형양 땅의 회안봉(回雁峰)을 떠올리게 해서, 그자의 몰락에 대한 징조를 보여준 것입니다."

"그러면 '백리안은 이 누대 아래에서 죽는다.'라고 적힌 패를 내건 것은 무엇 때문이었는지요?"

"그건 바로 '방연(龐涓)은 이 나무 아래에서 죽는다.'라고 했던 것[4]처럼, 먼저 그 기세를 꺾으려는 뜻이었습니다."

"둥근 자갈을 깔아 길을 높이고 또 모래와 흙으로 덮은 것은 무슨 뜻이었는지요?"

하지만 왕 상서는 이에 대해서는 자세히 설명하려 하지 않고, 그저 "그건 별 뜻이 아니었습니다." 하고 얼버무렸다.

어쨌든 왕 상서가 이번에 멋지게 지휘하여 대승을 거두자 다들 그를 칭송했다.

"왕 상서님의 오묘한 계산은 천하제일이니, 가슴속에 백만 명의 병사를 품고 있는 셈이 아닌가!"

삼보태감이 축하잔치를 준비하라고 분부하자, 왕 상서가 말했다.

"백리안은 죽었지만 정말 위험한 백 부인이 남아 있소이다. 강적

---

4 방연(龐涓: ?~기원전 342)는 전국시대 위(魏)나라의 장수였는데, 조(趙)나라 수도 한단(邯鄲)을 포위 공격하다가 구원하러 온 제(齊)나라 군사(軍師) 손빈(孫臏: ?~기원전 316?)의 계책에 걸려 마릉(馬陵, 지금의 허난성[河南省] 판현[范縣] 서남쪽)에서 매복하고 있던 제나라 군대의 기습으로 괴멸하자, 그 역시 자살했다. 손빈은 이곳에서 큰 나무줄기를 깎아내고, 그 자리에 '방연은 이 나무 아래에서 죽는다.[龐涓死於此樹之下]'라고 써놓고, 저녁에 불이 보이면 복병에게 일제히 쇠뇌를 쏘게 했다. 과연 저녁에 그곳에 도착은 방연은 글씨를 보기 위해 촛불을 밝혔고, 그 글을 다 읽기도 전에 제나라 복병이 일제히 쇠뇌를 발사하여 조나라 군대를 괴멸시켰다고 한다.

을 앞에 두고 어찌 잔치를 벌일 수 있겠습니까?"

그 말이 끝나기도 전에 호위병이 보고했다.

"은안국 국왕이 서쪽 성문을 활짝 열고 악어가죽 북을 울리고 함성이 울리면서 병사들이 몰려나오는데, 맨 앞에는 여자 장수가 불에 달궈진 석탄 같은 붉은 말을 타고 아홉 개의 비도를 든 채, '지아비를 죽인 원수와는 같은 하늘을 이고 살 수 없다! 감히 나와 겨룰 자가 있느냐?' 하고 고함을 지르고 있습니다. 지금 벌써 저들의 부대가 첫 번째 누대 아래까지 이르렀습니다."

그런데 백 부인은 어떻게 이렇게 빨리 누대 아래까지 진격해 올 수 있었을까? 알고 보니 국왕은 백리안이 명나라의 화공에 걸려 죽었다는 소식을 듣자 한바탕 대성통곡을 하며 이렇게 탄식했다.

"선사의 말씀을 듣지 않아서 결국 이런 재앙을 당했구나!"

그러면서 칼을 집어 들고 스스로 목을 그으려 하자, 좌우 두목과 조정 가득한 신하들이 일제히 달려가 만류하여 겨우 칼을 놓았다.

"백 대장의 죽음은 과인의 잘못 때문이오. 어서 그 집안에 소식을 전하되, 너무 상심하지 말라고 하시오. 그 집안은 이전처럼 계속 벼슬과 녹을 받을 것이오. 그리고 휘하의 병사는 백 부인의 지휘를 받도록 하시오. 일체의 군사업무는 먼저 처벌하고 나중에 보고하도록 하고, 누구도 중간에서 관여하지 못하도록 하라. 이대로 시행하라!"

국왕은 그저 그 가족들을 위로하여 살아 있는 이들의 마음을 달래주고 죽은 사람의 덕에 보답하려는 뜻이었다. 그런데 뜻밖에 백 부인은 원래 눈이 높고 포부가 큰 여자였으며, 아홉 자루의 비도를 잘 쓰고, 하루에 천 리를 달리는 다리를 가지고 있으며, 홍금투삭이라는 밧줄을 들고 쇠갈퀴로 사람을 잡는 능력이 있는 데다가, 허리에는 황심령이라는 방울까지 지니고 있었다. 그녀는 평소에는 그다지 좋지 못한 아내였지만, 남편이 비명에 죽었다는 소식을 듣자 가슴이 찢어지는 듯이 아파하며 두 눈에 눈물을 줄줄 흘렸다. 그녀는 하늘을 찌르는 원한에 두 발을 구르며 두 손으로 가슴을 쳤다. 그렇게 원한을 풀어낼 길이 없어 답답해하던 차에, 마침 국왕이 그녀에게 병권을 좌우하도록 어명을 내린 것이었다. 이를 계기로 그녀는 갑자기 살심이 치밀어, 즉시 군대를 이끌고 서쪽 성문을 나와서 곧장 첫 번째 누대로 달려왔다.

소식을 들은 왕 상서가 말했다.

"다행히 아직 잔치를 열지 않았으니 망정이지, 하마터면 여자한테 잔치를 열어 줄 뻔했구려."

그리고 즉시 군령을 내려 좌우 선봉에게 누대를 단단히 지키면서 함부로 나가 싸우지 말라고 했다. 다만 해가 저물어 적군이 물러갈 때 뒤쫓아 일전을 치러서 공을 세우는 것은 허락했다. 이에 따라 좌우 선봉은 누대의 좌우를 단단히 지키기만 할 뿐, 쉽사리 밖으로 나오지 않았다. 그때 백 부인이 군대를 이끌고 누대 아래로 와서 고함을 질렀다.

"남편을 죽인 원수와는 한 하늘을 이고 살 수 없다! 나와 맞설 놈은 누구냐?"

그렇게 욕을 퍼부으며 아홉 개의 비도를 휘둘러 댔는데, 정말 솜씨가 신묘했다. 위로 세 번, 아래로 네 번, 좌로 다섯 번, 우로 여섯 번, 앞으로 일곱 번, 뒤로 여덟 번 휘둘러 대니 마치 아홉 개의 날개를 가진 새가 평지에서 날아오르는 것 같았다. 그나마 이건 첫 부분의 솜씨였고, 뒤쪽으로 가자 눈송이가 머리를 뒤덮고, 시든 나무의 뿌리가 얽히는 등의 수법으로 바뀌면서 그저 바람 가르는 소리만 들리고 눈앞에 온통 하얀 빛만 가득하여, 무슨 도산검림(刀山劍林) 같은 것이라 해도 이보다 더 무시무시하지 않을 정도였다! 그 모습을 보고 좌우 두 선봉이 감탄했다.

"이 오랑캐 아낙은 정말 당해 내기 어려울 것 같구먼. 왕 상서께서는 어찌 이렇게 귀신같이 앞을 내다보시고, 함부로 나가 싸우지 말라고 하셨을까!"

백 부인은 아침부터 해가 질 때까지 온갖 방법을 썼지만, 명나라 군대가 좌우에서 단단히 지키면서 나와 싸우지 않으니 누대를 함락시킬 수 없었다. 그녀는 욕을 퍼붓다 보니 입에 힘이 빠지고, 계속 칼을 휘둘러 대다 보니 팔도 피곤해서 어쩔 수 없이 병사를 수습해서 돌아갔다. 이야말로 흥에 겨워 왔다가 맥이 빠져 돌아가는 꼴이었다.

그런데 그녀가 막 자기네 성 아래에 도착해서 서쪽 성문을 찾고 있는데, 갑자기 한 발의 포성이 벼락같이 울리더니 하늘을 찌르는 함성과 지축을 뒤흔드는 북소리가 들리면서 뒤쪽에서 두 명의 장수가 고함을 지르는 것이었다.

"오랑캐 아낙이 무슨 재간이 있다고 감히 공격해 오느냐? 당장 말에서 내려서 칼을 버려라!"

ㄱ 말에 최기 치민 백 부인은 이를 갈며 아무 대꾸도 하지 않았다. 그 대신 몸을 비스듬히 돌아서며 아홉 자루 비도를 휘돌리며 공격해 들어왔다. 은빛 갈기의 말을 타고 표두도(豹頭刀)를 든 좌선봉 위무대장군 장계와 오명마(五明馬)를 타고 안령도(雁翎刀)를 든 우선봉 위무부장군 유음도 일제히 그녀에게 달려들었다. 위를 치면 아래를 쳐서 되돌려주고, 이쪽에서 공격하면 저쪽으로 되돌려주면서, 그들은 한 덩어리가 되어 한참 동안 격전을 치렀다. 그런데 싸움이 막 무르익어 가는 차에 명나라 진영의 왼쪽에서 한 발의 포성과 함께 하늘을 뒤흔드는 함성이 일어나면서 한 무리 군마가 나타났다. 맨 앞에 선 장수가 옴 몸에 갑옷을 두르고 말에 탄 채 한 길 여덟 자 길이의 사모(蛇矛)를 든 채 고함을 쳤다.

"내가 바로 정서유격대장군 유천작이다. 사령관의 명령을 받고 오랑캐 아낙을 사로잡으러 왔노라!"

그리고 병사들이 함성이 끊어지기도 전에 그가 천지를 뒤집을 듯이 창을 휘두르며 공격해 들어갔다. 유음이 가세하는 것을 본 좌우 선봉은 더욱 힘을 냈지만, 백 부인은 아직 잘 버텨내고 있었다. 그렇게 세 명의 장수가 백 부인과 정신없이 싸우고 있을 때, 명나라 진영의 오른쪽에서 또 한 발의 포성과 함께 하늘을 뒤흔드는 함성이 일어나면서 한 무리 군마가 나타났다. 맨 앞에 선 장수가 옴 몸에 갑옷을 두르고 말에 탄 채 커다란 개산부(開山斧)를 든 채 고함을 쳤다.

"내가 바로 도사(都司) 오성이다. 사령관의 명령을 받고 오랑캐 아낙을 사로잡으러 왔노라!"

그리고 병사들이 함성이 끊어지기도 전에 그가 천지를 뒤덮을 듯이 도끼를 휘두르며 공격해 들어갔다. 아무리 용맹한 장수라도 양쪽의 적을 감당하기 어려운 법인데, 하물며 네 명의 장수가 한 명의 아낙을 상대하니, 그녀가 제아무리 대단하다 한들 무서울 게 어디 있었겠는가? 하지만 백 부인의 아홉 자루 비도가 상당히 살벌해서 금방 가까이 다가가기 어려웠다. 그래서 맞서 싸우면서도 네 장수의 마음속에 슬슬 두려움이 피어나기 시작했다. 그 순간 명나라 진영에서 한 명의 장수가 '명령[令]'이라는 글자가 수놓아진 깃발을 들고 나는 듯이 달려 나오며 소리쳤다.

"내가 바로 중군 막사의 좌호위 철릉이다. 사령관님의 명령을 전한다. 백 부인을 사로잡는 자에게는 은 천 냥을 하사하고, 목을 벤 자에게는 오백 냥을 하사한다. 나머지 오랑캐는 수급 하나에 은 열 냥을 하사한다!"

많은 상이 걸리면 용기를 내는 이가 생겨나기 마련이라, 천 냥의 은을 떠올린 네 장수는 다투어 백 부인을 사로잡으려고 달려들었다. 사태가 심상치 않게 돌아가자 백 부인은 생각을 바꿨다.

'일단 돌아가자. 그렇지 않으면 은 천 냥에 몸을 팔거나, 오백 냥에 수급을 파는 꼴이 되고 말겠구나.'

그녀는 재빨리 뿔피리를 불어 군대를 퇴각시키고, 자신은 혼자서 뒤쪽을 호위하며 서쪽 성문으로 들어갔다. 하지만 벌써 병사들의 절반 정도를 잃은 상태여서 마음이 착잡했다. 그런데 뜻밖에도 그때 서쪽 성문 안쪽에서 한 발의 포성과 함께 하늘을 뒤흔드는 함성이 일어나면서 한 무리 군마가 나타났다. 맨 앞쪽의 장수가 온몸에 갑옷을 두른 무쇠처럼 시커먼 얼굴과 송곳 같은 수염을 기른 채, 오추마를 타고 여든네 근의 낭아봉을 흔들며 소리쳤다.

"내가 바로 낭아봉 장백이다. 사령관님의 군령을 받고 여기서 기다린 지 오래다. 못된 오랑캐 아낙 같으니, 이 낭아봉이 네년을 피떡으로 만들어 주기 전에 일찌감치 말에서 내려 투항해라!"

"어떤 작자이기에 감히 성문 안쪽에서 나오느냐? 네놈이 내 비도를 알아볼 수 있겠느냐?"

백 부인이 즉시 아홉 자루 비도를 휘두르며 장백의 머리를 향해 눈꽃이 쏟아지는 듯이 공격을 퍼부었다. 하지만 장백은 그 현란한 공격에도 아랑곳하지 않고, 온 힘을 다해 낭아봉을 내질렀다. 비록 백 부인이 대단한 장수이기는 했지만 뒤에서 네 명의 장수가 일제히 달려드는 상황이니, 어쩔 수 없이 비도를 휘둘러 몸을 보호하며 성안으로 후퇴하는 수밖에 없었다.

이 전투에서 백 부인은 부상을 입지는 않았지만, 이끌고 나갔던 삼백여 명의 병사 가운데 겨우 사오십 명만 살아 돌아왔다. 그러자 국왕이 진노하여 꾸짖었다.

"고약한 아낙이로다! 잘 싸우지도 못하면서 어찌 억지로 출전하여 그 많은 병사를 잃었단 말인고!"

백부인이 황급히 둘러댔다.

"제가 전투를 잘 못 해서가 아니라, 원래 제 남편의 지휘를 받던 이 병사들이 오늘 제 명령을 제대로 따르지 않았다가 죽음을 자초했기 때문이옵니다."

국왕은 그녀의 능력이 필요한 마당이기 때문에 그녀를 지나치게 추궁하지 못했다. 그녀가 변심할까 걱정한 국왕이 차분하게 말했다.

"그대 잘못이 아니라 해도 하루에 삼백 명을 잃었으면 열흘이면 삼천 명을 잃게 되는 셈인데, 우리나라에 어디 그렇게 많은 군마가 있소? 그러니 과인도 염려하지 않을 수 없는 것이오."

"이제부터는 군마를 동원하지 않고, 저 혼자 나가서 명나라 함대를 격퇴하겠사옵니다. 성공하기 전에는 절대 돌아오지 않겠사옵니다!"

"군마를 동원하지 않고 공을 세운다면, 그 가치가 더욱 높겠구려."

이튿날 백 부인은 과연 혼자 말에 탄 채 아홉 자루 비도를 들고 서쪽 성문을 나섰다. 호위병의 보고를 받은 왕 상서가 이렇게 분부했다.

"오늘은 적을 경시하지 말고 추격도 하지 말라."

그러자 삼보태감이 물었다.

"어제의 일전으로 이미 저 계집의 간담을 서늘하게 해주었으니,

오늘은 여세를 몰아 저년을 처치해야 하지 않겠습니까? 왜 싸우지 말라고 하는 것인지요?"

"한마디로 얘기하기 어렵습니다."

삼보태감은 약간 의아했지만 어쩔 수 없었다.

한편 첫 번째 누대에서는 원래 좌우 선봉과 좌우 유격대장이 지키고 있었고, 유천작과 오성은 전후에서 지원하도록 되어 있었는데, 거기에 장백까지 새로 가세했다. 그런데 백 부인이 싸움을 걸어와도 선봉장들은 사령관의 명을 어길 수 없었다. 결국 아무도 나서지 않자 백 부인은 온갖 욕을 퍼부었다. 양쪽의 유격대장들은 화가 치밀었지만 함부로 입을 열지 않았다. 그렇게 날이 저물 때까지 욕을 퍼붓던 백 부인은 돌아가는 수밖에 없겠다고 생각하고 마지막으로 이놈, 저놈, 개새끼, 소새끼 등등의 욕설을 마구 퍼부었다. 그러자 다른 사람들은 몰라도 그 욕설은 장백의 불같은 성격에 기름을 부은 꼴이 되었다. 노기충천한 그는 이를 갈며 백 부인을 잡아 낭아봉으로 찧어 주고 싶은 충동을 이기지 못했다. 결국 그는 사령관의 군령이 어쨌든지 간에, 즉시 혼자서 말을 타고 나는 듯이 달려나가 낭아봉을 치켜들어 그녀를 향해 내리쳤다. 날이 저물어 돌아가려 하던 차에 무심코 누대 가까이 가 있던 백 부인은 그 뜻밖의 공격에 깜짝 놀랐다. 게다가 시커멓고 흉악스럽게 생긴 장백이 그 무거운 무기를 다짜고짜 마구잡이로 휘두르자, 그녀도 도저히 견디지 못하고 그저 아홉 개의 비도를 휘둘러 방어

만 할 수밖에 없었다. 하지만 얄팍한 비도가 둔중한 낭아봉을 당해 내기는 힘들어서, 한 번씩 부딪칠 때마다 날이 빠지거나 부러져 버렸다. 이렇게 좌우로 계속 찍어 대자 아홉 자루의 비도가 모조리 쓸모없이 변해 버렸다. 그녀는 다급한 와중에 계책을 떠올리고, 얼른 아홉 자루 비도를 내던지고 말에서 펄쩍 뛰어내렸다. 장백은 아홉 자루 비도가 모두 망가지고 그녀가 말에서 뛰어내리자 기회를 잡았다 싶어서, 황급히 말을 몰아 그녀에게 달려들어 머리를 내려치려 했다.

좌우 선봉과 두 유격대장도 백 부인이 말에서 뛰어내리는 것을 보자 다투어 공을 세우려고 나섰다. 일제히 대포 소리가 울리면서 사방에서 네 장수가 백 부인을 향해 달려들었다. 그들은 그저 그녀의 수급을 베면 은 오백 냥을 받을 것이니, 이것도 적지 않은 공을 세우는 것이라는 생각만 하고 있었다. 그런데 칼과 말을 버리고 두 발로 땅에 내려선 백 부인은 걸음걸이가 나는 듯이 빨랐다. 게다가 그 상태에서 세 길 남짓한 길이에 여든한 개의 쇠갈퀴가 달린 홍금투삭을 들고 손을 뻗으니, 거기에 걸리면 즉시 낚이듯이 채여 갈 수밖에 없었다. 여든한 개의 쇠갈퀴는 어느새 일이십 명의 군사를 낚아채 버렸는데, 그들은 모두 머리가 낚여서 눈이나 코, 입, 귀, 머리카락, 양쪽 살쩍, 또는 두개골이 거기에 걸려 버렸다. 해를 당하지 않은 이들도 투구나 투구 끈, 두건, 갑옷, 창, 삼지창 따위가 걸려 빼앗겨 버렸다. 게다가 장수도 한 명이 다쳤다. 그게 누구냐? 바로 장백이었다. 그는 쇠로 만든 둥근 모자와 이마에 매고 있던 붉은 띠를 빼앗겨 버렸고, 검푸른 전포도 두어 군데 걸려서 찢겨 버렸다. 장백은 원래 그녀와 대치하고 있었고, 말이 빨리 달리는 바람에 이렇게 해를 당하게 된 것이었나. 좌우 선봉과 두 유격대장은 애초에 늦게 도착한 덕분에 피해를 면할 수 있었다.

승전을 거두고 돌아가 국왕을 만난 백 부인은 밧줄에 걸려 있던 수많은 투구와 갑옷, 두건, 살가죽과 뼈 등등을 떼어냈다. 국왕은 무척 기뻐하여 후한 상을 내렸다.

"그대만 믿겠소. 훗날 이 일이 성공하게 되면 함께 부귀를 누리도록 해 드리겠소."

한편, 패전해서 돌아간 장백은 자기 스스로 풀이 죽은 것은 둘째 치고, 사령관의 군령을 어긴 죄가 결코 가볍지 않았다. 어쩔 수 없이 그는 스스로 오랏줄로 몸을 묶은 채 중군 막사로 가서 처벌을 내려 달라고 자청했다. 좌우 선봉과 두 유격대장도 속옷 차림에 평상시 쓰는 모자를 쓴 채 막사 앞에 무릎을 꿇었다. 그러자 왕 상서가 말했다.

"군령을 어겼으니 참수형에 처해야 마땅하다!"

장백이 죄를 인정했다.

"예. 기꺼이 칼을 받겠습니다."

왕 상서가 좌우 선봉과 두 유격대장에게 말했다.

"그대들도 주범이 아니라 종범(從犯)이라는 차이만 있을 뿐, 죄가 없다고 할 수 없다."

그들이 일제히 대답했다.

"저희 잘못이 아니오니, 부디 관용을 베풀어 주십시오!"

그러자 삼보태감이 왕 상서에게 말했다.

"군법에 따라 모두 엄중히 처벌해야 마땅하지만, 십만 리 밖에 나와 있어서 인재가 필요한 마당이니, 본국에 있을 때와는 상황이 다릅니다. 그간 저들이 세운 공을 이번의 죗값으로 삼아 잠시 용서해 주도록 하시지요."

"사령관의 부탁도 있고 하니, 이번 한 번만 잠시 용서하겠다. 이후 또 이런 일이 생기면 절대 용서하지 않겠다!"

이에 다섯 장수가 일제히 감사의 절을 올렸다. 그러자 삼보태감이 왕 상서에게 물었다.

"똑같은 상대에게 똑같이 날이 저물 무렵에 추격했지만, 어제는 그쪽에서 군마를 거느리고 있었고 오늘은 혼자였소이다. 그런데 어째서 어제는 승리하고 오늘은 패했을까요? 상서께서는 어떻게 어제는 출전해야 하고 오늘은 하지 말았어야 한다는 사실을 아셨습니까?"

"어제는 백 부인이 처음 나왔기 때문에 별다른 방비를 하지 않고 있었습니다. 병법에도 상대의 허를 찌르라고 했으니, 어제는 출전하면 승리하리라 예상했습니다. 하지만 오늘은 이미 패배를 경험한 백 부인이 만반의 대책을 마련하고 나왔을 게 아니겠습니까? 병법에도 궁지에 몰린 적은 쫓지 말라고 했으니, 오늘은 나서지 말라고 한 것입니다. 나서면 패배할 가능성이 많으니까요."

"옛날에 소범노인[小范老子]⁵의 흉중에 백만 명의 무장한 병사가 들어 있다고 했는데, 상서께서는 천만 명이 넘게 담고 계시는군요!"

"과찬이십니다."

"만사가 미리 예측하면 성공하는 법인데, 하물며 전장에서야 더욱 그러하지 않겠습니까? 그런데 내일 백 부인이 다시 오면 누구를 내보내야 할까요?"

"오늘 패전했으니 장수들은 다시 출전하면 안 됩니다. 그 대신 황봉선에게 상대해 보라고 해야겠습니다."

그리고 즉시 전령을 보내 황봉선을 불러서 내일 출전하라고 하면서, 또 이렇게 당부했다.

"아홉 자루 비도는 어제 이미 보았고, 세 길 남짓한 홍금투삭도 오늘 보았네. 하지만 그 아낙에게는 또 황심령인가 하는 방울이 있다는데, 그게 좀 고약한 물건일세."

"저도 몇 가지 물건이 있으니, 그 여자에게 지지는 않을 것입니다."

그러자 당영이 나섰다.

"저도 함께 출전하고 싶습니다."

왕 상서가 말했다.

"이번에는 그럴 필요가 없네."

---

5 송나라 때 서하(西夏) 사람들이 이원호(李元昊: 1003~1048)의 반란을 평정하는 데에 결정적으로 기여한 범중엄(范仲淹: 989~1052, 자는 희문[希文])을 경외시하여 부르던 호칭이다.

황봉선이 물러가자 삼보태감이 왕 상서에게 물었다.

"황봉선은 성공할 수 있겠소이까?"

"저쪽의 기세가 드세니, 아마 아직은 성공할 수 없을 걸로 생각됩니다."

"그런데 왜 당 장군을 함께 내보내지 않으십니까?"

"당 장군은 나중에 쓸 곳이 있습니다."

"그러면 황봉선은 패배하게 되겠군요?"

"대승을 거두지도 못하겠지만 대패하지도 않을 겁니다. 내일 보시면 알게 되실 겁니다."

이튿날 백 부인이 다시 찾아와 똑같은 방식으로 싸움을 거는데, 명나라 진영의 상대가 어제의 그 장수들이 아니었다. 그는 바로 발그레한 얼굴에 풍성한 머리카락을 세 갈래로 땋아 올렸고, 치마를 입은 젊고 아름다운 여자 장수였다. 그 모습을 보자 백 부인은 웃음이 나왔다.

'세상에 나만 여자의 몸으로 장수인 줄 알았더니, 어떻게 이 함대에도 여자 장수가 있지? 정말 웃기는군! 그나저나 어떤 여자이고, 어떻게 나를 상대하겠다는 거지? 일단 말을 걸어서 낌새를 살펴보자.'

"너는 누구냐?"

"정서후영대도독 당영의 정실부인인 나를 몰라본다는 말이냐? 그러는 너는 누구냐?"

"은안국 대장 백리안의 부인이다. 너희가 까닭 없이 내 남편을 죽였으니 복수하러 왔다. 너희 부부는 그냥 집에서 오순도순 살 일이시, 왜 굳이 제 발로 죽을 곳을 찾아왔느냐?"

"누가 감히 죽느니 마느니 하는 소리를 지껄이느냐?"

황봉선이 쌍도를 꺼내 들고 자신의 머리와 얼굴이 보이지 않을 정도로 재빨리 휘두르자, 백 부인이 잠시 보고 있다가 말했다.

"잠깐! 이제 내 솜씨를 봐라."

그리고 그녀도 아홉 자루 비도를 꺼내 들고 온몸이 보이지 않게 휘둘렀다. 잠시 지켜보던 황봉선이 말했다.

"잠깐! 바둑에서는 선수(先手)를 차지하는 게 중요하지. 그래 우리 둘을 비교해 보니, 어떻더냐?"

'이 여자도 보통이 아니군. 절대 우습게 보면 안 되겠어.'

백 부인은 더욱 힘을 내서 아홉 자루 비수로 조심스럽게 공격하자, 황봉선도 두 자루 검을 들고 조심스럽게 막아 냈다. 둘이 어울리자 아홉 자루도 많아 보이지 않고, 두 자루도 적어 보이지 않아서 결국 둘은 누구도 우세를 점하지 못하고 평수를 이루었다. 그러자 백 부인이 말했다.

"날이 저물었으니 내일 다시 붙자."

이튿날 아침 일찍 백 부인이 다시 오자 황봉선도 즉시 출전했다. 그들은 다시 어제처럼 칼을 휘두르며 한참 동안 격전을 치렀다. 황봉선은 기회가 생길 때마다 백 부인을 베려 했고, 백 부인도 황봉선을 어찌 해 보려고 온갖 수단을 다 썼지만, 비도로는 어찌지 못하고 오히려 틈을 드러내고 말았다. 황봉선이 놓치지 않고 칼을 찔러오자 백 부인은 그 기세를 빌려 말에서 풀쩍 뛰어내렸다. 그리고 두 발로 나는 듯이 달리면서 세 길 남짓한 길이에 여든한 개의 쇠갈퀴가 달린 홍금투삭을 꺼내 들고 황봉선을 낚아채려 했다. 하지만 노련한 황봉선은 상대가 말에서 뛰어내리자 즉시 속셈을 눈치채고 쫓아가지 않았다. 그 대신 말에 탄 채 그녀를 따라 달리면서 콩을 한 줌 꺼내서 뿌렸다. 그러자 여든한 개의 쇠갈퀴에 모두 사람의 머리가 걸리는 것이었다. 백 부인이 기뻐하며 돌아보니 황봉선은 어느새 흙의 장막 속으로 숨어 버려서 모습이 보이지 않았다.

'어제는 그 시커먼 놈을 놓쳤지만 오늘은 이 계집을 잡았으니, 이 또한 적지 않은 공을 세운 셈이지.'

백 부인이 밧줄을 든 채 돌아가서 국왕을 만나자, 국왕이 물었다.

"갈고리에 걸린 것은 다 무엇이오?"

"사람의 머리이옵니다."

"어떤 장수가 그대에게 이 수급들을 빼앗겼소?"

"솔직히 말씀드리면, 저번의 그 시커먼 장수는 남자라서 제 수법에 당해도 그자의 두건과 머리띠만 가져올 수 있었사옵니다. 그런데 오늘 만난 장수는 여자라서 수급을 가져올 수 있었사옵니다."

"어떤 게 그 여자 장수의 수급이오?"

백 부인이 고개를 들고 살펴보니, 쇠갈퀴에 수많은 여자 머리가 걸려 있는 것이 아닌가! 하지만 아무래도 진짜 같지 않아서 하나를 떼어내 보니, 맨 처음 한두 개는 그래도 사람의 머리였는데, 남은 서너 개는 돼지머리, 대여섯 개는 양의 머리, 일고여덟 개는 쇠머리, 아홉이나 열 개는 개의 머리, 일이십 개는 조롱박, 삼사십 개는 참외, 오륙십 개는 여주, 칠팔십 개는 호박이었다.

국왕은 명나라 사람의 머리가 아닌 것을 알고 속으로 화가 치밀어서 꾸짖었다.

"고얀 계집, 감히 군주를 기만하고 나라를 팔아먹으려 하다니, 일찌감치 죽여 없애는 게 낫겠구나. 여봐라, 당장 끌고 나가 목을 쳐라!"

그러자 백 부인이 고함을 질렀다.

"충신을 억울하게 죽인다면 천지신명이 응징할 것입니다!"

"군주를 기만하고 나라를 팔아먹으려는 게 아니라면, 어째서 가짜 머리들을 가져왔느냐?"

"전투 와중에 밧줄을 들고 머리를 낚아챘으면 그만이려니 생각했지, 설마 가짜 머리가 섞여 있는 줄 어찌 알았겠사옵니까? 이는 명나라의 그 계집이 저를 희롱한 것이옵니다. 하루만 말미를 주시면, 내일 나가서 그년의 목을 가져와 속죄하겠나이다."

국왕은 내키지 않았지만 좌우 두목이 재삼 권유하자 결국 마음을 돌렸다.

"이번 한 번만 용서하마. 다음번에도 공을 세우지 못하면 군법으로 다스릴 것이다!"

이튿날 백 부인이 어제의 일로 분통이 터지는 것을 억누르며 달려 나오자, 황봉선이 깔깔 웃으며 맞이했다. 백 부인이 고함을 질렀다.

"천박한 것! 감히 어제 나를 희롱했겠다?"

"희롱이라니? 네가 불순한 의도로 찾아왔으니 내가 충분히 답례해준 거라고!"

"이번에는 내 칼맛을 보여주마!"

백 부인이 다시 아홉 자루 비도를 꺼내 휘두르자, 황봉선도 쌍도를 휘둘러 맞섰다. 한참 동안 칼을 휘두르던 백 부인이 갑자기 아홉 자루 비도를 공중으로 휙 던지더니 말에서 풀쩍 뛰어내렸다. 황봉선은 이번에도 그녀가 그 세 길 남짓한 길이에 여든한 개의 쇠갈퀴가 달린 홍금투삭을 꺼내려는 줄 알고 재빨리 말머리 돌렸다. 그런데 뜻밖에 백 부인은 밧줄 대신 구리방울을 꺼내 두어 번 흔들었다. 순식간에 황봉선은 심장이 갈라지고 간장이 자리를 바꾸면서 고양이 발톱으로 긁어 대는 것처럼 아파와서, 말에 앉아 있지도 못하고 그대로 말에서 떨어져 버렸다.

그런데 어떻게 방울 한 번 흔드는 걸로 사람을 말에서 떨어지게 할 수 있었을까? 알고 보니 그것은 백 부인의 호신용 보물로서 황심령이라고 부르는 방울이었다. 그걸 암암리에 두어 번 흔들면 상대가 아무리 대단한 사내나 열부(烈婦)라 할지라도 심장과 간장이 모두 부서지는 듯이 아프게 만들었다. 그러니 말에 탄 사람은 낙마하고, 땅바닥에 서 있던 사람도 쓰러질 수밖에 없었다. 이런 독수에 당했기 때문에 황봉선도 그대로 떨어질 수밖에 없었던 것이다.

이에 백 부인은 상대가 광주리 안의 물고기, 구덩이에 빠진 호랑이 신세가 되었다고 생각하고 오랏줄로 묶으려고 다가갔지만, 황봉선은 어느새 흙의 장막을 이용해 도망쳐 버린 후였다. 그녀를 놓쳐 버리자 백 부인은 분노를 참지 못한 채 국왕에게 돌아가야 했다.

"어째서 오늘도 공을 세우지 못했는가?"

"제가 황심령을 흔들어 그 계집을 말에서 떨어뜨렸지만, 잡아 오지는 못했사옵니다."

"아니, 어떻게 그럴 수가 있는가?"

"못 믿으시겠거든 내일 직접 성에 올라가셔서 보시옵소서."

"나라를 팔아먹을 생각만 하는 네년을 과인이 어찌 보라는 것이냐!"

"제가 어찌 감히 그런 마음을 품겠사옵니까! 주상 전하께서 직접 보시면 아시게 될 것이옵니다."

"두 개의 무기와 하나의 보물을 가지고도 어찌 그년을 어찌하지 못한다는 말이냐! 어쨌거나, 좋다. 내일 직접 보겠노라!"

이야말로 사물이 썩으면 벌레가 생기고, 사람을 의심하게 되면 참소(讒訴)하게 된다는 격이었다. 국왕이 속으로 계속 백 부인을 의심했으니, 이 또한 왕 상서가 이번 전투를 승리로 장식할 징조가 아니겠는가? 왜냐? 국왕이 백 부인을 의심하고 있다는 사실은 일찌감치 정찰병들에 의해 파악되어 왕 상서에게 보고되었기 때문이다.

"옳거니! 이번에 백 부인은 틀림없이 죽게 될 것이다!"

삼보태감이 물었다.

"어째서 그렇다는 말씀이신지요?"

"말로만 해서는 증거가 없으니, 내일 때가 되면 직접 보시게 될 것입니다."

왕 상서는 즉시 왕명을 불러 분부했다.

"즉시 성안으로 숨어 들어가서 백 부인의 홍금투삭과 황심령을 가져오게. 둘 중에 하나만이라도 가져오면 은 천 냥을 상으로 내리고, 둘 다 가져오면 이천 냥을 내리겠네. 단, 동이 트기 전인 오경까지 가져와야 하네."

왕명이 그 엄한 분부를 어찌 거역하겠는가? 그는 즉시 "예!" 하고 성으로 출발했다. 왕 상서는 또 좌우 선봉과 사영대도독을 불러 분부했다.

"내일 동이 트면 다섯 개 누대에 모두 붉은 비단을 걸고 갖가지 수구(繡球)와 수실을 장식하도록 하시오. 모두 색깔이 선명해야 하오. 그리고 각 누대에 악대를 배치해 놓도록 하시오. 군마는 휴식을 취하되 절대 시끄럽게 떠들어서는 안 되오. 포성을 신호로 일제히 풍악을 연주하도록 하시오."

장수들이 물러가자 왕 상서는 다시 유격대장들을 불러 분부했다.

"대장들은 각기 부대를 인솔하고 세 번째 누대에서 대기하되, 병사들에게 각자 갈고리와 쇠스랑, 오랏줄을 준비하도록 하시오. 딱따기 소리를 신호로 일제히 출격하도록 하시오."

유격대장들이 물러가자 왕 상서는 다시 기패관들을 불러서 분부했다.

"너희는 각자 적당한 서양인들의 무기를 들고 세 번째 누각 안의 통로를 깨끗이 청소한 다음, 바닥에 깔린 돌 틈에 촘촘하게 철질려를 박아두도록 하라. 황혼 무렵에 철질려를 인수해 가서 동이 크기 전까지 모든 안배를 마쳐야 한다. 이를 어기면 참수하여 효수할 것이다!"

기패관들이 물러가자 왕 상서는 다시 전령을 보내, 당영과 황봉선에게 동이 트기 전인 오경 무렵에 중군 막사로 오라고 분부했다. 이렇게 모든 안배를 끝내니, 그야말로 이런 격이었다.

計就月中擒玉兎	계책이 이루어지면 달 속의 옥토끼를 사로잡고
謀成日裏捉金烏	모략이 성공하면 해 안의 황금 까마귀를 붙잡으리라!

오경이 되자 왕명이 중군 막사로 와서 세 길 남짓한 길이에 여든한 개의 쇠갈퀴가 달린 홍금투삭과 함께 크지도 작지도 않고 구리도 쇠도 아닌 것으로 만들어진 황심령을 바쳤다. 왕 상서가 물었다.

"어떻게 이것들을 둘 다 가져왔는가?"

"두 개가 함께 탁자 위에 놓여 있어서 한꺼번에 가져왔습니다."

"이 두 가지는 신통한 변화를 부릴 줄 아는데, 어째서 아무 소리도 나지 않았던가?"

"사실 제가 미리 준비하고 갔었습니다."

"무슨 준비를 했다는 것인가?"

"남경에서 가져온 개가죽으로 만든 자루로 그것들을 싸서 왔습니다. 개는 땅의 지독한 기운이 서린 것[地魔]이라서, 어떤 신통한 변화도 이 기운을 받으면 아무 소리도 내지 못하지 않습니까?"

"백 부인이 눈치를 챘을까?"

"그렇다면 제가 어떻게 가져올 수 있었겠습니까? 코를 골며 단잠에 빠져 있었으니, 눈치를 챘을 리 없습니다."

"어떻게 그리 깊은 잠에 빠졌단 말인가?"

"그걸 말씀드리자면 얘기가 깁니다."

대체 무슨 얘기인지는 다음 회를 보시라.

백 부인은 땅에 떨어져 죽고
인섬선사는 옛정을 생각해서 구원하러 오다

百夫人墮地身死　引仙師念舊來援

獨臥南窓一夢賒	남쪽 창가에 홀로 누워 꿈 하나 사니
悠然枕上是天涯	느긋하게 누운 이곳이 바로 하늘 끝일세.
十洲三島山無險	십주와 삼도에 산은 험하지 않고
閬苑蓬萊路不差	낭원과 봉래산도 가는 길 틀림없네.
詩句精神池畔草	시구의 정신은 못가의 풀이요
文章風骨筆頭花	문장의 풍골(風骨)은 붓끝의 꽃이라.
少年忠孝心如火	충효로 가득한 소년의 마음 불과 같거늘
幾謁金門幾到家	언제나 천자 알현하고 집으로 돌아갈까?

그러니까 왕 상서가 왕명에게 말했다.

"긴 이야기라 하더라도 대충 요약해서 얘기해 보게."

"어제 저는 군령을 받자마자 은신초를 들고 성으로 들어갔습니다. 그리고 백 부인의 집을 찾아 구불구불 거리를 지나 어느 무성

265

한 숲에 이르렀는데, 웬 커다란 벌레가 앞쪽에서 날아와 제 코를 깨무는 바람에 정신이 몽롱해지고 졸음이 밀어닥쳤습니다. 하지만 정신은 또렷했습니다.

'군령을 받아 임무를 수행하는 중인데 여기서 잘 수는 없지!'

이렇게 생각하고 다급히 물었습니다.

'너는 무슨 벌레인데 나를 문 것이냐? 사령관님의 인장이 찍힌 문서가 여기 있는데, 무섭지도 않으냐?'

그랬더니 그 벌레가 신통하게도 말을 할 줄 알아서, 이렇게 대답했습니다.

'공무를 수행하는 중이라면 용서하마.'

그래서 제가 내친김에 물었습니다.

'너는 무슨 벌레냐?'

'내 사정은 한 마디로 얘기하기 어렵다.'

'그래도 얘기해 봐라.'

그러니까 벌레가 이렇게 읊조렸습니다.[1]

나는 소리 없는 어둠 속에서 오나니, 살무사도 동면하는 동물
도 아닌 것이 형상도 소리도 없지.

---

1 인용된 내용은 전덕창(錢德蒼: ?~?, 자는 패은[沛恩], 호는 신재[慎齋])의 《해인이
(解人頤)》 권하(卷下) 제20집(輯) 《벽두집(辟蠹集)》 〈겁권귀문(祛倦鬼文)〉에서
몇몇 글자를 바꿔서 인용한 것이다. 이 번역에서는 작자의 의도적인 개작이
아닌 인용 과정의 실수로 보이는 글자를 원문에 맞춰 교감하여 번역했다.

자지 않아도 꿈을 꾸고, 술을 마시지 않아도 취하고, 병들지 않아도 피곤하고, 한숨도 쉬지 않지만 신음을 하지.

뜬구름 같아도 떨어지지 않고, 무거운 짐을 신 것처럼 견디지 못하지.

사람의 머리에 들어가면 바보처럼 만들어서 올려다보려 하면 더욱 내려다보고, 고개를 들려 하면 오히려 숙이게 되나니, 마치 남곽자기(南郭子綦)[2]가 책상에 기대어 앉아 있고, 북궁유(北宮黝)[3]가 실의하여 나가는 것 같아지지.

사람의 눈에 들어가면 호색에 현혹된 듯이 주목해서 보려 해도 눈이 깜박이고 금방 눈앞이 캄캄해져서, 마치 한유(韓愈)가 눈이 흐려지고 완적(阮籍)의 눈동자가 희어지는 듯한 모습이 되지.

사람의 손에 들어가면 어디에 잡힌 듯 묶인 듯 팔을 떨어뜨리고 괜히 기대게 되고, 손바닥을 비비려 해도 맞대지지 않고, 하손(何遜)[4]이 붓을 떨어뜨리고 사마의(司馬懿)[5]가 찻잔을 떨어뜨리는 듯이 되어 버리지.

사람의 발에 들어가면 엉킨 듯 묶인 듯하여 날랜 용사처럼 뛰

---

2 남곽자기(南郭子綦)는 《장자》〈제물론(齊物論)〉에 나오는 인물인데, 일설에는 전국시대 초(楚)나라 장왕(莊王)의 동생이라고 하나, 장자가 가상적으로 만들어 낸 은사(隱士)일 가능성이 크다.

3 북궁유(北宮黝)는 《회남자》〈주술훈(主術訓)〉에 언급된 제(齊)나라의 용맹한 병사이다.

4 하손(何遜: 472?~519?, 자는 중언[仲言])은 남조 양(梁)나라 때의 시인이다.

5 사마의(司馬懿: 179~251, 자는 중달[仲達])는 삼국시대 위(魏)나라의 대도독(大都督)을 지냈으며, 서진(西晉) 왕조의 기틀을 다진 인물이다.

려 해도 한 치 걷기가 하늘에 오르는 것만큼 힘들어지나니, 이백
(李白)이라 한들 어찌 계단 안에서 장화를 벗을 수 있으며, 사안
(謝安)[6]이라 한들 어찌 동산(東山)에서 나막신 끌 수 있으랴?

책이며 편지 섬섬옥수로 써준들, 낭송해도 구두(句讀)가 엉망
이고, 읽어도 끝까지 읽지 못하지.

내가 일단 이르면 사람을 멍하게 만들어 마치 왕희지(王羲之)
가 웃통을 벗고 누워 있듯이,[7] 도연명(陶淵明)이 편히 잠들어 있
는 듯이 만들어 버리지.

한없이 심오한 뜻이나 난해하고 미묘한 말들도 생각을 집중하
여 그 현묘한 뜻을 찾아내려 하다가도, 내가 일단 이르면 갑자기
생각이 제멋대로 되어서 마치 윤문(尹文)[8]이 낚시를 드리고 앉아
있듯이, 달마(達摩)가 좌선하듯이 변해 버리지.

이 모든 피곤한 모습들이 양태는 다르지만 사실 나 때문이니,

---

6 사안(謝安: 320~385, 자는 안석[安石])은 동진(東晉)의 재상을 역임한 인물이
다.

7 《세설신어(世說新語)》〈아량(雅量)〉에 따르면, 태부(太傅) 치감(郗鑒)이 승상
왕(王) 아무개에게 제자를 보내서 사윗감을 구해 달라고 하자, 동쪽 사랑채
에 가서 마음대로 골라 보라고 했다. 그 제자가 둘러보고 돌아가서, 그 집
에 괜찮은 젊은이들이 많은데 사윗감을 구한다는 말에 다들 점잖을 떨었는
데 오직 한 사람만이 모르는 일이라는 듯이 동쪽 침대에 웃통을 벗고 누워
있었다고 했다. 이에 치감은 그 젊은이를 사윗감으로 정했는데, 그가 바로
왕희지였다고 한다.

8 윤문(尹文: 기원전 360~기원전 280)은 전국 시기 제(齊)나라 직하학궁(稷下學
宮)에서 명성을 날리던 학자로서 선왕(宣王)에게 무위(無爲)의 정치를 펼치
라고 권유했다고 한다.

그 누구의 잘못이랴!

維我之來, 嘿嘿冥冥, 非虺非蟄, 無狀無聲.

不寢而夢, 不酒而醉, 不疾而疲, 不歎而呻.

若浮雲而未墜, 若負重而莫勝.

入人之首, 詭焉如兀, 欲仰更俯, 求昂反屈, 若南郭人之撫机而
坐, 北宮子之喪志而出.

入人之目, 若眩五色, 注目欲睫, 回瞬成黑, 如昌黎之昏花, 步兵
之眼白.

入人之手, 如摯如維, 將掉臂而徒倚, 欲撫掌而離披, 墜何郎之筆,
落司馬之杯.

入人之足, 如糾如纏, 欲擧武如超乘, 比寸步若登天, 李白安能脫
靴於內陛, 謝安何以曳屐於東山.

至若靑緗浩牘, 玉筍成編, 誦不能句, 讀未終篇.

惟我一至, 令人茫然, 如王右軍之坦腹, 陶靖節之高眠.

又若汪洋奧義, 佶屈微言, 凝思冥想, 欲探其玄, 自我一至, 忽若
澶漫, 如尹父之坐釣, 達摩之逢禪.

凡此之類, 倦態不一, 實我之故, 伊誰之失.

그래서 제가 물었습니다.

'그럼 너는 잠 벌레라는 것이냐?'

그러니까 그놈이 '맞다! 맞아!' 하더니, 저는 누구냐고 물었습니
다. 그래서 제가 '나는 베개다.' 하고 대답했습니다. 그놈이 '네가 어

떻게 베개라는 거냐?' 하기에 제가 이렇게 대답했습니다.

'네가 나한테 부딪쳤으니, 잠 벌레가 베개에 부딪친 셈이 아니냐?'

그러자 그놈이 웃으면서 저를 붙들고 이렇게 말했습니다.

'안 그래도 마침 베개가 필요하던 참이었다.'

그래서 제가 그놈을 이용해 먹으려고 그놈을 데리고 백 부인의 집으로 갔습니다. 다시 말씀드려서 그놈의 계책을 역이용하자는 것이었지요. 그래서 그놈에게 베개를 주겠다고 하고 백 부인의 집으로 간 것입니다. 백 부인의 방으로 들어가니까 백 부인이 누워 있는데, 아직 잠이 들지 않은 상태였습니다. 그래서 제가 잠 벌레에게 말했습니다.

'여기 아주 예쁘고 깨끗한 베개가 있구나.'

그러자 그 벌레도 무슨 얘기인지 알아듣고 스르륵 백 부인의 콧속으로 들어갔습니다. 그 바람에 백 부인은 코까지 골면서 자게 되었으니, 깨어날 리가 있겠습니까? 그래서 제가 그 틈에 이 두 가지 물건을 가져오게 된 것입니다."

왕 상서는 즉시 은 이천 냥을 상으로 내렸다.

왕명이 백이삼십 근이나 나가는 그 은을 짊어지고 막사 밖으로 나오는데, 보고하러 달려 들어오는 기패관들과 딱 마주쳤다. 또 당영과 황봉선도 보고하러 왔다. 당영이 어디서 오는 길이냐고 묻자, 왕명은 백 부인의 보물을 가져오고 왕 상서에게 상을 받은 일들을 죽 들려주었다.

"상서께서 우리더러 오경에 오라고 하셨는데, 공을 세우면 우리한테도 상을 내리시겠구먼."

당녕 부부가 즉시 막사로 들어가 왕 상서를 만나자, 왕 상서가 홍금투삭과 황심령을 황봉선에게 주면서 여차저차 몇 마디 당부하고, 또 당영을 불러서 여차저차 분부했다.

날이 밝자 은안국 국왕은 백 부인이 싸우는 모습을 보기 위해 좌우 두목과 대소 벼슬아치들을 거느리고 서쪽 성문의 문루(門樓)로 올라갔다. 하지만 날이 훤히 밝았는데도 백 부인의 모습이 나타나지 않았다. 그때 멀리 성 아래쪽에서 두 사람이 느긋하게 말을 타고 성문 아래로 왔다. 왼쪽은 오사모에 붉은 외투를 걸치고 황금 허리띠를 매고 검푸른 가죽장화까지 단정히 차려입은 잘생긴 남자였고, 오른쪽은 금실로 엮은 모자를 쓰고 붉은 외투와 초록색 치마, 붉은 실로 수가 놓인 신을 신은 발그레한 얼굴의 아름다운 여자였다.

국왕은 줄곧 백 부인이 전장에서 나라를 팔아먹었다고 의심하고 있던 차에, 지금 또 백 부인의 모습은 보이지 않고 성 아래에 나란히 말을 탄 두 사람이 나타나자 더욱 의심스러워서 좌우 두목에게 물어보게 했다.

"너희는 누구냐?"

당영은 왕 상서가 가르쳐준 계책대로 대답했다.

"나는 위대한 명나라 정서대도독 무장원 당영인데, 귀국의 백 부인과 좋은 인연을 맺어서 내 첩으로 삼겠다고 했소. 오늘 아침 혼례를 올리기로 했기 때문에 맞이하러 왔소."

역시 왕 상서의 지시를 받은 황봉선이 크게 소리쳤다.

"나는 이분의 정실부인이에요. 며칠 동안 귀국의 백 부인하고 얘기한 끝에, 그녀를 내 남편의 첩으로 받아들이기로 했어요. 혼례일이 오늘이라 맞이하러 왔어요. 못 믿으시겠거든 이걸 보셔요. 백 부인이 갖고 있던 세 길 남짓한 길이에 여든한 개의 쇠갈퀴가 달린 홍금투삭과 흔들어 소리를 낼 수 있는 황심령이지요. 어제 그 사람이 이걸 내게 주면서 오늘 아침에는 혼례만 올리면 되니까, 다시는 싸우지 말자고 약속했어요."

당영이 다시 덧붙였다.

"여러분, 못 믿겠거든 저기를 보시오. 우리 영채에 온통 붉은 휘장을 내걸고 풍악을 울리고 있지 않소?"

그 말이 끝나기도 전에 한 발의 포성과 함께 각 진영에서 일제히 하늘을 울릴 듯 풍악이 연주되었다. 국왕은 그 말을 완전히 믿어 버리고, 고함을 쳤다.

"이런 못된 계집, 감히 이런 식으로 구차하게 제 안위만 추구하는구나! 내 이미 사나흘 전부터 그년의 속셈을 간파했거늘, 이게 다 그대들이 그년을 옹호해 주는 바람에 생긴 결과가 아닌가! 하지만 이제야 후회해 본들 이미 늦었도다!"

그리고 즉시 수하들을 보내 백 부인을 잡아 오라고 했다. 잠시 후 수하들이 백 부인을 잡아 왔다. 원래 그녀는 잠 벌레에게 당하는 바람에 해가 중천에 뜨도록 자리에 누워 있었고, 아직도 정신이 몽롱한 상태에서 국왕 앞에 끌려와 무릎을 꿇을 수밖에 없었다. 그러자 국왕이 대로하여 꾸짖었다.

"천한 계집, 당영의 첩이 되어서 너 혼자 호사를 누리겠다고 우리나라를 팔아먹어? 여봐라, 칼을 가저와라. 내 친히 저년의 살을 백 조각 잘라내겠다. 그래도 어디 첩 노릇을 잘할 수 있는지 보자!"

도무지 영문을 알 수 없는 백 부인은 다급히 소리쳤다.

"억울하옵니다! 정말 억울하옵니다!"

국왕이 다시 칼을 가져오라고 소리치자, 백 부인이 말했다.

"칼이 아무리 빠르다 해도 죄 없는 사람의 목을 베지는 않사옵니다. 어째서 갑자기 저를 죽이려 하시옵니까?"

국왕은 화가 머리끝까지 치밀었으나 아직 칼을 손에 쥐지 못한 상태였다. 그때 좌우 두목이 당영이 한 말을 백 부인에게 자세히 들려주었다. 그녀는 억울한 심정을 풀 곳이 없어서 대성통곡했다.

"세상에 어찌 이리 억울한 일이 있을 수가! 죽은 남편의 시신이 식기도 전에 어떻게 남의 첩이 된다는 건가요? 설사 재가를 하더라도 은안국에는 신랑감이 없답니까? 게다가 당영인가 하는 자는 얼굴조차 본 적이 없고, 명나라가 어디 있는지도 모른단 말입니다! 그런데 어떻게 제가 그런 일을 벌였겠습니까?"

국왕은 분이 가라앉지 않아 욕을 퍼부었다.

"못된 계집, 아직도 주둥이를 잘도 놀리는구나! 그자를 본 적도 없다면서 어째서 홍금투삭하고 황심령을 모두 그자에게 주었더냐? 그러고도 이렇게 해가 중천에 뜰 때까지 퍼질러 자고 있었다지?"

그러자 백 부인은 뭐라고 할 말이 없어졌다. 실제로 늦잠을 자기도 했거니와, 일어나 보니 아홉 자루 비도는 있지만 홍금투삭과 황심령이 보이지 않았던 것이다. 이야말로 세상천지에 억울하기 그지없는 일이었지만, 입이 있어도 해명하기 어려운 상황이었다. 그녀가 어찌 왕명의 교묘한 계책 때문에 양쪽으로 꼼짝없이 묶여 버린 것을 알 수 있었겠는가? 그녀는 그저 대성통곡하며 백리안의 이름을 부르고 천지신명을 불러대며 억울하다고 하소연했지만, 아무리 처량하게 울어 대도 강과 하늘은 싸늘하기만 하고, 그저 원숭이 울음소리만 애간장 끊어지게 들릴 따름이었다. 그 모습에 좌우 두목은 가슴이 찡해졌다.

'이 일에는 분명히 뭔가 억울한 사연이 있는 것 같아.'

그들은 어쩔 수 없이 재삼 국왕에게 아뢰었다.

"목숨은 살려주시는 게 좋을 듯하옵니다."

국왕은 백 부인이 그토록 통곡하는 데다가 좌우 두목들까지 재삼 권유하자 그럴까 하고 생각했다. 그때 백 부인이 또 울면서 좌우 두목에게 하소연했다.

"그저 제 목숨만 살려주는 정도라면 제 마음이 끝내 풀어지지 않습니다. 나가서 저들과 일전을 치러서 저를 이렇게 억울하게 모함한 저것들과 사생결단을 내도록 해주십시오! 그렇다면 저는 모래사막에서 죽더라도 마음은 편안할 것입니다. 다만 제가 죽더라도 백씨 가문의 대를 끊지는 말아 주십시오! 집안에 어린 자식이 있으니, 두 분 나리들께서 잘 길러 주시기 바랍니다. 그러면 우리 부부는 구천에서도 그 은혜에 감격할 것입니다."

"왜 이리 쓸데없는 말을 많이 하는가? 그냥 나가서 저들과 일전을 벌이면 자연히 자네 마음을 알 수 있을 것이네. 승패와는 상관없는 일이지."

그러자 국왕이 말했다.

"무슨 마음 말이더냐? 그냥 가서 동방화촉이나 밝혀라!"

좌우 두목이 다시 간언했다.

"절대 그게 아닐 것이옵니다. 저희 둘이 전 가족을 걸고 보증하겠사오니, 백 부인을 출전하게 해주시옵소서. 만약 정말 혼례를 치르는 일이 발생한다면, 저희 두 집안의 모든 이들이 대신 처벌을 받겠사옵니다."

"그렇다면 그대들 두 가문에서 보증서를 작성해서 제출하라."

좌우 두목이 각자 만약 백 부인의 얘기가 거짓이라면 자신들도 함께 처벌을 받겠다는 내용의 보증서를 써서 제출하자, 국왕도 그녀의 출전을 허락했다. 그리고 백 부인이 칼을 쥐고 말에 오르자, 성문을 활짝 열어 그녀를 내보냈다.

말에 탄 백 부인은 억울한 심사를 풀어낼 길이 없어 이를 갈았다. 성문 밖에는 과연 자칭 무장원 당영이라는 청년이 의관을 잘 차려입고 기다리고 있다가 자신에게 두 손을 모아 인사를 했다. 백 부인은 정말 벼락같이 화가 치밀었는데, 가만 보니 어제 자신과 싸웠던 여자 장수가 머리에 쪽을 틀어 올리고 붉은 외투를 입은 채, 웃음 띤 목소리로 이렇게 말하는 것이었다.

"동생, 어서 와."

그제야 백 부인은 이들 둘이 자신을 함정에 빠뜨렸다는 것을 알았다. 그녀는 콧방귀를 뀌며 단칼에 요절을 내지 못한 것을 한스러워하며 두어 마디 욕을 퍼부었다. 그리고 그녀가 말을 박차자 말이 나는 듯이 달리기 시작했다. 이어서 그녀는 아홉 자루 비도를 꺼내들고 평생의 힘을 다해 휘두르며 달려들자, 앞에 있던 두 사람이 말머리를 돌려 달아나기 시작했다. 긴박하게 쫓고 쫓기다가 보니 순식간에 첫 번째 누대를 지났고, 다시 순식간에 두 번째 누대를 지나어느새 세 번째 누대에 이르러 있었다.

백 부인은 칼 하나를 날려 앞쪽의 말 가운데 한 마리의 다리를 잘라 버렸다. 그리고 기세를 타고 다시 앞으로 달려가는데, 갑자기 앞쪽에 있던 두 사람의 모습이 사라져 버렸다. 게다가 어찌 된 영문인지 자신이 타고 있던 말이 털썩 땅바닥에 쓰러져 버려서, 그녀도 비틀비틀 땅으로 내려서야 했다. 노기충천한 그녀는 말을 버리고 두 발을 내딛으며 저번처럼 나는 듯이 달리려 했다. 하지만 네다섯 길쯤 달리다가 그녀 역시 땅바닥에 털썩 쓰러져 버렸다. 그 순간 딱따기 소리가 울리면서 양쪽에서 유격대장들이 달려 나와 갈고리로 그녀를 걸어서 오랏줄에 묶어 버리더니, 그대로 중군 막사로 끌고 가서 목을 베어 버렸다. 당영은 그녀의 수급을 받아 들고 서쪽 성문 밖으로 가서 긴 장대에 효수하며 소리쳤다.

"은안국 국왕과 모든 관료는 잘 들어라. 당장 성문을 열고 투항하지 않고 미적거린다면 이와 같은 처벌을 받을 것이다!"

이렇게 위협하고 나서 당영은 돌아가 왕 상서에게 보고했다. 그러자 삼보태감이 왕 상서에게 물었다.

"오늘 백 부인이 죽을 거라는 것을 어떻게 어제 미리 아셨습니까?"

왕 상서가 왕녕이 누 가지 보불을 가져온 일과 각 진영에서 붉은 천을 내걸고 풍악을 연주한 일, 유격대장들이 갈고리와 오랏줄을 준비한 일, 기패관들이 모래를 쓸어내고 철질려를 깔아 놓은 일, 당영 부부가 의관을 차려입고 백 부인을 유인한 일들을 자세히 들려주었다. 그러자 삼보태감이 무척 기뻐하며 왕 상서를 칭송했다.

"오늘의 공적은 정말 놀랍습니다! 아주 대단했어요! 왕녕은 적의 강한 힘에 맞서지 않고 기운을 빼는 부저추신(釜底抽薪)의 계책을, 당 장군은 반간계(反間計)를 썼고, 붉은 천을 내걸고 풍악을 연주한 것은 재미를 덧붙인 추임새였고, 철질려와 갈고리, 밧줄이 바로 적을 사로잡는 직접적인 수단이었군요. 그리고 한 가지 더 있군요. 원래 동그란 자갈들을 길에다 깔아 놓은 것도 오늘 이렇게 쓸 것을 예상하신 거였군요. 정말 심모원려(深謀遠慮)의 정수를 보여주셨습니다!"

"백부인이 하루에 천 리를 달릴 줄 안다고 하기에 그런 자갈들을 길에 깔아 놓았지요. 동글동글하고 겉이 매끈한 자갈이 깔려 있으니 걸음을 옮기기 쉽지 않았겠지요. 이 계책은 특별히 누설되지 않도록 신경을 썼습니다. 그러다가 어제야 비로소 모래와 흙을 쓸어내고 철질려를 깔아서 그 계집이 자갈을 밟으면 미끄러져 넘어지고, 철질려를 밟으면 발에 찔려 넘어지게 한 것입니다. 그래서 그 계집이 쫓아오자 말도 쓰러지고 그 계집도 쓰러졌던 것이지요. 이야말로 그 계집을 꼼짝없이 붙들어 맬 천라지망이라고 할 수 있었습니다."

이어서 장수들에게 상을 내렸는데 당영 부부는 각기 은 쉰 냥을, 유격대장들은 각기 일흔 냥을, 각 진영의 도독들은 서른 냥을, 기패관들은 스무 냥을 하사받았다. 그 외에 모자에 꽃을 꽂을 내리고 붉은 휘장을 걸어 격려한 것은 말할 필요도 없다. 이 일들이 끝나자 삼보태감이 왕 상서에게 물었다.

"이제는 잔치를 열어도 되지 않겠습니까?"

"정찰병들의 말에 따르면 인섬선사인가 하는 자가 있다고 했으니, 그자가 와서 또 성가시게 굴지도 모릅니다."

"그렇다면 오늘 중으로 결판이 나겠군요. 만약 그 선사가 없다면 틀림없이 오늘 중으로 성문으로 열고 투항할 것이고, 정말 그 선사가 있다면 성문을 닫아걸고 수작을 준비할 테지요."

이에 병사를 보내 살펴보게 하니 과연 성문은 닫혀 있고, 성안에서는 아무 동정도 보이지 않았다. 그러자 삼보태감이 말했다.

"이놈의 오랑캐들이 이렇게 완강하게 버티다니, 나중에 붙잡으면 천참만륙을 내야겠군!"

한편 국왕은 서쪽 성문 밖에 백 부인의 수급이 효수된 것을 보고 나서야 그녀가 진심으로 충성을 바치다가 억울하게 죽었음을 깨달았다. 그는 황급히 좌우 두목에게 보증서를 돌려주고, 부끄러워 얼굴에 땀을 뻘뻘 흘리며 궁궐로 돌아갔다. 그러자 좌우 두목이 간언했다.

"일이 이 지경에 이르렀으니 차라리 성문을 열고 투항하는 게 낫겠사옵니다. 더 머뭇거리다가는 풀어낼 수도 없는 큰 재앙이 닥치지 않겠사옵니까?"

"애초에 투항하지 않았으니 이제는 이미 늦었소. 저번에 선사께서 떠나실 때 목탁 하나를 남기시면서, 나라에 큰 재난이 닥치면 이걸 두드리라고 하셨소. 그러면 와서 구해 주겠다고 하셨소. 이제 이런 큰 재난을 맞았으니 어쩔 수 없이 선사께 도움을 청해야겠소."

"선사께서 백리안에 대해 뭐라고 말씀하셨사옵니까?"

"죽게 될 거라고 하셨소."

"나무는 먹줄을 받으면 반듯해지고, 사람은 간언을 따르면 훌륭한 군주가 되는 법이옵니다. 그때 주상 전하께서 선사의 말씀을 따르지 않으셨고, 오늘은 백 부인의 말을 믿지 않으셨사옵니다. 이런 말씀 올린다고 심기가 불편하실지 모르지만, 주상께서는 충신을 알아보는 눈이 없고 충성스러운 간언을 알아들을 귀가 없으시니, 이 나라를 곧 망하게 될 것이옵니다."

"이렇게 원망만 늘어놓을 거면 그대들 각자의 길로 가시오! 과인은 나름대로 대책이 있소이다."

그러자 좌우 두목은 정말 짐을 싸서 떠나 버렸다. 하지만 국왕은 전혀 신경 쓰지 않았다.

"선사께 도움을 청하면 그만이지, 네까짓 것들은 필요 없어!"

그는 즉시 공손하게 향을 사르고 하늘을 향해 기도했다. 그런 다음 목탁을 꺼내 들고 가볍게 세 번 두드렸다. 그러자 그 소리가 끝나기도 전에 상서로운 구름 하나가 천천히 내려왔는데, 그 위에는 인섬선사가 앉아 있었다. 그가 구름을 내리고 대전으로 들어가자 국왕은 머리를 조아리며 절을 올렸다. 인섬선사가 황급히 답례하며 물었다.

"주상, 왜 이리 과분한 인사를 하십니까?"

"형님, 지금 나라에 큰 재난이 닥쳤는데 하소연할 곳이 없습니다. 제발 선의를 베풀어 과인을 구제해 주십시오."

"백리안은 어찌 되었습니까?"

"형님께서 말씀하신 대로 죽었습니다."

"적군이 연달아 패주한 것은 그를 교만하게 만들려는 술책이었는데, 그 사람은 전혀 눈치채지 못했군요. 전장에서 자만하여 적을 경시하면 반드시 패망하게 되는 법이니, 어찌 죽지 않을 수 있었겠습니까?"

"백 부인도 충성을 다하고 죽었습니다."

"그 사람이 갖고 있던 세 가지 보물은 지금 어디 있습니까?"

"비도는 전투를 하다가 잃어버렸고, 홍금투삭과 황심령은 모두 죽기 전에 명나라 측에 줘 버렸습니다."

"줘 버렸을 리가 없지요. 아마 저들이 계책을 써서 빼돌리지 않았을까 싶습니다. 그런데 좌우 두목은 어디 있습니까?"

국왕도 상당히 교활한 사람이라 슬쩍 거짓말을 덧붙여 둘러댔다.

"그 사람들에 대해서는 언급하기 곤란합니다."

"아니, 어째서요?"

"그 둘은 늘 과인더러 투항하라고 했는데, 과인은 아직 형님이 계시는데 말씀도 드려보지 않고 어떻게 마음대로 투항할 수 있겠느냐고 했습니다. 그러지 그들이 화를 내며 이러더군요.

'언제나 형님만 찾으시는데, 나라가 이런 큰 재난에 처한 지금 그 형님은 대체 어디 계십니까? 그렇게 형님만 찾으실 거라면, 저희는 차라리 떠나겠습니다. 나중에 전하의 형님이라는 분이 대세를 어찌 만드는지 두고 보겠습니다!'

이러면서 털고 떠나 버리는데, 아무리 만류해도 소용없었습니다."

인섬선사를 자극하려는 국왕의 이 말은 과연 부싯돌을 쳐서 불똥이 일어나듯이, 물길을 자극하면 산으로 흐르듯이 그를 울컥하게 만들었다.

"별것도 아닌 자들이 어찌 나를 무시한단 말인가! 그렇다면 아주 대단한 위세를 만들어 보여줘야겠군!"

이튿날 인섬선사는 소매에서 경문이 적힌 접은 책을 꺼내더니, 한 장을 찢어 거기에 뿔이 달린 푸른 소를 그렸다. 그리고 물을 한 모금 머금고 뿜어서 뿌리자, 그 소가 벌떡 일어나 스스로 걸어 다니기 시작했다. 인섬선사는 의관을 차려입고 그 소에 타더니, 구멍이 없는 쇠 피리를 들고 서쪽 성문을 향해 나가려 했다. 그러자 국왕이 물었다.

"형님, 군대를 동원하시지 않습니까?"

"칼받이로 쓰라는 것입니까? 아무 쓸모도 없습니다!"

"그런데 무기는 갖고 가시지 않습니까?"

"거기에 손이나 묶여 있으라고요? 필요 없습니다!"

"아니, 그럼 어떻게 공격하시려고요?"

"이 푸른 소가 바로 제 군마이고, 이 쇠 피리가 바로 제 무기입
니다."

그는 곧장 서쪽 성문을 나와 첫 번째 누대 아래로 왔다. 명나라
진영에서는 사령관의 군령을 받지 못한 상태였기 때문에 함부로
출병하지 않았다. 인섬선사는 푸른 소를 타고 사오십 리를 갔는데,
마치 밧줄을 매어놓고 줄타기를 하는 것 같았다. 이렇게 금방 다섯
번째 누대 아래에 도착해 보니, 보림산 벼랑에 커다란 글씨로 다음
과 같이 새겨져 있었다.

雁飛不到處　　　나는 기러기도 이르지 못하는 곳
人被利名牽　　　사람은 이익과 명예 때문에 끌려오는구나.

그걸 보자 그는 한참 동안 말없이 생각에 잠겼다. 왜일까? 원래
그는 하늘나라의 홀탑성(紇鞳星)[9]인데, 그 머리 위에는 항상 명예와
이익을 관장하는 이명성(利名星)이 있었다. 그래서 그가 아무리 무
슨 짓을 해도 이명성이 항상 끌려다녔다. 그는 생각하는 동안 백리

---

9 홀탑성(紇鞳星)에 대해서는 자세히 알 수 없다. 다만《서유기》제18회에 홀
랄성(紇剌星)이라는 단어가 나오는데, 이는 대개 마두(魔頭)라는 뜻으로 쓰
인다.

안이 여기서 죽음으로써 "나는 기러기도 이르지 못하는 곳"이라는 구절은 이미 증명되었음을 알았다. 그런데 만약 "사람은 이익과 명예 때문에 끌려온다."라는 구절까지 증명된다면 자신의 이번 공로는 허사가 될 것이기 때문에 이렇게 고민하지 않을 수 없었던 것이다. 그 바람에 그는 흥이 싹 사라져서, 소의 방향을 바꿔 서쪽 성문을 향해 다시 나는 듯이 달려갔다. 한참 시간이 지났지만 서쪽 성문 근처의 누대에서는 여전히 아무 동정이 없었다. 그는 다시 한참을 달려서 산발치로 갔다가, 또 방향을 바꿔서 서쪽 성문 근처로 왔다. 그렇게 하루 내내 서너 차례 왕복했다. 하지만 명나라 진영에서는 여전히 사령관이 군령을 내리지 않아서, 어느 곳에서도 병사가 나오지 않았다. 결국 인섬선사는 푸른 소를 탄 채 성으로 돌아갔다.

한편 두 사령관은 인섬선사 나오는 것을 보고도 군령을 내리지 않고 곧장 장 천사를 청했다. 그러자 장 천사가 말했다.

"내일 출전하여 어찌 나오는지 살펴보겠습니다."

이튿날 장 천사는 의관을 단정히 차려입고 출전을 준비했다. 그때 서쪽 성문에서 인섬선사가 걸어 나왔다.

頭戴鹿胎皮	새끼 사슴 가죽으로 만든 모자 쓰고
身披鶴氅衣	새하얀 학창의를 입었구나.
青牛丹井立	푸른 소 타고 연못가에 섰고
鐵笛醮壇歸	쇠 피리 들고 제단으로 돌아가지.

그래도 그는 상당히 훌륭한 선사여서 얼굴 가득 고상한 기운이 풍겼다. 그를 보고 장 천사가 물었다.

"어느 신선이시오? 성명을 알고 싶소이다."

인섬선사는 푸른 소를 몰아 앞으로 다가오며 쇠 피리를 들어 불려는 듯한 자세를 잡더니 아주 차분하게 읊조렸다.[10]

仙翁無定數	신선은 정해진 운수가 없어서
時入一壺藏	이따금 병 속에 숨기도 하지.[11]
夜夜桂露濕	밤마다 계수나무에 이슬이 젖고
村村桃水香	마을마다 물에 떠다니는 복사꽃 향기 풍기지.
醉中抛浩劫	취중에 기나긴 시간 내던지고
宿處起神光	묵은 곳에서는 신령한 빛 일어나지.
藥裏丹山鳳	단약 자루에는 단산(丹山)의 학이 들어 있고
碁函白石郎	바둑알 담은 통 앞에는 백석랑(白石郎)[12]이 있지.

10 인용된 시는 당나라 때 이상은(李商隱)의 〈현미선생(玄微先生)〉이다. 인용된 시 가운데 원작과 글자가 다른 부분은 원작에 맞춰 고쳐서 번역했다.

11 《후한방술전(後漢方術傳)》에 따르면 비장방(費長房)이 저자를 관리하는 관리로 있을 때, 어느 약을 파는 노인이 가게 앞에 병을 하나 걸어놓고 있었다. 그리고 저자가 파하자 그 노인은 병 속으로 뛰어 들어갔다고 한다.

12 당나라 때 이하(李賀)의 시 〈제자가(帝子歌)〉에 대한 주석에서는 다음과 같은 악부(樂府) 〈백석랑곡(白石郎曲)〉을 인용했다. "백석랑이 강가에 사는데, 앞에선 하백이 길을 인도하고 뒤에는 물고기들을 거느렸네.[白石郎,

弄河移砥柱	강물을 만들어 강 속의 돌을 옮기기도 하고
吞日倚扶桑	해를 삼켜 부상(扶桑)에 의지하기도 하지.[13]
龍竹裁輕策	용으로 변한 대지팡이로 가벼운 지팡이 만들고[14]
鮫綃熨下裳	교초로 만든 바지 다림질하기도 하지.
樹栽嗤漢帝	복숭아나무 심으려다 한 무제는 조롱당했고[15]

臨江居, 前導河伯後從魚.]" 이에 따르면 백석랑은 지위가 낮은 수신(水神)이라고 할 수 있다. 그런데 《열선전(列仙傳)》에는 하얀 돌을 삶아 밥으로 먹었다는 백석생(白石生)의 이야기가 수록되어 있고, 《술이기(述異記)》에는 진(晉)나라 때 왕질(王質)이 산에 들어가 두 명의 동자가 바위 동굴에서 바둑을 두는 것을 구경하다가 보니 도낏자루가 썩었다는 이야기가 수록되어 있다. 그러므로 이 구절에서 '백석랑'은 이 두 이야기의 내용을 합쳐서 신선을 가리키는 뜻으로 쓴 듯하다.

13 《진고(眞誥)》: "장수하려거든 해가 두 길 높이로 떴을 때 정면으로 해를 향한 채, 입으로 죽은 공기를 토하고 코로 해의 정기를 들이마셔라.[欲得延年, 日出二丈, 正面向之, 口吐死氣, 鼻嚼日精.]" 또 《십주기(十洲記)》에 따르면 부상(扶桑) 바다 가운데 있는 높이가 수천 리이고 둘레가 천여 아름이나 뒤며, 똑같이 생긴 두 개의 뿌리가 서로 의지하고 있다고 했다.

14 《후한방술전》에 따르면 호공(壺公)이 비장방(費長房)에게 대나무 지팡이를 주면서 그걸 타고 어디든지 마음대로 다녀올 수 있다고 했다. 나중에 그 지팡이를 칡이 우거진 비탈에 던져 놓고 보니 용이었다고 한다.

15 《한무고사(漢武故事)》에 따르면 서왕모(西王母)가 한 무제에게 복숭아를 주었는데, 무제가 씨를 가져가 심겠다고 했다. 이에 서왕모가 웃으면서, "이 복숭아는 삼천 년에 한 번 열매를 맺는데, 중국은 땅이 박해서 씨를 심어도 나무가 자라지 않아요."라고 말했다고 한다.

橋板笑秦皇	다리 만들었다가 진시황도 조롱당했지.[16]
徑欲隨關令	얼른 관문 지키던 벼슬아치 따르고 싶지만[17]
龍沙萬里强	사막이 만 리도 넘는다네.

장 천사가 그걸 듣고 말했다.

"이건 이상은(李商隱)이 현미선생(玄微先生)에게 준 오언배율(五言排律)이로구먼. 이로 보건대 혹시 그대가 현미선생이시오?"

"그렇소이다. 인섬선사라고도 하외다. 그런데 도장(道長)의 존함은 어찌 되시는지요?"

"나는 위대한 명나라 강서 용호산 인화진인 장 천사라고 하오."

"천사라고 하면서 어찌 하늘의 때[天時]와 땅의 조건[地利]을 모르시오? 무슨 까닭으로 군대를 이끌고 우리 서양 깊숙한 곳까지 와서 남의 나라를 멸망시키고 대를 끊으며, 남의 재물을 갈취하는 것이오? 이건 무슨 도리요?"

"아니지요! 우리 두 사령관은 황제 폐하의 어명을 받아서 오랑캐를 위무하고 보물을 찾기 위해 파견되었소이다. 만약 우리 중국의 보물이 있다면 마땅히 회수해가야 하겠지만, 그게 아니라면 항서

---

16 《삼제략기(三齊略記)》에 따르면 진시황이 돌다리를 만들어 바다를 건너서 해가 뜨는 곳을 보려 하자, 어느 신이 돌을 몰아 바다로 내려가는데, 돌이 느리게 가서 신인이 채찍질하니 돌들이 모두 피를 흘렸다고 한다.

17 《열선전》에 따르면 노자가 서쪽으로 갈 때 관문을 지키던 윤희(尹喜)가 진인(眞人)이 왔다는 것을 알고 그를 찾아가, 함께 유사하(流沙河) 서쪽으로 가서 호마(胡麻)의 열매를 먹었다고 한다.

하나만 받을 뿐이오. 어찌 나라를 멸망시키고 대를 끊는 참극에 이르게 하겠소이까?"

"그렇다면 왜 우리나라의 백리아과 배 부인을 죽이고, 적어도 육칠백 명의 병사를 죽였소? 이 사람들이 무슨 죄가 있기에 하루아침에 죽임을 당한 거요?"

"그것은 그들이 천명을 모른 채 강한 힘만 믿고 귀순하지 않았으니, 그런 처벌을 자초한 것이외다."

그러자 인섬선사가 화를 냈다.

"누가 천명을 모르고 누가 처벌을 자초했다는 것이오?"

"그대와 같이 남의 악행을 돕는 것이 바로 천명을 모르고 처벌을 자초하는 사람이지요."

인섬선사가 푸른 소를 몰아 달려들며 쇠 피리를 내지르자, 장 천사도 말을 몰아 마주 달리며 칠성보검을 내질렀다. 이렇게 둘이 치고받고 싸웠으나 서로 상대를 제압하지는 못했다. 둘이 한참 동안 맞붙어 싸우다가 떨어지자, 인섬선사가 말했다.

"내일 다시 나와라. 내 진정한 솜씨를 보여주마."

"물론이지요!"

이튿날 인섬선사는 장 천사를 만나자마자 아무 말도 없이 다짜고짜 푸른 소에 탄 채 쇠 피리를 공중으로 던지며 "변해라!" 하고 소리쳤다. 그 순간 쇠 피리가 열 개, 백 개, 천 개, 만 개로 변하여 하늘을 가득 채웠다. 그리고 그가 다시 "늘어나라!" 하고 소리치자 그 수만 개의 쇠 피리가 하늘과 땅을 떠받들 듯이 수만 길로 늘어났다. 이어서 그가 "굵어져라!" 하고 소리치자 수만 개의 쇠 피리는 둘레가 네다섯 길이나 되게 굵어졌다. 그리고 그가 "오너라!" 하고 소리치자, 그 수만 개의 쇠 피리는 "팟!" 하는 소리와 함께 다시 하나로 변해 그의 손바닥 안으로 떨어졌다. 그걸 보고 장 천사가 말했다.

"그런 술법쯤이야 어려울 게 뭐 있나! 내 술법도 한 번 보시구려."

그가 칠성보검을 들고 "솟아라!" 하고 소리치자 칼이 저절로 공중으로 떠올랐다. 다시 "변해라!" 하고 소리치자 칼들이 즉시 수십, 수백, 수천, 수만 개로 변해서 허공을 가득 채웠다. 다시 "늘어나라!" 하고 소리치자, 그 수만 개의 칼이 즉시 하늘과 땅을 떠받들 듯이 수만 길로 늘어났다. 그리고 "굵어져라!" 하고 소리치자 수만 개의 칼은 둘레가 네다섯 길이나 되게 굵어졌다. 이어서 "오너라!" 하고 소리치자 그 수만 개의 칼은 일제히 불길에 휩싸이더니 아래로 떨어졌는데, 어느새 하나의 보검으로 변해 장 천사의 손에 쥐어져 있었다. 그걸 보고 인섬선사가 말했다.

"내가 직접 하나에서 열, 열에서 백, 백에서 천, 천에서 만 명으로 변하려 하는데 어떻소?"

"그럴 필요 없소. 분신술은 나뿐 아니라 내 제자들도 다 잘한다오."

인섬선사는 기분이 조금 나빠졌다.

"사람을 우습게 보시오? 그렇다면 당신 제자들을 불러내서 한번 해 보라고 하시오."

"하하하, 어려울 거 없지요."

그는 즉시 열한두 살쯤 되고, 머리카락과 눈썹이 단정하며, 깃털이 장식된 피린 도포를 입고, 붉은 노사의 장화를 신은 도동을 하나 불러 분부했다.

"분신술을 보여줘라."

그 도동은 익숙한 일인 듯 머리카락을 한번 쓸고 도포 자락을 한번 털더니, 중얼중얼 주문을 외며 손가락으로 결을 짚고 "변해라!" 하고 소리쳤다. 그러자 즉시 그의 몸이 하나에서 열, 열에서 백, 백에서 천, 천에서 만으로 변했는데 생김새며 차림새가 모두 똑같았다. 그때 장 천사가 "커져라!" 하고 소리치자 수만 명의 도동은 일제히 키가 열 길 가까이 커졌다. 다시 장 천사가 "뚱뚱해져라!" 하고 소리치자 도동들의 몸통이 일제히 둘레가 예닐곱 자나 되게 커졌다. 장 천사가 인섬선사에게 물었다.

"어떻소? 괜찮소?"

"나쁘진 않소."

그 말이 끝나기도 전에 인섬선사가 쇠 피리를 "휙!" 불었다. 그 순간 갑자기 한 줄기 바람이 일어났다.[18]

| 可聞不可見 | 들을 수는 있어도 볼 수는 없고 |
| 能重復能輕 | 무거워질 수도 가벼워질 수도 있지. |

---

18 인용된 시는 남조 양(梁)나라 때 하손(何遜: 472?~519?, 자는 중언[仲言])의 〈봄 바람을 노래함[詠春風]〉이다.

鏡前飄落粉	거울 앞에 분가루 날리고
琴上響餘聲	거문고 위에는 여운이 울리지.

그 바람은 점점 거세지더니 천지를 뒤집을 듯 험하게 몰아쳐서, 평지에도 사람이 서 있기 힘들 지경이 되었다. 그의 의도는 그 도동들을 모조리 날아가게 하려는 것이었는데, 뜻밖에도 그 수만 명의 도동은 못이라도 박힌 듯이 꿈쩍도 하지 않았다. 그렇게 두 시간 사십오 분이 지나자 바람이 점점 약해졌다. 그제야 장 천사가 부적을 하나 날리니, 순식간에 상서로운 구름이 땅에서부터 피어났다.[19]

若烟非烟	연기 같으면서 연기가 아니고
若雲非雲	구름 같으면서 구름이 아니로다.
鬱鬱紛紛	뭉게뭉게 피어나
蕭索輪囷	희미하게 덩어리로 뭉치는구나.

그러자 수만 명의 도동이 각기 그 구름을 하나씩 타고 공중으로 날아올랐다. 다시 장 천사가 인섬선사에게 물었다.

"이번에는 어떻소?"

"훌륭하기는 하지만 조금 느리게 날아오르는구려."

---

19 인용된 구절은 《사기》권27 〈천관서(天官書)〉에서 경운(卿雲) 즉 오색구름을 묘사한 부분이다.

"당신은 얼마나 빠르게 할 수 있소?"

"내가 못할 줄 아시오?"

그가 소에 탄 채 다시 쇠 피리를 "휙!" 불자, 그 소는 어느새 구름 가까운 곳에 떠 있었다. 장 천사는 짚으로 엮은 용을 타고 구름 가까이 올라갔다. 그때 인섬선사가 쇠 피리를 들고 도동들을 향해 '붓으로 오천 명의 군사를 쓸어버리듯이[筆鋒橫掃五千軍][20,] 가로로 획 그었다. 그 순간 장 천사가 손을 뻗어 도동을 잡자 어느새 한 명으로 돌아와 있었으니, 이야말로 한 알의 수수를 헤아릴 수 없이 넓은 세상에 숨기는 수법이었다. 인섬선사는 장 천사가 만만한 상대가 아니라는 것을 알고, 구름을 내리더니 성안으로 돌아가 버렸다. 장 천사는 가볍게 도동을 내려 주고 두 사령관을 만나러 갔다. 그러자 삼보태감이 말했다.

"그 선사의 쇠 피리도 정말 대단하군요!"

"그 쇠 피리는 구멍도 없는데 불 수 있고, 바람을 부르고 변화도 할 수 있으니 제법 쓸 만한 것이더군요."

"왕명을 시켜서 가져와 버리라고 할까요?"

"그것도 괜찮지요."

삼보태감은 즉시 왕명을 불러 분부했다.

"인섬선사의 그 쇠 피리를 가져오게. 성공하면 왕 상서께서 그랬던 것처럼 은 천 냥을 상으로 내리겠네."

---

20 횡소천군(橫掃千軍)은 검법의 기본 기술 가운데 하나로서, 칼을 수평으로 쓸 듯이 휘두르는 것이다.

왕명은 "예!" 하고 나와서 성으로 향하면서 생각했다.

'저번에 왕 상서께서 천 냥을 하사하셨을 때는 일이 아주 쉬웠는데, 이번에 사령관께서 내리시는 천 냥은 쉽게 벌 수 있을지 모르겠군. 일단 성에 들어가서 방법을 생각해 보자.'

그는 성으로 들어가서 이리저리 돌아다니며 인섬선사의 거처를 찾아내서 그의 거처로 들어갔다. 인섬선사는 그곳에 단정하게 앉아 있었는데, 탁자에는 촛불 하나와 향로 하나, 그리고 《도덕경(道德經)》이 한 권 놓여 있었다. 왕명이 살펴보니 인섬선사는 두 눈을 떡하니 뜨고 앉아 있었고 쇠 피리도 어디 있는지 보이지 않았다. 이런 상황에서는 설령 쇠 피리를 발견한다 해도 가져오기가 힘들었다. 그는 한참 방법을 생각해 보았으나 도무지 방책이 떠오르지 않았다.

결국 그가 무슨 계책을 써서 그 쇠 피리를 가져가려 하는지는 다음 회를 보시라.

왕명은 두 번 피리를 훔치고
땅 귀신은 왕명에게 여덟 번 절을 올리다

王克新兩番鐵笛　地裏鬼八拜王明

無事閑來坐運機	일 없어 한가로이 앉아 계책을 생각하여
立時行走立時宜	즉시 행동으로 옮기니 즉시 이루어지네.
藏身一草偏行急	풀 하나로 몸을 숨기고 급히 가는데
擧目雙旌豈返遲	눈 들어 살펴보니 고관대작은 어찌 이리 늦게 놀아오는지!
畫鼓無心聲戰鬪	화려한 북은 무심히 전투를 재촉하고
紅塵不動馬驅馳	먼지도 일지 않는데 말이 치달리는구나.
任君門戶重重鎖	그대의 문과 창 겹겹으로 잠가 놓았어도
幾度歸營酒滿巵	몇 번이나 군영에 돌아가 잔에 가득 술을 따랐던가?

그러니까 왕명은 한참을 생각해도 마땅한 방책이 떠오르지 않아서 문밖으로 나와 생각했다.

'저번의 은 이천 냥은 그 잠 벌레 덕을 보았지. 오늘 밤도 그 녀석

을 찾아야 일이 성공할 수 있겠군.'

그는 다시 대문 밖으로 나와 저번의 그 숲으로 가서 이리저리 돌아다녔지만 아무 벌레도 만나지 못했다. 잠시 후 "왱!" 하는 소리와 함께 파리 한 마리가 얼굴에 부딪쳤다. 왕명은 그저 그 잠 벌레만 생각하고 있었던 터라, 파리를 알아보지 못하고 이렇게 물었다.

"어이, 너는 누구야?"

그러자 놀랍게도 그 파리가 대답했다.

"누굴 찾는데?"

왕명은 마음이 조급해서 이것저것 따질 겨를이 없었다.

"잠 벌레를 찾고 있어."

"걔는 왜 찾는데?"

"걔한테 좋은 일이 생겨서 말이야."

파리는 좋은 일이라는 소리에 일부러 거짓말을 했다.

"내가 바로 잠 벌레인데, 모르겠어?"

"너는 저번 그 녀석이 아니잖아?"

"저번 그 벌레는 아니지만, 그 녀석도 우리 무리 가운데 하나라고."

"저번 그 녀석은 장황하게 자기소개를 하던데, 그럼 너도 그렇게 할 수 있어?"

"당연하지. 들어보라고."

"어서 해 봐."

아! 나라는 존재는[1] 냄새를 쫓아다니며 가지 못하는 곳이 없나니, 순식간에 날아 모이건만 알려준 사람 어디 있을까?

몸집은 작지만 피해는 막심하게 끼치지.

무더운 바람 부는 긴 여름에는 머리에 날아가 얼굴에 부딪치고, 소매와 치마 속으로 들어가고, 눈썹 끝에 내려앉거나 눈자위 주위를 기어 다니기도 하지.

스르르 눈이 감기려 하다가 깜짝 놀라게 만들기도 하고, 팔이 저리면서 가렵게 만들기도 하고, 하녀들 모두 고개 숙이고 팔이 빠질 듯 힘들어, 언제나 선 채 졸다가 뻣뻣이 자빠지게 만들기도 하지.

또 높고 큰 저택에서는 지체 높은 손님이 되어 그릇에 날아내리기도 하고, 책상에 진을 치기도 하고, 독한 술에 취해 술잔에 빠지거나 뜨거운 국에 떨어져 목숨을 잃기도 하지.

특히 사람들은 붉은 머리를 싫어하여 경적(景迹)[2]이라고 부르지만, 나는 친구와 동료들 불러 머리 흔들고 날개를 치지.

큰 고깃덩어리나 맛좋은 안주에는 조금이라도 방비를 소홀히 하면 어느새 알을 까놓지.

번식을 많이 해서 무리 지어 망가뜨리니, 집주인 친구가 발견하면 기분 나빠하고, 종놈들은 그 때문에 벌을 받지.

---

1 이하의 내용은 송나라 때 구양수(歐陽脩)의 〈증창승부(憎蒼蠅賦)〉에서 일부를 변형하여 인용한 것이다. 본 번역에서는 생략된 부분을 제외한 나머지 부분에서 잘못 인용된 글자를 원작에 따라 고쳐서 번역했다.

2 경적(景迹)은 머리가 붉은 파리의 별명이다.

나의 해악은 너무 많아 일일이 거론하기도 어렵지만, 그래도 이것들이 제일 심하지.

嗟我之爲人也, 逐氣尋香, 無處不到, 頃刻而集, 誰相告報.

其物也雖微, 其爲害也至要.

若乃炎風之燠, 夏日之長, 尋頭撲面, 入袖穿裳, 或集眉端, 或沿眼眶.

目欲瞑而復警, 臂已痺而猶攘, 咸頭垂而腕脫, 每立寐而顚僵.

又如峻宇高堂, 嘉賓上客, 或集器皿, 或屯机格, 或醉醇酎, 因之沉溺, 或投熱羹, 遂喪其魂.

尤忌赤頭, 號爲景迹, 引類呼朋, 搖頭鼓翼.

至於大裁肥牲, 嘉肴美味, 稍或怠於防嚴, 已輒遺其種類.

養息蕃滋, 淋灘敗壞, 親朋索爾無歡, 臧獲因之得罪.

餘悉難名, 凡此爲最.

이것은 분명히 〈창승부(蒼蠅賦)〉였지만 글공부를 제대로 하지 않은 왕명은 내용은 잘 알아듣지 못했다. 하지만 듣기에는 그럴듯해서 그저 저번의 그 녀석과 마찬가지 벌레라고만 생각했다. 그때 파리가 말했다.

"이렇게 얘기하니까 이제 알아보겠어?"

왕명은 무척 기뻐하며 다급히 말했다.

"그래! 알아보겠어! 나랑 같이 가자. 너한테 좋은 일이 있어."

그는 곧 파리를 데리고 인섬선사의 거처로 가서 방으로 들어갔다.

이때는 날이 이미 많이 어두워져서 선사는 눈을 감고 앉아 졸고 있었다. 왕넝이 그를 가리키며 파리에게 말했다.

"저기 좋은 일이 있잖아."

파리는 인섬선사가 말쑥하게 생긴 것을 보고 큰 고깃덩어리려니 생각하고, 재빨리 "왱!" 하고 날아가 그의 얼굴에 철썩 달라붙었다. 그 바람에 잠이 확 깬 선사가 욕을 퍼부었다.

"이 빌어먹을 파리가 어디서 왔지? 제자야, 어서 이 파리를 내쫓아라. 잠을 못 자겠구나."

한쪽에 서 있던 왕명이 속으로 소리쳤다.

'아이고! 맙소사! 알고 보니 빌어먹을 파리였잖아? 저놈을 잠 벌레로 잘못 알아보는 바람에 선사가 잠을 못 자게 만들어 버렸으니, 오히려 역효과만 만들어 냈어. 어쩔 수 없이 다시 가서 진짜를 찾아야겠구나.'

이번에는 그도 아주 신중하게 여기저기를 돌아다니며 "잠 벌레야! 잠 벌레야!" 하고 불렀다. 그때 마침 굶주린 모기가 그 소리를 듣고, 무슨 좋은 일이 있어서 잠 벌레를 찾겠거니 생각했다. 그래서 모기는 얼른 제가 잠 벌레인 척하며 물었다.

"누가 나를 부르는 거야?"

"저번에 너한테 좋은 일을 시켜 준 사람이잖아? 몰라보겠어?"

정말 말재간 좋은 모기는 얼른 둘러댔다.

"저번에 만난 건 내 형이었어."

왕명은 일단 다급했기 때문에 이렇게 말했다.

"그랬어? 그럼 너도 잠 벌레이겠구나?"

"당연하지. 근데 무슨 좋은 일이 있다는 거야?"

"좋은 일이 있기는 한데, 네가 진짜 잠 벌레여야 돼."

"저런! 낯짝 두껍게 누가 가짜로 잠 벌레 행세를 한 모양이구나?"

"저번에 네 형도 장황하게 자기소개를 했고, 오늘 어떤 가짜도 장황하게 자기소개를 했어. 네가 만약 진짜라면 자기소개를 해 봐."

"알았어. 잘 들어 봐."

이 몸은 날이 밝으면 몰래 깊고 으슥한 곳으로 피신해, 멍하니 날개를 접고 소리 없이 입을 다물고 있지.

그러니 영리한 사람도 알아채지 못하는데, 어떻게 눈으로 찾아낼 수 있겠어?

그러다가 해가 서쪽으로 기울어 날이 점점 어두워지면, 무리를 이끌고 세력을 키워 교묘히 문을 열고 들어가지.

어떤 때는 빈틈을 이용하여 겹겹 대문 안으로 몰래 침투하여 환한 등불을 엿보며 벽을 따라 돌아다니다가, 사람이 잠들 때를 기다려 내 수단을 펴거나 접지.

사람이 아직 깨어 있을 때는 조용히 휘장이나 옷에 앉아 있으면서 두근거리는 마음으로 먹을 것을 찾지만, 움직이고 싶어도 잡힐까 무서워하지.

그리고 그가 꿈속에 들어가면 의기양양하게 이리저리 어지럽게 날아다니다가 살에 붙어 날카로운 입으로 고혈을 빨아먹지.

배부르면 날아오르고 굶주리면 다시 내려앉아 물리도록 빨아 먹고, 손을 휘저으면 얼른 떠났다가 멈추면 다시 돌아오지만, 창피하게 너무 깊이 낳나고 하신 말아 줘.

우레처럼 요란하게 날아올라 날카로운 침 깊숙이 찌르면, 꿈속에 들었어도 자주 깨고, 참으려 해도 도저히 어쩔 수 없지.

그러니 어둠 속에서 때려도 맞히지 못해, 허탈하게 손을 거두고 화만 낼 수밖에!

我之爲人也, 方天明之當天, 潛退避於幽深, 翅斂緝兮凝凝, 口箝結兮吞喑.

雖智者之莫覺, 亦安能眇視而追尋.

及斜陽之西薄, 天冉冉以就昏, 遂拉類而鼓勢, 巧排闥而尋門.

或投抵於間隙, 潛深透乎重闇, 窺燈光之晰晰, 仍倚壁而逡巡, 伺其人之夢覺, 爲吾道之屈伸.

方其猶覺也, 則闃靜無語, 坐帷立裳, 心搖搖而圖食, 意欲舉而畏擒.

及其旣夢也, 則洋洋而得志, 飛高下以紛紜, 親肌膚而利嘴, 吮膏血於吻唇.

旣飽而起, 饑而復集, 已貪婪之無厭, 揮之則去, 止之復來, 何耻畏之足云.

聲喧豗兮連雷, 刺深入兮刺針, 夢旣就而屢覺, 心欲忍而莫禁.

旣冥擊之莫得, 徒束手兮嗔心.

이것은 분명히 〈문충부(蚊蟲賦)〉였지만 왕명은 "문을 열고 들어

간다."라느니, "아직 깨어 있다."라느니, "꿈속에 들어간다."라느니
하는 말들이 잠 벌레와 관련된 일인 듯해서, 이번에는 진짜이거니
생각했다.

"너는 진짜로구나! 얼른 나랑 같이 가자. 너한테 좋은 일이 있어."

그리고 모기를 데리고 인섬선사의 방으로 갔다.

이때는 이미 밤이 깊었기 때문에 선사는 눈앞이 몽롱해서 탁자
에 엎드려 선잠을 자고 있었다. 왕명이 그를 가리키며 모기에게 말
했다.

"저기 좋은 일이 있잖아."

모기는 선사의 보드랍고 야들야들한 피부를 보고, 그야말로 자
기한테 딱 맞는 밥이라고 생각하고 가볍게 다가갔다. 그리고 너무
배가 고팠기 때문에 이것저것 따지지 않고 입술을 빨며 즉시 침을
놓는 의사가 되어 힘껏 찔렀다. 이것은 왱왱거리던 파리에 비해 열
배는 충격이 컸으니, 선사가 어찌 잠을 잘 수 있었겠는가! 그는 눈
을 번쩍 뜨며 소리쳤다.

"제자야, 어디 있느냐? 대체 방 청소를 어떻게 했기에 이런 모기
가 달려드는 게냐!"

그 말을 들은 왕명은 다시 속으로 소리쳤다.

'아이고! 맙소사! 또 기껏 찾은 게 빌어먹을 모기라니! 아무래도
오늘의 천 냥은 벌기 힘들겠구나.'

그는 잠시 생각에 잠겼다. 다시 나가서 잠 벌레를 찾자니 시간이
촉박했고, 만약 또 잘못 찾으면 헛고생만 하는 꼴이 아니겠는가?

그렇다고 이대로 서 있자니 인섬선사는 눈을 멀뚱멀뚱 뜨고 있고 쇠 피리도 어디 있는지 모르니 아무 소용이 없을 것 같았다.

한참 후에 그내로 한 가지 방법을 떠올렸다.

'남한테 사정하느니 차라리 내가 하고 말지. 쇠몽둥이를 갈아 바늘을 만들려 해도 시간만 있으면 되잖아? 좋아. 오늘 밤새도록 여기 있으면 어떻게든 되겠지!'

대단한 왕명! 그는 닭이 울 때까지 그 자리를 지켰다. 왜 그랬을까? 인섬선사는 책상에 엎드려 자려 하다가, 처음에는 파리가 왱왱거리고 또 다음에는 모기에 물리는 바람에 정신이 말짱하게 깬 채 앉아 있었다. 그 바람에 동이 틀 무렵에야 피곤해져서 아무 생각 없이 그저 졸음이 밀려왔다. 이에 그는 옷을 벗어젖히고 침대에 벌렁 누웠다. 원래 그는 그 쇠 피리를 앞섶 안에 넣고 다니면서 한시도 떼어놓지 않았지만, 너무 졸려서 황급히 옷을 벗는 바람에 쇠 피리까지 옷과 함께 둘둘 말아서 침대 머리맡에 던져 놓았다. 왕명은 그 모습을 똑똑히 보았으나 함부로 손을 쓰지 못했고, 또 한참이 지났어도 여전히 손을 쓰지 못했다. 다시 한참이 지나서 모두 한 시간 가까이 지나고 나서야 선사가 코를 골며 웅얼웅얼 잠꼬대하기 시작했다.

'이제야 깊은 잠에 들었구나.'

하지만 그는 불의의 사태에 대비해서 조심했다. 그는 선사의 귓전에 "왱!" 하고 파리 소리를 내어 보았으나 선사는 깨지 않았다. 그래도 안심이 되지 않은 왕명은 은신초를 들고 다가가 모기처럼 선사의 얼굴에 바늘을 살짝 찔러 보았는데도 선사는 여전히 느끼지 못했다.

'이제야 손을 쓸 수 있겠군. 하지만 저 쇠 피리가 무슨 소리를 내면 어쩌지? 에라! 계수나무는 부러뜨려 꺾지 말고, 아예 달까지 가져가는 게 낫다고 했지!'

왕명은 선사의 쇠 피리와 도포까지 한꺼번에 가져와서 삼보태감에게 바쳤으니, 이때는 이미 희미하게 날이 밝고 있었다.

茅屋鷄鳴曙色微	초가에 닭이 우니 희미하게 여명이 밝아오고
半輪斜月已沉西	비스듬한 반달 어느새 서쪽으로 기우는구나.
吾伊盈耳窮經處	책 읽는 소리 귀에 가득 울리며 공부할 때
滿目英英濟濟齊	눈에 가득 선비의 모습 빼어나고 단정하구나.

쇠 피리를 받아든 삼보태감은 무척 기뻐하며 군정사의 관리에게 잘 간수해 두라고 지시하는 한편, 왕명에게 은 천 냥을 상으로 내렸다. 왕명은 그 돈을 받고 화가 나기도 하고 우습기도 했다. 왜냐? 그 빌어먹을 파리와 모기 때문에 일을 그르칠 뻔했으니 화가 났고, 어쨌든 이 천 냥을 얻고 보니 장님도 돈을 보면 눈을 뜨듯이 우습기 짝이 없었던 것이다.

그런데 왕명도 우스웠지만 인섬선사도 우스웠다. 다음날이 되어서 인섬선사는 잠에서 깨어 출전할 준비를 하려고 침대 머리맡을 더듬었다. 그런데 아무것도 손에 잡히는 게 없었고, 쇠 피리도 보이지 않았다. 당황한 그가 황급히 제자를 불러 도포며 쇠 피리가 보이지 않는다고 얘기하자, 오히려 제자가 이렇게 말했다.

"사부님, 혹시 길을 잘못 드신 거 아닙니까? 어디서 길을 비스듬히 가시다가 흘리셨는지도 모르지요."

"무슨 헛소리냐! 머리에 관을 쓴 출가인이 어찌 길을 비스듬히 간단 말이냐?"

"우스갯말에도 있지 않습니까? 점잖은 사람이라도 신발 바닥이 한쪽은 두껍고 한쪽이 얇으면 길을 비스듬히 갈 수밖에 없지 않습니까?"

한편 해가 세 길이나 떠올랐는데 인섬선사가 출전하지 않자, 국왕이 몸소 찾아와 문안 인사를 했다.

"형님, 오늘은 왜 이리 늦잠을 주무십니까?"

선사는 더욱 기분이 상했지만, 어쨌든 숨기지 못하고 사실대로 얘기했다.

"새벽이 다 되어서야 잠자리에 들었는데, 그때까지 전혀 이상한 낌새가 없었습니다. 그런데 어찌 된 일인지 날이 새고 보니 옷이 보이지 않아서 일어날 수 없었습니다."

"궁중에서 새로 옷을 만들어 드리겠습니다."

국왕이 즉시 옷을 가져다주자, 선사가 또 말했다.

"옷이야 별로 중요하지 않지만, 제 물건까지 사라졌으니 문제입니다."

"무슨 물건이 사라졌다는 것입니까?"

"쇠 피리가 없어졌습니다."

"다른 피리는 없습니까?"

"그건 세상천지에 유일무이한 것인데, 어떻게 다른 것이 있을 수 있겠습니까?"

"그렇다면 속히 솜씨 좋은 대장장이를 시켜서 만들라고 할까요?"

"신령한 곳에서 만들어진 성스러운 물건을 어떻게 대장장이가 만들어 낼 수 있겠습니까?"

"허! 이야말로 뱀이 죽어 버렸으니 거지가 구걸할 수단을 잃어버린 꼴이로군요!"

"시매(猜枚)³ 놀이를 하는데 손에 쥘 것이 없으니, 양손이 모두 비어 있는 꼴이기도 합니다."

"쇠 피리는 하나인데 어째서 양손이 모두 비어 있는 꼴이라고 하시는지요?"

"남편의 불행은 곧 마누라의 불행이 아니겠습니까? 그러니 양손이 모두 비어 있는 셈이지요."

국왕은 그 말을 듣자 자기 신세가 떠올라 무척 마음이 상했다.

---

3 시매(猜枚) 놀이는 주령(酒令)의 일종으로서 손에 수박이나 호박의, 해바라기 씨, 바둑돌 등을 쥐고 상대가 그 개수나 색깔, 홀짝을 알아맞히게 하는 것이다.

"그나저나 그걸 어디서 찾지요?"

그는 눈살을 찌푸리며 잠시 생각하더니 한 가지 계책을 떠올리고, 즉시 온 나라 안에 방문을 내걸게 했다.

인섬선사께서 쇠 피리를 잃어버리셨는데, 조심하지 않아서가 아니라 한밤중에 사라져 버렸다. 쇠 피리의 행방을 알려주는 이에게는 은 오백 냥을 상으로 내리고, 그걸 찾아서 관청에 바친 자에게는 은 천 냥과 함께 일품(一品)의 벼슬을 내리겠노라.

이렇게 되자 온 나라 백성들이 시끌벅적 떠들어 대며 너도나도 찾으러 나섰다. 방문이 걸리고 하루가 지난 다음 날, 어느 관리가 방을 뜯어 들고 국왕을 찾아와 보고했다.

"저는 백 부인의 동생인 거옌핑[葛燕平]이라고 하온데, 지금 부평장(副平章)⁴의 직책을 맡고 있사옵니다."

"쇠 피리를 가져온 모양인데, 지금 어디 있는가?"

---

4 평장(平章)은 옛날 벼슬 이름이다. 당나라 때는 상서성(尚書省)과 중서성(中書省), 문하성(門下省)의 최고 책임자를 재상으로 삼았는데, 그 직위와 권한이 너무 커서 평상시에는 직접 임명하지 않고 기타 관리에게 '동중서문하평장사(同中書門下平章事)'라는 직함을 덧붙여서 국정에 동참하게 하곤 했는데, 이를 줄여서 '동평장사(同平章事)'라고 했다. 예종(睿宗) 때의 평장군국중사(平章軍國重事)는 그 직위가 재상보다 높았다. 원나라 때는 평장정사(平章政事)라는 직함이 있었는데, 이것은 승상(丞相) 바로 다음에 해당하는 직위였다. 또 원나라 때 행중서성(行中書省)에 설치한 평장정사는 지방의 고위 장관이었으며, 줄여서 평장이라고 부르기도 했다. 명나라 초기에도 이 제도를 계속 유지했지만, 얼마 지나시 않아서 폐지했다.

"그건 여기 없사옵니다."

"그렇다면 어찌 함부로 방문을 떼어 왔는가?"

"그렇지만 그게 어디 있는지, 그리고 어떻게 되찾을 수 있는지를 알고 있사옵니다."

"그래? 확실히 되찾을 방법이 있는가?"

"틀림없으니 은 천 냥을 주시옵소서."

"은이야 여기 있으니, 우선 그게 어디 있는지부터 얘기해 보도록 하라."

"제가 탐문해 보니 명나라 함대에 은신초라는 풀이 있는데, 그걸 들고 있으면 다른 사람은 그 사람의 모습을 볼 수 없다고 하옵니다. 또 그 풀의 주인은 궁중에도 쉽게 잠입하니, 제아무리 신령한 물건이라 해도 쉽게 가져갈 수 있다고 하옵니다. 저번에 제 누님께서 두 가지 보물을 잃어버리고 억울하게 돌아가신 것도 바로 왕명이라고 하는 자가 그것들을 가져가 버렸기 때문이옵니다. 그러니 이번에 이 쇠 피리도 틀림없이 그자가 가져갔을 것이옵니다."

"그건 추측일 뿐이지 확실한 사실은 아니지 않은가? 어쨌든 그렇다면 그걸 어떻게 되찾겠다는 것인가?"

"우리 보림산 아래에 사지모[沙嘲莫]라고 하는 사냥꾼이 있는데, 별명이 땅 귀신[地裏鬼]이옵니다. 그는 원래 매와 사냥개를 이용해서 사냥으로 생계를 꾸리던 자였습니다. 그런데 하루는 늙은 원숭이를 한 마리 잡아서 때려죽이려 하자, 갑자기 그 원숭이가 사람의 말로 이렇게 말했다고 하옵니다.

'나를 알아보지 못하시는구려? 나는 그대에게 큰 은인이라오.'

그래서 땅 귀신이 '네까짓 원숭이가 나한테 무슨 은혜를 베풀었다는 것이냐?'하고 물으니까, 그 원숭이라 이렇게 말했다고 하옵니다.

'나는 이미 수천 년 동안 수행해서 신(神)과 기(氣)가 완전해지고 육신이 원래의 태를 벗고 골격이 뒤바뀌었는데, 당신이 어떻게 나를 붙잡을 수 있었겠소? 다름 아니라 옥황상제의 어명 때문이었소. 그분께서는 당신이 사냥을 업으로 삼으면서도 살생을 전혀 좋아하지 않는지라, 이 산의 토지신에게 당신을 선한 사람으로 교화하도록 하셨소. 이에 이 산의 토지신이 나더러 당신에게 한 가지 보물을 전해 주라고 하셨소. 이 보물을 지니고 있으면 십 년 안에 일품 벼슬에 봉해지고 천 냥의 은을 받아 부귀를 누리게 될 테니, 이것으로 살생을 좋아하지 않은 당신의 인덕에 대한 상을 내리겠다고 하셨소.'

그 말을 들은 땅 귀신은 황급히 원숭이를 놓아주고, 오히려 그에게 무릎을 꿇고 머리를 두 번 조아리며 '무례를 용서해 주십시오!' 하고 사죄했다고 하옵니다. 그러자 원숭이가 자기 정수리에서 털을 하나 뽑아서 그에게 주었사옵니다. 그 털은 물총새 깃털처럼 파랗고 길이가 세 치 남짓 되었다고 하는데, 그걸 주면서 원숭이가 이렇게 말했다고 하옵니다.

'내가 평생 수련한 결과가 겨우 터럭 두 개를 단련한 것뿐이오. 이건 두 번째 터럭으로서 은신호(隱身毫)라고 하는 것이오. 이걸 들고 있으면 당신은 다른 사람들을 볼 수 있어도 다른 사람들은 당신을 보지 못하오. 십 년 동안 가난한 생활을 하더라도 이걸 잘 간수하시오. 십 년 안에 크게 출세할 날이 찾아올 것이오.'

그래서 땅 귀신이 '출세하지 못하게 되면 어찌 되는 것이옵니까?' 하고 물으니까, 그 원숭이가 이렇게 말했다고 하옵니다.

'그렇다면 하늘의 정한 운명일 테지요. 하지만 이제부터는 다시는 사냥하지 말고, 하늘의 운명을 기다려 보시구려.'

그 말이 끝나기도 저에 원숭이의 모습이 사라져 버렸다고 하옵니다. 이에 땅 귀신이 무척 기뻐하며 그 털을 손에 쥐니까, 정말로 다른 사람들이 아무도 자기 모습을 보지 못했다고 하옵니다. 그래서 그는 원숭이의 말대로 다시는 사냥하지 않고, 가난 속에서도 지금까지 편안히 도리를 지키며 살아왔다고 하옵니다."

"그게 몇 년 전의 일이오?"

"이제 벌써 팔 년이 되었사온데, 주상 전하께서 방문에 '은 천 냥과 함께 일품의 버슬을 내리겠노라.'라고 하셨으니, 이건 바로 그에게 출세할 운명이 찾아온 것이 아니고 무엇이겠사옵니까? 그러니 그를 시켜 찾아오게 하면 틀림없이 성공할 것이옵니다."

"그렇다면 그대가 그자를 데려오도록 하라."

거옌핑이 즉시 땅 귀신을 데리고 국왕을 알현하자, 국왕이 말했다.

"우리 인섬선사의 쇠 피리가 은신초를 지닌 명나라의 왕명이라는 자에 의해 도둑맞았다. 부평장이 은신호를 가진 그대를 천거했으니, 가서 쇠 피리를 가져오도록 하라. 성공하면 일품의 벼슬과 은 천 냥을 상으로 내리겠노라.”

땅 귀신은 옛날에 원숭이가 했던 말이 맞아떨어지자 기뻐 어쩔 줄 몰랐다. 그는 즉시 은신호를 지니고 왕궁을 나와 길을 걸으며 생각했다.

‘이 은신호가 있으면 사람들이 나를 보지 못할 테지만, 명나라 함대에 간다 한들 쇠 피리가 어디 있는 줄 어떻게 알아내고, 또 그걸 어떻게 가져오지? 아무래도 선사께 가서 몇 가지 구결을 배워서 가는 게 좋겠구나.’

그는 인섬선사를 찾아가 인사를 하고 나서 물었다.

“선사님, 쇠 피리에 혹시 무슨 번호 같은 게 새겨져 있습니까?”

“그건 값어치를 따질 수 없는 보물이어서, 어디에 두든 간에 그 위쪽에 한 줄기 검은 연기가 피어나지. 그러니 검은 연기가 보이면 바로 거기에 그것이 있는 것일세.”

“혹시 그 피리에 무슨 이름이 있습니까?”

“이름은 없네. 다만 검은 연기 아래에서 ‘디두디[帝都地]’ 하고 부르면 그 피리가 연기처럼 솟아올라, 아홉 겹 땅속이든 아홉 하늘 위이든 상관없이 어디서든 손에 넣을 수 있지.”

땅 귀신은 피리를 부르는 구결을 알고 나자 인섬선사와 작별하고 명나라 함대로 갔다. 이때는 벌써 미시(未時)에서 신시(申時)로 넘어가는 오후 세 시 무렵이었다. 은신호를 들고 있어서 함대 여기저기를 돌아다녔으나 아무도 그를 발견하지 못했기 때문에, 그는 자유자재로 구석구석을 돌아다니며 쇠 피리를 찾았다. 그러다가 군정사가 있는 배의 고물 위에 한 줄기 검은 연기가 피어나는 것을 발견했다. 그는 피리를 부르는 구결을 외고 싶었지만, 그 소리는 숨길 수 없으니 남들이 들을 것 같았다. 그래서 날이 저물 때까지 그 자리를 지켰지만, 배에서는 아직 취침 명령이 내려지지 않았다. 그래도 그는 살며시 검은 연기 아래로 가서 "디두디!" 하고 중얼거렸다. 그러자 과연 "휙!" 하는 소리와 함께 피리 하나가 날아왔다. 그걸 잡는 순간 그는 마치 일품의 벼슬과 천 냥의 은을 잡는 것처럼 너무나 기분이 좋았다. 그는 그대로 바람처럼 내달려 왕궁으로 가서 국왕에게 피리를 바쳤다. 국왕은 즉시 그에게 일품의 벼슬과 함께 은 천 냥을 상으로 내렸고, 땅 귀신은 졸지에 부귀를 차지하게 되었다.

쇠 피리를 되찾은 인섬선사는 다시 소를 타고 나와서 명나라 진영을 향해 소리쳤다.

"명나라 도둑놈들아, 어째서 내 피리를 훔쳐 갔느냐? 당장 두 손으로 바치지 않으면 칼맛을 보여주마!"

그는 칼을 꺼내 들고 이리저리 휘두르며 소를 타고 왔다 갔다 했다. 호위병의 보고를 받은 삼보태감이 말했다.

"어제는 오지 않더니 오늘 다시 찾아온 걸 보니, 분명히 무슨 까닭이 있겠구면."

왕 상서가 물었다.

"무슨 말씀이신지요?"

"어제 오지 못한 것은 보물을 잃어버렸기 때문일 텐데, 오늘 온 것을 보니 분명히 보물을 되찾은 모양이라는 말씀입니다."

"군정사에 가서 살펴보면 알 수 있겠지요."

즉시 군정사를 살펴보니 과연 쇠 피리가 보이지 않았다. 왕 상서가 탄복했다.

"사령관님, 과연 안목이 뛰어나십니다!"

그리고 즉시 각 진영에 명령을 내려서 출병을 금지했다. 인섬선사는 한참 동안 돌아다니며 고함을 질렀지만, 아무도 거들떠보지 않자 맥이 빠져서 돌아갔다. 왕 상서는 다시 왕명을 불러서 분부했다.

"자네가 어제 가져온 쇠 피리가 어찌 된 영문인지 오늘 다시 그자의 손에 들어갔네!"

"제 은신초만이 흔적 없이 다니면서 남의 물건을 가져올 수 있는데, 어떻게 우리 물건을 그렇게 가져갈 다른 사람이 있을 수 있겠습니까?"

"바로 그런 알 수 없는 일이 벌어졌다 이 말일세."

"여러 말 할 것 없이 제가 가서 다시 가져오면 되지 않겠습니까?"

"이번에는 저번하고 달리, 저쪽에도 필시 예사롭지 않은 인물이 있는 모양일세."

"제 나름대로 다른 방법이 있습니다. 은신초 하나만 믿을 수는 없지요."

그는 즉시 밖으로 나와 은안국 성문 아래로 갔다. 그런데 알고 보니 인섬선사는 욕심이 많은 사람이라, 땅 귀신에게 명나라 함대에 다른 보물이 있는지도 알아보라고 했다. 이에 땅 귀신도 은신호를 지니고 성문 아래로 나왔다. 이렇게 각기 은신초와 은신호를 지닌 둘이 서로를 보지 못한 채 성문 아래를 지나다가, 하필 원수가 외나무다리에서 만나듯이 그만 서로 딱 부딪쳐서 두 사람 모두 땅바닥에 털썩 자빠져 버렸다. 왕명은 깜짝 놀랐다.

'남들이 나를 보지 못한 거야 당연하지만, 어째서 지금은 나도 다른 사람을 보지 못하게 된 거지?'

땅 귀신도 깜짝 놀랐다.

'남들이 나를 보지 못한 거야 당연하지만, 어째서 내가 보지 못하는 사람이 있지?'

왕명은 은신초를 들고 일어났지만, 땅 귀신은 아직 그런 상황에 익숙하지 않아서 털을 땅바닥에 둔 채 기어 일어났다. 그 바람에 그의 모습이 드러나고 말았다. 그의 모습을 본 왕명은 즉시 상황을 파악하고, 얼른 앞으로 가서 땅 귀신의 멱살을 쥐어 잡고 주먹을 몇 방 날리며 욕을 퍼부었다.

"못된 오랑캐 놈! 어제 우리 배에서 쇠 피리가 없어졌진 게 바로 네놈 짓이었구나?"

대답이 궁해진 땅 귀신은 왕명이 사납게 다그치자, 은신호를 잃어버릴까 무서워서 필사적으로 몸을 뒤틀며 손을 내밀어 땅바닥을 더듬으려 했다. 그러자 왕명이 욕을 퍼부었다.

"너 따위 놈은 땅 귀신이나 돼라!"

왕명이 입에서 나온 대로 퍼부은 욕이었지만, 자기 이름을 부른

줄로 착각한 땅 귀신은 은신호를 집어 들며 오히려 사과했다.

"왕명 형님, 어떻게 제 별명을 아셨습니까?"

왕명은 상대가 오해했다는 것을 눈치채고, 잘 됐다 싶어서 얼른 둘러댔다.

"너희 나라에 올 때부터 땅 귀신이라는 놈이 있다는 것을 바로 알았지만, 아직 만나지는 못하고 있었지."

땅 귀신이 더욱 기뻐하며 말했다.

"저번에 쇠 피리 때문에 우리 국왕께서 형님에 대해 자세히 들려주셨는데, 그 후 형님을 존경하고 있었지만 여태 인사를 올리지 못했습니다."

왕명이 그를 슬쩍 떠보며 말했다.

"네가 손에 들고 있는 것은 무엇이냐?"

"은신호라는 것입니다. 그런데 형님이 들고 계신 것은 무엇입니까?"

"은신초라는 것이지."

"정말 신기하군요! 둘 다 남의 눈에 자기 모습이 보이지 않게 하는 보물이군요!"

"그 보물은 언제 얻은 것이냐?"

"칠팔 년 전에 얻었는데, 어제야 비로소 이런 효능을 써먹을 수 있었습니다."

왕명이 다시 이것저것에 대해 자세히 묻자 땅 귀신이 자세히 대답해 주었다. 그러자 왕명이 슬쩍 거짓말을 했다.

"그런데 너희 나라는 정말 좋은 나라로구나. 겨우 쇠 피리 하나를 가져다주었다고 일품의 벼슬과 은 천 냥을 상으로 내리다니! 우리 함대에서는 기껏 은 한두 냥만 하사해도 대단한 상이라고 여길 텐데 말이야."

그러자 땅 귀신이 즉시 왕명을 설득하려고 나섰다.

"형님, 형님의 은신초하고 제 은신호는 하늘이 내린 형제가 아닙니까? 그래서 제가 드릴 말씀이 있습니다. 형님, 차라리 저하고 함께 우리나라로 가시는 게 어떻습니까?"

왕명도 바로 그 말이 나오기를 기대했지만, 또 일부러 주저하는 척했다.

"괜찮은 생각이기는 한데, 너희 국왕이 과연 나를 중용해 줄까?"

"우리 국왕은 갈증에 물을 찾듯이 현명한 인재를 구하시는 분인데, 중용하지 않으실 리 있겠습니까?"

이에 왕명이 그를 속였다.

"그렇다면 나하고 함께 우리 배로 가자. 나한테 몇 가지 귀한 보물들이 더 있으니, 그걸 가져다가 너희 국왕께 상견례의 예물로 바치면 좋지 않겠어?"

땅 귀신이 제법 영리하기는 해도 왕명의 계책을 눈치채지는 못했다.

"좋은 생각입니다. 함께 가십시다."

왕명은 그를 꼬드겨 뱃머리 위에 세워 놓고 다시 당부했다.

"나는 벼슬살이를 하는 몸이라 배에 올라가면 또 무슨 임무를 맡

길지 모르겠다. 그렇게 되면 어쩔 수 없이 임무를 수행해야 하니까 좀 늦어질 수도 있을 거야. 그러니 너는 여기서 기다리고 있어."

땅 귀신은 그저 왕명을 내려갈 생각만 하고 있었기 때문에, 별로 생각도 해 보지 않고 대답했다.

"형님, 우리는 목숨을 아까워하지 않는 사이인데, 기다리는 것쯤이야 무슨 문제가 있겠습니까? 저녁에야 오신다 해도 계속 여기서 기다리겠습니다."

왕명이 다시 그를 안심시켰다.

"남들 눈에 띄지 않을까? 네 은신호가 효과가 없을지 모르니까 내 은신초를 줄게."

하지만 땅 귀신도 호승심이 강한 작자였다.

"그럴 리 있습니까? 형님 은신초는 필요 없으니, 어서 다녀오기나 하십시오."

왕명은 느긋하게 중군 막사로 와서 삼보태감에게 땅 귀신이 은신호를 이용해 쇠 피리를 훔쳐 간 일을 자세히 보고했다.

"그렇다면 나중에 처리하기 곤란하지 않겠는가! 아예 오늘 그자를 잡아두는 게 어떤가?"

"그렇게 번거로운 일을 하실 필요 없을 것 같습니다. 제가 쇠 피리를 가져오면서 그자도 함께 잡아 와서 사령관님께 바치겠습니다."

"그자가 혼자 가 버리면 괜한 헛수고만 하고, 골칫거리를 하나 더하는 결과가 되지 않겠는가?"

"그자는 오랑캐이기는 하지만 아주 착실하고 믿을 만한 사람입니다. 제가 잡아 오더라도 그자에게 잘 대해 주시기 바랍니다. 그렇지 않으면 제가 그자를 속여 팔아먹은 셈이 되지 않겠습니까!"

"알았네. 그렇게 하세!"

왕명은 다시 한 손에 은신초를 들고 다른 한 손에는 짧은 칼을 든 채 은안국 조정으로 갔다. 그때 인섬선사는 국왕과 마주 앉아, 오늘 명나라 병사들이 나오지 않았는데 내일은 어떻게 그들을 격퇴할 것인지 방안을 얘기하고 있었다. 그가 한창 얘기에 열중하고 있을 때 왕명이 자세히 살펴보니, 쇠 피리는 선사의 허리춤에 끼워져 있었다. 그 피리는 한쪽 끝이 허리띠에 꽂혀 있었지만, 선사가 의자에 앉은 채 옷깃을 여미지 않아서 다른 한쪽이 드러나 있었다. 왕명은 드러난 부분을 잡고 피리를 뽑아 배로 돌아온 다음, 뱃머리에서 은신초를 내리고 땅 귀신을 불렀다. 그러자 땅 귀신도 은신호를 내리고 모습을 드러내며 말했다.

"형님, 정말 빨리 다녀오셨군요."

왕명은 아무 말도 하지 않고 그를 덥석 끌어안고 배 위를 내달렸다. 땅 귀신은 힘을 쓰지도 못한 채 왕명에게 끌려가며 물었다.

"형님, 왜 나를 배로 끌고 온 것입니까?"

"너는 왜 나를 너희 나라로 데려가려 했어?"

"형님 배로 오면 형님네 사령관께서 저를 받아 주실 리 없잖아요?"

"내가 너희 나라로 가면 너희 왕은 나를 받아 줄 것 같아?"

"아까 얘기했잖아요. 우리 왕은 갈증에 물을 찾듯이 현명한 인재를 구하시는 분인데, 중용하지 않으실 리 없다고 말이에요!"

"너는 아직 우리 사령관님을 뵙지도 못했잖아? 하늘만큼 땅만큼 높고 후덕한 인품을 지니신 그분이 누군들 포용하지 못하시겠어!"

"그냥 절 보내주세요."

왕명이 쇠 피리를 꺼내 보이며 말했다.

"쇠 피리가 이미 여기 있는데, 어디로 가겠다는 거야?"

"어떻게 그걸 다시 가져오셨어요?"

"어제 너는 어떻게 가져갔어?"

그 말이 끝나기도 전에 그들은 이미 중군 막사에 이르렀다. 왕명이 쇠 피리를 바치자 삼보태감은 군정사에 간수해 두라고 분부했다. 그리고 땅 귀신이 절을 올리자 삼보태감이 왕명에게 물었다.

"이 사람은 누구인가?"

"바로 은안국의 땅 귀신입니다."

"네가 어제 우리 배에서 쇠 피리를 훔쳐 갔으니 용서할 수 없다. 하지만 오늘 왕명과 의형제를 맺고 개과천선하여 올바른 길로 돌아섰다고 하니, 새로운 삶을 개척한 것이라고 할 수 있겠다. 이제 내가 보는 앞에서 서로 정식으로 절을 하여 너는 왕명을 형님으로 모시고, 왕명도 너를 동생으로 받아들이도록 해라. 나와 여기 왕 상서가 증인이 되어 주겠다."

두 사람이 의식을 마치고 나자 삼보태감이 또 분부했다.

"너는 온 마음을 다해 나라의 은혜에 보답하되, 절대 딴마음을 먹어서는 안 된다. 너 정도를 잡아들이는 것은 덮개를 치우고 낙엽을 터는 것처럼 손쉬운 일이다. 알겠느냐?"

"예, 예! 이렇게 중용해 주시니 어찌 감히 성심성의를 다하지 않 겠사옵니까!"

삼보태감은 군정사에 분부하여 술상을 차려 그를 대접하게 했다. 왕명이 그와 함께 술을 마시며 형제의 정을 나누자, 땅 귀신이 무척 기뻐하며 말했다.

"뜻밖에도 오늘 먹구름이 걷히고 푸른 하늘을 보게 되었군요."

이것은 모두 두 사령관이 인정을 베풀고 멀리 있는 인재를 불러 거두는 아량을 발휘했기 때문이었다.

한편 삼보태감이 왕 상서에게 말했다.

"쇠 피리도 가져왔고 땅 귀신도 귀의했으니, 선사 하나만 남았구려. 이제 군사를 보내 저들을 포위하는 게 좋지 않겠소이까?"

"선사도 예사롭지 않고 그 소도 예사롭지 않습니다. 그러니 그자는 국사님이 아니면 굴복시키기 어려울 것입니다."

"그럼 어서 국사님에 부탁드립시다. 이렇게 세월만 허비해서는 될 일이 아니외다."

그들은 즉시 장 천사와 벽봉장로를 모셔다 놓고 전후 사정을 자세히 설명한 다음, 이렇게 덧붙였다.

"그래서 이제 선사 하나와 푸른 소만 남았는데, 둘 다 만만치 않습니다. 그래서 어쩔 수 없이 국사님께서 처리해 주시기를 부탁드리는 것입니다. 이렇게 시간과 재물을 낭비하며 질질 끌고 있을 수는 없지 않습니까?"

그러자 벽봉장로가 말했다.

"그렇지 않아도 내가 이 나라 안에서 한 줄기 하얀 기운이 하늘로 치솟는 것으로 보니 요사한 승려나 도사가 있을 거라고 하지 않았소이까?"

장 천사가 말했다.

"저도 출항할 때 제 칼끝에서 불덩어리가 치솟는 것으로 보아 앞길에 분명히 흉험한 일이 있을 거라고 했는데, 과연 이런 일이 벌어졌습니다."

벽봉장로가 말했다.

"선사는 도가에 속한 자이니, 이 일은 장 천사가 가서 처리하시게."

"제가 이미 그자와 겨뤄 보았는데, 그 구멍 없는 피리가 무궁한 변화를 일으키고 그 푸른 소가 순식간에 날아오르는 능력이 있어서 금방 어찌할 수 없었습니다!"

"알고 보니 그 피리가 원래 구멍이 없는 것이었구면?"

삼보태감이 대답했다.

"예. 그렇습니다."

"왕명이 가져온 것이오?"

"예."

"어디 좀 봅시다."

삼보태감이 즉시 군정사의 관리에게 쇠 피리를 가져오라고 해서 벽봉장로에게 바쳤다. 벽봉장로가 받아서 이리저리 한참 동안 살펴보더니 두어 번 고개를 끄덕이며 말했다.

"이건 나도 아는 피리로구먼."

대체 그게 무슨 피리인지는 다음 회를 보시라.

제84회

인섬선사는 본색을 드러내고
작은 나라인 아덴 왕국이 천자의 군대에 저항하다

引蟾仙師露本相　阿丹小國抗天兵

作曲是佳人	곡을 지은 것은 미인이요[1]
制名由巧匠	이름 붙인 것은 솜씨 좋은 장인이라.
鵾絃時莫拉	곤계(鵾鷄) 힘줄로 만든 현은 이따금 함께 하지 않지만
鳳管還相向	봉관(鳳管)과는 그래도 마주한다네.
隨歌響更發	노랫소리 따라 울림 더욱 피어나고
逐舞聲彌亮	춤사위 따라 소리 더욱 밝아진다네.
婉轉度雲窓	아련히 울리며 구름 비친 창을 넘어가고
逶迤出黼帳	긴 여운 남기고 고운 휘장 밖으로 나가지.
長隨畫堂裏	긴 회랑 따라 화려한 방 안으로 들어가나니
承恩無所讓	받은 은혜 넘겨줄 곳 없구나.

---

1 인용된 시는 수(隋)나라 때 요찰(姚察: 533~606, 자는 백심[伯審])의 〈부득적(賦得笛)〉이다. 인용된 글자 가운데 원작과 다른 몇 개는 원작에 맞춰 바꿔서 번역했다.

그러니까 벽봉장로는 쇠 피리를 받아 들고 고개를 두어 번 끄덕이며 말했다.

"이건 나도 아는 피리로구먼."

삼보태감이 물었다.

"그건 어디서 온 피리입니까?"

"나중에 조용히 알려드리리다. 선사가 나오거든 내가 직접 만나볼 테니, 그러면 모든 게 분명해질 거외다."

그 말이 끝나기도 전에 호위병이 보고했다.

"인섬선사가 푸른 소를 타고 쌍칼을 든 채, '누가 내 쇠 피리를 훔쳐 갔느냐?' '누가 또 우리 땅 귀신을 잡아갔느냐?' 이러면서 고래고래 고함을 지르면서 이를 갈고 원망을 퍼붓는데, 정말 무시무시합니다."

벽봉장로가 말했다.

"내가 나가 만나보겠소."

그리고 그는 뱃머리에 잠시 서서 말했다.

"이놈의 축생이 여기서 이렇게 거들먹거리면서 완전히 진성(眞性)을 잃어버렸구나!"

사람들은 그게 푸른 소를 꾸짖는 말인 줄로만 알았지, 인섬선사를 향한 말이라는 것은 전혀 몰랐다. 벽봉장로가 말했다.

"여러분, 모두 여기 계시구려. 다녀오겠소이다."

벽봉장로가 가볍게 걸음을 옮기자 하얀 구름이 그의 몸을 둘러싸더니 순식간에 어디로 갔는지 모르게 사라져 버렸다. 그는 누대 아래로 가서 승모를 벗었다. 그러자 정수리에서 한 줄기 금빛이 피어나면서, 그 안에 연등고불의 여섯 길이나 되는 금빛 몸이 좌우에 아난과 석가모니 부처를, 앞에는 푸른 사자와 하얀 코끼리를, 뒤에는 위타천존을 거느린 채 나타났다. 이어서 연등고불이 호통을 쳤다.

"이놈의 축생! 여기서 뭘 하고 있는 게냐!"

인섬선사고 '축생'이라는 소리를 듣고 가슴이 덜컥하여 고개를 들어서 보니, 갑자기 부처님의 모습이 공중에 보이는지라 깜짝 놀랐다.

'어쩐지 명나라 함대가 오랑캐를 위무하고 보물을 찾는다고 서양에 왔다 했더니, 알고 보니 우리 부처님께서 위에서 보우해 주고 계셨구나.'

그가 미처 대답하기도 전에 부처님이 다시 소리쳤다.

"이명성(利名星)은 어디 있느냐?"

그러자 "팟!" 하는 소리와 함께 손에 채찍을 든 목동이 내려와 호통을 쳤다.

"이놈, 어딜 도망치느냐!"

그런데 그 말이 떨어지자마자 인섬선사의 모습은 사라지고 푸른 소 위에는 또 한 마리 소가 타고 있었다. 다만 그 색깔이 완전히 흰색이었다. 이어서 그 목동이 하얀 소의 등에 타고 공중으로 날아오르자, 푸른 소만 오갈 데 없는 신세로 남게 되었다.

벽봉장로는 금빛 거두고 다시 구름과 안개를 거두더니 어느새 뱃머리에 서 있었다. 그러자 두 사령관이 물었다.

323

"국사님, 이게 어찌 된 일입니까?"

"얘기하자면 길지요!"

장 천사가 말했다.

"국사님의 신통력은 역시 대단하십니다. 부디 가르침을 내려 주십시오."

"예전에 불모(佛母)께서 석가모니 부처를 잉태하시고 아직 낳지 않으셨을 때, 친정에 가신 적이 있소이다. 바라산(婆羅山)²을 지나 몇 리쯤 가셨을 때, 하얀 소를 탄 목동이 쇠 피리를 불고 있었소이다. 불모께서 들어보니 그 소리가 비범해서 조금 놀라셨는데, 잠시 후 목동이 하얀 소에 탄 채 몸가짐을 단정히 하고 다가왔소이다. 불모께서 그 피리를 받아 보니 구멍이 없는 피리였는지라, 이렇게 말씀하셨소이다.

'아이야, 이 피리는 쇠로 만든 데에다가 구멍도 없구나. 그런데 어떻게 그렇게 소리가 나느냐?'

그러자 목동이 이렇게 대답했소이다.

'잘 모르시는 모양인데, 소 등에서 짧은 피리를 부는 데에는 사람마다 각기 배운 바가 다른 법입니다.'

그래서 불모께서 다시 물으셨소이다.

'우리가 불어도 소리가 날 수 있을까?'

그러자 목동이 웃으며 말했소이다.

---

2 고대 인도의 마가다(摩揭陀, magádha) 왕국의 수도인 왕사성(王舍城) 교외에 있는 비바라산(毘婆羅山)을 가리킨다.

'아주머니께서 그걸 불어 소리를 내신다면 세상을 다스리는 위대한 신선이시겠지요. 그러면 제가 이 피리하고 하얀 소를 아주머니께 드리겠습니다.'

그래서 불모께서 피리를 불자 아주 밝고 아름다운 소리가 났소이다. 그리고 몇 번 더 부시자 가락이 잘 맞았지요. 그걸 보자 목동이 소에서 뛰어 내리더니 머리를 두 번 조아린 후, 쇠 피리와 하얀 소를 모두 바치고 허공으로 날아가 버렸소이다. 불모께서는 석가모니 부처를 낳은 후, 젖이 나오지 않아서 그 하얀 소의 젖으로 석가모니 부처를 키우셨지요. 지금도 세상에서 재계할 때 치즈를 먹는데, 그게 바로 여기서 비롯된 것이외다."

그러자 삼보태감이 말했다.

"그렇다면 그 하얀 소의 공덕도 적지 않다고 하겠군요."

"그 하얀 소가 어찌 예사로운 소이겠소이까! 바로 하늘나라에 있던 홀탑성이었소이다. 또 그 목동도 예사로운 목동이 아니라 하늘나라의 이명성이었소이다. 오직 이명성만이 홀탑성을 끌고 갈 수 있지요. 나중에 하얀 소는 불문에 귀의하여 지금 석가모니 부처의 연화대 아래 누워 있고, 목동도 평범한 몸에서 벗어나 천당에서 잘 지내고 있소이다. 그러니 그 목동만이 하얀 소를 끌고 갈 수 있었지요."

"조금 전에 목동이 하얀 소를 타고 하늘로 올라가던데, 그들이 바로 조금 전에 말씀하신 목동과 하얀 소입니까?"

"인섬선사가 바로 연화대 아래 있던 하얀 소인데, 속세를 그리는 마음이 생겨서 선사의 모습으로 나타나 있었지요. 그 쇠 피리가 바로 불모께서 불어서 소리를 내게 하셨던 것인지라, 그걸 보자마자 제가 그 피리의 내력을 알게 되었소이다. 그리고 선사를 보자마자 그가 바로 하얀 소임을 알아볼 수 있었던 것이지요."

"목동은 어디서 온 것입니까?"

"그 하얀 소를 굴복시켜서 데려가라고 내가 불러 내린 것이외다."

"쇠 피리는 왜 돌려주지 않으셨습니까?"

"목동이 들고 있던 채찍이 바로 그 피리라오."

"목동이 그걸 어떻게 얻었습니까?"

"내가 주었지요."

그러자 장 천사가 칭송했다.

"부처님께서 정말 오묘한 방법으로 무한한 공덕을 쌓으셨습니다."

삼보태감이 말했다.

"이런 시 구절³도 있지 않습니까?

| 早知燈是火 | 등잔불도 불이라는 걸 진즉 알았더라면 |
| 飯熟已多時 | 밥도 이미 한참 전에 익었을 것을! |

일찌감치 국사님께 부탁드렸더라면 이렇게 괜한 고생만 많이 하

---

3 인용된 시 구절은 송나라 때 왕안석의 〈오언절구[五絶]〉에 들어 있는 것이
다. 원작은 다음과 같다. "열심히 책을 읽다 보니 날이 이미 밝았는데, 해가
중천에 뜨도록 배고픈 줄도 잊었네. 등잔불도 불이라는 걸 진즉 알았더라
면, 밥도 이미 한참 전에 익었을 것을![苦讀天已曉, 日高竟忘饑. 早知燈是
火, 飯熟已多時.]"

지 않아도 되었을 텐데요."

그러자 왕 상서가 말했다.

"제가 처음 산 아래에 도착했을 때 백리안을 잡으려고 석판에다가 '기러기도 날아 이르지 못하는 곳. 사람은 명예와 이익 때문에 끌려오는구나!' 하고 썼는데, 뜻밖에도 오늘 선사를 거둬들인 목동이 바로 이명성이었군요. 그야말로 소 뒷걸음에 쥐를 잡는 격으로 우연히 맞힌 셈이 아니고 무엇이겠습니까!"

그 말을 들은 땅 귀신이 앞으로 나와 무릎을 꿇고 말했다.

"저번에 선사께서 나리께서 쓰신 그 시 구절을 보시고 고민하시는 것 같았는데, 그런 사연이 있었다는 것을 이제야 알겠습니다."

장 천사가 말했다.

"이것만 보더라도 세상사에 모두 우연이 없다는 것을 알 수 있구먼."

삼보태감이 다시 벽봉장로에게 물었다.

"그런데 그 푸른 소는 어디서 나온 것입니까?"

"그놈을 데려오시구려. 내가 물어보겠소이다."

그 즉시 푸른 소를 끌고 오자 벽봉장로가 물었다.

"너는 소가 맞느냐?"

"저는 대숭(戴嵩)[4]의 그림 속에 있던 푸른 소입니다. 수백 년 동안

---

4 대숭(戴嵩: ?~?)은 당나라 때의 화가로서, 농촌과 개울이 있는 들판을 잘 그리고, 특히 물소 그림을 잘 그려서 말을 잘 그렸던 한간(韓幹)과 함께 명성을 날렸다.

수행해서 거우 조금 깨달음을 얻었는데, 곧바로 그 선사에게 붙들렸사옵니다. 그가 자기를 태우고 다니면서 이런저런 변화를 부리고 공중을 날게 해서 무척 고생했사옵니다. 설마 그자가 하얀 소인 줄은 꿈에도 몰랐사옵니다!"

그러자 장 천사가 물었다.

"너는 육신을 벗어날 수 있느냐?"

"아직 소의 몸을 벗어 던지지 못했습니다."

이에 벽봉장로가 말했다.

"너는 아직 소의 몸으로 한 번 더 윤회해야 하는데, 열반에 들어 해탈하게 되면 자연히 그 몸뚱이에서 벗어나게 될 것이니라."

"부처님, 천재일우의 행운으로 이렇게 뵙게 되었사오니, 부디 가르침을 내려 주시옵소서!"

"처음에는 아직 목동에게 길러지지 않아서[未牧]⁵ 온몸이 검은색이었을 게다.

| 生獰頭角怒咆哮 | 머리에 뿔 달고 사나운 성질 타고나 분노하여 포효하고 |
| 奔走溪山路轉遙 | 산과 계곡 이리저리 멀리도 떠돌았겠지. |

---

5 이하에 인용된 노래들은 송나라 때 보명선사(普明禪師: ?~?)가 지었다고 알려진 10편의 《목우도송(牧牛圖頌)》으로서 검은 소가 하얀 소로 변하게 되는 과정을 설명하고 있다. 첫 번째 작품은 제목이 〈아직 목동에게 길러지지 않음[未牧]〉이며, 이하의 작품들도 모두 벽봉장로의 설명 속에 그 제목이 포함되어 있다.

一片黑雲橫谷口　　골짝 입구에 온통 먹구름 깔려 있으니

誰知步步犯嘉苗　　걸음 뗄 때마다 곡식 이삭 밟아 망칠 줄 누가 알았으랴?

두 번째는 처음 조련을 받을[初調] 때로서, 처음 코뚜레를 뀀 때 코에 약간 흰색이 나타나게 되었겠지.

我有芒繩驀鼻穿　　갑자기 코에 코뚜레가 끼워져

一回奔競痛加鞭　　잠깐 날뛰었더니 모진 채찍 날아오네.

從來劣性難調治　　예전의 못된 성질 다스리기 어려워

猶得山童盡力牽　　아직도 목동은 온 힘을 다해 끌어야 하지.

세 번째는 목동에게 통제를 받을[受制][6] 때로서, 이때 머리가 하얗게 되었겠지.

漸調漸伏息奔馳　　점차 제압당해 날뛰는 걸 멈추고

渡水穿雲步步隨　　강물 건너고 구름 속 걸을 때 늘 따라다녔지.

手把芒繩無少緩　　손에 쥔 고삐 조금도 늦추지 않고

牧童終日自忘疲　　목동은 하루 내내 피곤한 줄도 모르지.

---

6 원문에서는 '수사(受剚)'라고 되어 있으나, 이는 수제(受制)를 잘못 쓴 것이다.

네 번째는 고개를 돌려[回首] 목동의 말을 알아들을 때이니, 이 때는 목까지 하얗게 변해 있었겠지.

日久功深始轉頭	시간이 많이 지나 공이 많아지면서 비로소 고개 돌리고
顚狂心力漸調柔	미쳐 날뛰던 마음도 점차 유순하게 변해 갔지.
山童求肯全相許	목동은 전적으로 네 뜻에 맡겨 두려 하면서도
猶把芒繩且繫留	그래도 고삐는 묶어 두었지.

다섯 번째는 길들어져서 순종할[馴伏] 때로서, 성질이 점차 유순해지면서 목동과 친한 사이가 되는데, 이때는 상반신이 모두 하얗게 변했겠지.

綠楊蔭下古溪邊	푸른 버드나무 그늘 아래, 오래된 개울가에서
放去收來得自然	놓아주고 데려가는 일 자연스러워졌지.
日暮碧雲芳草地	날 저물 때까지 구름 떠가는 하늘 아래 향긋한 풀밭에 있다가
牧童歸去不須牽	목동이 돌아갈 때도 고삐 끌 필요 없었지.

여섯 번째는 아무 구속도 장애도 없는[無碍] 때로서, 엉덩이를 제외한 온몸이 하얗게 변했겠지.

露地安眠意自如	노지에 편히 누워 마음대로 잠을 자고
不勞鞭策永無拘	채찍질 맞지 않고 영원히 구속도 없지.
山童穩坐靑松下	목동은 푸른 소나무 아래 편히 앉아
一曲升平樂有餘	태평세월 노래하니 즐거움 넘치지.

일곱 번째는 마음대로 맡겨두는[任運] 때로서 항상 네 마음대로 움직일 수 있었으니, 이때는 꼬리를 제외한 온몸이 하얗게 변했겠지.

柳岸春波夕照中	버들 우거진 물가 석양 속에서
淡烟芳草綠茸茸	희미한 안개 속에 푸른 풀 우거졌구나.
饑餐渴飮隨時過	배고프면 풀 뜯고 목마르면 물 마시며 시절을 보내나니
石上山童睡正濃	바위 위의 목동은 단잠에 빠져 있구나.

여덟 번째는 소와 목동이 서로 잊는[相忘] 단계로서 서로의 존재를 의식하지 않으니, 이때는 온몸이 하얗게 변해서 예전의 가죽을 완전히 벗었겠지.

白牛常在白雲中	하얀 소는 늘 흰 구름 속에 있는데
人自無心牛亦同	사람은 무심하고 소 또한 그러하지.
月透白雲雲影白	흰 구름에 달빛 스미니 구름 그림자도 새하얗고

白雲明月任西東　　흰 구름과 밝은 달 마음대로 동서로 흘러
　　　　　　　　　가지.

　아홉 번째는 독자적인 안목을 갖출[獨照] 때로서, 소는 어디 있
는지는 모르겠고 목동만 혼자 남았겠지.

牛兒無處牧童閑　　소는 어디 갔는지 모르는데 목동은 느긋
　　　　　　　　　하고
一片孤雲碧嶂間　　푸른 산봉우리 사이로 구름 하나 떠가는
　　　　　　　　　구나.
拍手高歌明月下　　밝은 달빛 아래 손뼉 치며 큰소리로 노래
　　　　　　　　　하나니
歸來猶有一重關　　돌아와 보면 소는 어느새 집에 와 있지.

　열 번째는 열반에 들어 해탈할[雙泯] 때로서, 소나 사람이나 서
로를 보지 못하고 함께 혼연일체가 되어 전혀 해로운 찌꺼기를 남
기지 않게 되겠지.

人牛不見杳無踪　　사람도 소도 아득히 종적 사라져 보이지
　　　　　　　　　않나니
明月光含萬象空　　밝은 달빛에 싸인 만물은 공허하구나.
若問其中端的意　　그 속에 담긴 참다운 의미가 무엇이냐고?
野花芳草自叢叢　　들꽃과 향긋한 풀들은 저절로 무성해지지.

자, 이제 알겠느냐?"

"예. 알겠……"

그 순간 푸른 소의 몸뚱이가 갑자기 하얗게 변했다. 그걸 보고 벽봉장로가 말했다.

"너는 이미 서로 잊는 경지의 깨달음을 얻었구나."

그 말이 끝나기도 전에 "팟!" 하는 소리와 함께 하얀 소는 흰옷을 입은 동자로 변하여 벽봉장로에게 절을 올리고 귀의했다. 그러자 벽봉장로가 말했다.

"한 걸음만 더 나아가면 되겠구나."

그 순간 한 줄기 맑은 바람이 불어오더니 동자의 모습이 사라져 버렸다. 잠시 후 하늘에 밝은 달이 떠오르면서 맑은 바람 속에 유유히 흘러갔다. 그러자 장 천사가 칭송했다.

"부처님의 힘은 한이 없어 중생을 널리 구제하시니, 그 푸른 소는 얼마나 행운인가! 이렇게 우연히 국사님으로부터 구제를 받아 평범한 육신을 벗고 신성한 경지로 들어섰구나!"

"아미타불! 부는 바람으로 불꽃을 일으켰을 뿐이지 별로 힘들지도 않았네. 그 노래에서 목동은 바로 사람이고, 소는 바로 마음일세. 열반에 들어 해탈하면 사람의 마음도 즉시 혼연일체가 되어 본연의 도리를 깨닫게 되는 것일세. 아미타불! 누군들 마음이 없으랴마는 수행하지 않으면 아니 되고, 누구에겐들 도가 없으랴마는 깨달음이 없으면 아니 되는 법. 소도 길들일 수 있거늘, 어찌 마음을 닦을 수 없겠는가? 마음을 닦을 수 있다면 어찌 도를 깨닫지 못하겠는가? 마음을 닦지 않아 도를 깨닫지 못하면, 소보다 못한 게 아니겠는가? 아미타불!"

그 말이 끝나기도 전에 호위병이 보고했다.

"장수들이 군대를 이끌고 사대문을 공격하여 국왕과 대소 관리들을 생포하여, 지금 막사 앞에 끌고 왔습니다. 사령관님, 처분을 내려 주시기 바랍니다."

이에 삼보태감이 벼락같이 화를 내며 두 눈썹을 곤추세운 채 호령했다.

"무도한 군주는 위로 천명을 거역하고 아래로 백성을 학대했으니, 망나니에게 모조리 참수하게 하고, 성안의 오랑캐도 모두 피로 씻어버리라고 하라!"

그걸 보고 왕 상서도 뭐라 말하기 곤란해하는데, 오직 벽봉장로만이 자비심을 발휘하여 설득했다.

"사령관, 내 체면을 봐서 저들을 용서해 주시구려!"

벽봉장로는 다른 이들과는 달리 모든 일에 불법의 힘을 보태주는지라, 삼보태감도 그의 뜻을 거스르기 곤란해서 잠시 처형을 멈추라고 분부했다. 그러자 벽봉장로가 국왕과 신료들을 불러놓고 당부했다.

"너희가 강한 힘을 믿고 순복하지 않았으니, 눈은 있어도 사물을 제대로 보지 못하고 사리 판단도 제대로 못 하는 짓이었다. 지난 일은 그랬다고 치고, 이후로 그대는 여기에 나라를 세우고 왕 노릇을 하지 말고, 또 나머지 사람들도 벼슬아치입네 거들먹거리지 말도록 하라."

그러자 국왕이 말했다.

"저희가 나라를 세우지 않으면 이렇게 은빛 눈동자를 가진 저희
는 서양의 어느 나라에도 들어갈 수 없습니다."

"나라를 세우지 않으면 자연히 모두 검은 눈동자를 갖게 될 것이
고, 자연히 어느 나라에든 들어갈 수 있을 것이다."

연등고불의 이 주옥같은 말씀으로 인해 훗날 은안국의 주민들은
과연 하얀 눈동자가 모두 검게 변했다. 또 이 때문에 역사서나 경
전에는 은안국의 이름이 다시 나타나지 않게 되었다.

삼보태감은 국왕과 관료들을 풀어주고 나서 다시 나라 안을 조
사해 본 결과, 천명을 알고 있던 좌우 두목의 존재를 발견하게 되었
다. 하지만 그들을 불러서 상을 내리려 해도 둘 다 이미 먼 곳으로
떠나 버려서 종적을 찾을 수 없었다. 이에 곧 영채를 철수하고 출
항을 명령했다. 아울러 각자의 공적에 따라 상을 내렸다.

함대는 스무날 남짓 무사히 항해했는데, 그때 호위병이 와서 보
고했다.

"앞쪽에 또 어떤 나라가 있습니다."

"먼저 배를 정박하고 나서 유격대장에게 호두패를 전하도록
하라!"

이에 따라 배가 막 해안에 정박했을 때, 머리에 두건을 두르고
얇은 천으로 만든 장삼을 입고 가죽장화를 신은 서양 관리가 자칭
대장이라고 밝히면서 찾아와 사령관을 만나고 싶다고 했다. 호위

병의 보고를 들은 삼보태감이 들여보내라고 하자, 그가 들어와 무릎을 꿇고 절을 올렸다. 삼보태감이 물었다.

"여기는 무슨 나라인가?"

"아덴 왕국[7]이라고 하옵니다."

"국왕의 존함은 어찌 되시는가?"

"창지츠[昌吉刺][8]라고 하옵니다."

"관료들은 얼마나 되는가?"

"문무 관료들을 합쳐서 모두 오백 명 남짓 됩니다."

"군대 규모는 얼마나 되는가?"

"기마병과 보병을 합쳐서 팔천 명 남짓 되옵니다."

"성이 있는가?"

"산과 바다를 끼고 있어서 작지만 견고한 성이 있사옵니다."

"국왕은 문(文)과 무(武) 가운데 어느 쪽을 선호하는가?"

"어진 마음으로 덕을 베풀고, 농업을 장려하면서 무예도 익히도록 하고 있사옵니다."

---

7 명나라 때 하교원(何喬遠: 1588~1631, 자는 치효[穉孝] 또는 치효[稚孝], 호는 비아[匪莪], 경산[鏡山])의 《명산장(名山藏)》 권106 〈왕향기(王享記)·3〉 "동남이(東南夷)·3"의 '아단(阿丹)' 항목에 따르면, 이 나라는 바닷가에 인접해 있으며 고리(古里)와 가깝고, 돌을 쌓아 성과 건물을 만들어 사는데 농작물이 풍족하고 다른 물품도 많이 생산되며, 정예보병[步勝兵]을 칠팔천 명이나 갖추고 있어서 이웃 나라들이 두려워한다고 했다.

8 하교원의 《명산장》 권106 〈왕향기·3〉 "동남이·3"의 '아와(阿哇)' 항목에 따르면, "영락 3년에 아와국의 국왕 창길자가 사람을 파견하여 조공을 바쳤다.[永樂三年王昌吉刺遣人來朝貢]"라고 했다.

"그대가 여기 온 것은 국왕의 명령을 받은 것인가?"

"신하 된 몸으로 외국과 교통하는데, 어찌 국왕의 명령이 없이 함부로 하겠습니까!"

"그러면 국왕은 무슨 뜻으로 그대를 보낸 것인가?"

"그저 손님을 맞이하고 전송하는 일상적인 도리일 뿐, 다른 뜻은 전혀 없사옵니다."

"그대의 성함은 어찌 되는가?"

"라이모아[來摩阿]라고 하옵니다."

"돌아가서 국왕께 인사 전해 주시게. 우리는 위대한 명나라 황제 폐하의 어명에 따라 오랑캐를 위무하고 보물을 찾기 위해 여기에 왔네. 만약 이 나라에 우리나라의 보물이 있다면 회수해서 돌아갈 것이고, 없다면 그저 투항의 뜻을 담은 상소문 하나만 써주면 되네. 이 외에 다른 사달은 없을 것이네. 여기 호두패에 우리가 찾아온 내력이 적혀 있으니, 가져가서 국왕에게 보여 드리면 알게 될 걸세. 예법에 맞춰 손님을 맞이하신다면 그대와도 내일 다시 만나게 될 걸세. 하지만 군대를 동원해 항거한다 해도 사흘 안에 다시 만나게 될 걸세."

라이모아가 "예, 예!" 하고 돌아가고 나자 삼보태감이 왕 상서에게 말했다.

"저 자가 여기 온 목적은 무엇이었을까요?"

"아무래도 선한 의도로 찾아온 것 같지는 않습니다."

"어째서 그렇게 생각하시는지요?"

"호의를 갖고 있다면 국왕이 직접 왔을 것입니다. 국왕이 오지 않으니까 예의상 그가 온 것이지요. 세상에 관리 한 명만 파견하는 경우가 어디 있습니까! 게다가 대답하는 것도 줄곧 건성으로 하는 느낌이 들었으니, 그자가 찾아온 의도를 알 만하지요."

"겨우 팔천 명의 군대밖에 없다는데 뭐가 무섭겠습니까?"

"정찰병을 보내 탐문해 보는 게 어떻습니까?"

"이런 자잘한 나라는 바늘로 종이를 뚫듯이 쉽게 지나갈 수 있는데, 그리 조심할 필요 있을까요?"

"먼저 유격대원 몇 명을 서양인으로 변장시켜 성에 들여보내서 안팎으로 협공하는 게 어떻습니까?"

"닭 잡는 데에 소 잡는 칼을 쓸 필요 있습니까? 그런 비밀스러운 계책을 굳이 써야 할까요?"

"사령관님 생각은 어떠하신지요?"

"오늘은 잔치를 벌여 모두 신나게 한 번 즐기고, 내일 다시 대책을 논의합시다."

"그것도 괜찮겠군요."

날이 저물자 기패관이 보고했다.

"아덴 왕국의 사대문이 단단히 닫혀 있고 성 위에 온통 깃발이 펄럭이는데, 무슨 의도인지 모르겠습니다."

"각자 성문을 고수하고 있으니 어쩔 수 있나? 내일 투항하지 않는다면 다시 대책을 마련해야겠지."

호위병들이 물러가자 두 사령관은 즉시 잔치를 열어 장 천사와 벽봉장로를 초청하고, 각자 상황에 맞춰 고기반찬과 채소 등으로 상을 차렸다. 네 태감과 장수들도 각기 배와 영채에서 잔치를 벌였다. 술이 몇 바퀴 돌고 나자 삼보태감이 말했다.

"군중에서는 풍악을 울릴 수 없으니, 예하 용사들에게 축수(祝壽)하는 의미에서 검무(劍舞)를 추게 하라."

이에 용사들이 일제히 달려와 분대를 나누어 차례로 검무를 추고 술을 한 차례 올렸다. 검무가 끝나자 삼보태감은 각 진영에서 노래를 잘 부르는 병사를 추천하여 노래로 축수하도록 했다. 즉시 노래를 잘하는 병사들이 일제히 달려와 분대를 나누어 차례로 노래부르고 술을 한 차례 올렸다. 노래가 끝나자 삼보태감이 왕 상서에게 물었다.

"군인들 가운데 초(楚) 지역 노래를 잘 부르는 이가 있소이까?"

"예전에 한왕(漢王)이 해하(垓下)에서 항우(項羽)의 군대를 포위하고 있을 때, 항우가 밤중에 초 지역 노래를 듣고 칼을 뽑아 검무를 추었다고 했는데, 바로 그 노래를 말씀하시는 것입니까?"

그 말이 끝나기도 전에 대열 가운데에서 한 병사가 나와 머리를 조아리며 아뢰었다.

"저는 화양위(和陽衛)⁹ 소속의 병사이온데, 고향이 오강(烏江) 나루터의 다리 왼쪽이어서 어려서부터 초 지역 노래를 배웠사옵니다. 이걸 불러도 되겠사옵니까?"

---

9 화양위(和陽衛)는 명나라 때 경사를 수비하던 부대 가운데 하나이다.

삼보태감이 말했다.

"목청만 좋으면 된다, 노래 가사는 상관없다."

이에 그 병사가 소리 높여 이렇게 노래했다.

泰山兮土一丘	태산 위의 작은 흙 언덕
滄海兮一葉舟	드넓은 바다 위의 조각배 하나
鱸魚正美好歸也	농어가 한창 맛있을 때니 딱 돌아가기 좋겠거늘
空戴儒冠學楚囚	부질없이 선비의 모자 쓰고 사로잡힌 남방 사람 흉내만 내는구나!

노래가 끝나가 삼보태감이 말했다.

"이게 바로 고향으로 돌아가고 싶은 초 지역 노래의 뜻이오. 아주 귀에 쏙쏙 들어오는구면. 자, 여러분 한잔합시다!"

그런데 술잔을 비우기도 전에 삼보태감은 갑자기 토사곽란(吐瀉霍亂)이라도 걸린 듯이 복통이 생겼다.

"상서께서 나 대신 접대해 주십시오. 두 분 어르신들께서는 잠시만 더 앉아 계십시오. 제가 갑자기 배탈이 나서, 침소에 들러 잠시 쉬고 나와 다시 모시겠습니다."

벽봉장로가 말했다.

"나는 이만 물러갈까 하오."

장 천사도 말했다.

"저도 이만 물러가겠습니다."

삼보태감이 말했다.

"두 분께서 아량을 베풀어 주지 않으시면 저도 감히 들어가지 못하겠습니다."

장 천사가 말했다.

"벌써 이경이라 밤도 깊었으니 이만하면 충분합니다."

"오늘 밤은 밤새 즐기고 싶습니다. 상서께서 여기서 춤도 더 추게 하고 노래도 더 부르게 해서 술을 올리게 해주십시오. 노래와 춤을 쉬지 않고 번갈아 계속해야 합니다. 그래야 순환하며 상생(相生)하게 되지 않겠습니까? 그리고 한 바퀴 다 돌고 나면 다시 시작하는 재미가 있지요. 제가 내일 모두에게 후한 상을 내리도록 하겠습니다. 그럼 저는 잠시만 물러가서 쉬고 즉시 나오겠습니다. 제가 나왔을 때 한 명이라도 자리에 없다면 군령으로 다스리겠습니다."

그 바람에 양쪽에 춤추고 노래하던 이들은 모두 모골이 송연해졌다. 이어서 그가 장 천사와 벽봉장로에게 말했다.

"두 분 어르신들께서 오래 앉아 계시지 않는다면 이는 제 죄를 무겁게 하는 것입니다. 그리고 상서께서도 오래 앉아 계시지 않는다면 제 흥을 깬 것으로 여기겠습니다."

삼보태감은 이렇게 엄포를 놓아두고 자리에서 일어났다. 그가 떠나고 나서 술잔이 한 바퀴를 채 돌지 않았을 때, 삼보태감이 사람을 보내 전했다.

"여러 어르신과 나리들께 전하옵니다. 잠시만 앉아 편히 마시고 계십시오. 사령관께서는 복통이 조금 가라앉으면 바로 나와 모시겠다고 하셨습니다."

또 잠시 후 술잔이 한 바퀴를 채 돌지 않았을 때, 삼보태감이 사람을 보내 전했다.

"노래하고 춤을 추는 사람들은 멈추지 말고, 각자 맡은 일을 하라. 이를 어기는 자는 즉시 효수하겠다!"

또 잠시 후 술잔이 한 바퀴를 채 돌지 않았을 때, 삼보태감이 다시 사람을 보내 왕 상서에게 전했다.

"두 어르신을 모시고 잠시만 편히 한잔하고 계시랍니다. 사령관께서는 복통이 조금 가라앉으면 바로 나와 모시겠다고 하셨습니다."

또 잠시 후 술잔이 한 바퀴를 채 돌지 않았을 때, 삼보태감이 다시 사람을 보내 왕 상서에게 전했다.

"사령관께서 토사곽란으로 인한 복통 때문에 안에서 쉬고 계신데, 어르신들께서 오래 계시면서 즐거이 술을 마시시겠다고 하면 즉시 복통이 반쯤 가라앉을 것 같다고 하셨습니다. 그렇지 않으면 병세가 열 배로 심해질 것 같다고 하셨습니다."

그러자 왕 상서가 말했다.

"가서 전해라. 내가 여기서 두 분을 잘 모실 테니까, 안심하고 몸조리를 하시라고 해라. 우리는 날이 샐 때까지 술을 마시겠다고 말이다."

왕 상서가 또 사람을 보내 삼보태감을 문안했는데, 심부름꾼이 돌아와서 이렇게 보고했다.

"사령관님의 병세가 많이 호전되셔서 금방 나오실 수 있겠다고 하셨습니다."

삼보태감은 비록 잔치석상에 있지 않았지만 이렇게 수시로 사람을 보내 술을 권하고, 노래하고 춤추는 이들을 다그쳤다. 이렇게 되자 장 천사와 벽봉장로도 자리를 뜨기 곤란했고, 왕 상서도 어쩔 수 없이 억지로 연회를 주관해야 했다. 노래하고 춤추는 병사들도 혹시 제대로 하지 못해서 처벌을 받을까 두려워 벌벌 떨며 감히 게으름을 피우지 못했다. 이렇게 주거니 받거니 술을 마시고 재차 삼차 노래하고 춤을 추다 보니, 어느새 오경이 되어 날이 밝아오기 시작했다. 이에 장 천사가 말했다.

"사령관께서 밤새 즐기고 싶다고 하시더니 정말 날이 샜군요."

왕 상서가 말했다.

"그러니까 사령관께서 간밤에 초 지역 노래를 부르게 하시지 말았어야 했어요. 그 바람에 뱃속에서 밤새 초 지역 노래를 부르게 되고 말았지 뭡니까!"

그 말이 끝나기도 전에 호위병이 와서 보고했다.

"사령관께서 전하시라고 하셨습니다. 간밤에 소홀한 죄를 씻기 위해, 성안에서 어르신들께 다시 잔치를 열어 드리겠다고 하셨습니다."

왕 상서가 미덥지 않은 표정으로 물었다.

"사령관께서는 지금 어디 계시는가?"

"어젯밤 삼경 무렵에 혼자 아덴 성으로 들어가셨습니다. 지금 아덴 왕국의 조정에서 성대한 잔치를 열어 놓고 여러분을 모셔오라고 하셨습니다."

"허! 사령관님의 신묘한 계책은 누구도 따라 할 수 없다니까!"

그들은 즉시 아덴 왕국의 조정으로 가서 인사를 나누었다. 그때 삼보태감이 말했다.

"간밤에는 실례가 많았습니다. 대신 이걸로 사죄하겠습니다."

그러자 장 천사와 벽봉장로가 모두 말했다.

"사령관, 정말 귀신도 모를 계책으로 이렇게 쉽게 성공하시다니, 정말 축하합니다!"

왕 상서가 말했다.

"저는 아직 영문을 모르겠습니다. 그저 사령관께서 간밤에 초 지역 노래를 부르게 하시지 말았어야 했는데, 그러는 바람에 뱃속에서 밤새 초 지역 노래를 부르게 되었다고 생각했지요."

"원래 제 생각은 이러했습니다. 아덴 왕국의 팔천 명의 정예병이 있다고 했으니, 초 지역 노래로 그들의 사기를 꺾어 놓자는 것이었습니다."

"지금 보니 과연 그렇게 되었군요. 정말 기발하십니다!"

"여러분들께서 이렇게 다들 비호해 주시니 겨우 간밤의 죄를 면할 수 있게 되었습니다."

자세한 내막을 모르는 마 태감 등이 황급히 달려와 상세한 내막을 묻자, 삼보태감이 말했다.

"이건 급습의 계책이지."

마 태감이 말했다.

"좀 더 자세히 설명해 주십시오."

"국왕이 먼저 관리를 보내 인사했으니, 나는 이걸 빌미로 장수를 하나 보내 그에게 인사하라고 했지. 이거야 답례이니 전혀 의심하지 않았겠지. 하지만 나는 그걸 이용해서 계책을 하나 더했지. 참장 주원태를 사무관으로 분장시켜서 겉에는 문관 차림을 하되 그 안에 갑옷과 칼을 숨겨서 조정에 들어가 국왕에게 인사하게 하고, 도사 오성을 수행 군인으로 변장시켜서 궁궐 대문 앞에서 대기하게 하고, 사대문 안에는 네 명의 유격대원을, 훈련장 안에는 두 명의 수군도독과 두 명의 유격대장을 매복시켜 두었다가 포성을 신호로 행동을 개시하게 했지.

주원태 장군은 국왕을 만나 인사하고 떠날 무렵에 단번에 국왕을 사로잡고, 문무 관료들이 구하려고 달려들면 칼을 꺼내 위협하게 했지.

'이놈들! 너희 국왕의 목숨이 내 손에 달렸으니, 순종하면 행운이 깃들 것이나 거역하면 재앙을 내릴 것이다!'

이렇게 말이지. 그 호통을 신호로 궁궐 대문 바깥에 있던 오성 장군이 즉시 포성을 울렸지. 그 순간 사대문의 유격대원들이 문지기를 처치하고 성문을 활짝 열어, 우리 군마가 일제히 진격할 수 있게 해주었지. 또 훈련장의 두 도독과 두 유격대장은 일제히 문을 박차고 들어가 네 명의 적군 대장들을 하나씩 맡아 오랏줄에 묶었지. 그래서 내가 성에 들어갔을 때는 이미 모든 일이 끝나서 내 처분만 기다리고 있었던 게야. 하지만 내 마음대로 처리할 수 없어서 왕 상서를 모셔 온 것이지."

"야밤에 채주성(蔡州城)을 점령한 것¹⁰도 이것보다 주도면밀하지는 못할 것 같습니다."

이에 왕 상서가 말했다.

"심지어 저까지 속이셨군요! 제가 안팎에서 협공하자고 하니까, 사령관께서는 닭 잡는 데에 무슨 소 잡는 칼을 쓰냐고 하셨지 않습니까?"

"용서하십시오! 군대를 움직이는 데에는 기밀을 유지하는 것이 중요해서 어쩔 수 없이 그랬습니다."

"용서라니요? 이제야 비로소 사령관님의 뛰어난 책략을 알 수 있었는데, 그게 무슨 말씀입니까?"

삼보태감은 아덴 국왕을 데려와 인사를 나누었는데, 삼보태감이 예의를 갖춰 대하자 국왕은 무척 기뻐했다. 왕 상서도 국왕에게 몇 마디 당부했다.

"국왕께서는 서양의 외진 곳에 계시니 중원과 오랑캐의 구분을 모르시겠지만, 예로부터 지금까지 중국이 있고 난 뒤에 오랑캐가 있었소이다. 오랑캐는 자식이 아비를 섬기듯이 중국을 모셔야 하

---

10 817년에 당나라 수등절도사(隨鄧節度使) 이소(李愬: 773~820, 자는 부직[符直])가 재상 배도(裴度: 765~839, 자는 중립[中立])의 지원 아래 대장군 이우(李祐: ?~808)의 계책을 채용하여 눈 내린 밤에 반란군 오원제(吳元濟: 783~817)의 사령부가 있던 채주성(蔡州城, 지금의 허난성[河南省] 루난[汝南])을 급습하여 오원제를 사로잡고 대승을 거둔 전투를 가리킨다.

니, 이는 하늘이 정해 준 본분이외다. 우리는 황제 폐하의 어명을 받고 오랑캐를 위무하고 보물을 찾기 위해 이곳에 왔을 뿐, 이 외에 다른 사달은 없소이다. 그런데 어제 국왕께서 대장인가 하는 자를 보내셨는데, 국왕께서 예의를 무시하시니 그자도 언사가 불손하고 예의 없이 행동했소이다. 그래서 우리 사령관께서 그렇게 말씀하신 것이오. 그래도 우리 사령관께서 그대들을 긍휼히 여기시어 온 나라가 도탄에 빠지는 재앙은 면하게 해 주셨소이다. 아시겠습니까?"

"예. 알겠습니다. 이미 사령관님께도 말씀드렸지만, 이삼일만 여유를 주시면 항서와 상소문을 쓰고 진상품을 준비하겠습니다. 이렇게만 해주신다면 사령관님의 칼에 제 목이 베여도 여한이 없이 죽겠습니다."

두 사령관은 모든 부탁을 들어주고 국왕을 잘 대접한 다음, 네 대장을 석방하고 성대한 잔치를 베풀어 주었다. 그런 다음 병사를 거두어 본진으로 돌아왔다. 그런데 자리에 앉기도 전에 군정사의 관리가 무릎을 꿇고 보고했다.

"경사를 떠난 지 오랜 시간이 지난 데에다가 그간 많은 상을 내리시는 바람에, 이제 창고의 돈과 곡식이 모자라게 되었습니다."

삼보태감이 말했다.

"제대로 쓰기는 한 것이더냐?"

"창고지기가 도적질하면 법률에 따라 분명한 처벌을 받게 되는데, 어찌 감히 함부로 쓸 수 있겠습니까?"

"그래, 지금 얼마나 남았느냐?"

"어제 조사해 보니 천이백 냥 남짓밖에 남지 않았습니다."

"천 냥이 넘게 남았다면 아직 괜찮다."

그러자 왕 상서가 말했다.

"우리 배가 몇 척이고 군마가 몇입니까? 예로부터 '군마가 움직이기 전에 건초와 식량이 먼저 가야 한다.'라고 했습니다. 그 천 냥의 은으로 몇이나 먹일 수 있겠습니까? 그리고 후한 상이 걸리면 반드시 용맹한 병사가 있게 마련이지만, 상이 없으면 누가 능력을 발휘하려 하겠습니까? 그런데 그 천 냥의 은으로 어떻게 상을 내릴 수 있겠습니까?"

"건초와 식량은 아직 있지 않습니까!"

"아직도 가야 할 길이 먼데, 만약 부족하게 되면 어디서 구합니까?"

삼보태감은 처음에는 깨닫지 못하고 있다가, 왕 상서의 이야기를 듣고 나자 비로소 심각하다는 것을 알고 무척 놀랐다.

"옳은 말씀이십니다. 그런데 이 궁한 상황에서 도움을 청할 곳도 없으니, 만약 물자가 부족하다면 어떻게 앞으로 나아가며 오랜 시간을 버틸 수 있겠습니까? 차라리 이쯤에서 남경으로 돌아가는 편이 낫겠습니다."

"남경을 떠나온 지 벌써 오 년이 되었으니, 지금 당장 돌아간다면 십 년을 채우게 되겠지요. 그런데 이 천 냥의 은으로 남은 오 년을 버틸 수 있겠습니까?"

그러자 후 태감이 말했다.

"곡식과 돈이 부족한 것도 당연합니다. 예물을 바칠 때마다 오로지 청렴을 내세우며 전혀 받지 않으셨으니 이렇게 된 게 아닙니까? 이제 결국 죽은 자식 불알만 만지는 꼴이 되고 말았습니다.”

삼보태감이 말했다.

“지난 일은 어쩔 수 없다. 다만 지금 이 상황을 어떻게 타개해야 하는지가 중요하다.”

왕 상서가 말했다.

“너무 염려 마십시오. 제게 상황을 바꿀 방도가 있습니다.”

“그게 무엇입니까?”

“천지간에 재물이 나는 것은 오로지 이것밖에 없습니다. 관청이 아니면 백성에게서 나는 것이지요. 천하의 은 또한 관청 아니면 백성에게만 있을 뿐입니다. 하물며 우리 함대의 은과 이 창고의 곡식은 기껏해야 상을 내리는 데에만 쓸 뿐이니, 그것들은 여전히 배에 있지 않습니까?”

“상으로 내린 것을 다시 거둬들인다는 말씀입니까?”

“그럴 수야 있겠습니까? 다만 사령관께서 패를 하나 내려서, 모든 함대의 장수들에게 자신이 낼 수 있는 것만큼만 갹출하라고 하십시오. 조정으로 돌아가면 폐하께 상주하여 두 배로, 그러니까 열 냥을 낸 사람에게는 스무 냥을, 백 냥을 낸 사람에게는 이백 냥을, 천 냥을 낸 사람에게는 이천 냥을 돌려준다고 하면 되지 않겠습니까?”

“그거 아주 묘안입니다!”

삼보태감은 즉시 패를 내려서 함대의 모든 장수와 병사들에게 이 사실을 알렸다. 후영에서 패를 받은 무장원 당영이 황봉선에게 말했다.

"우리도 챙겨봅시다. 은이 얼마나 있소?"

"사오백 냥은 있을 것 같네요."

"왕명 그 녀석은 저번 이삼일 사이에 삼천 냥이 넘게 벌었는데, 우린 그보다 못하구려."

"그렇게 돈을 따지시면 가문을 잊고 나라를 위하는 도리를 어찌 실행할 수 있겠어요?"

"돈을 따지는 게 아니오. 사령관께서 패를 돌려서 장수들에게 돈을 빌리시는데, 가진 걸 다 내놓으면 조정에 돌아갔을 때 폐하께 상주하여 두 배로 돌려준다고 하셨다 이거요."

"그래요?"

"여기 패에 그렇게 적혀 있소."

황봉선이 패를 받아 살펴보니 과연 이렇게 적혀 있었다.

정서대원수가 공무를 공지함:

우리 함대가 경사를 떠난 지 오래되고 후한 상을 내리는 바람에 창고에 돈이 부족해지게 되었다. 이에 각 전함의 장수들과 병사들에게 알리나니, 이전에 상으로 받은 은 가운데 개인적으로 쓸 경비를 제외한 나머지를 그 액수에 상관없이 사령부에 등록하고 군비로 충당하도록 바치기 바란다. 물론 바친 돈은 개선하는 날 폐하께 상주하여 두 배로 상환할 것이다. 또 돈을 바라지 않는 자는 바친 돈의 액수에 맞추어 적당한 벼슬을 내리는 것으로 대신할 것이다. 그러므로 이는 공적인 측면과 사적인 측면에서 모두 유익한 것이라 하겠다. 제군들은 이를 잘 파악하고 가진 액수만큼 바치도록 하라. 액수를 속이거나 빠뜨려서는 안 될 것이며, 또한 그로 인해 처벌하거나 하는 등의 다른 사달은 없을 것이다.

패에 적힌 대로 시행하도록 하라.

다 읽고 나서 황봉선이 말했다.

"은만 바치면 되는데, 그게 뭐 어려울 거 있나요? 제가 직접 사령관께 가서 은을 바치고, 돌려받지 않아도 된다고 말씀드리겠어요."

당영은 그녀의 생각을 알 수 없었다.

"부인, 그게 무슨 말씀이시오? 우리한테는 고작 사오백 냥밖에 없는데, 그건 양탄자에 박힌 터럭 몇 개에 지나지 않소. 그게 무슨 도움이 되겠소?"

하지만 황봉선은 속내를 자세히 설명하지 않고 대충 얼버무렸다.

"한 사람이 사오백 냥이라도 열 명이면 사오천, 백 명이면 사오만 냥이 되니 그야말로 티끌 모아 태산이 아니겠어요?"

당영은 그저 그러려니 생각하고 황봉선과 함께 중군 막사로 갔다. 그런데 막사 밖에는 "돈을 바치려는 자는 이 패를 안고 들어오라."라고 적힌 패가 하나 세워져 있었다. 황봉선이 즉시 패를 안고 들어가자 삼보태감이 물었다.

"황 장군, 돈을 바치려는가?"

"사령관님께서 내리신 패를 보고 군중에 돈이 부족하다는 사실을 알게 되어서 바치러 왔습니다."

삼보태감이 무척 기뻐하며 즉시 군정사의 관리에게 장부를 가져와서 액수를 기록하게 했다.

"황 장군이 맨 먼저 장부에 이름을 올렸구려. 이 또한 뛰어난 공적이라고 할 수 있겠소이다."

장부를 가져오자 왕 상서가 물었다.

"그래, 얼마나 가져오셨소? 여기에 놓으시오. 정확한 액수를 세어서 장부에 기록하겠소."

황봉선이 얼마를 내놓는지는 다음 회를 보시라.

왕봉선은 신선술을 부리고
아덴 왕국에서는 토산품을 진상하다
黃鳳仙賣弄仙術　阿丹國貢獻方物

思婦屏輝掩	남편 그리는 아낙은 은 병풍 빛에 가려지고[1]
遊人燭影長	길 떠난 나그네의 방에는 은 촛불 그림자 길게 늘어졌구나.
玉壺初下箭	물시계의 바늘 떨어지기 시작할 때
桐井共安牀	우물가 오동나무 그림자 은 침상에 함께 하지.
色帶長河色	색깔은 은하수 색이요
光浮滿月光	빛은 보름달처럼 떠 있구나.
靈山有珍甕	영산에는 진귀한 은 항아리 있고[2]

---

1 인용된 시는 당나라 때 이교(李嶠)의 〈은(銀)〉이다.

2 《초학기(初學記)》 권27에 인용된 《서응도(瑞應圖)》에 따르면, "군주가 잔치해도 취하는 데까지 이르지 않고, 형벌을 법도에 맞게 시행하여 백성들이 잘못을 저지르지 않게 되면, 은으로 만든 항아리가 나오게 된다.[王者宴不及醉, 刑罰中, 人不爲非, 則銀甕出.]"고 했다.

仙闕荐君王   신선의 궁궐[3]에서 군왕을 천거하지.

그러니까 왕 상서가 황봉선에게 말했다.

"그래, 얼마나 가져오셨소? 여기에 놓으시오. 정확한 액수를 세어서 장부에 기록하겠소."

"아직 은을 가져오지는 않았습니다."

왕 상서가 진노하여 수하들에게 황봉선을 끌고 나가 효수하라고 명령하자, 황봉선이 말했다.

"좋은 뜻에서 돈을 바치겠다는데 어째서 저를 효수하시려는 것입니까?"

"없는 돈을 어떻게 바치겠다는 것인가? 이는 조정을 모독한 행위이니, 법률에 따라 참수해야 한다."

"먼저 장부를 등록하고 나중에 거기에 맞는 액수를 내면 되지 않습니까?"

"얼마나 내려고 그런 큰소리를 치는 겐가? 그렇다면 은 백만 냥을 내시게!"

그러자 황봉선이 선뜻 대답했다.

"그럼 백만 냥으로 하시지요."

그 말에 옆에 서 있던 당영이 깜짝 놀라 가슴이 두근거렸다. 백만 냥은커녕 천 냥도 없는 마당에 백 냥도 아니고 백만 냥을 내겠다

---

3 전설에 따르면 발해(渤海)의 삼신도(三神島)에 있는 신선의 궁궐들은 모두 황금과 은으로 지어졌다고 한다.

고 하다니, 아무래도 황봉선이 미친 것이 아닐까 생각했기 때문이다. 그러자 왕 상서가 말했다.

"군중에서는 농담하지 않는 법! 백만 냥을 내겠다고 했으니 구십구만 냥을 내더라도 처벌을 면치 못할 것이오!"

황봉선이 여전히 태연한 표정으로 말해다.

"사령관님, 제가 어찌 감히 헛소리해서 죄를 자초하겠습니까? 믿기지 않으시면 당장 이 자리에서 군령장(軍令狀)을 작성하겠습니다. 한 냥이라도 모자라게 바치면 기꺼이 참수형을 받겠습니다."

그러자 삼보태감이 말했다.

"군령장을 받겠다면 마음대로 하시오."

왕 상서가 말했다.

"그렇다면 군령장을 가져오시오."

황봉선은 한 손에 붓을, 다른 한 손에는 종이를 들고 군령장을 써서 서명하고 날인한 다음, 뒷면에 "지아비인 무장원 당영과 함께"라고 썼다. 그러자 당영이 황봉선에게 말했다.

"내 이름까지 썼는데, 나도 거기에 서명을 하라는 것이오?"

"서명만 하면 되는데, 싫으신가요?"

"서명이야 뭐 어려울 게 있겠소? 하지만 대체 백만 냥의 은을 어디서 구할 셈이오?"

"구하지 못하면 죽기밖에 더하겠어요?"

"당신이야 죽음을 자초한다 해도, 설마 나까지 함께 죽으라는 얘기요?"

"장원씩이나 되면서 이런 말도 모르셔요?"

生則同衾	살아 있을 때는 한 이불 덮고 자고
死則共穴	죽으면 같은 무덤에 묻힌다.[4]

"당신도 공부깨나 한 모양인데, 이런 속담도 모르시오?"

夫妻本是同林鳥	부부란 본래 한 숲에 깃들어 사는 새와 같아서
大限來時各自飛	수명이 다하는 날이면 각자 제 길로 날아가지.

황봉선은 화가 나기도 하고 우습기도 했다.

"흥! 소진(蘇秦)[5]이 형수에게 예우받지 못하고, 주매신(朱買臣)[6]이

---

4 이것은 원나라 때 백박(白樸)의 잡극《장두마상(墻頭馬上)》의 제3절(折)에 들어 있는 구절이다. 뒤쪽에서 당영의 대답으로 쓰인 속담은 원나라 때 이름을 알 수 없는 작가의 잡극《풍옥란(馮玉蘭)》의 제2절에서 들어 있다.

5 소진(蘇秦: ?~기원전 317, 자는 계자[季子])은 전국시대 낙양(洛陽) 사람이다. 장의(張儀)와 함께 종횡가(縱橫家)로 명성을 날렸던 그는 출세하기 전에 아내와 형수에게 구박을 받고 절치부심하여 마침내 유세에 성공하여 여섯 나라의 공동 재상이 되었다. 이후 그가 금의환향하자 그의 아내와 형수는 땅바닥에 무릎을 꿇고 고개를 들지 못했다고 한다.

6 주매신(朱買臣: 기원전 174?~기원전 115, 자는 옹자[翁子])은 오현(吳縣, 지금의 장쑤성 쑤저우시 창수향[藏書鄉]) 사람이다. 그는 가난한 살림에도 시를 읊조리고 책을 암송하며 다녔는데, 처음에는 따르던 그의 아내가 그가 마흔 살

아내에게 버림받은 꼴이로군요. 다들 아낙네의 식견이 얕다고 하더니만, 알고 보니 세상인심이란 게 상대의 처지에 따라 달라지는 것이로군요. 그런 말들은 다 조정의 벼슬아치들이 만들어 낸 것에 불과하군요!"

그러자 왕 상서가 말했다.

"그만하게. 당 장군의 서명은 필요 없네. 그나저나 자네는 그 은을 언제 가져올 수 있는가?"

"사령관님, 구원병을 보낼 때는 불을 끄듯이 신속해야 하지 않겠습니까? 바로 지금 눈앞에 있는데 '언제'라는 말이 무슨 필요가 있겠습니까? 그나저나 지금 몇 시인가요?"

왕 상서가 음양관을 불러 물어보니 사시 삼각(巳時三刻)[7]이라고 했다. 그러자 황봉선이 말했다.

"그렇다면 오시 육각(午時六刻)[8]에 은 백만 냥을 바치겠습니다."

당영은 그저 입을 다문 채 아무 말이 없었고, 다른 장수들도 대

무렵에 그를 버리고 떠났다. 당시 그는 자신이 쉰 살 무렵이면 출세할 것이라며 만류했지만 소용없었다. 이후 그는 장조(莊助)의 도움으로 무제(武帝)에게 천거되어 중대부(中大夫)에 임명되었고, 다시 회계(會稽) 태수로 임명되어 부임하던 도중 길을 청소하던 옛 아내와 그녀의 새 남편을 만났다. 이에 그가 그들 부부를 마차에 태우고 태수의 관사 안에 거처를 마련해주고 한 달 동안 먹여 살렸는데, 옛 아내는 결국 수치심을 이기지 못하고 스스로 목을 맸다. 훗날 주매신은 장조를 음해한 승상 장탕(張湯)의 장사(長史)로 일했는데, 음모가 발각되어 장탕이 자살한 후, 주매신도 처형당했다.

7 사시(巳時) 삼각(三刻)은 오전 9시 45분에 해당한다.

8 오시(午時) 육각(六刻)은 정오인 낮 12시에 해당한다.

체 어디서 은을 구하겠다는 것인지 알 수 없었다. 왕 상서는 그녀가 전혀 두려워하는 기색이 없이 결연하게 얘기하자 상당히 의심스러웠다.

"어쨌든 은을 구할 때까지는 두 시간 남짓 시간이 있으니, 알아서 구해 보도록 하게. 다만 군령장은 여기 두고 가게."

"사령관께서 지켜보시는 가운데 은을 가져올 것인데, 어디를 가겠습니까?"

"혼자 가서 가져오면 되지, 굳이 내 앞에서 가져올 필요 있는가?"

"도와줄 병사 하나만 데려다주십시오."

"은을 옮기는 것을 도와줄 사람이 필요한가?"

"그게 아니라 그 병사에게 황토 두 가마와 면지(綿紙)⁹ 한 장, 깃발이 달린 창 두 개, 등잔 하나를 가져다 달라고 하십시오. 그 외에는 필요 없습니다."

왕 상서가 명령을 내리자 잠시 후 그녀가 요구한 것들이 모두 갖춰졌다. 황봉선은 사령관의 뱃머리에 황토 두 가마를 산처럼 쌓고, 면지 위에 성문(城門)을 하나 그려서 그것을 산발치에 붙이더니, 그 양쪽에 깃발이 달린 창을 하나씩 꽂았다. 그리고 성문 위에 작은 웅덩이를 하나 파서 동서남북으로 방향을 정하더니, 등불을 밝혔다. 왕 상서는 그녀가 대체 무얼 하는 것인지 알 수 없었다. 그대 황봉선이 말했다.

---

⁹ 면지(綿紙)는 나무의 질긴 속껍질을 이용하여 만든 종이이다.

"사령관님, 은을 가져오는 것은 제 몫이지만, 이 등불은 사령관께서 책임을 지셔야 합니다."

"그게 무슨 말인가?"

"등불은 방향이 정해져 있으니 첫째, 절대 자리를 옮겨서도 안 되고, 항상 밝혀져 있어야 합니다. 둘째, 절대 불빛이 약해지거나 꺼지면 안 됩니다. 방향이 옮겨지거나 불빛이 꺼지면 이로움도 없을 뿐만 아니라 오히려 해를 입게 됩니다."

"무슨 이로움이며 해로움이 있다는 것인가?"

"등불을 옮기면 이로움이 없어지고, 불이 꺼지면 해를 입게 됩니다. 미리 말씀드렸으니, 이 두 가지 경우가 아니라면 은을 가져오지 못한 책임은 제게 있습니다. 하지만 이 두 가지 경우가 발생하면 사령관께서 책임을 지셔야 합니다."

"좋네. 그건 그렇다 치고, 대체 은이 어디 있는지도 모르는데 어째서 먼저 내 책임을 운운하는 것인가?"

"감히 사령관님을 끌어들이려는 것이 아니라, 두 가지 사항이 아주 중요하기 때문입니다."

"자네 말대로 할 테니, 어서 은이나 가져오게."

대단한 황봉선! 그녀는 서두르지도 않고 느긋하게 산 아래 성문 앞으로 걸어가더니, 한 손으로 옷자락을 걷어 올린 채 다른 한 손으로 성문을 밀며 "열려라!" 하고 소리쳤다. 그러자 "끼익!" 하는 소리와 함께 두 짝의 성문이 가지런히 열렸다. 황봉선이 성문 안으로 들어가자 한 줄기 바람이 불더니, 두 짝의 성문이 다시 닫혀 버렸다. 그걸 보고 왕 상서가 말했다.

"그래도 상당히 오묘한 술법이로구먼."

마 태감이 말했다.

"사령관님, 이건 눈속임이라는 걸 모르십니까? 황 장군이 저기로 가버렸으니 이야말로 배 안에서는 바늘을 잃어버릴 리 없고 항아리 안의 자라는 도망치지 못하는 격으로, 아무리 다른 데로 달아나려 해도 불가능한 경우가 아니겠습니까? 결국 이 배 어딘가에 있겠지요. 못 믿으시겠거든 제가 등불을 꺼 버릴 테니, 황 장군이 어디서 나오는지 보십시오."

"그건 안 되네! 조금 전에 황 장군이 얘기하지 않았는가? 등불을 끄면 해를 입게 된다고 말일세. 사령관인 내가 어찌 그 사람을 해칠 수 있겠는가!"

"그럼 제가 등불을 옮겨 보겠습니다."

"등불을 옮기면 이로움이 없을 거라고 했네."

"그저 이로움이 없는 정도라면 그래도 괜찮지 않겠습니까?"

그러면서 마 태감은 정말로 등불을 조금 움직여서, 원래 동남쪽을 향하고 있던 등불을 정확히 동쪽으로 향하게 만들어 놓았다. 그러자 왕 상서가 말했다.

"등불을 옮기는 거야 괜찮지만, 은을 가져오지 못하면 오히려 나를 탓할 테니 곤란해지겠군."

그 말이 끝나기도 전에 음양관이 오시 육각이 되었다고 보고했다. 마 태감이 말했다.

"이제 황 장군이 나타날 때가 되었군요."

그 말이 끝나기 무섭게 정말 한 줄기 바람이 불더니 두 짝 성문이 다시 "끼익!" 하고 가지런히 열렸다. 그러자 황봉선이 손에 쪽지 하나를 들고 걸어 나와서 물었다.

"누가 등불을 옮겼지요?"

왕 상서가 대답했다.

"그건 사실이지만, 그걸 자네가 어찌 아는가?"

"등불을 옮기는 바람에 은을 가져오지 못했습니다."

마 태감이 말했다.

"은을 가져오지 못했으니 군령장에 적힌 대로 처벌해야 합니다."

황봉선이 말했다.

"제가 미리 말씀드렸지요? 등불을 옮기면 이로움이 없이 헛수고만 하게 된다고 말이에요. 이건 사령관께서 책임을 지셔야 합니다."

"등불을 옮긴 건 마 태감일세. 그러니 은을 가져오지 못했다 하더라도 자네에게 책임을 물을 수 없네. 그나저나 어찌 된 영문인지 얘기나 좀 해 보게. 어째서 등불을 옮겼기 때문에 은을 가져오지 못했다는 것인가?"

"저는 저 문으로 들어가 등불이 가리키는 방향으로 걸어갔습니다. 아마 등불이 정확히 동쪽을 향해 있었기 때문에 저는 말라카[滿剌伽] 왕국에 울타리를 쳐서 만든 창고로 들어가고 말았습니다. 처음에는 저도 깨닫지 못하다가 잔뜩 쌓여 있는 금은보화를 가져오려고 하다 보니, 거기에 사령관님이 봉인해 놓은 표식이 있었습니다. 그제야 저도 상황을 파악하고 차라리 빈손으로 돌아갈지언 정 함부로 거기에 손을 대지 않기로 했습니다. 하지만 제가 돌아오면 두 분 사령관께서 믿지 않으실 것 같아서, 나름대로 한 가지 계책을 썼습니다. 그러니까 거기서 석탄 하나를 찾아서 창고 문에 '황봉선'이라고 커다랗게 써 놓고 왔습니다. 그런데 이 글자가 증거는 될 수 있을지라도 어차피 함대가 돌아가는 날에나 알 수 있을 터인지라, 당장 두 분께서 믿지 않으시고 군령장에 적힌 대로 처벌하실 것 같았습니다. 그래서 다시 한 가지 계책을 생각했습니다. 아예 왕 도독에게 가서 직인이 찍힌 쪽지를 하나 받아 가져오는 게 최선이라고 생각했습니다. 여기 가져온 쪽지가 바로 그것입니다."

두 사령관이 받아 살펴보니 쪽지에는 과연 왕 도독이 친필로 쓴 글씨와 직인이 있었다. 그걸 보고 왕 상서가 말했다.

"놀랍구먼! 놀라워! 아무래도 자네가 한 번 더 다녀와야겠네. 이번에는 절대 등불을 옮기지 않겠네."

"나라를 위해서라면 만 번의 죽음이라도 피해서는 안 되는 법이니, 그럼 다시 다녀오겠습니다."

그녀는 다시 성문을 그려 붙이고, 새로 등불을 밝혀서 직접 방향을 정한 다음, 다시 왕 상서에게 당부했다.

"이 등불은 제 목숨입니다. 저도 황제 폐하를 위해 최선을 다하고 있사오니, 사령관님께서도 엄격하게 관리해 주시기 바랍니다."

왕 상서가 말했다.

"염려 말고 다녀오시게. 이번에는 절대 누구도 손대지 못하게 하겠네."

황봉선은 다시 산 아래로 가서 성문 앞에 서더니 성문을 밀며 "열려라!" 하고 소리쳤다. 그러자 "끼익!" 하는 소리와 함께 두 짝이 대문이 가지런히 열렸고, 그녀가 안으로 들어가서 "닫혀라!" 하자 다시 "끼익!" 하는 소리와 함께 두 짝이 대문이 가지런히 닫혔다. 왕 상서가 말했다.

"이번에는 잘 될 것 같구먼."

그러자 마 태감이 말했다.

"황 장군은 잘 모르는 것을 억지로 아는 것처럼 하고 있습니다. 조금 전의 그 쪽지도 무슨 수작을 부려서 가져온 것인지 모르지 않습니까!"

그 말이 끝나기도 전에 한 줄기 바람이 불어오더니 두 짝의 성문이 일제히 열렸다. 그러자 황봉선이 양손에 각기 인형을 하나씩 들고 불쑥 걸어 나왔다. 왼손에 들린 인형은 온몸이 노란색이었고, 오른손에 들린 인형은 온몸이 흰색이었다. 왕 상서가 물었다.

"이번에는 길을 제대로 갔는가?"

"등불을 옮기지 않았으니 제대로 다녀왔습니다."

"그럼 은은 가져왔는가?"

"예."

"양손에 인형만 하나씩 들고 있을 뿐인데, 은이 어디 있다는 것인가?"

"은은 사령관님의 선창 안에 있습니다. 이 인형들은 우리 중국에 가서 구경하고 싶다고 하기에 가져왔습니다."

"어쩐지 마 태감이 이상한 수작을 부린다고 하더라니! 이걸 보니 분명하구먼. 우리가 여기 계속 앉아 있었지만, 한 톨의 은도 구경하지 못했네!"

"말만 해서는 증거가 없으니, 쇄복판(鎖伏板)[10]을 열어 보십시오."

왕 상서가 쇄복판을 열어 보니 과연 선창 안에 은이 가득 들어 있는 것이 아닌가! 그걸 보자 두 사령관과 네 태감, 그리고 장수들은 모두 감탄을 금치 못했다.

"황 장군은 과연 진짜 신인(神人)이로구먼! 저렇게 선창 가득 채워 놓았으니, 백만 냥은 훨씬 더 되겠어!"

왕 상서가 은 덩어리 하나씩 집어 들고 살펴보니 모두 최고 품질의, 위쪽이 뾰족하게 주조된 은이었다. 그걸 보고 삼보태감이 말했다.

"이렇게 큰 공을 세웠으니 당연히 큰 상을 내려야지!"

그는 즉시 군령장을 회수하고 장부에 기록하게 한 후, 머리 꽂는 꽃장식을 하사하고 술을 내렸다. 왕 상서 역시 직접 석 잔을 따라 주었다. 세 번째 잔을 마실 때 황봉선이 물었다.

"그 정도면 충분합니까?"

"충분하고말고!"

"부족하면 이 인형을 팔면 됩니다. 이것도 상당히 값이 나가는

---

10 쇄복판(鎖伏板)은 선창 앞에 대는 판자이다. 이것은 열고 닫을 수 있게 되어 있으며, 그 아래에 물건을 넣어둘 공간이 있다.

것입니다."

"이 인형들은 우리 중국을 구경하고 싶다고 했다는데, 어떻게 그걸 팔 수 있겠는가? 게다가 그까짓 걸 팔아 봐야 몇 푼이나 나가겠는가?"

그러자 황봉선이 인형들에게 말했다.

"얘들아, 우리 사령관께서 너희를 중국으로 데려가도 된다고 허락하셨으니, 너희도 한 잔씩 받아라."

그리고 술을 따라 잔을 건네자 인형들이 받아서 단숨에 꿀꺽 마셨다. 그러자 황봉선이 호통을 쳤다.

"이놈들! 내 술을 마셨으니 사령관님의 선창 안에 가 있어라!"

그 말을 들은 두 인형은 스스로 걸어서 선창 안으로 들어갔다. 그걸 보고 마 태감이 물었다.

"저 인형들은 어디서 온 겁니까?"

"귀신이 수작을 부린 것이지요."

"누가 그런 소리를! 황 장군이 저 인형들을 가져오셨으니, 내력을 잘 아실 거 아닙니까?"

"정말 모릅니다. 제가 어찌 감히 잘 모르는 것을 억지로 아는 것처럼 하겠습니까?"

연달아 그 두 마디를 들은 마 태감은 부끄러워서 얼굴이 시뻘겋게 달아올랐다. 그러자 삼보태감이 말했다.

"황 장군, 큰 공을 세웠다고 득의양양해서 남의 말을 되갚아 주는구먼. 그럼, 내가 물어보겠네. 저 인형들은 어떤 내력이 있는가?

속임수를 써서 억지로 데려온 것이라면 저들에게 죄를 지은 셈이 아니겠는가?"

그 말이 끝나기도 전에 선창의 쇄복판이 열렸는데, 두 개의 인형은 온데간데없었다. 알고 보니 노란색 인형은 높이가 일곱 자 남짓 되는 황금 인형이었고, 하얀 인형 역시 높이가 일곱 남짓 되는 은 인형이었는데, 그 황금과 은은 모두 진짜였다. 삼보태감이 깜짝 놀랐다.

"황 장군이 진정으로 나라를 생각하는구먼. 이렇게 많은 은도 감당하기 어렵거늘, 또 이런 인형까지 가져오다니! 어쩐지 저들에게 우리 중국을 구경시켜주겠다고 하더라니. 조정에 돌아가면 저것들을 폐하께 진상하도록 해야겠소. 이 또한 황 장군의 공적 가운데 하나가 아니겠소?"

삼보태감은 무척 기뻐하며 다시 금꽃 두 송이와 은꽃 두 송이, 황금 원앙 한 쌍, 속옷과 겉옷을 만들 수 있는 빨간색과 초록색의 모시 네 필을 그녀에게 추가로 하사했다. 왕 상서에게 상을 받은 것도 한없는 영광으로 여기고 있던 황봉선은 삼보태감까지 이렇게 후한 상을 내리자 더욱 뿌듯해하며 감사의 절을 올렸다. 그러자 당영이 말했다.

"금은 꽃들은 그렇다 치고, 이 황금 원앙은 정말 당신을 닮았구려."

"어디 가서 조롱을 구해 이 원앙들을 넣어 둬야겠군요."

"조롱이 왜 필요하오?"

"수명이 다하는 날이면 각자 제 길로 날아가 버릴지도 모르니까요."

그 말에 머쓱해진 당영이 웃는 얼굴로 사과했다.

"부인, 어찌 그리 꽁하게 마음에 담고 있소? 나도 당신을 탓하지 않는데, 오히려 당신이 나를 탓하면 되겠소?"

"당신이 저를 탓할 일이 뭐가 있나요?"

"우리는 한 이불을 덮고 사는 사이인데, 이렇게 훌륭한 술법이 있으면서 왜 나한테는 가르쳐 주지 않은 거요?"

"배우고 싶나요?"

"재물을 바라서가 아니라, 배우면 재미있을 것 같아서 말이오."

"그야 어렵지 않지요. 당신도 당장 다녀오게 해 드리겠어요."

"장난치지 마시오."

"이건 목숨을 버리고 죽음으로 들어가는 문인데, 어떻게 장난을 칠 수 있겠어요?"

그 말이 끝나기도 전에 황봉선은 선창의 쇄복판에 성문을 그리고, 선창 위에 등불을 얹어놓았다. 그리고 종이에 부적을 하나 그려서 당영에게 주면서, 그걸 들고 문 앞에 서서 소리쳐보라고 했다. 그러면서 이렇게 당부했다.

"문에 들어간 뒤에 불빛이 밝은 곳을 만나거든 똑바로 그 빛을 따라서 가셔요. 금은보화가 있는 곳에 이르거든 거기서 걸음을 멈추고 다시 돌아와야 해요."

"알겠소. 당신은 등불이나 잘 지켜주시오."

"이거야 제 전문인데 오히려 당신이 저한테 당부하시는군요."

당영은 한 손에 부적을 쥐고 다른 한 손으로 문을 두드리며 "열려라!" 하고 소리쳤다. 그러자 그 문도 이전처럼 "끼익!" 하는 소리와 함께 활짝 열렸다. 그가 허리를 쭉 펴고 문 안으로 들어서니 과연 한 줄기 불빛이 보였다. 그는 아내가 일러준 대로 불빛을 따라 곧장 달렸다. 한참 달리다가 보니 갑자기 발아래 온통 산처럼 쌓인 금과 은이 발에 차이는 것이었다. 자세히 보니 사방이 온통 환한지라 어찌할 바를 몰랐다. 하지만 그는 의롭지 못한 재물에 연연하지 않고, 즉시 발길을 옮겨 불빛을 따라 다시 걸었다. 한참 걷다 보니 앞쪽이 온통 시커멓고 길이 보이지 않았다. 그가 당황하여 자세히 살펴보니 높다란 성과 성문이 하나 보였다. 성문에 장식된 짐승 머리 문양은 입을 떡 벌리고 송곳니를 드러내고 있어서 정말 무시무시했다!

당영은 부적을 단단히 쥐고 속으로 생각했다.

'이게 혹시 조금 전에 내가 들어온 문이 아닐까? 뒤쪽이라서 아까는 저 짐승 머리 문양을 보지 못했는지도 몰라. 일단 소리를 질러볼까?'

그는 곧 "열려라!" 하고 소리쳤다. 그러자 성 위에서 귀신 하나가 풀쩍 뛰어내렸는데, 시퍼런 얼굴에 날카로운 송곳니를 드러내고 시뻘건 머리카락이 덥수룩한 그 귀신이 호통을 쳤다.

"너는 누구인데 감히 여기서 문을 열라고 소리치느냐?"

당영은 사실대로 말할 수밖에 없었다.

"나는 위대한 명나라 정서대도독 무장원 당영이오."

"그렇다면 살려주마!"

"그런데 형씨, 여긴 어디오?"

"간도 크구나. 여기는 바로 풍도국(酆都國)이다. 그러니 아무나 문을 열라고 할 곳이 아니라는 말이다!"

당영은 '풍도'라는 말에 그곳이 곧 귀신의 나라인 줄 깨닫고, 너무 놀라 온몸에 소름이 돋았다. 하지만 나가는 길을 모르니 다시 물어볼 수밖에 없었다.

"형씨, 그런데 여기서 나가려면 어느 길로 가야 하오?"

"앞에는 길이 없으니, 왔던 길로 돌아가면 된다."

그제야 당영은 상황을 이해했다.

"아내가 '금은보화가 있는 곳에 이르거든 거기서 걸음을 멈추고 다시 돌아오라.' 했는데, 내가 실수로 돌아서는 것을 잊어버려서 여기로 와 버린 것이로구나."

그는 즉시 돌아서며 귀신에게 말했다.

"형씨, 가르쳐줘서 고맙소."

그리고 다시 불빛을 따라 순풍을 타고 돌아왔다. 한참 가다 보니 앞쪽에 두 개의 문짝이 달린 대문이 "끼익!" 하고 저절로 활짝 열렸다. 그가 밖으로 나와 보니 바로 선창 안이었고, 그 앞에는 황봉선이 서 있었다.

그는 마치 죽었다가 깨어난 사람처럼 놀라 황급히 그녀에게 부적을 돌려주었다.

"왜 이렇게 놀라서요?"

당영이 풍도귀국(酆都鬼國)에 대해 들려주자 황봉선이 말했다.

"그건 진즉 돌아서서 오지 않은 당신의 잘못 때문이에요."

"정말 무시무시했소! 하마터면 남은 목숨을 날릴 뻔했소."

"뭐 그런 별거 아닌 일로 야단을 떨어요? 그냥 장난 한번 친 셈으로 생각하셔요."

"다시 한번 다녀오겠소."

"그야 뭐 어렵겠어요?"

그녀는 즉시 앞서 그렸던 그림을 떼어내고 다시 성문 하나를 그리고, 또 새롭게 등불을 밝혔다. 그녀가 "열려라!" 하자 문이 즉시 열렸고, 황봉선이 걸어 들어가자 당영도 따라 들어가려 했다. 하지만 원래 황봉선이 부린 술법이기 때문에 문이 열리라고 하자 바로 열렸고, 들어가고 싶으면 마음대로 들어갈 수 있었지만, 당영은 부적이 없어서 들어갈 수 없었다. 들어가지도 못했을 뿐만 아니라 그는 선창의 판자에 머리를 부딪쳐 그 위에 얹혀 있던 등불이 흐릿해지게 만들고 말았다. 황봉선은 길을 비추는 불빛이 없어서 멀리 가지 못했는데, 그녀의 눈앞에는 수많은 금은보화가 있었다. 황봉선은 그걸 보기는 했지만 가져올 수는 없었다.

"멍청한 양반 같으니! 나를 오도 가도 못 하게 만들어 버렸으니, 이를 어쩐다?"

그 말이 끝나기도 전에 벽 건너편에서 일단의 서양인들이 몰려오며 소리쳤다.

"도둑이다! 어서 잡아라! 어서!"

다급해진 황봉선은 꽃병 하나를 발견하고 재빨리 뛰어올라 그 속에 숨었다. 하지만 눈썰미 좋은 병사 하나가 그걸 목격하고 소리 쳤다.

"여기야! 여기!"

그러자 우두머리로 여겨지는 자가 저쪽에서 지시했다.

"이리 가져와 봐라."

황봉선이 자세히 들어보니 바로 아덴 왕국의 국왕과 문무 관료들이 창고를 조사하고 있었는데, 하필 자신이 그 속으로 들어서 버린 것이었다. 그녀는 나름대로 계책을 세웠다.

'저들이 어찌하든 간에 그냥 이 안에서 버티자.'

한편 삼보태감에 바칠 금은과 명나라에 바칠 진상품을 마련하기 위해 창고에 왔던 아덴 국왕과 문무 관료들은 마침 도둑을 하나 잡을 뻔했는데, 그 도둑이 병 속으로 도망쳐 버리자 이상한 생각이 들었다. 국왕이 중얼거렸다.

"괴이한 일이로고! 사람이 어떻게 병 속으로 들어갈 수 있단 말인가!"

수하들을 시켜 병을 가져와서 안에 사람이 있나 살펴보라고 했다. 하지만 수하들이 한참 동안 살펴보더니, "아무도 없습니다." 하고 보고하는 것이었다.

"그 도둑은 도망쳐 버린 모양이구나. 그러니 과인이 그러지 않았느냐? 사람이 어찌 병 속으로 들어가 있을 수 있겠느냐고 말이다.

도둑이 여기로 들어간 걸 발견한 이는 누구인가?"

그러자 대장 취모아[去摩阿]가 대답했다.

"제가 보았사옵니다."

"그런데 왜 병 속에 없는 것인가?"

"제가 분명히 보았는데, 없을 리 있사옵니까! 제가 직접 살펴보겠사옵니다."

그가 병을 들고 살펴보니 정말 안에는 아무도 보이지 않았다.

취모아는 그래도 식견이 조금 있는 사람이라 병을 향해 불렀다.

"안에 계신 분, 대답 좀 해 보시오."

그러자 병 안에서 대답이 들려왔다.

"누가 나를 부르는가?"

"접니다."

"너는 누구냐?"

"아덴 왕국의 취모아입니다."

"그런데 왜 나를 불렀느냐?"

"거기 안에 계신지 여쭤보려고 불렀습니다."

"여기 있다."

취모아는 국왕에게 누군가 병 안에 있다고 보고했다. 그러자 국왕이 직접 물었다.

"병 안에 사람이 있소?"

"그렇소."

국왕이 그 병을 조정으로 가지고 들어가자, 사람들이 너도나도 찾아와 물었다.

"정말 안에 사람이 있소?"

"있다."

"정말이오?"

"정말이라니까!"

"이게 어찌 된 일이지? 설마 귀신이나 요괴인가?"

"나는 귀신이나 요괴가 아니다."

이에 국왕이 물었다.

"그럼 그대는 무엇인가?"

황봉선은 얼른 거짓말로 둘러댔다.

"나는 칠백 년 전에는 금모(金母)여서 세상의 모든 금을 내가 낳았다. 칠백 년 뒤에는 은모(銀母)여서 세상의 모든 은을 내가 낳았다."

"어떻게 금에서 은으로 변했는가?"

"월경할 때 피를 너무 많이 흘려서 피에서 붉은 기운이 빠져 버렸으니, 은이 될 수밖에!"

"오늘 내 창고에는 무엇 하러 오셨소?"

"그대가 위대한 명나라 사령관에게 금은을 바친다는 소문을 듣고, 구경하러 왔다."

"그런데 왜 병 속으로 들어가셨소?"

"그대가 사령관에게 금은을 바치고 나면, 나는 기댈 데가 없어지기 때문이지."

"그대의 성함은 무엇이오?"

"말 못 하는 사람 즉, 불어선생(不語先生)이라고 한다."

"그 이름은 무슨 뜻에서 그렇게 지은 것이오?"

"내가 본래 사람이었는데 지금은 병 안에 있지 않은가? 사람이되 말을 하지 못하니, 불어선생이 아니고 무엇이겠는가?"

국왕은 그 말들을 듣고 재미있어서 다시 물었다.

"이제 나오고 싶소?"

"싫다."

"거기 있고 싶소?"

"나를 금은과 함께 사령관께 바쳐다오."

"그것도 좋소. 그러리다. 말을 주고받을 수 있는 병이라면 보물이라고 할 수 있으니 말이오."

국왕은 서둘러 항서와 상소문을 작성하게 하고, 진상품으로 바칠 예물들과 이 병을 함께 가지고 삼보태감을 찾아갈 준비를 했다. 이윽고 신하들이 모든 준비를 마쳤다고 보고하자, 국왕은 즉시 명나라 함대의 중군 막사로 찾아갔다.

한편 두 사령관은 따로 황봉선에게 후한 상을 내렸는데 그녀가 감사 인사를 하러 오지 않자, 일부러 사람을 보내 그녀를 불렀다. 하지만 황봉선은 오지 않고 당영이 찾아오자, 삼보태감이 말했다.

"그대의 부인이 은 몇백만 냥을 가져왔다고 심지어 우리 사령관들까지 무시하는구먼."

"삼군의 목숨이 사령관께 달려 있는데, 어찌 감히 '무시'할 수 있겠습니까?"

"그게 아니라면 우리가 특별히 상을 내렸는데, 어째서 태연히 받기만 하고 감사 인사조차 없는 것이오? 그대의 부인은 어디 갔소?"

당영이 어쩔 수 없이 사실대로 말했다.

"사실 제 아내가 일부러 인사 올리러 오지 않은 것이 아닙니다. 저번에 상을 받은 뒤에 제가 장난삼아 그 사람에게, 그런 신통한 술법이 있는데 왜 남편에게 가르쳐 주지 않았느냐고 뭐라고 했습니다. 그랬더니 그 사람이 술법을 써서 저도 한 번 성문으로 들어갔다 나오게 해 주었는데, 제가 실수로 길을 잃은 바람에 풍도귀국에 가서 귀신을 보고 겨우 돌아왔습니다."

"그건 그대의 일인데, 황 장군과 무슨 상관이 있다는 것이오?"

"제가 돌아와서 원망했더니, 자기가 다시 다녀올 테니 잘 보라고 했습니다. 그때 저도 따라가려고 했는데, 그만 판자에 부딪치는 바람에 길을 안내하는 등불을 꺼 버렸습니다. 그래서 지금 어디 있는지도 모르는데, 벌써 이틀째 돌아오지 않고 있습니다. 이런 사정이 있었사오니, 부디 용서해 주십시오!"

왕 상서가 말했다.

"저번에 등불을 꺼 버리면 자신이 해를 당할 거라고 했었지요. 정말 애석한 일이로군요! 이 훌륭한 장수를 해치고 말았다니……"

삼보태감이 말했다.

"이건 당 장군이 잘못한 것이오."

"예. 저도 알고 있사옵니다."

왕 상서가 말했다.

"그때 등불을 얼마나 있다가 꺼 버린 것이오?"

"선창의 판자에 성문을 그리고 그 위에 등불을 얹어놓은 다음, 그 사람이 문 안으로 걸어 들어갔고, 저도 곧바로 따라 들어가려 했습니다. 그런데 뜻밖에 문이 바로 닫혀 버려서 저는 판자에 부딪치고 말았고, 그 바람에 등불이 꺼져버렸습니다."

"그렇게 금방 꺼져버렸다면 멀리 가지 못했을 거요. 기껏해야 이 아덴 왕국 어디에 있겠지요."

삼보태감이 말했다.

"꼭 그렇게 얘기하기도 어렵지요."

왕 상서가 말했다.

"당 장군, 염려 마시오. 잠시 후면 아덴 국왕이 도착할 테니, 그때가 되면 모든 상황이 분명해질 거요."

그 말이 끝나기도 전에 호위병이 아덴 국왕이 찾아왔다고 보고했다.

국왕을 만나고 나서 황봉선의 행방을 찾게 되는지는 다음 회를 보시라.

제86회

천방국은 천당의 극락세계를 보여주고
예배당에서 수많은 옛 유적을 보다

天方國極樂天堂　禮拜寺偏多古迹

大漠寒山黑	사막의 추운 산은 검고[1]
孤城夜月黃	외로운 성은 달밤에 노랗게 보이는구나.
十年依蓐食	십년 동안 침대에 누운 채 아침을 먹으며
萬里帶金瘡	만리타향에서 창칼에 상처 입은 채 지내지.
拂露陳師祭	이슬 털며 군중에서 제사 지내고
衝風立敎場	바람 맞으며 훈련장에 서 있지.
箭飛瓊羽合	날아다니는 화살에는 하얀 깃털 달려 있고
旗動火雲張	깃발 펄럭일 때 무더운 여름의 붉은 구름 펼쳐지지.
虎翼分營勢	호익진(虎翼陣) 펼쳐 진영의 세력을 나누고
魚鱗擁陣行	어린진(魚鱗陣) 펼치며 무리 지어 행군하지.

---

1 인용된 시는 당나라 때 양거원(楊巨源)의 〈이웃의 늙은 장군에게[贈隣家老將]〉에서 일부(제5~14구, 제23~28구)를 발췌한 것이다.

功成封寵將	공적 세우면 총애받는 장수에 봉해지고
力盡到貧鄕	온 힘을 다 쓰고 나면 가난한 고향으로 돌아가지.
雀老方悲海	참새는 늙으면 비로소 드넓은 바다를 슬퍼하지만
鷹衰却念霜	송골매는 쇠약해져도 서릿발 같은 기세 날리던 옛날을 잊지 않지.
空餘孤劍在	부질없이 외로운 검만 남아 있어
開匣一沾裳	상자를 여노라니 눈물이 옷을 적시는구나!

한편 아덴 국왕이 금관을 쓰고, 노란 도포 위에 옥 허리띠를 차고, 가죽장화를 신은 채 두 사령관을 찾아와 목숨을 살려준 은혜에 깊이 감사하자, 두 사령관은 천자가 제후의 방문을 받았을 때의 예법에 맞춰 그를 대우해 주었다. 국왕은 금박을 입힌 종이에 쓴 상소문을 바치고, 따로 한 통의 항서를 바쳤다. 삼보태감이 아직 항서를 펼쳐 보지 않았을 때, 예물 가운데 섞여 있는 자기로 된 꽃병을 발견했다. 그것은 마개도 닫혀 있지 않고, 주둥이에서 생기(生氣)가 풍겼다. 왕 상서가 의아한 생각이 들어서 그 꽃병을 가리키며 물었다.

"저 병은 무엇이오?"

위엄 있는 그 목소리에 주눅이 든 국왕이 벌벌 떨며 이실직고했다.

"저 병에 관해 이야기하자면 사연이 조금 깁니다."

"말씀해 보시오."

"어제 제가 관료들과 함께 창고를 조사하는데, 벽 뒤에 누군가 있는 것 같아서 취모아라는 대장이 다가가 살펴보니 어떤 사람이 있었다고 했습니다. 그런데 그 사람이 갑자기 이 병 속으로 들어가 버렸다고 했습니다. 하지만 병 속을 살펴봐도 사람이 보이지 않아서, 병을 향해 어찌 된 일이냐고 물었더니 병 안에서 누군가가 일일이 대답했습니다. 그래서 제가 계속 그 병 안에 있을 건지 아니면 밖으로 나올 건지 물었더니, 글쎄 이 병을 사령관님께 바쳐 달라고 하는 게 아니겠습니까? 저는 자초지종을 알 수 없어서 그의 말대로 사령관님께 바치려고 가져왔습니다. 무례를 용서하시옵소서!"

두 사령관은 그 안에 황봉선이 있다는 것을 알아채고, 빠져나올 길을 찾아 줘야겠다고 생각했다. 이에 국왕에게 물었다.

"저 안에 들어 있는 사람이 누구인지 아시겠소?"

"모르겠사옵니다. 자기 말로는 칠백 년 전의 금모이자 칠백 년 후의 은모라고 했사옵니다."

그러자 왕 상서가 말했다.

"맞군요. 그 사람이 황금 인형과 은 인형을 우리 배에 두었기 때문에, 여기로 오려고 했던 것이오."

왕 상서는 수하들에게 선창의 문을 열고 두 인형을 꺼내 오게 했다. 병 안에 있던 황봉선은 왕 상서가 자신을 구해 주려 한다는 것을 알고, 즉시 손가락으로 오묘한 결을 짚고 주문을 외었다. 잠시 후 높이가 일곱 자 남짓 되고 몸통이 석 자 정도 되는 두 개의 인형이 두 사령관 앞에 세워졌다. 하나는 노란 황금빛이 눈부시게 번쩍이고 있었고, 다른 하나는 새하얗고 보배로운 안개에 휩싸여 있는 것처럼 보였다. 국왕이 그것들을 보고 깜짝 놀랐다.

"세상에 이런 일이! 황금 인형과 은 인형이 모두 걸어 다닐 줄을 아는구나!"

왕 상서는 눈앞에 병이 있는데도 자신이 부르지 않고 국왕더러 안에 있는 이를 불러내라고 했다. 이에 국왕이 병을 향해 소리쳤다.

"병 안에 계신 분, 이제 나오시구려!"

그 말이 끝나기도 전에 "팟!" 하는 소리와 함께 황봉선이 병에서 뛰어나왔다. 왕 상서가 그녀를 보며 국왕에게 말했다.

"병 안에 계신 분은 아무래도 양상군자(梁上君子)인 것 같군요."

삼보태감은 국왕이 무슨 문제를 걸고넘어질까 염려스러워, 일부러 고개를 돌리고 황봉선과 인사를 나누려 하지 않았다.

"그대의 인형들을 데리고 선창으로 가라."

그의 의도를 눈치챈 황봉선은 양손에 각기 황금 인형과 은 인형의 손을 잡고 선창 안으로 들어갔다. 그러자 당영이 맞이하며 감탄했다.

"정말 대단한 술법이오!"

"이게 다 당신이 등불을 꺼버렸기 때문이 아닌가요? 하마터면 남은 목숨을 날려 버릴 뻔했다고요!"

"그 바람에 당신이 병 속에 들어갈 수 있게 되었으니 괜찮지 않았소?"

"제가 죽고 사는 것이 모두 이 병에 달려 있었다는 걸 모르시나 보군요!"

한편 국왕은 또 나름대로 이런 생각을 했다.

'이 사령관의 홍복이 하늘처럼 높아서 금모와 은모가 모두 여기로 오려고 했구나. 이건 절대 우연이 아니야. 그러니 우리가 어찌 이분의 적수가 될 수 있었겠어!'

그가 즉시 예물을 바치자, 삼보태감은 먼저 수하들을 시켜서 항서부터 가져오라고 분부했다. 그리고 봉투를 열고 펼쳐 보니, 거기에는 이렇게 적혀 있었다.

아덴 왕국의 국왕 창지츠가 삼가 재배하며 위대한 명나라 황제께서 파견하신 정서통병초토대원수께 올립니다.

천자의 노신(老臣)만이 천자의 위세를 받들 수 있사옵니다. 무지개가 아래를 가리키듯이 깃발 그림자가 구름처럼 펼쳐지고, 심수(心宿)가 서쪽으로 흐르는 듯[2] 칼날이 벼락처럼 떨어져, 뱀과 돼지 무리를 자르고 모기들의 왱왱거리는 소리를 끊어 버렸사옵니다. 무지한 오랑캐인 저는 망령되게 천자의 그늘에서 벗어나려 함으로써 만 번의 죽음도 피할 수 없는 죄를 지었으나, 뜻밖에 새로운 삶의 길이 나타나 사령관께서 제게 새롭게 시작할 기회

---

2 《시경》〈빈풍(豳風)〉〈칠월(七月)〉에 "(음력) 칠월이면 큰불이 흐른다. [七月流火]"라는 구절이 있다. 즉 이때는 대화(大火) 즉 심수(心宿)가 서쪽으로 치우쳐서 숙살(肅殺)의 계절 가을이 도래함을 알려준다는 것이다.

를 주시고 잘못된 관행을 타파해 주셨습니다. 이에 저는 새롭게 흥성하는 저자로 들어가듯 편안하고, 기꺼이 고향을 돌아보듯이 의지하고 싶은 마음 간절하옵니다.

이에 짧은 글이나마 공손이 적어 올려 보살펴 주시기를 바라오니, 크나큰 은혜를 베풀어 주시면 한없이 감사하겠나이다.

다 읽고 나자 국왕이 예물 목록을 바쳤는데, 거기에는 이렇게 적혀 있었다.

황금으로 부용 장식을 상감(象嵌)한 모자 네 개, 황금을 상감한 허리띠 두 개, 황금을 상감한 꽂이[地角] 두 개, 유선침(遊仙枕) 한 쌍(이것을 베고 자면 구주[九洲]와 삼도[三島]가 모두 그 안에 있어서 그곳에 노닐게 되는 신기한 베개임), 묘안석(猫睛石) 두 쌍(크기는 석 전[錢] 정도), 각종 아호(鴉呼)[3] 열 개 이상, 아골석(鴉鶻石) 열 개, 사각(蛇角)[4] 두 쌍, 붉은 유리 열 개, 녹금정(綠金睛)[5] 열 개, 푸른 진주 열 개(모두 둥글며, 큰 것은 직경이 한 치 정도), 진주 백 알(모두 크기가 큼), 대모(玳瑁)와 마노, 대합조개껍질 각기 백 개, 호박(琥珀)으로 만든 술잔 쉰 개, 황금 자물쇠 백 개(그 안에 인물과 들짐승, 날짐승, 화초 장식이 들어 있는데, 대단히 정교하게 만들어졌음), 기린 네 마

---

3 제60회의 각주 7) 참조.

4 사각(蛇角)은 골돌서(骨咄犀) 또는 골독서(骨篤犀)라고도 부르는 쇠뿔의 일종으로서, 귀한 약재로 쓰인다. 흡독석(吸毒石)이라고도 불린다.

5 녹금정(綠金睛)은 정확히 무엇인지 알 수 없다.

리(두 개의 앞다리는 높이가 아홉 자 남짓 되며, 두 개의 뒷다리는 높이가 여섯 자 남짓. 앞쪽은 높고 뒤쪽은 낮아서 사람이 탈 수 없으며, 양쪽 귀 주변에 두 개의 짤막한 육각[肉角]이 나 있음), 사자 네 마리(호랑이와 비슷하지만 진한 황갈색에 무늬가 없고, 머리와 입도 커서 포효하는 소리가 우레 같아서 모든 들짐승이 이놈을 보면 고개를 들지 못하고 엎드림), 하루에 천 리를 달리는 낙타 스무 마리. 검은 나귀 한 마리(하루에 천 리를 달리며 호랑이와 잘 싸워서 발길질 한 번으로 호랑이를 죽일 수 있음), 얼룩말 다섯 쌍, 눈표범 세 쌍, 흰 사슴 열 마리(털이 눈처럼 새하얀색), 흰 꿩 열 마리, 흰 비둘기 열 마리, 흰 타조 스무 마리(하얀 얼룩말과 비슷함)[6], 면양(綿羊) 백 마리(꼬리가 크고 뿔이 없음), 각진수(却塵獸) 한 쌍(가죽에 먼지가 붙지 않아 요[褥]를 만들 수 있으며, 값도 아주 비쌈), 풍모(風母) 한 쌍(원숭이와 비슷한데, 때려죽여도 바람을 맞으면 즉시 되살아남, 창포로 코를 막으면 죽은 뒤에 되살아나지 못함), 자단(紫檀) 백 그루, 장미즙 백 병, 붉은 소금과 흰 소금 각기 백 섬(붉은 것은 불꽃처럼 붉고, 흰 것은 은처럼 새하얀색), 양자밀(羊刺蜜)[7] 백 통[桶](풀의 일종으로서 꿀이 남), 아발삼(阿勃參, apursama) 열 휘[斛](그 기름을 부스럼에 바르면 아주 효과가 좋음. 값이 대단히 비쌈), 암라(庵羅) 열 휘(과일 가운데 최고로 꼽히는 것으로서 속칭 향개[香蓋]라고도 함), 석률(石栗, Candlenut) 열 휘(산의 바위에서 자라며, 꽃이 피고 삼 년 후에야 비로소 열매가 맺히기 때문에 이 지역 사람들이

---

6 이 설명은 뭔가 잘못된 듯하지만, 일단 원문 그대로 번역해 놓았다.

7 양자밀(羊刺蜜)은 약초로도 쓰이는 식물이며 자밀(刺蜜), 초밀(草蜜), 급돈라(給敦羅), 자당(刺糖), 낙타자당(駱駝刺糖) 등으로도 불린다.

더욱 귀하게 여김), 용뇌향 열 상자(생김새는 운모[雲母] 같고, 색깔은 얼어붙은 눈과 같음), 빈철(鑌鐵) 백 섬(바위를 쪼개서 얻은 것은 중간에 자연적인 꽃무늬가 있으며, 값은 은보다 두 배나 됨), 푸루린(哺嚕嚛, fulūrīn)(화폐 이름으로서 적금으로 주조한 것. 국왕이 사용하는데 무게는 한 전[錢] 정도이고, 바닥에 모두 무늬가 있음)

진상품을 바치고 나서 국왕은 다시 금은과 갖가지 색깔의 주단, 청화자기(靑花瓷器)와 백자(白瓷), 단향, 후추, 쌀국수, 각종 과일과 소, 양, 닭 등을 바쳤다. 다만 돼지와 거위는 그 지역에서 나지 않기 때문에 포함되어 있지 않았다. 국왕이 이것들을 바치며 병사들에게 나눠 주라고 하자, 삼보태감이 말했다.

"이렇게 후한 예물을 받고 보니, 그대가 왜 처음에는 거만했다가 나중에는 예를 갖추는지 궁금하구려."

"저번에 사령관께 거역한 것은 제 잘못이 아니라, 두 대장이 무례하게 굴었기 때문에 그런 사태가 초래되었사옵니다."

"그 대장들은 이름이 무엇이오?"

"한 명은 라이모아이고, 다른 하나는 취모아라고 하옵니다."

"국왕께서도 조금 잘못이 있소이다. 우리가 출병할 때 천명을 받들어 예의를 갖춰 찾아왔거늘, 어찌 라이모아를 보내셨소이까? 우리가 한 나라에 도착하면 항서와 상소문을 받고 떠나는데, 그걸 어찌 취모아가 할 수 있겠소이까?"

국왕이 허리 숙여 절하며 말했다.

"잘못했사옵니다. 부디 용서해 주시옵소서!"

"그저 그렇다는 얘기일 뿐이지, 어찌 잘못을 처벌할 수 있겠소이까!"

그러면서 삼보태감은 중국의 토산품을 국왕과 대소 관료들에게 두루 나눠 주었다. 국왕은 감사하고 왕궁으로 돌아간 다음, 성대한 잔치를 마련하여 두 사령관을 초대했다. 그들은 그곳에서 술 대신 장미즙을 마시며 서로 공손하면서도 즐거운 시간을 보냈다. 삼보 태감이 국왕에게 물었다.

"잔칫상에 돼지고기가 없는 것은 무엇 때문이오?"

"우리나라는 회교 왕국인지라 돼지고기를 먹지 않기 때문에 돼지를 기르지도 않고, 또 거위도 기르지 않습니다. 조상 때부터 대대로 이러했사옵니다."

"귀국은 기후가 늘 따뜻한데, 혹시 서늘할 때도 있소이까?"

"사계절 내내 따뜻해서 추운 날은 없사옵니다."

"귀국에서는 일 년을 어떻게 정하고 있소이까?"

"열두 달을 일 년으로 삼사옵니다."

"한 달은 어떻게 정하오?"

"달이 새롭게 나타나기까지 기간을 한 달로 삼고 있사옵니다."

"춘하추동 사계절은 어떻게 정하고 있소이까?"

"사계절은 정해져 있지 않고, 천문가가 지극히 정교하게 계산하여 어떤 날이 봄이라고 하면 정말 그때 초목이 싹을 틔우고, 어떤 날이 가을이라고 하면 정말 그때 초목이 시듭니다. 일식이나 월식,

비바람과 구름, 밀물과 썰물 등의 모든 사항도 항상 정확하게 예측하옵니다."

"조금 전에 지나온 저자가 대단히 번화하더군요."

"저자에는 없는 물건이 없고, 서적이며 오색 비단을 파는 가게들과 음식점, 잡화점들이 모두 갖춰져 있사옵니다."

"나라가 부유하고 백성들이 풍요로우니, 국왕께서 잘 다스리고 계신다는 것을 충분히 알겠군요."

"저희는 회교도인지라 백성들에게 가혹한 세금을 걷지 않사옵니다. 백성들 가운데 심히 가난한 이가 없어서 그저 위아래가 편히 지내는 정도일 뿐, 어찌 천자의 나라처럼 융성하기를 바랄 수 있겠사옵니까?"

"회교를 신봉하신다고 했는데, 회교에도 원조가 되는 나라가 있소이까?"

"서쪽 끝에 천당극락의 나라라고 불리는 곳이 있사옵니다."

"여기서 얼마나 멀리 떨어져 있소이까?"

"석 달 남짓 항해해야 도착할 수 있사옵니다."

"우리도 갈 수 있소이까?"

"두 분 사령관께서 수십만 리 떨어진 이곳까지 오셨는데, 두세 달 걸리는 곳을 가지 못하실 까닭이 있겠사옵니까?"

"도중에 또 무슨 나라가 있소이까?"

"우리나라가 있는 이곳은 서쪽 하늘의 끝인지라, 더 이상 다른 나라는 없사옵니다. 천당의 나라도 저희는 모두 가본 적이 없사옵니다.”

그러자 왕 상서가 말했다.

"제가 잔으로 점을 쳐서 갈 수 있는지 알아볼까요?”

잔으로 점을 친다는 게 무엇일까? 왕 상서는 한 손으로 짧은 칼을 뽑아 들고, 다른 한 손으로 장미즙이 담긴 잔을 들더니 하늘을 향해 기도했다.

"천당에 갈 수 있다면 단칼에 이 잔이 두 동강이 날 것이요, 갈 수 없다면 칼질이 빗나가게 하소서!”

그런 다음 잔을 떨어뜨리며 칼을 위쪽으로 그어 올렸는데, 공교롭게도 단칼에 잔이 두 동강으로 변해 버렸다. 그걸 보고 국왕이 말했다.

"선한 마음을 갖고 있으면 하늘도 도와주는 법이지요. 아주 길한 점괘가 나왔으니, 사령관님의 함대는 도착할 날만 꼽아 기다리면 되겠사옵니다.”

그 말이 끝나기도 전에 아덴 왕국의 문지기가 들어와서 보고했다.

"왕궁 밖에 세 명의 통역사와 네 명의 위구르 사람들이 찾아왔는데, 자칭 천당국 국왕의 어명을 받아 사향과 도자기 등의 예물을 가지고 위대한 명나라의 정서대원수 나리를 영접하러 왔다고 하옵니다.”

그 말에 깜짝 놀란 국왕은 꿈에서 막 깨어나 꿈인지 생시인지 분간하지 못했고, 두 사령관조차 믿기지 않는 표정이었다. 세상에 어찌 이리 공교로운 일이 있을 수 있겠는가? 가까운 나라와 그곳 사람들에 관해 이야기하는데 그들이 찾아왔다면 그다지 신기한 일도 아니겠지만, 만 리 밖에서 어떻게 소식을 듣고 찾아올 수 있겠는가? 한참 후에 왕 상서가 문지기에게 물었다.

"여보게, 그 보고가 사실인가?"

"제가 어찌 감히 거짓 보고를 올리겠사옵니까?"

그러자 국왕이 말했다.

"틀림없이 사실일 것이옵니다. 이야말로 기이한 일이 아닐 수 없습니다!"

삼보태감은 그들을 들여보내라고 했다. 잠시 후 인물도 훤칠하고 자줏빛 피부에 통통한 얼굴을 한 일곱 명이 조정으로 들어왔다. 삼보태감이 물었다.

"그대들은 누구인가?"

그러자 통역사가 대답했다.

"저희 가운데 세 명은 통역사이고 네 명은 국왕께서 신임하시는 두목이옵니다."

"너희 나라는 어떤 나라이냐?"

"천당극락국이옵니다."

"여기는 어떻게 왔느냐?"

"국왕의 어명을 받들어 사령관님을 영접하러 왔사옵니다."

"너희 국왕은 우리가 여기 있는 줄을 어찌 알았느냐?"

"우리나라에는 예배당이 하나 있는데, 바로 우리 대왕마마의 조상을 모신 사당이옵니다. 여기서 기도를 올리면 모두 이루어지고, 어떤 일이든지 모두 알 수 있사옵니다. 작년 어느 날, 달이 처음 떠오른 저녁에 한 쌍의 붉은 등롱이 저절로 위아래로 움직이며 예배당 위를 비추는데, 그것이 예닐곱 날 동안 계속되었사옵니다. 이에 우리 대왕마마께서 무슨 징조인지 몰라 조상님들께 정성을 다해 기도했더니, 꿈속에 조상님이 나타나셔서 이렇게 말씀하셨다고 하옵니다.

'그 붉은 등롱은 천비(天妃)께서 위대한 명나라 함대를 서양으로 인도하기 위해 설치하신 것이니라. 함대는 조금 뒤에서 따라오고, 등롱이 먼저 이곳에 도착한 것이니라. 너희는 먼저 사람을 보내 영접하되, 아덴 왕국에 도착할 즈음이면 만날 수 있을 것이니라.'

이에 대왕마마께서는 즉시 저희를 이곳으로 보내 영접하게 하셨는데, 오는 도중에 여기저기 물어봤는데도 전혀 소식을 알 수 없었사옵니다. 어제야 결국 이곳에 도착했는데, 과연 아덴 왕국에서 이렇게 뵙게 되었사옵니다. 정말 신령의 예언은 틀림이 없군요!"

"너희는 육로로 왔는가, 아니면 바닷길로 왔는가?"

"저희는 육로로 왔사옵니다."

"오는 데에 얼마나 걸렸는가?"

"정확한 날짜는 모르겠으나, 달이 일곱 번 기울었다가 다시 나왔사옵니다."

"그렇다면 일곱 달이 걸렸다는 것이더냐?"

그러자 아덴 국왕이 말했다.

"육로는 구불구불 돌아와야 하니, 바닷길로 가면 그 절반밖에 안될 것이옵니다."

삼보태감이 다시 통역사에게 물었다.

"들고 온 물건은 무엇인가?"

"사향과 도자기 따위입니다. 미흡하나마 우리 대왕마마의 정성이 담긴 상견례의 예물로 올리고자 하옵니다."

"사향이야 그렇다 치고 도자기는 어떻게 가져왔는가?"

"하루에 천 리를 가는 낙타에 싣고 왔사옵니다."

삼보태감은 자세히 물어본 뒤에야 비로소 천비의 영험함과 천당국 국왕의 지극한 정성을 모두 이해하고 무척 기뻐했다. 그는 즉시 기패관에게 분부하여 이들 일곱 명의 사신을 배로 데려가서 후하게 대접하라고 했다. 그런 다음 아덴 국왕과 작별하고 출항을 준비했다. 일곱 명의 사신이 다시 육로를 통해 돌아가려 하자, 삼보태감이 말했다.

"바닷길은 편하고 빠르지만 육로는 힘들고 느리니, 그대들도 배를 타고 가십시다."

그리고 즉시 함대는 해안을 떠나 순풍을 안고 곧장 서쪽으로 항해했다. 일곱 명의 사신은 어쩔 수 없이 배에 함께 타고 갔다. 항해하는 내내 순풍이 불어서 함대는 전혀 멈춘 적이 없었다. 그렇게 석 달 남짓 항해하던 어느 날, 천당국의 통역사가 중군 막사를 찾아와 머리를 조아리며 아뢰었다.

"이레 안에 도착할 수 있을 것 같사옵니다."

"그걸 어떻게 미리 알 수 있는가?"

"우리나라에는 성의 네 모퉁이에 네 개의 탑을 세워 놓았는데, 높이가 서른여섯 길이라서 그 그림자가 바다에 드리우면 이레 정도 걸리는 거리에서도 볼 수 있사옵니다. 조금 전에 제가 그 그림자를 보았기 때문에 이레 안에 도착할 수 있다고 말씀드린 것이옵니다."

다시 이틀을 항해하고 나자 함대의 모든 이들이 천비의 붉은 등롱을 볼 수 있었다. 수하들의 보고를 받은 삼보태감이 말했다.

"말의 앞뒤가 이렇게 딱 들어맞으니, 신령의 영험함과 우리 황제 폐하의 홍복을 충분히 알 수 있겠구먼!"

다시 얼마쯤 가서 탑에까지 이레의 여정이 가까워지자 호위병이 보고했다.

"앞쪽에 왕국이 있습니다."

그 말이 끝나기도 전에 통역사가 찾아와 아뢰었다.

"곧 도착할 것이니 함대에 정박 명령을 내리시옵소서."

국왕은 몸소 영접하러 나와서 중군 막사에서 인사를 나눴다. 국왕은 인물이 훤칠하고 당당한 용모를 지니고 있었으며, 금관을 쓰고 노란 도포 위에 보석을 박아 장식한 황금 허리띠를 차고 가죽장화를 신고 있었는데, 말은 모두 아랍어로 했다. 수행원들은 머리에 천을 두르고 꽃무늬가 들어 있는 외투를 입고 양말과 구두를 신고 있었는데, 그들 역시 자줏빛의 통통한 얼굴이었다. 삼보태감은 국왕에게 예의를 갖춰 후하게 영접해 준 데에 감사했다. 국왕 역시 대단히 예의 바르고 공손하게 응대했다.

　사흘 후, 두 사령관은 벽봉장로와 장 천사, 네 명의 태감, 그리고 여러 장수와 함께 직접 천당국의 궁궐을 방문했다. 그곳 풍경은 아주 평화롭고 위아래 사람들도 모두 안정적으로 지내고 있었으니, 서양에 온 이래 이런 나라는 처음이었다. 국왕은 그들을 왕궁으로 맞이하여 성대한 잔치를 열어주었다. 다만 회교에서 술을 금했기 때문에 술은 나오지 않았다. 삼보태감이 물었다.

　"귀국의 국호가 천당입니까?"

　"우리나라는 옛날에 균충(筠沖)이라고 불리던 곳으로서, 천당국 또는 서역이라고 불립니다.[8] 위구르 선조께서 이 나라에서 회교를 전파하기 시작하셔서, 지금은 나라 안의 백성 모두가 회교를 신봉하여 돼지를 기르지 않고, 술을 만들지 않습니다. 하지만 농지가 아주 비옥하여 곡식이 풍성하니, 백성들이 편안히 생업에 종사하며 풍속도 아주 선합니다. 저는 백성들을 다스리기는 하지만 감히 세금을 과하게 거두지 않습니다. 백성들 역시 가난에 시달리지 않아서 거지와 도적이 없으니, 형벌을 내리지 않아도 자연스럽게 순수하고 착해서, 예로부터 지금까지 신분을 막론하고 모두 평화롭고 안락하게 지내고 있습니다. 그러니까 솔직히 말씀드리자면 극

---

　8 《명사》〈서역전(西域傳)·4〉 "천방(天方)": "천방은 옛날 균충의 땅으로서 천당 또는 묵가라고도 한다.[天方, 古筠沖地, 一名天堂, 又曰默伽.]" 이곳은 지금의 메카(Mekka)를 가리킨다.

락이라고 할 수 있습니다."

"그야말로 무회씨(無懷氏)의 백성이요, 갈천씨(葛天氏)⁹의 백성이로다! 그런데 귀국에 유명한 예배당이 있던데, 그건 어디에 있습니까?"

"성 서쪽으로 한나절 정도 떨어진 곳에 있습니다."

"저번에 천비께서 등롱을 밝혀 주시고, 또 대왕의 선조께서 꿈에 나타나셨다고 하니, 저희가 직접 예배당에 가서 감사의 절을 올리고 싶습니다."

"그럼 제가 모시겠습니다."

예배당에 도착해 보니 그곳은 네 구역으로 나뉘어 있는데, 한 구역이 아흔 칸이나 되었다. 기둥들은 모두 백옥으로 만들었고, 바닥에는 황옥(黃玉)이 깔려 있었다. 그 중앙이 바로 조상들의 신위가 모셔진 본채였는데, 그곳은 오색 꽃무늬가 들어 있는 돌을 쌓아 만든 것이었다. 외면은 사각형이고 지붕은 평평한데, 마치 탑처럼 구층으로 만들어져 있었다. 본채 앞쪽에는 절을 할 때 쓰는 사각형의 바위가 하나 놓여 있었는데, 한쪽 면의 길이가 한 길 한 자였다. 이것은 한나라 초기에 하늘에서 떨어져 내린 것이라고 했다.

---

9 무회씨(無懷氏)와 갈천씨(葛天氏) 모두 상고시대 복희(伏羲) 이전 중국의 전설적인 제왕으로서, 태평성대를 이끌었던 인물들로 알려져 있다. 무회씨는 대략 기원전 5,278년부터 기원전 5,209년 무렵에 상성(象城, 지금의 허난성 뤄허시[漯河市] 우양현[舞陽縣]동북쪽에 해당)을 다스리던 여성 부족장으로서 이름이 창망(蒼芒)이라고 한다. 갈천씨 역시 지금으로부터 약 5천 년 전에 현재의 허난성 창거시[長葛市] 일대를 다스리던 제왕이라고 한다.

본채의 정문에는 두 마리 검은 사자가 지키고 있었는데, 예배를 올리러 온 사람의 행실이 불손하거나 도둑이 들어오면 단번에 물어 버린다고 했다. 예배당 안쪽은 침향목으로 기둥과 들보를 얹었으며, 서까래는 일 년에 한 번씩 금으로 도금을 한다고 했다. 낙숫물을 받는 처마는 황금으로 만들어졌으며, 사방팔방의 벽에는 모두 장미즙과 용연향이 발라져 있었다. 예배당 중앙에는 회교의 성인들이 모셔져 있었는데, 검푸른 모시로 덮여 있어서 그 모습을 볼 수 없었다. 그 앞쪽에는 금 글씨로 '천당 예배당'이라고 적힌 현판이 걸려 있었다.

매년 12월 10일이 되면 서양 각 나라의 회교도들이 모두 찾아와 향을 사르고 경전을 읽는데, 만 리 밖에 있는 이들도 모두 찾아온다고 했다. 그들은 성인의 상에 덮인 모시의 한 귀퉁이를 잘라서 가져가는데 그것을 '향기(香記)'라고 한다고 했다. 그 덮개는 국왕이 제공하는데 일 년에 한 차례씩 교환해 준다고 했다. 본채 왼쪽에는 이스마일[10] 성인의 무덤이 있는데, 높이는 다섯 자이고 황옥을 쌓아 만들었다. 무덤 바깥은 직경 세 길 두 자에 높이 두 자의 둥근 담으로 둘러싸여 있는데, 모두 초록색 사부니(Sabooni)[11]라는 보석을

---

10 이스마일(Iśhmael)은 이브라힘(Ibrahim, 즉 《구약성서》의 아브라함 [Abraham])의 장자(長子)로서 이슬람교의 성인이다. 중국어로는 이사마의 (易司馬儀) 또는 이사마의(伊斯瑪儀)라고 표기한다. 소설 본문에서는 "사마의(司馬儀) 조사(祖師)"라고 했으나 이는 잘못된 것이다.

11 사부니(Sabooni)는 벽록색 녹주석(綠柱石, beryl)의 일종인 보석인데, 에메랄드보다는 저급이다.

쌓아 만든 것이었다. 본채 좌우의 조금 뒤쪽에는 성인들의 가르침을 전하는 건물들이 있었는데, 꽃무늬가 들어 있는 돌을 쌓아 만들었으며, 내부의 장식도 매우 화려했다.

예배당에서 뒤쪽으로 일 리쯤 떨어진 메디나[驀氏納, Medina]라는 곳에는 무함마드[12] 성인의 무덤이 있었다. 이곳 건물에는 마치 중국에서 보는 무지개처럼 밤낮으로 가느다란 빛이 구름까지 피어나고 있었다. 무덤 뒤에는 아정삼(阿淨糝)[13]이라는 샘이 있는데, 물이 아주 맑고 맛이 좋았다. 서양 사람들은 그 샘물을 떠서 배에 갖다 놓았다가 폭풍우를 만날 때 이 물을 뿌리면 순식간에 풍랑이 가라앉는다고 해서 성수(聖水)로 여긴다고 했다. 이 외에도 말로 다 설명할 수 없는 많은 유적들이 있었는데 두 사령관과 장 천사, 벽봉장로, 네 태감, 그리고 장수들은 두루 둘러보고 예배를 올렸다.

한편 원래 위구르 출신인 삼보태감은 그야말로 조상의 고향을 찾은 기분이어서, 너무나 기뻐하며 경전을 읽고 극진히 예배를 올렸다. 그러자 마 태감이 말했다.

"이번에야말로 시를 읊을 만한 상황이로군요."

왕 태감이 말했다.

"우리야 심장에 구멍 하나도 제대로 뚫린 게 없으니, 예외로 해

---

12 무함마드(Muhannad: 570~632)는 610년 무렵에 신의 계시를 받고 이슬람교를 창시한 인물로서, 라술 알라(Rasul Allah: 신의 사도)라는 별칭으로도 불린다. 소설 본문에서는 "마조사(麻祖師)"라고 했다.

13 아정삼(阿淨糝)은 메카에 있는 성스러운 샘 잠잠(zamzam)을 가리킨다.

주십시오."

그러자 왕 상서가 말했다.

"정성이 있으면 신령이 감응하는 법이지. 신성한 곳이니 조용히 있어야지, 어찌 감히 시 같은 것을 읊조린답시고 신성을 모독할 수 있겠는가!"

벽봉장로는 그저 염불만 외고 있었고, 대신 장 천사가 말했다.

"이 많은 곳을 다 돌아보려다가는 끝이 없겠습니다. 이만 배로 돌아가십시다."

일행이 예배당을 떠나 배로 돌아오자, 국왕이 항서와 상소문을 바쳤다. 삼보태감이 받아 펼쳐 보니 거기에는 이렇게 적혀 있었다.

천방국 국왕 윈즐리[筠只里]가 삼가 재배하며 위대한 명나라 황제께서 파견하신 정서통병초토대원수께 올립니다:

듣자 하니 하늘에는 일곱 개의 씨줄과 날줄이 지나고, 육합(六合)이 각기 다른 지역에서 그 빛을 받으며, 팔굉(八紘)이 땅을 나누는데 화로(火爐)와 같이 만물을 포용한다고 했사옵니다. 저 훌륭한 중원 땅에는 예의범절을 갖춘 인물들이 살고 있지만, 어리석은 이 오랑캐의 후손들은 아직도 문화의 혜택을 누리지 못하고 있사옵니다. 애석하게도 천자의 교화가 너무 먼 곳에 있어 황량하고 먼 변방에는 끊어져 있었으나, 신령께서 일러주시어 비로소 하늘의 위엄을 알게 되었사옵니다. 이에 우리의 신장(神將)들 덕분에 성스러운 교화를 입는 행운을 누릴 수 있었사옵니다. 고개 들어 저 융성한 땅을 바라보나니, 천자께서 제후에게 고상한 연회를 베푸는 뜻에 부합하여, 가슴을 쓸며 감격하면서 태평성대의 노래를 이어 부르옵니다.

너무나 감격스럽고 두려운 마음으로 이 글을 바칩니다.

국왕이 말했다.

"글솜씨가 보잘것없어서 부끄럽습니다만, 대략적이나마 제 정성을 서술했습니다. 그리고 별것 아닌 물건들이지만 황제 폐하께 바칩니다."

"이렇게 성대한 예물을 주시니 감히 사양하지 못하겠습니다."

진상품 목록을 받아 보니, 거기에는 이렇게 적혀 있었다.

천방도(天方圖) 한 폭, 천방국의 사계절을 그린 그림 네 폭(화초와 미인을 그린 것임. 화초는 날씨가 맑고 흐림에 따라 펼쳐지고 오므라들며, 미인은 음악 소리에 따라 춤을 출 수 있음),[14] 야광벽(夜光璧) 하나(암실에서 비춰보면 촛불을 들고 있는 것 같음), 상청주(上淸珠) 한 쌍(밝고 청명한 빛이 나서 온 방을 비출 수 있으며, 안을 살펴보면 신선과 선녀, 구름과 학이 움직이고 있음. 가뭄이나 홍수, 전쟁 등이 일어났을 때 여기에 기도하면 늘 영험한 효과가 있음), 목난주(木難珠) 네 알(벽록색이며, 목난조(木難鳥)[15]의 입속에 있는 거품이 응결되어 만들어진 것

---

14 이 설명으로 보건대 이것은 단순한 그림이 아니라 일정한 동작을 표현하도록 기계장치가 달려 있는 것임을 알 수 있다.

15 목난조(木難鳥)는 일반적으로 가루라(迦樓羅) 또는 금시조(金翅鳥)라고 하는 전설상의 새를 가리키지만, 여기서는 이 지역에서 사는 특정한 새의

임), 보석과 진주, 산호, 호박, 다이아몬드 오백 개(다이아몬드는 자석영[紫石英]과 비슷하지만 아무리 갈아도 닳지 않고, 옥을 자를 수도 있음), 유리잔 열 쌍, 강진향(降眞香) 백 상자(이것을 태우면 학을 불러낼 수 있음), 암바향(唵叭香),[16] 기린 한 쌍, 사자 네 쌍, 초상비 한 쌍, 타조 쉰 마리, 낙타 백 마리, 영양 백 마리, 용종양(龍種羊) 열 마리(양의 배꼽을 흙에 심고 물을 주면, 우렛소리가 들릴 때 태어나는데, 배꼽은 흙 속에 들어 있음. 칼로 그것을 자르면 반드시 죽는데, 그곳 풍속에서는 북을 쳐서 놀라게 하면 배꼽이 잘리더라도 걸어 다니며 풀을 뜯는다고 함. 가을이 되면 식용으로 쓸 만큼 자라는데, 그 배꼽 안에 또 씨앗이 들어 있다고 함), 각화작(却火雀) 한 쌍(제비처럼 생겼으며, 불 속에 두면 불이 꺼지지만 새는 화상을 입지 않음. 사막의 모래 물[沙水]에 몸을 씻고 알을 수정하기 때문에 그렇다고 함), 산예(狻猊) 한 쌍(생후 이레가 되기 전, 아직 눈을 뜨지 않았을 때 데려다가 조련시켜야 함. 그보다 조금이라도 늦으면 길들이기 어려움. 그 힘줄로 거문고의 현을 만들고 한 번 튕기면 나머지 줄들은 모두 끊어져 버림. 젖을 한 방울 가져다가 다른 짐승의 젖과 섞어 그릇에 담아두면 다른 젖들은 모두 물로 변함), 명마 쉰 필(모두 천마[天馬]로서 키가 여덟 자 남짓), 금만가(金滿伽) 천 개(이 나라에서 쓰는 화폐로서 무게는 한 전[錢]이고, 금의 품질은 최고급), 배[梨] 천 개(각기 무게가 여섯 근), 복숭아 천 개(각기 무게가 열 근)

이름인 듯하다.

16 암바향(唵叭香)은 암파향(唵吧香)이라고도 하며, 담팔수(膽八樹) 또는 산두영(山杜英, elaeocarpus sylvestris)이라는 나무의 열매에서 짠 기름으로 만드는데, 이것을 피우면 악취를 없앨 수 있다고 한다.

진상품을 바치고 나서 국왕은 또 금은과 쌀, 보리, 소와 양, 닭, 오리, 각종 과일과 주단, 단향, 사향, 도자기 등을 바치며 병사들에게 나눠 주라고 했다.

"받기가 부끄럽습니다."

"아닙니다. 너무 보잘것없어서 제가 죄송할 따름입니다."

　삼보태감은 연회를 열어 국왕을 대접하면서 역시 술은 내놓지 않았고, 다른 한 편으로 국왕과 좌우 두목을 포함한 관료들과 통역사들에게 각기 예물을 나눠 주었다. 국왕의 극진한 감사 인사를 받고 나서 삼보태감은 출항을 명령했고, 국왕은 작별인사를 하고 떠났다. 하지만 다시 돌아와서 만나기를 청하자, 삼보태감이 물었다.

"무슨 분부하실 일이 있습니까?"

"함대가 또 어디로 향하는지 여쭤보러 왔습니다."

"서쪽으로 더 가볼까 합니다."

"우리나라가 서해의 끝에 있는 나라입니다. 이보다 서쪽으로 길이 있다는 얘기는 저도 들어보지 못했고, 우리나라 원로들 말씀으로도 여기서 서쪽에 무슨 나라가 있다는 얘기는 들어보지 못했다고 합니다. 그래도 서쪽으로 가시려거든 잘 생각해 보시기 바랍니다."

"대지는 삼천육백 개의 축이 있거늘, 어찌 여기서 끝이겠습니까?"

"제 좁은 소견이지만, 정말 여기가 끝입니다. 어쨌든 사령관님 뜻대로 하십시오."

"알려주셔서 감사합니다. 하지만 저희는 아직 멈출 수 없습니다."

국왕은 다시 작별인사를 하고 떠났다.

바다로 나간 함대는 밤낮없이 서쪽으로 향했는데, 아득한 수평선만 끝없이 펼쳐져 있을 뿐이었다. 그렇게 하루하루가 지나 어느덧 백일이 가까워지고, 한 달 또 한 달이 흘러 어느새 석 달 남짓 지났다. 이렇게 되자 두 사령관은 심사가 복잡해졌다. 왜냐? 계속 앞으로 나아가자니 앞쪽에는 어떤 나라도 없다는 천당국 국왕의 말이 마음에 걸렸기 때문이다. 그런데 정말 요 며칠 사이에 아무리 봐도 뭍이 보이지 않는 것이었다. 그렇다고 여기서 멈추자니, 기껏 여기까지 와서 중간에 포기하기도 곤란했다. 이렇게 이러지도 저러지도 못할 상황이니 심사가 복잡하지 않겠는가? 이때 왕 상서가 말했다.

"사령관님, 우리가 경사를 떠난 지 벌써 오륙 년이 넘었는데, 이 원정이 언제 끝날는지 모르겠습니다. 차라리 여기서 돌아가는 게 어떻겠습니까? 제 생각에는 오랑캐를 다스리는 일은 한 번의 원정으로 다할 수 없고, 또 장수들도 세월이 흐르면서 점점 나이도 많아지면서 기력이 쇠약해지고 있습니다. 이러다가 나중에 오도 가도 못 하는 상황이 되면 오히려 곤란하지 않겠습니까?"

"아주 지당하신 말씀이십니다. 다만 원래 폐하께서 우리를 파견하실 때 '오랑캐를 위무하고 보물을 찾는다.'라고 적힌 패를 하사하셨는데, 이렇게 많은 경비를 쓰고 이 많은 세월을 보낸 상황에서 돌이켜보면 '오랑캐를 위무하는' 일은 그래도 적지 않게 해냈습니다만, '보물을 찾는' 일은 전혀 해내지 못한 상황이 아닙니까? 진상품

으로 거둔 몇 가지 보물이 있다고는 하지만, 그것들이 어찌 전국옥
새를 대신할 수 있겠습니까? 그러니 지금으로서는 어쩔 수 없이 계
속 나아가야 할 것 같습니다."

"하지만 앞길에 이로움은 없고 해로움만 있다는 후회해도 늦지
않겠습니까!"

"이 문제는 장기적인 안목이 필요하니, 우리 함께 장 천사를 찾
아가 가르침을 청하는 게 어떻습니까? 그렇지 않으면 국사님께 가
봅시다."

"그렇게 합시다."

그들은 곧 장 천사를 찾아갔는데, 자리에 앉기도 전에 삼보태감
이 앞길에 대한 근심을 자세히 털어놓자, 장 천사가 이렇게 말했다.

"저도 속으로 그걸 생각하고 있었지만, 마땅한 대책이 서지 않았
습니다."

그러자 왕 상서가 말했다.

"수고스러우시겠지만, 점을 한 번 쳐주실 수 없겠습니까?"

"점을 치면 의혹이 풀릴 수도 있지만, 지금은 의혹이 너무 깊은
지라 점으로도 풀 수 없습니다. 제가 팔문신수(八門神數)[17]를 이용
해서 내일 아침까지 길흉을 살펴보고 말씀드리겠습니다."

"팔문신수라는 게 무엇입니까?"

---

17 팔문신수(八門神數)는 미래를 예측하는 태을신수(太乙神數)의 일종으로서
개문(開門)과 휴문(休門), 생문(生門), 상문(傷門), 두문(杜門), 경문(景門), 사
문(死門), 경문(驚門)의 여덟 가지를 이용해서 예측하는 것이다.

"먼저 옥황각에 여덟 개의 문을 안배하고 나서, 옥황상제께 문서를 올려 앞길에 대해 간절히 여쭙습니다. 잠시 후 옥황상제의 처분이 내려오는데, 내려오는 문의 위치에 따라 길흉이 달라집니다."

"좋은 방법인 것 같습니다. 옥황상제는 모든 신의 우두머리이니 재앙과 복에 대한 예측이 틀릴 리 없겠지요. 그럼 내일 아침의 결과를 기다리겠습니다."

이튿날 날이 어슴푸레 밝아오자 두 사령관이 있는 중군 막사로 장 천사가 찾아왔다.

"이렇게 일찍 오시다니요! 결과가 어떻게 나왔습니까?"

"길보다는 흉이 많습니다."

두 사령관이 깜짝 놀라 다급히 물었다.

"좀 자세히 말씀해 주십시오."

"옥황상제께 올리는 문서가 경문(驚門)을 향해 떨어졌는데, 다 떨어지기도 전에 갑자기 사문(死門)으로 향해 버렸습니다. 그래도 다행히 경문(景門)이 막아 주어서 구원을 받을 수는 있을 것 같습니다. 하지만 죽은 뒤에 구원을 받는다니, 길보다는 흉이 많다고 해야 하지 않겠습니까?"

왕 상서가 삼보태감에게 말했다.

"이렇게 여러 해 동안 여러 나라를 원정했으니, 저는 이만 돌아가는 게 좋겠다고 생각합니다."

"제가 돌아가고 싶어 하지 않는 게 아니라, 전국옥새를 찾지 못했으니 어쩔 수 없지 않습니까? 옛날 하얀 코끼리에 그걸 싣고 도망친 작자가 바로 이곳 서양으로 오지 않았습니까?"

장 천사가 말했다.

"지금은 진퇴양난의 상황이니, 국사님께 자문을 구하는 게 좋겠습니다."

삼보태감이 말했다.

"저희도 막 그러려던 참입니다."

그들은 벽봉장로를 찾아가서 앞길에 대한 고민을 자세히 설명한 후, 모든 결정은 그의 결정에 따르겠다고 했다.

"아미타불! 삼군의 목숨이 사령관 한몸에 달려 있소이다. 계속 나아갈지 멈출지는 사령관께서 결정하셔야지, 제가 어찌 마음대로 하겠소이까?"

"저희가 나아가지 않으려는 게 아니라, 장 천사께서 팔문신수를 통해 길보다는 흉이 많겠다는 예측을 하셨으니, 함부로 결정을 내릴 수가 없게 되었습니다."

"설령 무슨 불길한 일이 있다 하더라도, 장 천사와 제가 있으니 재앙을 복으로 바꿔 놓을 수 있지 않겠소이까?"

그 말에 두 사령관은 무척 기뻐했다.

"그럴 수만 있다면 설령 저승의 귀신 나라라도 다녀올 수 있지요!"

그러자 옆에 서 있던 운곡이 말했다.

"저번에 당 장군도 귀신 나라에 다녀오지 않았습니까? 그러니 앞쪽에 귀신 나라가 있을지도 모르지요."

이들은 나중에 정말 풍도귀국에 가게 되니, 운곡의 이 말이야말로 공교롭게도 영험함을 나타낸 것이 아니겠는가!

어쨌든 두 사령관은 장 천사의 예언을 듣고 근심하다가 벽봉장로의 말을 듣자 다시 기뻐져서, 마음을 탁 놓고 무조건 전진하기로 했다. 그렇게 또 두 달 남짓 항해했다. 예전에는 아침에는 해를 보고 밤에는 별자리를 보면서, 그리고 그것도 없을 때는 붉은 등롱을 보면서 방향을 알아볼 수 있었다. 하지만 이번에는 두 달 동안 항해하고 나자 사방에 먹구름이 가득 끼고 짙은 안개에 덮여서, 마치 음침한 겨울밤처럼 바람 소리만 들릴 뿐이었다. 이렇게 되자 함대는 배가 가는 대로 맡겨 두고 있을 수밖에 없었다. 키를 고정해 놓았기 때문에 앞쪽은 어쨌든 서쪽으로 곧장 향하고 있었겠지만, 좌우 어느 쪽으로든 조금이라도 키가 틀어진다면 어디로 가게 될지 모르는 상황이었다. 게다가 돌아가겠다고 방향을 돌리게 되면 더욱 방향을 잃게 될 터인지라, 감히 방향을 돌릴 생각도 하지 못했다.

그렇게 두렵고도 조심스럽게 한 달 남짓 항해하는데, 전초(前哨)의 전함이 황량한 풀이 우거진 깎아지른 벼랑에 부딪치는 사고가 발생했다. 보고를 들은 삼보태감이 말했다.

"벼랑이 있다면 분명히 어느 나라 영토일 것이다. 일단 배를 멈추고 나서 대책을 마련하도록 하자."

그는 즉시 모든 함대에 정지 명령을 내렸는데, 이때는 바로 이런 상황이었다.

| 雲暗不知天早晚 | 어두운 먹구름에 아침인지 저녁인지도 모르겠고 |
| 雪深難辨路高低 | 눈이 깊게 쌓여 길이 높은지 낮은지도 모르겠구나![18] |

잠시 후 먹구름이 더욱 짙어져서 눈앞의 사람도 보이지 않고 손을 들어도 손바닥이 보이지 않을 정도가 되었으니, 아무래도 밤이 된 듯했다. 그 하룻밤을 지나고 나자 흐릿하게 날이 밝아지는 것이 아무래도 낮이 된 것 같았다. 중군 막사에 앉은 두 사령관은 정찰병에게 뭍으로 올라가 탐문해 보라고 했으나, 정찰병들이 겁을 먹고 선뜻 나가지 못했다. 그러자 삼보태감이 다시 분부했다.

"왕명, 그대가 다녀오도록 하라."

"하늘 끝 바다 귀퉁이에 모두 사람이 다니는데, 저까짓 안개 자욱한 곳인들 뭐가 무섭겠습니까!"

그는 한 손에 은신초를 들고, 다른 한 손에는 짧은 칼을 든 채 느긋하게 뭍으로 갔다. 그렇게 십여 리를 가자 날이 다시 조금 밝아졌다. 다시 십여 리를 가니 하늘이 조금 더 밝아졌다. 비록 안개비가 부슬부슬 내리고 있기는 했어도 그저 한가을의 풍경 같기만 할 뿐, 이전처럼 그렇게 캄캄하기만 하지는 않았다.

---

18 이것은 《속전등록(續傳燈錄)》 권5 〈대감(大鑒)·하(下)〉 제11에 수록된 월주(越州) 동산(東山)의 국경선사(國慶順宗) 선사(禪師)의 법어(法語)에 들어 있는 말이다.

'이건 이번에도 내게 행운이 찾아온다는 징조가 아닐까? 어둠이 걷히고 밝음이 찾아왔으니, 하느님께서 무슨 뜻이 있으시겠지.'

과연 그에게 어떤 행운이 있을지, 하늘의 뜻은 어떠할지는 다음 회를 보시라.

삼보태감三寶太監
서양기西洋記 통속연의通俗演義 {6권}

초판 인쇄 2021년 6월 23일
초판 발행 2021년 6월 30일

저　　자 | (명) 나무등
역　　자 | 홍상훈
발행자 | 김동구
디자인 | 이명숙·양철민
발행처 | 명문당(1923. 10. 1 창립)
주　　소 | 서울시 종로구 윤보선길 61(안국동)
　　　　　우체국 010579-01-000682
전　　화 | 02)733-3039, 734-4798, 733-4748(영)
팩　　스 | 02)734-9209
Homepage | www.myungmundang.net
E-mail | mmdbook1@hanmail.net
등　　록 | 1977. 11. 19. 제1~148호

ISBN 979-11-91757-06-4 (04820)
ISBN 979-11-91757-00-2 (세트)

20,000원